Petra

Werner Köhler

Die dritte Quelle

Werner Köhler

Die dritte Quelle

Roman

Kiepenheuer
& Witsch

Handlung, Orte und Personen dieses Romans sind frei erfunden. Die Ereignisse in den Dreißigerjahren haben tatsächlich so oder so ähnlich auf Floreana stattgefunden.

Die Reise

Die Tage auf der *MS Paita,* einem Containerschiff unter panamaischer Flagge, taumelten in erschöpfender Monotonie der Dämmerung entgegen. Die Nächte in den fensterlosen Kabinen unter Deck waren quälend. Das Stampfen und Rauschen der Dieselmotoren ließ kaum Schlaf zu. Nur die dramatischen Sonnenauf- und -untergänge vermochten etwas Abwechslung in den Schiffsalltag der fünf Passagiere zu bringen. Ein älteres Ehepaar und drei Alleinreisende hatten die Überfahrt als Fremde angetreten und mit Ausnahme einer Niederländerin hatte niemand von ihnen so recht versucht, daran etwas zu ändern. Beim Deckspaziergang begegneten sie sich freundlich, wechselten ein paar Sätze über das Wetter, die schier endlose Weite des Ozeans, über die internationale Besatzung, von der man kaum einmal jemanden zu Gesicht bekam, und über die Verpflegung an Bord, die nach Meinung aller besser hätte sein können.

Die gemeinsamen Mahlzeiten, eingenommen im nur den Passagieren und dem Kapitän vorbehaltenen Kasino, einem engen, fensterlosen Raum im Bauch des Schiffs, verliefen zumeist schweigend. Die gesprächigste der sechs anwesenden Personen war noch der rumänische Schiffsführer. Seit dem Auslaufen in Rotterdam gab er jeden Abend mindestens einen Schwank aus seinem aufregenden Leben auf See zum Besten.

Vermutlich, so dachte Harald Steen, ein hoch aufgeschossener Deutscher aus Hamburg, verliefen die Abendessen so oder so ähnlich auf jedem Frachter der Welt. Entweder es war am Tag etwas Außergewöhnliches passiert, das für den Abend Gesprächsstoff lieferte, oder man hockte schweigend über seinem Teller und verschwand in der Koje, sobald dieser leer war. Wurde das Schweigen doch einmal als bedrückend empfunden, öffnete irgendwer die Truhe mit dem Seemannsgarn. Geschichten von Havarien, Begegnungen mit Piraten vor Somalia, biblischen Stürmen oder mysteriösen Himmelserscheinungen wurden ausgepackt und ausgeschmückt. Steen hörte eigentlich nur zu, wenn der Kapitän vergleichsweise nüchtern über sein Schiff sprach. Die *Paita* ist kein normaler Frachter, hob er zumeist an, das müssen Sie beachten. Dann legte Steen das Besteck beiseite und lauschte für die nächsten Minuten seinen Ausführungen.

Auch ist es kein Frachter, den man mit kleiner Besatzung über die Weltmeere steuern kann. Wir sind ein hochmodernes Panamax-Schiff. Dreihundert Meter lang, vierzig Meter breit.

Ein Panamax-Schiff. Gott sei Dank, dachte Steen. Für das, was ihnen unmittelbar bevorstand, keine unwichtige Information. Panamax-Schiffe hießen so, das wusste er, weil sie noch eben durch den Panamakanal navigiert werden konnten. Die nächstgrößeren Schiffe waren die Neopanamaxe und dafür schon zu groß.

Die übrigen Passagiere schienen sich allesamt nichts aus technischen Details zu machen.

Ihm gegenüber saß allabendlich Ruth Versteeg, die Niederländerin. Mitte fünfzig, aus Eindhoven stammend, früh ergraut mit struppig geschnittener Kurzhaarfrisur und einer sehr spitzen Nase. Ihre smaragdgrünen Augen funkelten, wenn sie sprach. Sie war groß, reichte ihm fast bis zur Schulter, und eine Frau, der einfach alles wichtig und von Bedeutung zu sein schien, was sie in seinen Augen ein wenig anstrengend machte. Dreimal hatten sie sich in den letzten Wochen an Bord miteinander unterhalten. Immer war die Initiative von ihr ausgegangen. Ohne Umschweife hatte sie ihm Fragen zu seiner Person gestellt, seinem Leben und seiner Herkunft, allesamt an Indiskretion kaum zu übertreffen. Er hatte gehüstelt und ausweichend geantwortet. Sein inzwischen vierundsechzig Jahre andauerndes Leben lang hatte er sich niemandem anvertraut. Warum sollte er ausgerechnet bei dieser Frau damit beginnen?

Außerdem war seine Vergangenheit kaum der Rede wert. Er befand sich im Begriff, sein altes Leben für immer hinter sich zu lassen. Auf der Reise in ein Abenteuer von ungeheurer Dimension. Es gab nichts öffentlich zu besprechen, hatte es noch nie gegeben.

Um sie loszuwerden, erfand er eine Geschichte. Eine Lustreise unternehme er, auf einem Frachter, weil ihn Containerschiffe halt interessierten. Nein, kein besonderes Ziel. Nein, nicht für länger. Nein, keine Verwandten im Zielgebiet. Und nein, kein Interesse an der Tierwelt, den Einheimischen und deren Sitten und Gebräuchen. Und auch nicht an architektonisch bedeutenden oder geschichtsträchtigen Stätten. Nicht an Religion oder Staatsformen. Bloß mal eine Reise auf einem Frachter, bevor er in sein normales Leben zurückkehre. Auf jede tiefergehende Frage ein eindeutiges: Nein.

So fielen seine Antworten aus. Und er hoffte, sich damit ausreichend langweilig gemacht zu haben. Aber diese Versteeg scherte sich nicht um seine ablehnende Haltung, die er, wie sie fand, nur zur Schau stellte. Eine weitere Niederträchtigkeit dieser schamlosen Person. Je weniger Antworten er gab, desto mehr neue Fragen hielt sie für ihn bereit, aus denen er sich herauslavieren musste.

An einem besonders heißen Tag an Deck hatte sie ungefragt von sich und ihrem aufregenden Leben als Hippiemädchen in den Sechzigern erzählt. Steen hätte lange überlegen müssen, ob ihn irgendetwas noch weniger interessierte, als vom Leben eines Blumenkindes in den Wäldern Nordkaliforniens zu erfahren. Trotzdem löste diese Person etwas in ihm aus. Das war so eindeutig, dass es sogar ihm auffiel. Ihm, der für menschliche Interaktion keinen Kompass besaß.

Weil sie in seine Gedanken eingedrungen war und sich dort sehr zu seinem Ungemach eingenistet hatte, sah er beim Essen immer wieder heimlich über seinen Tellerrand hinweg zu ihr hinüber. Meist trug sie ein blumengemustertes Kleid aus dünnem Seidenstoff. Auch tagsüber, an Bord, wo sie jeden Nachmittag um die gleiche Zeit ein Sonnenbad nahm. Ein Umstand, der sich schon kurz nach dem Ausschiffen in Rotterdam innerhalb der Mannschaft herumgesprochen hatte. Legte sie das Kleid ab und übergab ihren nur mit einem knappen Bikini bekleideten Körper im Liegestuhl der Sonne, war sie selten allein an Deck.

Auffällig oft beobachtete Steen Matrosen, die scheinbar zufällig just in diesem Moment an Bord herumliefen oder sich an den Rettungsbooten zu schaffen machten, in Wirklichkeit aber die Holländerin anstarrten, als hätten sie schon lange kein weibliches Wesen mehr gesehen, was vermutlich sogar der Wahrheit entsprach.

Mit der Einfahrt in den Panamakanal bei Colón änderte sich das Klima. Die frischen Seewinde fielen in sich zusammen, schlagartig wurde es heiß und feucht. Schwärme von Stechmücken gingen auf das Schiff und seine Passagiere nieder. Trotzdem verfolgten das ältere Ehepaar sowie ein weiterer Passagier unbestimmten Alters das Eintreffen der Lotsen an Bord. Auch während der anschließenden Fahrt durch den Kanal verharrten sie an Deck, als sei dieses Meisterwerk der Ingenieurskunst der Grund für ihre Reise.

Steen blieb wegen der elenden Mücken in seiner Kabine. Die Luft dort war beinahe unerträglich stickig. So gut es eben ging streckte er sich auf dem zu kurzen Bett aus und starrte während der zwölfstündigen Passage abwechselnd an die fleckige Decke oder versuchte aus dem Lärm der Motoren einen Rhythmus, eine Melodie herauszuhören. Zwischendrin las er ein wenig Nietzsche und fiel darüber in Schlaf. Erst als der Lautsprecher über der Kabinentür knisterte und eine Stimme in gebrochenem Englisch verkündete, man habe soeben Balboa, einen Vorort von Panama City am Ausgang des Kanals, passiert und befinde sich nun wieder auf offener See, legte er das Buch beiseite und begab sich an Deck.

Unter dem Licht eines vollen Mondes stand er ganz vorne im Bug des Schiffs. Im Rücken viertausend bunte Container und sein altes Leben. Er breitete die Arme aus und erlag einem Lachkrampf. Als er sich einigermaßen beruhigt hatte, stemmte er die Fäuste in die Hüften und nickte theatralisch.

Bereit, Herr Kaleun!, brüllte er gegen den Wind. Zu einem Plan, der in Rotterdam seinen Anfang genommen und für den er kein Ende erdacht hatte. Nannte man es dann überhaupt noch einen Plan? Er hatte eine Idee, einen Wunsch, das Gefühl, etwas zu Ende bringen zu müssen. Er fühlte sich prächtig.

Vor sich hatte er das von einem abklingenden Sturm noch brodelnde Wasser des Südpazifiks. Eine Schule Weißseitendelfine kreuzte die Buglinie des Schiffs. Die Haut der Tiere reflektierte das Mondlicht. Der Geruch des Meeres umwehte ihn. Während der Deckspaziergänge in den vergangenen Wochen hatte er immer wieder innegehalten, die Luft eingeatmet und sie so tief in die Lunge gesogen, wie er nur konnte. Am liebsten hätte er nie wieder ausgeatmet. Der stete Horizont und dieser wundervoll würzige Duft – er nannte ihn Geschmack – waren es, die ihn die See lieben ließen. Viele Menschen fürchteten das Meer, für ihn war es ein ganz und gar angstfreier Raum. Mit fast schon kindlicher Freude verfolgte er die geschmeidigen Bewegungen der Delfine, fand Gefallen an ihrem ausgelassenen Treiben. Alles zusammen bescherte ihm einen kurzen Moment des Glücks. Der Panamakanal bedeutete ihm nichts, einzig die Natur vermochte sein Herz zu berühren. Pazifik … endlich im Pazifik, murmelte er halb konstatierend, halb entzückt. Dann verpasste er sich selbst eine schallende Ohrfeige.

In drei Tagen würde der Frachter Guayaquil erreichen. Dort gedachte er sich fürs Erste einzuquartieren. Ein paar wichtige Einkäufe wollte er tätigen und nach einem geeigneten Schiff zur Weiterreise Ausschau halten. In sechs Wochen erst wollte er sein endgültiges Ziel erreichen, nicht früher und nicht später, in exakt sechs Wochen. Er lag absolut im Zeitplan.

Beim Gedanken an die größte Stadt Ecuadors musste Steen sich eingestehen, nichts über deren Geschichte oder Gegenwart zu wissen. Seiner Natur entsprach dies beileibe nicht, Überraschungen waren ihm ein Graus. Vielleicht lag sein geringes Interesse daran, dass Guayaquil nicht der Endpunkt seiner Reise war. Über Floreana wusste er alles. Jedes Buch, jeden Bericht, jede Mutmaßung über die als Galapagos-Affäre bekannt gewordenen Ereignisse der Dreißigerjahre hatte er gelesen. Regelrecht aufgesogen. Besonders die Memoiren der damals in die Vorgänge verstrickten Personen. Selbst diejenigen, die nur in englischer Sprache publiziert worden waren. Was schon etwas heißen wollte, denn sprachbegabt war er nicht.

Auf Spanisch konnte er sich inzwischen leidlich verständigen. Seit er vor einigen Jahren den zunächst vagen Plan zu dieser Reise gefasst hatte, hatte er erst einen Volkshochschulkurs für Anfänger, danach noch einen für Fortgeschrittene besucht. Der dritte und letzte Teil des Sprachkurses war seiner dann doch etwas überstürzten Abreise zum Opfer gefallen. Trotzdem fühlte er sich in der fremden Sprache nicht mehr ganz so heimatlos.

Vielleicht also lag es an seiner Unkenntnis über die Millionenstadt, dass er so erschrocken war, als er nun, nach der Einfahrt der *MS Paita* in den Río Guayas knappe sechzig Kilometer flussaufwärts, erste Blicke auf Guayaquil werfen konnte. Nichts, was er von diesem Moment an bis zum Anlegen im Puerto Santa Ana zu sehen bekam, war dazu angetan, seine in den letzten Tagen wieder heftiger aufgetretenen Attacken, das Herzrasen und den Druck auf der Brust, niederzuhalten. Auch nicht die fröhlich anmutenden bunten Häuschen, die sich den Hügel, an dessen Fuß sie nun anlegten, hinaufzogen. Ganz oben ragte ein Leuchtturm ins schmutzige Grau des Himmels.

Der Asphalt der Docks war aufgesprungen, ein Krakelee aus feinen und weniger feinen Bruchlinien, manche Bodenplatte bereits auf Flussniveau abgesunken, andere auf dem Weg dorthin. Mit den Wellen schlugen Plastikkanister, Blecheimer, aufgeweichte Kartonagen, zerschlissene Kleidungsstücke und tote Ratten gegen das Dock. Der erste Mensch, den Steen erblickte, nachdem er mit unsicheren Schritten die Gangway hinabgewankt war, war ein Lastenträger, der sich mit dem Hintern über der Kaimauer hockend in die braunen Fluten des Guayas erleichterte.

Die Passagiere rückten an Land instinktiv näher zusammen. Fünf Menschen mit unterschiedlichen Interessen und Zielen. Und doch schienen sich gerade alle dieselbe Frage zu stellen: Warum bin ich an diesem unwirtlichen Ort und wie geht es von hier aus weiter? Ruth und der kleine Herr ohne Alter hatten, wie sich erst jetzt herausstellte, von Europa aus dasselbe Hotel gebucht, das, wie der Mann betonte, erste Haus am Platz. Rein aus praktischen Erwägungen verabredeten sie, das Taxi miteinander zu teilen.

Taxis gab es in Guayaquil, das würde Steen bald feststellen, wie Ratten im Wasser des Río Guayas. Zwanzig bis dreißig der quietschgelben bis orangen Wagen parkten keine hundert Meter von der Anlegestelle entfernt. Fein säuberlich hintereinander aufgereiht standen sie da, im schmalen Schattenstreifen, den die Warenspeicher und Silos warfen. Die Fahrer lehnten an deren Wänden. Nahezu jeder rauchte. Dabei warfen sie gierige Blicke auf die Neuankömmlinge.

Steens Herz raste. Weshalb er wohl ausgerechnet beim Betreten eines fremden Kontinents an Hamburg denken musste? An seinen gewohnten Trott. Die Bank, den Vater, seine Mutter. Sie war ein halbes Jahr vor seiner Abreise gestorben. Deshalb war plötzlich alles sehr schnell gegangen. Er hatte sich selbst nicht die Möglichkeit einräumen wollen, in letzter Minute doch noch vom lange gehegten Wunsch abzulassen. Sein Vater war schon einige Jahre tot und weitere Familie hatte er nicht. Mit Freundschaften hatte er sich zeitlebens schwergetan.

Nervös nestelte er an seiner Brille. Schließlich nahm er sie ab. Er hob den Blick. Es half, wie meistens.

In diesem Augenblick schleppten zwei Männer aus der Besatzung seine Koffer und kurz darauf auch die Seemannskiste an Land. Er bedankte sich bei den beiden mit einem Kopfnicken. Das Trinkgeld, das sie allem Anschein nach eher erwartet hätten, verweigerte er. Ohne sich von den Mitreisenden zu verabschieden, winkte er in Richtung der Taxis.

Der winzig kleine Mann mit der Basecap auf den Locken und der verspiegelten Brille auf der Nase, der nur

Sekunden später aus der Fahrerkabine hüpfte, sah an ihm hoch, bis er den Zettel bemerkte und die darauf in perfekter Schreibschrift notierte Adresse erfasst hatte. Einen Wimpernschlag lang schien er zu überlegen. Steen entging dieses leichte Zögern nicht.

Der Taxifahrer machte nicht den Eindruck, als stelle ihn die angegebene Adresse vor Probleme. Eher schon, als schätze er ab, ob dieser bleiche Mann mit dem Strohhut auf dem flammend roten Haar zu dem Ort passte. Das Zaudern wich schließlich einem fröhlichen Geplapper. Der Mann griff nach den beiden Überseekoffern und wuchtete sie auf die Ladefläche seines Pick-ups. Die Seemannskiste, die Steen noch kurz vor seiner Abreise in Altona gekauft hatte, bereitete ihm schon mehr Mühe. Kurzerhand zog er sie hinter sich her übers Pflaster zum Wagen und warf seinem Fahrgast von dort einen auffordernden Blick zu. Zusammen hievten sie die schwere Kiste zu den Koffern.

Der Mann quasselte während der gesamten Fahrt in einer Mischung aus bruchstückhaftem Englisch und spanischer Muttersprache. Ohne Unterlass bis zu ihrer Ankunft irgendwo mitten auf dem Cerro Santa Ana. Über die Stadt sprach er, deren freundliche Menschen und das herrliche Wetter. Besonders aber über die schönen Frauen von Guayaquil, von denen er einige besonders prächtige Exemplare kenne, die er dem Fremden auf Wunsch gerne vorstellen würde, am Abend vielleicht, wenn die Sonne untergegangen wäre und Guayaquil einiges zu bieten hätte. Inmitten des Wortschwalls versteckten sich immer wieder kurze Fragen, die Steen zunächst gar nicht als solche identifizierte. Für ihn verschwammen die Außengeräusche mit dem Geplapper des Taxifahrers zum Sound Guayaquils. Nur wenn er durch die Wiederholung einer dieser Fragen aus seinen Gedanken gerissen wurde, antwortete er. Allerdings kaum ausführlicher als mit einem Sí oder No, einem Yes oder No.

Inzwischen hatte er sich eine Sonnenbrille ohne Sehstärke aufgesetzt, dafür den Strohhut mit der breiten Krempe abgenommen und neben sich auf den Plastikbezug der Sitzbank gelegt. Das Haar klebte ihm an der Stirn, von Zeit zu Zeit rann ihm ein Schweißfaden übers Gesicht und tropfte von der Kinnspitze auf die Hose. Er spreizte die Beine. Das Taschentuch hielt er wie eine nasse Badehose zwischen zwei Fingern von sich weg. Seine Haut war eins geworden mit der Kleidung.

Die Stadt war heiß und stickig. Sie roch nach feuchtem Putz, nach Ausscheidungen und fauligem Wasser. Es war laut wie im Maschinenraum des Frachters, den er gerade verlassen hatte. Auf den Straßen herrschte Krieg. Wie Guayaquil aussah, wie es sich vom Hafen stadteinwärts und dann den Hügel hinauf veränderte, nahm er nicht bewusst wahr. Während der halbstündigen Fahrt sah er kaum einmal aus dem Fenster, die unbekannte Umgebung hätte ihn bloß weiter verunsichert. Stattdessen schloss er hinter der Brille die Augen, spitzte die Lippen und sehnte sich nach Privatsphäre, etwas zwischen sich und diesem Moloch, vier Wände mit einer abschließbaren Tür. Ein geschlossener Raum und Stille – endlich wieder Stille!

Der Empfang beunruhigte ihn nicht. Kaum stand er vor Señora Obando, der Besitzerin einer Sieben-Zimmer-Pension auf dem Cerro Santa Ana, verzog sich das Gesicht der rundlichen Frau, die ihrerseits noch einmal kleiner als der Taxifahrer war, auch schon zu einer schiefen Grimasse. Nicht angewidert, sondern belustigt war sie, was er erst sicher wusste, als sich ein Gekicher Bahn brach, wie man es sonst nur von kleinen Mädchen hörte. Ein Anfall, der nicht mehr abebben wollte und der ihn, ob seiner Dauer, dann doch verunsicherte. Was in aller Welt war an ihm so lustig, dass auch der Taxifahrer in seinem Rücken trotz der Lasten des Gepäcks nicht anders konnte, als in das Lachen einzustimmen? Hatten die beiden Winzlinge noch nie einen Mann gesehen, der die Zwei-Meter-Marke um ganze vier Zentimeter überstieg? Wenn seine Körpergröße der Grund wäre, würde er in den kommenden Wochen für erhebliche Erheiterung auf Guayaquils Straßen sorgen, aber irgendetwas sagte ihm, dass es nicht allein daran lag. Den Hut hielt er in der Hand, auch der konnte nicht der Grund sein, außerdem sollte man in diesen Breitengraden, anders als in seiner Heimat, an Männer mit Hüten gewöhnt sein. Er sah an sich hinab. Er trug braune Budapester. Als er das Schiff verlassen hatte, waren sie noch sauber gewesen. Sein Anzug war weiß. Es war für Außenstehende unmöglich festzustellen, wie sehr er unter dem Futter schwitzte. Das Tuch befand sich in einwandfreiem Zustand. Waren es vielleicht die breiten Hosenträger, die er anstelle eines Gürtels trug? Die Hose, das gab er gerne zu, hätte auch eine Konfektionsgröße kleiner nicht gezwackt. Er war ratlos.

Endlich beruhigten sich die beiden wieder. Señora Obando wandte sich um und eilte ihm voraus die Treppe hinauf. Sie trug keine Schuhe an den Füßen.

Das Zimmer befand sich im ersten Stock am Ende des Flurs. Den Tipp für diese Bleibe verdankte Steen einem pensionierten Seemann aus Hamburg und es war nicht der einzige gewesen, den der Glatzkopf ihm gegeben hatte. Nicht alle stufte Steen als nützlich ein. Die Wirtin stieß die Tür auf. Steen hielt die Luft an. Dann die Erleichterung: Das Zimmer war klein, aber sauber und vor allem ruhig. Ruhiger jedenfalls als jeder Meter, durch den er in dieser ersten Stunde gekommen war. Das Fenster zum Hinterhof war schmal und geschlossen, eine Klimaanlage hielt das Zimmer angenehm kühl, allerdings schepperte sie blechern.

Steen zahlte den Taxifahrer, nachdem der mithilfe eines Jungen von der Straße das restliche Gepäck die Stiege hinaufgewuchtet hatte. Mit Koffern und Seemannskiste in der einen Ecke war das Zimmer nochmals kleiner. Er drückte die Tür ins Schloss und lehnte sich von innen gegen das Türblatt. Sein Atem ging unregelmäßig. Je mehr er sich dessen bewusst wurde, desto mehr geriet er aus dem Rhythmus. Er versuchte, sich zu beruhigen, drückte die Schulterblätter nach unten, versuchte, die Tür in seinem Rücken zu spüren, atmete bewusst in den Bauch. Ein Zittern erfasste ihn, von der Unruhe im Fuß ausgehend über die Wade bis hinauf in Arme und Hände steigend. Er spreizte die Finger der linken Hand ab. Die andere griff ins Sakko und umfasste das kleine goldene Döschen.

Zwei Wochen später zwang eine selbst für Guayaquil ungewöhnliche Hitzewelle jede menschliche Aktivität in ein Korsett der Trägheit. Steen hatte sich mit seiner Umgebung so gut es ging arrangiert. Das lag auch daran, dass er sich tagtäglich in der Kunst des Wegsehens schulte. Wie heruntergekommen die Gegend rund um seine Pension oder der Hafen, den er beinahe täglich aufsuchte, tatsächlich waren, fiel ihm immer seltener auf. Das Wegsehen half vor allem gegen die Bettler auf den Straßen. In den ersten Tagen seines Aufenthalts hatte immerzu jemand an ihm herumgezerrt, wurden ihm Pappbecher entgegengestreckt, machten die aus dem sozialen Netz Gefallenen mit Gesten der Hilflosigkeit auf eine Behinderung oder gar Verstümmelung aufmerksam, deuteten sie mit den Fingern zum Mund, um auf ihre leeren Mägen hinzuweisen. Er hatte durch sie hindurchgesehen. Es waren ihrer einfach zu viele, als dass ein einzelner Tourist ihre Armut hätte mildern können. Inzwischen kannten die Bettler auf dem Cerro den Deutschen im Anzug – schließlich nahm er jeden Tag denselben Weg. Sie machten sich erst gar nicht mehr die Mühe, ihr Schauspiel aufzuführen, wenn seine hagere Silhouette auf der Straßenkuppe auftauchte. Ins Wanken geriet er, wenn Kinder das Tableau des Elends bevölkerten. Halb nackt hockten sie am Straßenrand und flehten mit laufenden Nasen und entzündeten Augen um etwas Geld. Dann fühlte er sich schlecht. Manchmal, wenn nicht zu viele von ihnen in der Nähe waren, verteilte er ein paar 500-Sucre-Scheine, was in etwa einem Achteldollar entsprach. Um all das Elend, dem er hier auf Schritt und Tritt begegnete, auch nur halbwegs lindern zu können, hätte er Milliardär sein müssen. Und davon war er so weit entfernt wie diese Kinder von einem Aufwachsen in Geborgenheit. Ein Bankangestellter aus Hamburg-Eimsbüttel, das war er zeitlebens gewesen. Mit geringen Ersparnissen zu Beginn des Jahres in Frührente gegangen. Das schmale Erbe seiner Mutter finanzierte ihm diese Reise ins Ungewisse.

Wie jeden Tag verließ er die Pension gegen acht am Morgen. Gegenüber, im Lebensmittelgeschäft, bestellte er einen Becher Kaffee mit extraviel Milch und einem Stück Zucker. Zwischen eine Lieferung Obstkisten und einer von Kreppband zusammengehaltenen Tiefkühltruhe gequetscht, wartete er, bis der Kaffee etwas abgekühlt war. Dabei studierte er die Titelseite von *El Universo,* Guayaquils einziger Tageszeitung. Nicht weil ihn die aktuellen Ereignisse rund um den Globus interessierten, sondern um sein Spanisch zu trainieren.

Nach dieser ersten Routine des Tages lief er auch heute, häufig die Straßenseite wechselnd, damit seine bleiche Haut so wenig wie möglich der Sonne ausgesetzt war, den Cerro in Richtung Malecón hinunter. Nachts das Terrain der Prostituierten und Dealer, war die Gegend bei Tag ein nach verbrauchter Lust stinkendes Armutsviertel. Auch in Sankt Pauli hatte er sich fremd gefühlt, in der Millionenstadt am Río Guayas aber war das Gefühl des Nichtdazugehörens noch mal stärker, tiefgreifender und auch etwas angsteinflößend. Vor den Häusern standen leere Bierfässer und aufgestapelte Kisten. Der gröbste Dreck der Nacht lag zu Haufen zusammengekehrt in unregelmäßigen Abständen auf der Straße. Bereit zur Abholung, wenn nicht wieder einmal gestreikt wurde. An manchen Tagen folgte auf das Müllauto ein Tanklaster, der Straßen und Bürgersteige abspritzte.

Neben einem besonders hoch aufgetürmten Müllhaufen stolperte Steen über ein Bündel Hühner. An den Füßen zusammengebunden lagen sie im Staub der Straße und schlugen mit den Flügeln. Daneben verweste ein Schafskopf, die Augen waren bereits aus den Höhlen gefressen. Er beschleunigte seinen Schritt.

In früheren Jahren, bevor man den neuen Hafen außerhalb des Zentrums in Betrieb genommen hatte, war über den Malecón nahezu der gesamte Warenverkehr von Guayaquil abgewickelt worden. Heute legten hier kaum noch größere Schiffe an. Die Uferpromenade präsentierte sich zweigeteilt. Ein Abschnitt wurde gerade komplett umgestaltet. Der andere, jener, den er täglich aufsuchte, befand sich nach wie vor in marodem Zustand. Ganze Steinquader waren einfach in den Río Guayas abgerutscht.

Der neue Bürgermeister hatte wohl große Pläne und auch schon mit der Umsetzung begonnen. Das hatte er in den bisher vierzehn Tagen seines Aufenthalts häufig gehört und mit eigenen Augen gesehen. Doch bevor das neue Zeitalter eingeläutet werden konnte, verstärkten die vielen Baustellen das Chaos erst einmal. Ein noch mal deutlich erhöhter Lärmpegel, noch mehr Staub, Gestank und verstopfte Straßen. Stress für alle, Bewohner wie Besucher. Er war jedes Mal froh, wenn er aus der Hektik des Umbruchs wieder in sein unsaniertes Viertel einbog.

Auf dem Malecón klapperte er bis zum Mittag die Büros der Schifffahrtsgesellschaften ab. Man kannte ihn dort schon. Er war auf der Suche nach einem geeigneten Schiff mit Ziel Floreana. Nur wenige Frachtschiffe liefen die kleine Insel überhaupt an, außerdem gehörte Personentransport zur absoluten und meist auch unzulässigen Ausnahme bei dieser Art von Schiffen. Die Fahrten zu den Galapagosinseln kamen nicht selten spontan zustande. Fahrpläne gab es nicht. Zumindest keine, die man Leute wie ihn einsehen ließ. Dringend benötigtes Baumaterial konnte zu einer vorher nicht geplanten Überfahrt führen. Es musste einfach nur ausreichend lukrative Fracht auflaufen, um ein Schiff bereitzustellen. Dann aber, wenn Geld lockte, konnte alles ganz schnell gehen. So schnell, dass er, so hatte man ihm versichert, sich schon würde sputen müssen, um in diesem Fall rechtzeitig vor Ablegen an Bord zu sein.

Wenn er die Büroangestellten nach der *Manuel y Cobos* fragte, mit der er gerne übersetzen würde, blickte er in ratlose Gesichter. Ein Schiff dieses Namens schien keinem der Angestellten bekannt zu sein. Bis er in seiner zweiten Woche auf einen ausgemusterten Seemann traf, der als Türsteher vor einer Kneipe Dienst schob. Der Alte hatte auf seine Nachfrage hin etwas in seinen struppigen Bart gebrummt, das er kaum verstanden hatte. Am ehesten noch gab das Gemurmel Auskunft über das Sinken eines Schiffs gleichen Namens vor langer Zeit.

Wenn überhaupt, so teilte man ihm in den Büros mit, dann würde für seinen Wunsch am ehesten die *Virgen de Montserratte* infrage kommen. In jedem Fall würde ihn die Überfahrt einhundertfünfzig Dollar kosten, mit welchem Schiff auch immer. Die Büroangestellten schienen zu hoffen, ihn über den Preis abschrecken zu können. Passagiere verkomplizierten ihre Arbeit bloß. Der Preis war zudem – selten genug für diese Region der Welt – nicht verhandelbar und – noch eigentümlicher – bei allen Büros, in denen er in den letzten zehn Tagen vorstellig geworden war, gleich hoch.

Warum fliegen Sie nicht nach Baltra auf San Cristóbal und nehmen von dort die Fähre?, lautete eine Frage, die ihm gut ein Dutzend Mal gestellt und sogleich begründet wurde. Das ist weitaus billiger, schneller und komfortabler noch dazu. Die Überfahrt auf einem Frachter, da machen Sie sich mal nichts vor, ist nichts für Anfänger. Unsere Schiffe sind keine Luxusliner, wie ihr sie aus Europa kennt. Außerdem kann der Pazifik ein ausgesprochen unangenehmer Ort werden für Landratten wie Sie.

Während man die Gefahren vor ihm auffächerte, lächelte Steen stets freundlich. Die Warnungen erreichten sein Ohr, seinen Entschluss änderten sie nicht. Er kannte die Gefahren auf See, wenn auch vorerst nur aus Büchern und von Kanutouren auf diversen Seen, aber was wussten diese Leute schon von seiner Mission, in manchen Augenblicken begriff er ja selbst kaum, dass er es sich wirklich getraut hatte. Und mit seinem zweiten Ansinnen ging er sogar noch weiter. Ihm war überaus wichtig, gewisse Abläufe exakt einzuhalten. Abläufe, die ihm – so seine Idee – das Einfühlen in sein kommendes Leben erleichtern würden. Eigentlich waren sie sogar schon ein Teil davon.

Unter den Angestellten führte diese weitere Bedingung zu Mutmaßungen. Der ohnehin schon als seltsam verspottete Deutsche wollte nicht nur als Passagier auf einen Frachter, er hatte zudem noch ganz genaue Vorstellungen vom Termin seiner Abreise. Unter allen Umständen sollte das Schiff am 31. August auslaufen und – noch wichtiger – exakt am 4. September auf Floreana eintreffen. Die Spekulationen, was hinter diesem Wunsch stecken mochte, schossen bei den Agenturmitarbeitern ins Kraut und sorgten für reichlich Erheiterung und somit für etwas Abwechslung im Einerlei ihres Arbeitslebens.

Mittags kehrte er, wie auch die Angestellten der umliegenden Firmen, in eine der zahlreichen, überaus preiswerten Hafenkneipen ein. Während die Männer und Frauen am Verkaufstresen auf ihre bestellten Sandwiches oder Suppen warteten, deuteten sie im Gespräch untereinander häufig mit dem Finger auf den an einem der wenigen Tische sitzenden Deutschen. Bemerkte er ihre Blicke, lächelten sie ihm freundlich zu. Manche bildeten aus kleinem Finger und Daumen ein Telefon, das sie sich wackelnd ans Ohr hielten. Er hatte zur Kontaktaufnahme die Nummer eines geliehenen Mobiltelefons hinterlegt.

Steen aß meist Ceviche und einen Teller Suppe. Dazu trank er ein lokales Bier. Der Rechnungsbetrag lag bei umgerechnet zwei Dollar, so viel hatte er für sein tägliches Mittagessen einkalkuliert.

An diesem Tag wich er von seinen Routinen ab. Nach dem Mittagessen machte er sich auf zu einem Geschäft in der Avenida Eloy Alfaro, spezialisiert auf den Verkauf von Faltbooten, Kanus und Kajaks. Nach Beratung und Probesitzen erstand er ein gebrauchtes gelbes Kajak, das er sich in seine Pension liefern ließ. Er zahlte in bar und lief trotz der Schwüle noch rüber zur Touristeninformation. Den Namen verdiente der Laden, den er kurz darauf betrat, eher nicht. Prospekte, Angebote zu Stadtführungen oder Souvenirs suchte man vergebens. Ein spärlich möblierter Raum, verblichene Poster an den Wänden und zwei Schreibtische aus den Anfängen der Bürokultur. Die diensthabende Dame mittleren Alters aber verkaufte Karten für Kulturveranstaltungen.

Steens Pensionswirtin hatte ihn auf die Möglichkeit sogenannter Last-Minute-Tickets aufmerksam gemacht, die man ausschließlich in diesem Büro und nur für den gleichen Abend, dafür aber zu einem reduzierten Preis schießen könne. Das war ihre Wortwahl gewesen: schießen. Deshalb war er hier. Er wollte ein Billett schießen und brauchte außerdem noch ein Zugticket für den folgenden Tag.

Er sehnte sich regelrecht nach einem klassischen Konzert oder einer Opernaufführung. In Hamburg war er regelmäßig Gast der Staatsoper, über Jahre hinweg sogar treuer Abonnent gewesen. Bereits auf der Überfahrt hatte er den Verlust betrauert. Er brauchte gute Musik wie andere Leute die Gesellschaft Gleichgesinnter. Allein aus diesem Grund war ihm nahezu gleichgültig, wen oder was er hören würde. Die Vorfreude auf einen Opern- oder Konzerthausbesuch würde ihn für vieles entschädigen, dem er sich hier tagtäglich ausgesetzt fühlte.

Sein Einsatz wurde belohnt. Er ergatterte ein Ticket für das Jugendorchester Simón Bolívar unter der Leitung von Gustavo Dudamel. In Europa erschienen schon seit einiger Zeit wahre Elogen über den jungen Dirigenten. Man handelte ihn als Wunderkind und als den nächsten Superstar im weltweiten Musikzirkus. Steen erinnerte sich an eine hymnische Kritik in der *Opernwelt.* Er war außer sich vor Freude. Und dann auch noch Mahler.

Steen trat vor die Tür. Die Sonne war bereits untergegangen. Er putzte sich die Brille mit einem weichen Tuch, setzte sie wieder auf und sah die Straße hinab. Während der Nachtstunden übertünchte buntes Treiben die Tristesse des Ortes. Der Cerro zeigte sich belebt. Anzügliche Leuchtreklamen lockten vorwiegend männliche Passanten. Aus den Nachtclubs drang lustvolles Gestöhn hinaus auf die Straße, vor den mobilen Imbissständen hatten sich lange Schlangen gebildet. Die Luft war gesättigt vom Geruch nach Frittiertem.

Das Taxi wartete am Rinnstein gegenüber. In Wahrheit wurde der Cerro Santa Ana nach Einbruch der Nacht zu einem weitaus gefährlicheren Ort als während der zwölf Sonnenstunden zuvor. Das wurde einem hier oben von jedem Einheimischen eingebläut. Zu Fuß den Hügel hinabzulaufen, verbot sich nachts nicht nur Fremden. Vor allen anderen hatte ihn seine Wirtin, die inmitten dieses Sündenpfuhls geboren und aufgewachsen war und hier, wo sie ihr Geschäft betrieb, immer noch wohnte, die also niemals vom Cerro heruntergekommen war, inständig gebeten, sich ausschließlich in einem sicheren Taxi fortzubewegen. Dafür hatte sie ihm eine Telefonnummer zugesteckt. Sie gehörte einem Mann, der auf den keineswegs ecuadorianischen Vornamen Hannes hörte und einen

Pick-up sein Eigen nannte, der ihm Geschäft und Schlafzimmer in einem war.

Äußerlich unterschied den Mann wenig von den übrigen Taxifahrern der Stadt, den Unterschied machte Señora Obandos Vertrauen in seine Aufrichtigkeit.

Hannes brachte Steen in weniger als dreißig Minuten zum *Teatro Centro de Arte* in der Innenstadt. Noch aus dem Taxi heraus warf er einen ersten Blick auf das Gebäude. Es hätte ebenso gut ein Aquarium beherbergen können. An ein Theater oder ein Opernhaus, wie er es aus Deutschland kannte, erinnerte ihn der futuristische Quader jedenfalls nicht. Die Glasfront war fassadenhoch und eingerahmt von türkisfarben gestrichenem Mauerwerk. Zu beiden Seiten wuchs eine Gruppe hoher Palmen. Eine Freitreppe führte von der geschwungenen Vorfahrt hinauf ins Foyer.

Gegenüber der Treppe empfing die Besucher eine Skulptur. Steen betrachtete das Kunstwerk einen Moment lang. *Sinfonía en Moviemento* stand auf einer Plakette am Marmorsockel. Darüber himmelwärts strebende Figuren, die sich, auf elliptischen Ringen balancierend, umeinanderwanden.

Über die große Treppe gelangte er in den Vorraum des Opernhauses. Von dort führte eine weitere Treppe hinauf zum eigentlichen Konzertsaal. Zu seiner Freude entsprach der schon eher seinen Vorstellungen. Der Saal war vergleichsweise klein. Er suchte nach den Stehplätzen, besah sich die Eintrittskarte und stellte erfreut fest, dass sein Platz – der äußerste in der letzten Reihe und damit ganz sicher der schlechteste des ganzen Auditoriums – immerhin ein Sitzplatz war und damit viel besser als erwartet. Zufrieden ließ er sich auf dem Klappsessel nieder, streckte die Beine seitwärts in den Gang und parkte seine Arme auf den breiten Lehnen. Er fühlte sich durch und durch bereit. Die Zeit bis zum Beginn des Konzerts verbrachte er in kontemplativer Versenkung. Und wie stets vor einem Konzert summte er die zu erwartende Sinfonie vor sich hin.

Alle Besucher hatten ihre Plätze eingenommen, die lauten Gespräche waren aufgeregtem Gemurmel gewichen, als die vordere Tür noch einmal geöffnet wurde und eine verspätet eintreffende Frau die Aufmerksamkeit aller im Saal auf sich zog. Eine der Platzanweiserinnen schob sie hektisch zu ihrem Platz. Zeitgleich betraten die ersten Musiker die Bühne.

Steen stockte der Atem. Graues Haar, kurz und struppig geschnitten. Die Niederländerin von der *Paita,* die in diesem Augenblick auch noch ausgerechnet in seine Richtung sah. Sein rechter Arm wollte sich schon zum Gruß heben. Die linke Hand, offensichtlich besser mit seinem Gehirn vernetzt, konnte gerade noch rechtzeitig eingreifen, sonst hätte er seiner Reisebekanntschaft wahrscheinlich zugewinkt. Er spürte, wie ihm die Röte ins Gesicht stieg. Das Saallicht erlosch. Applaus brandete auf.

Mahlers Fünfte geriet zu einem berauschenden Erlebnis. Die Musik entführte Steen in eine andere Welt, absorbierte ihn vollkommen. Der traurige erste Satz rührte ihn zu Tränen. Es folgte der wilde zweite und der kraftvolle, aber wieder etwas langsamere dritte. Das darauffolgende, sehr langsame Adagietto, die Liebeserklärung Mahlers an seine Frau Alma, führte dazu, dass Steens Haut kribbelte wie bei einem Nesselfieberschub. Den fünften und letzten Satz durchlebte er mehr, als dass er ihn hörte. Schwerfällig kam die Musik daher, fast als könne sie ihren Rhythmus nicht finden. Dann aber nahm sie Fahrt auf, wurde wild und störrisch. Nur um zum Schluss, einem Malstrom gleich, alles mit sich zu reißen. Das Ende, ein gewaltiger Tutti-Akkord, riss Steen aus dem Sessel. Schweißtropfen standen ihm auf der Stirn, gleichzeitig war ihm kalt. Am liebsten wäre er auf den Sitz geklettert, um seinen Bravorufen zu größerer Wirkung zu verhelfen. Vielleicht hätte er es sogar getan, wenn er die übrigen Besucher nicht ohnehin schon um Haupteslänge überragt hätte.

So bewegend die Musik gewesen war, so merkwürdig berührt war er kurz darauf. Ruth Versteeg verschwand im Pulk der dem Ausgang zustrebenden Menge. Er eilte ins Foyer, lief hinüber zur Bar, weiter zur Garderobe. Mit dem Gesicht nah an den Scheiben ließ er seinen Blick von oben über den Vorplatz schweifen. Nirgends eine Spur von ihr. Er ging zurück zur Bar, kaufte sich ein Bier und hockte sich damit in die äußerste Ecke auf eine Bank.

Was er wohl als Erstes zu ihr gesagt hätte, wenn sie sich begegnet wären? Sie waren ja, wenn überhaupt, bloß flüchtige Bekannte. Seit der Landung hatte er nicht mehr an sie gedacht. Wahrscheinlich war sie jedem an Bord auf die Nerven gegangen. Besonders dem Kapitän. Während eines der Abendessen hatte sie sich bei ihm über zwei Männer der Besatzung beschwert, die sie, wie sie es formuliert hatte, mit Blicken auszögen, wenn sie ihr Sonnenbad nahm. Daraus hatte sich eine heftige und äußerst kontroverse Diskussion zwischen den beiden entwickelt. Sehr zum Ärgernis der übrigen Passagiere, die ihre Ruhe haben wollten. Niemand hatte sich eingemischt, auch er selbst nicht. In diesem Moment erinnerte er sich, dass er bloß seine Brille abgenommen und darauf gewartet hatte, dass sich die Situation entspannte. Versteeg hatte den Raum schließlich mit einer nicht stubenreinen Bemerkung verlassen. Warum ihm in diesem Augenblick gerade diese Szene wieder in den Kopf kam? Es hätte andere gegeben. Einmal, er war zum Sonnenaufgang an Deck gegangen, kam auch die Holländerin aus ihrer Kabine. Doch anstatt sich dem prächtigen Farbenspiel am Himmel hinzugeben, bestürmte sie ihn gleich wieder mit Fragen. Anscheinend trieb es sie um, dass sie nicht wusste, wo er hinfuhr und zu welchem Zweck. Reisen Sie eigentlich weiter auf die Galapagosinseln?, hatte sie gefragt. Bei der Frage war er zusammengezuckt. Woher wusste sie davon? Und wenn sie das schon wusste, was wusste sie noch? Das größte Geheimnis aber blieb, weshalb ihr Auftauchen in diesem Konzerthaus ihn derart erregt, ja fast schon aus der Bahn geworfen hatte. Die durch die Musik angefachte Euphorie fiel in sich zusammen. Das ärgerte ihn. War es vielleicht, weil sie das erste vertraute Gesicht seit zwei Wochen gewesen war?

In dieser aufgewühlten Stimmung ließ er sich von einem Taxifahrer, der nicht Hannes war, in die nächstbeste Bar bringen.

Dass er damit einen Fehler begangen hatte, bemerkte er, kaum dass er durch die Tür aus dünnem Blech ins Innere der Bar trat. Er verharrte, bis sich seine Augen an das schummrige Licht gewöhnten. Der aus Brettern zusammengehauene Tresen lag dem Eingang gegenüber. Ein Mann stand dahinter. Langes fettiges Haar und eine für das ausgemergelte Gesicht viel zu große Hornbrille waren das Erste, was Steen an ihm auffiel. Er interessierte sich für Brillen. Diese stand dem Typen überhaupt nicht.

Ein Impuls riet ihm zur Flucht, doch irgendetwas in ihm ließ nicht zu, dem nachzugeben. Er ging die wenigen Meter rüber zur Bar. Trotz der Dunkelheit konnte er das von Narben übersäte Gesicht des Barkeepers jetzt deutlicher erkennen. Und auch den Rest von ihm. Die Arme hinauf rankten sich Tattoos in einheitlichem Schwarz. Das Unterhemd, aus dem graues Brusthaar quoll, war fleckig. Der Typ verfolgte jede seiner Bewegungen aus eisgrauen Augen.

Ein Bier, bitte, sagte Steen, als er den Barhocker unter seinem Hintern spürte.

Die Antwort des Dürren bestand in einem lang gezogenen Grunzen. Er zapfte ein Pilsener und knallte es vor Steen auf den Tresen. Dabei schwappte ein Fingerbreit Flüssigkeit über den Glasrand und ergoss sich über die Holzplatte. Die dort zurückgelassenen Erdnussschalen schaukelten auf der Bierpfütze wie Nachen auf einem windbewegten See.

Steen nahm einen Schluck und sah sich dabei um. Unterschiedlich breite Wellblechstücke bildeten die Wände der Bar. Die Bodenplatte, aus Beton gegossen, war zu gleichen Teilen mit Holzmehl und Zigarettenstummeln übersät. Man saß auf Barhockern am Tresen oder in über den Raum verteilten Sesseln, deren Cordbezug nur mehr zu erahnen war. Die Wellblechwand entlang zogen sich Sitznischen, halbrund, die Bänke in Samtoptik.

Voll war der Laden nicht. Außer ihm hockte noch ein Pärchen am Ende des Tresens. Ein untersetzter Mann mit gelbweißem Haar. Die Augenlider auf Halbmast starrte er auf das leere Schnapsglas vor sich. Auf dem Barhocker daneben eine Frau, deren Perücke verrutscht war. Stark geschminkt, kurzer Rock, Netzstrümpfe. Ein hochhackiger Schuh steckte neben dem Hocker in einem feuchten Sägemehlklumpen. Den anderen trug sie noch. Steen sah sich außerstande, das Alter des Paars zu schätzen. Beide hatten hoffentlich schon bessere Zeiten erlebt.

In einer der Nischen, direkt neben der Tür zu den Toiletten, hielt ein Mann Hof, der einem Marvel-Comic entsprungen zu sein schien. Er steckte in einem beigen, viel zu weiten Anzug. Auf dem Kopf thronte ein Stetson mit breiter Krempe, eine Sonnenbrille verdeckte die Augen. Im Gesicht ein pechschwarzer Fu-Manchu-Bart. Um ihn herum wuselten einige junge Männer, die meisten von ihnen gekleidet wie der Barkeeper. Verwaschene, supereng sitzende Jeans mit breiten Gürteln und auffälligen Schnallen. Die trainierten und stark tätowierten Oberkörper steckten in ebenfalls eng anliegenden Feinrippunterhemden. Die Haare waren mit viel Pomade streng nach hinten gekämmt, obenauf eine Sonnenbrille, verspiegelt oder nachtschwarz. Am Hals trug man eine oder mehrere mehr oder weniger dicke Goldketten. Was er hier sah, hielt er für die Arbeitsuniform von Guayaquils Unterwelt.

Allein schon wegen der Kleidung passte er in diese Bar wie ein weißer Farmer aus Wyoming in einen Jazzclub nördlich der 110th Street in New York. Und natürlich erregte er Aufsehen. Für einen wie ihn konnte es, da schienen sich alle in dieser Kaschemme unabgesprochen einig zu sein, nur einen einzigen Grund geben, hier aufzukreuzen. Welcher das war, würde er schon sehr bald erfahren.

Vorerst hielt er sich an seinem Bier fest. Wenn er nur dieses eine tränke und sofort wieder ginge, würde das ganz sicher nicht gut gelitten sein, durchfuhr es ihn. Forsch bestellte er ein frisches. Vor lauter Nervosität würde er mehr trinken, als ihm zuträglich war, in jedem Fall aber trank er zu schnell. Er mochte Bier, immer schon. Langsam, aber stetig trinken, das war seine Art, den Feierabend zu begehen. An diesem Abend, nach dem erhebenden Erlebnis der Musik und dem viel zu schnellen Erlöschen des Feuers, in ein Lokal geraten, in dem er nicht sein sollte, ließ er seine Routinen fahren und erhöhte die Schlagzahl deutlich. Der Barkeeper mit dem Pokerface verblieb während der gesamten Zeit, wo er von Anfang an schon gestanden hatte: direkt vor ihm – schweigend, ihn, den Fremden, nicht aus den Augen lassend.

Nach dem fünften Bier verspürte Steen das Bedürfnis, sich zu erleichtern. Als er vom Hocker rutschte, fühlte er sich wackelig. Er brauchte einen Moment, um sich in Bewegung zu setzen. Den Blick streng zu Boden gerichtet, stapfte er auf die Tür neben dem Fu-Manchu-Bart zu. Der Rhythmus, in dem sich junge Männer am Tisch dieses Westentaschen-Paten die Klinke in die Hand geben, entspricht einem Presto, wenn nicht einem Prestissimo, dachte er im Vorübergehen, vermied aber jeden Augenkontakt.

Ohne Probleme erreichte er das Pissoir. Es lohnte nicht, sich über den Zustand der Toilettenanlage zu beklagen. Nach dem Gastraum wäre es naiv gewesen, hier hinten einen hygienisch einwandfreien Sanitärbereich zu erwarten. Er hielt sich die Nase zu und versuchte abwechselnd die Zigarettenstummel oder den Klostein im Becken mit seinem Strahl zu treffen. Dabei grunzte er. Ein Versuch, den Barkeeper zu kopieren. Er kicherte, weil er es nicht schaffte, das Geräusch derart in die Länge zu ziehen. Was für ein übler Schuppen, in den er hier geraten war.

Während er noch überlegte, wie er, ohne Probleme zu bekommen, das Etablissement wieder verlassen könne, schlug ihm die Schwingtür ins Kreuz. Einer der Jünglinge aus der Nische nebenan stellte sich vor das zweite Pissoir, zog geräuschvoll die Nase hoch, rotzte ins Becken und kramte parallel dazu in seiner Hose. Wie magisch zog der Schwanz des Jungen seinen Blick an, er konnte nichts dagegen tun.

Was suchst du?, fragte der Junge. Steen zuckte zusammen. Nichts. Entschuldigung. Er stotterte. Willst du mich anmachen, hermano? Meinen Schwanz kriegst du ganz sicher nicht. Sein dreckiges Lachen erfüllte den Raum. Disculpe!, wiederholte Steen. Er fühlte sich … er wusste nicht, wie. In einer solch verrückten Situation hatte er noch nie zuvor gesteckt. Ich wollte nicht aufdringlich erscheinen, stotterte er. Er schlug ab und schloss seinen Hosenstall schnell wieder.

Weiber? Der Junge blieb seiner Linie treu. Ein Weißer betrat ein Etablissement wie dieses hier höchstens, um sich etwas Illegales zu besorgen. Und der Junge schien herausfinden zu wollen, was es in Steens Fall war.

Hey, hermano, ich bin Julian. Wenn du Weiber brauchst, bist du bei mir genau an der richtigen Adresse. Latinas, Schwarze, auch Weiße, wenn du drauf bestehst – aber von denen würde ich dir abraten. Putas blancas! Er spuckte ins Pissoir. Hundert Prozent sauber … Was ist? … Warum sprichst du nicht? Willst du dich mit mir anlegen? Er drehte sich Steen zu und pinkelte ihm auf die Schuhe. Steen wollte zurückspringen, hatte aber die Wand im Rücken. Aaah, stieß der junge Kerl aus, du treibst es lieber mit Männern! Hombre con hombre, claro que sí!

Nein, bitte, ich gehe jetzt. Nichts für ungut.

Willst du vielleicht cocaína? Beste Qualität. Na klar, hermano! Keine Weiber, keine Jungs, du willst cocaína. Warum sagst du das nicht gleich? Wie viel willst du? Máxima calidad! Máxima calidad!

Steen stürmte aus dem engen Toilettenraum hinaus zurück an die Bar. Zahlen, bitte!, rief er dem Barkeeper zu und blickte über die Schulter. Noch war der Kerl nicht zu sehen. Dafür starrten ihn die anderen aus seiner Gruppe jetzt ungeniert an.

Was ist auf dem Klo passiert? Es waren die ersten Worte, die den Mund des Barkeepers verließen. Steen überschlug sich fast in der Schilderung der Ereignisse. Er stürzte sich in die Hoffnung, der Mann hinter der Bar könne ihn vor dem Paten und seinem Gefolge beschützen.

Der Wirt hörte sich alles seelenruhig an, fuhr sich mit der tätowierten Hand über die Bartstoppeln am Kinn und zeigte ein dünnes Lächeln. Sind bloß Kinder, hermano, sagte er dann. Steen riss die Augen auf. Mach keine Geschäfte mit Kindern, hörst du? Das ist nicht gut für dich.

Aber der Señor im Anzug …, presste Steen heraus. Sein Gegenüber beließ es bei dem Lächeln.

In der Nische sorgten derweil die Erzählungen des zurückgekehrten Dealers, Zuhälters, Jungkriminellen, oder womit auch immer der Bursche sein Geld verdiente, für reichlich Erheiterung. Steen sah genau, dass er die Szene am Pissoir pantomimisch nachstellte. Kein Zweifel möglich, so oft, wie er sich während seiner Schilderungen in den Schritt fasste.

Mister, sagte in diesem Moment der Barkeeper. Wenn du etwas brauchst, okay? Was auch immer, claro? Dann bin ich dein Mann, niemand anderer, comprendes? Ich, Joaquín!

Aber …, stieß Steen aus, während die Richtung seines Blicks verdeutlichte, was ihn beunruhigte.

Die müssen dich nicht interessieren. Solange du mit mir Geschäfte machst, bist du sicher. Alles cool. Aber …, hob Steen erneut an.

No, forastero! Der Einzige, den du kennen musst, steht vor dir. Joaquín! Also sprich mit Joaquín, sprich mit mir. Chicas, chicos, cocaine, anything you want, zählte er seine Geschäftsfelder ins Englische verfallend auf.

Mit letzter Kraft schüttelte Steen den Kopf. Ein Bier, bitte, bloß ein Bier … Nein, warten Sie, geben Sie mir noch einen Aguardiente dazu.

Dann schwiegen sie eine Weile.

Joaquín, ja?, sagte Steen schließlich mit niedergeschlagenen Augen.

Am 31. August des Jahres 1999 bestieg Harald Steen zum letzten Mal Hannes' Taxi. All sein Hab und Gut lag sicher verstaut auf der Ladefläche des Trucks. Zum Abschied drehte er sich noch einmal nach der winkenden Señora Obando um. Bis zum Schluss hatte sie versucht, ihn von dieser ungesunden Überfahrt, wie sie die Schiffspassage zu den Inseln nannte, abzubringen. Er winkte zurück, bis die Señora hinter der ersten Straßenbiegung aus seinem Gesichtsfeld verschwand.

Der Cerro Santa Ana hatte während der Wochen in Guayaquil doch noch seinen Schrecken verloren, ihm war hier oben, trotz offensichtlicher Gefahren, nichts Schlimmes widerfahren. Die Pension war für ihn zu einer Art Heimat auf Zeit geworden und Señora Obando ihm sogar ein wenig ans Herz gewachsen.

Von der verbliebenen Wartezeit auf dem Festland hatte er fast eine Woche in der Hauptstadt Quito zugebracht. Einmal an die dünne Luft auf beinahe dreitausend Metern Höhe gewöhnt, hatte er die erfrischende Kühle der Nächte und das Klima des ewigen Frühlings bei Tag sehr genossen.

Die Zugreise von Meeresniveau durch den Regenwald hinauf auf eine grüne Weide-und-Gras-Landschaft war beeindruckend gewesen. Bei jedem Halt im Dschungel enterten Verkäufer die Waggons. Sie boten gebratenes Gemüse an, gegrillte Früchte, klebriges Gebäck und frittierte Meerschweinchen, Säfte, Kaffee, Zigaretten und Zigarren. Was den Trip noch weiter verlängerte, waren die vielen Menschen, die an den Haltestellen den Zug verließen, um sich am nächsten Baum zu erleichtern, eine Zigarette zu rauchen oder ein Schwätzchen zu halten. Eilig schienen es weder die Fahrgäste noch die Zugführer zu haben. Hatte man sich einmal an das Verschleppen der Zeit gewöhnt, war es keine unangenehme Art des Reisens.

Während eines ersten kurzen Rundgangs am Nachmittag verliebte er sich spontan in die Altstadt Quitos. Die schmalen Gassen und bunten Häuser, die parkähnliche Plaza Grande, die zahlreichen Kirchen, Paläste, Klöster und zweigeschossigen Wohnhäuser, all das verzauberte ihn auf eine Weise, wie er es nicht für möglich gehalten hatte.

Unter all den architektonischen Schönheiten der Stadt beeindruckte ihn besonders die Jesuitenkirche *La Iglesia de la Compañía de Jesús.* Ihre barocke Fassade südamerikanischer Prägung hatte ihn angelockt, ohne dass er Besonderes dahinter vermutet hätte. Der Innenraum der Kirche haute ihn dann allerdings um. Minutenlang stand er mit offenem Mund da und starrte das riesige Mittelschiff entlang. Wo sonst gab es so viel Gold an Wänden und Säulen, in den Gewölben oder am Altar wie in diesem sakralen Prachtbau?

In der Kirche verbrachte er auch nach dem ersten Besuch noch viele Stunden des Nachdenkens. Über sich, seine Reise, den Zielort. Was er tat, war in gewisser Weise unausweichlich. Sinnlos, sich dagegen zu wehren. Er wusste seit Jahren, dass er es zu tun hatte und es tun würde. Der Sog der eigenen Geschichte war immer stärker geworden. Es hätte kein Entrinnen gegeben, selbst wenn er es gewollt hätte. Er war unterwegs.

Gläubig war er zu keiner Zeit seines Lebens gewesen. Und doch bekreuzigte er sich jedes Mal, wenn er diese Kirche betrat. Und er schickte, auf den rohen Brettern einer Kirchenbank kniend, zumindest ein Vaterunser gen Himmel.

Zurück im stickigen Guayaquil, hatte er sich noch zweimal mit Joaquín getroffen, dem Barkeeper und Mann für alle Fälle. Einmal, um dessen noch offene Frage nach seinen Wünschen mit fester Stimme zu beantworten. Das andere Mal, um die Bestellung in Empfang zu nehmen. Beide Treffen fanden während der Nachtstunden statt. Beide Male zerrissen sich die Schmalspurganoven in der Nische das Maul über ihn. Seine Angst vor ihnen war jedoch verflogen, die Toiletten suchte er dennoch nicht mehr auf.

Nun lag das in braunes Packpapier eingeschlagene Päckchen sicher verstaut auf dem Grund seiner Seemannskiste. Mit dem schlechten Gewissen, das ihn noch in der Nacht des Deals überfallen hatte, kam er inzwischen klar. Überhaupt hatte er das Gefühl, sich mehr und mehr in seine neue Existenz hineinzufinden.

Kurz nach dem Zwölf-Uhr-Läuten stand er inmitten seiner Koffer, der Überseekiste, des Kajaks und der Hängematte – einem Souvenir aus Quito – auf dem Verladekai. Sein Anzug war frisch gereinigt und aufgebügelt, die Budapester glänzten wie eine Speckschwarte in der grellen Sonne, das Hemd befand sich dank Señora Obando in tadellosem Zustand und strahlte heller als die Kleidchen der Kommunionkinder am Weißen Sonntag.

Vor ihm wuchs das Schiff in den Himmel, das ihn auf die Galapagosinseln bringen würde. Die *Virgen de Montserratte* mit Ziel Isla Isabela und dem für ihn viel wichtigeren Zwischenstopp auf der Isla Santa María, wie die Einheimischen Floreana nannten. Der Frachter passte zu Guayaquil wie die *Rickmer Rickmers* zu Hamburg. War der Dreimaster vor den Landungsbrücken seiner Heimatstadt herausgeputzt, so spiegelte die *Virgen* den Niedergang der Millionenstadt am Río Guayas. Ihre Flanken waren von Rost überzogen, von den Metallwänden blätterten gleich mehrere Schichten Farbe großflächig ab. Der Kahn stank nach Schiffsdiesel, hatte Schlagseite und deutlich bessere Tage gesehen. Aber es war sein Schiff in die Vergangenheit und Zukunft gleichermaßen.

Zwei Stunden später waren nicht nur Dutzende Paletten Bier und noch mehr Trinkwasser, Blocksteine, Zement und Saatgut, ein Jeep, stapelweise Konservendosen sowie allerhand Mobiliar an Deck vertäut worden, sondern endlich auch sein Gepäck. Er selbst stand derweil etwas verloren an Bord, bis ihm einer der Seeleute seinen Platz zuwies – im Heck des Schiffs unter freiem Himmel. Der Frachter verfügte lediglich über zwei Kabinen für Mitreisende. Sind bereits belegt, Señor, hatte man ihm am Telefon gesagt – ein letzter vergeblicher Versuch, ihn abzuweisen. Was er hätte tun können, um trotzdem eine dieser Kabinen zu ergattern? Nach sechs Wochen Guayaquil und einem windigen Geschäft mit Joaquín fiel ihm die Antwort leicht: Man hätte sie ihm niemals gegeben. Weil er ein Fremder war. Weil er keine Beziehungen hatte und über keine finanziellen Mittel verfügte. Die beiden Geschäftsleute, die kurz nach ihm an Bord gingen, schienen zumindest eine dieser Bedingungen zu erfüllen.

Die Angestellten in den Reedereien wussten natürlich nur zu gut, weshalb mancher darauf sann, mit einem Frachter wie der *Virgen de Montserratte* überzusetzen, man entging auf diese Weise den lästigen Einwanderungsbestimmungen und anderen unangenehmen Fragen. Es war diese Möglichkeit, sich als Fahrgast eines Frachters unter dem Radar der Behörden zu bewegen, auf die der erfahrene Seefahrer in Hamburg Steen aufmerksam gemacht hatte. Einmal auf Floreana, wäre er relativ sicher. Die Locals, wie der Alte sie nannte, würden sich nämlich einen Scheiß für ihn interessieren. Dahinten, hatte er gesagt, am anderen Ende der Welt, herrschen eigene Gesetze. Da kümmert sich jeder nur um sich und seinen eigenen Kram. Wirst schon sehen, min Jung.

Im Gegensatz zu den Dreißigerjahren des 20. Jahrhunderts waren an der Schwelle zum neuen Jahrtausend Fremde auf Galapagos nicht mehr willkommen, außer sie bewegten sich auf einer festgelegten Reiseroute, am besten noch innerhalb einer von den Behörden geführten Gruppe, und sie zahlten die üppigen einhundert US-Dollar Tagesgebühr.

Sein Platz war mit einem Segeltuch vor direkter Sonneneinstrahlung geschützt. Er spannte seine Hängematte darunter auf und verstaute das Gepäck. Als er sich vorsichtig, zum ersten Mal in seinem Leben überhaupt, in die doch arg schaukelnde Stoffbahn gleiten ließ, war er noch nicht überzeugt, dann aber, nach einem Moment der Unsicherheit, lachte er laut auf. Ich bin unterwegs, murmelte er vor sich hin. Ich habe es getan. Niemand von den Kollegen auf der Arbeit hätte mir das zugetraut.

Er befand sich endlich an Deck dieses Seelenverkäufers und hatte nun auch den festen Willen, die Überfahrt zu genießen, wie auch immer sie verlaufen würde. Etwas Sorgen um die Seetüchtigkeit der *Virgen de Montserratte* machte er sich dann allerdings doch. Der Kahn lag ungeheuer tief im Wasser und hatte mächtig Schlagseite, die durch das wenig ausbalancierte Beladesystem nicht eben korrigiert worden war. Er fragte sich, was wohl geschehen würde, gerieten sie in den prognostizierten von Feuerland die südamerikanische Küste heraufziehenden Sturm.

Als die *Virgen* die Anker lichtete, rollte das Schiff besorgniserregend. Schon jetzt ächzten die Motoren, als liefen sie seit Tagen im hochtourigen Bereich.

Eintausendzweihundert Kilometer, sagte er an niemanden außer sich selbst und den Wind gerichtet. Er wischte sich den Schweiß von der Stirn. Die Stadt blieb allmählich hinter ihnen zurück. Am späten Nachmittag erreichten sie zwischen der Hafenstadt Posorja und der Isla Puná hindurchmanövrierend das offene Meer.

Die Insel

Das Erste, was er von der Insel sah, war ein grün bewachsener Vulkankegel. Tief hängende Wolken verhinderten den Blick auf den Gipfel des Cerro Pajas, des Strohbergs. Rund um Floreanas höchsten Berg wuchsen weitere Erhebungen aus dem Grün des Dschungels. Der niedrigste dieser Nebenkrater war mit gerade einmal vierhundertfünfzig Metern Höhe der Asilo de la Paz. An seinen Hängen lagen die sagenumwobenen Pirate Caves, die Piratenhöhlen, und, für das Leben auf der Insel um einiges bedeutender, eine Frischwasserquelle.

Erst als auf der *Virgen* bereits die Vorbereitungen zum Anlegemanöver liefen, hatte er Augen für den Rest der Insel. Überwiegend flach und ziemlich öde erschien ihm der kreisrunde Flecken Land. Eine Insel aus Feuer geboren. Ihre Böden aus erkaltetem scharfkantigem Lavagestein. Darauf ein dichtes Geflecht aus flach wachsenden Büschen, dornigem Gesträuch und mannshohen Sukkulenten. Undurchdringliches Dickicht überall dort, wo der Mensch nicht eingegriffen hatte. Eine Piste, die im Neunzig-Grad-Winkel von der Küste in Richtung Cerro Pajas führte, war das einzige von See aus erkennbare Ergebnis eines solchen Eingriffs.

Während es an den Hängen der Vulkane gerade zu regnen schien, brannte die Sonne auf die Ansiedlung und die Besatzung der einlaufenden *Virgen de Montserratte* herab.

Steen schützte sich mit der Hand über den Augen gegen das gleißende Licht. Seine Gefühlslage war im Moment, da er sein lang ersehntes Ziel endlich erreichte, zwiespältig. Die Nadel seines seelischen Kompasses pendelte im schnellen Wechsel zwischen Glück und Furcht hin und her. Dabei war er eigentlich nur müde. Die Überfahrt hatte Kraft gekostet. Das Auge des Sturms war östlich an ihnen vorbeigezogen, doch auch so hatten Wind und Wellen dem Schiff zugesetzt. Kaum dass ein Wellenkamm erklommen war, raste der stählerne Rumpf auch schon wieder zu Tal. Bei jedem Aufschlag fürchtete Steen um sein Leben. Einzig die Ruhe, die von den Besatzungsmitgliedern ausging, gab ihm die Zuversicht, diese Achterbahnfahrt überleben zu können. Auch was die Sicherung der an Bord befindlichen Waren anging, erwies sich seine anfängliche Sorge als unbegründet. Nichts war über Bord gegangen oder planlos übers Deck geschlittert, sah man einmal von seinen persönlichen Dingen ab. In der Hängematte war ihm zwar mehrfach speiübel geworden, aber an und für sich hatte sie die schlingernden und schwankenden Bewegungen des Schiffs ganz gut austariert.

Auf wackeligen Beinen stand er an Bord, beide Hände fest um die Reling gekrallt, und beobachtete die Prozedur des Anlegens. Einen echten Hafen gab es nicht. Hinter der Mole erhob sich die einzige Ansiedlung Floreanas, Puerto Velasco Ibarra. Eine Handvoll Steinhäuser und Holzschuppen entlang einiger weniger der Wildnis abgerungener Pisten. Viel Blech war von seiner erhöhten Position aus zu sehen. Dächer, die aus dem Grün herauszuwachsen schienen. Tonnen, die Regenwasser sammelten. Rostige Dieseltanks und hoch in den Himmel ragende Sendemasten, mit Satellitenschüsseln bestückt. An ein Paradies dachte er angesichts des trostlosen Kaffs und des es umgebenden graugrünen Buschwerks zuallerletzt. Auch wenn die Informationen, die er in den zurückliegenden Jahren zu Floreana gesammelt hatte, nicht auf paradiesische Verhältnisse hingewiesen hatten, so war er doch im Moment seiner Ankunft ein wenig enttäuscht. Vermutlich erging es den meisten Tropenreisenden so. Gerade in diesen Gefilden stimmten die Bilder im Kopf selten mit der Realität überein.

Die Einwohnerzahl Floreanas war durch die Jahrhunderte hindurch einem steten Wandel unterlegen. Mehrfach wurde die Insel besiedelt, beinahe ebenso häufig wieder aufgegeben. Als Kolonie für Strafgefangene hatte sie gedient, norwegische Fischer hatten sich hier schnellen Reichtum erhofft, bevor zwei deutsche Auswandererfamilien und eine falsche Baronin den winzigen Flecken Land im Pazifischen Ozean auf die Titelseiten der Weltpresse gehievt hatten. Nun, zum Ende des Jahrtausends, wurde die Einwohnerzahl Floreanas von der Zentralverwaltung mit sechzig Personen angegeben. Unter ihnen ein Pfarrer, eine Lehrerin, einige wenige Pensionsbesitzer und deren Angestellte, ein Bäcker, der chinesische Betreiber eines kleinen Kolonialwarenladens, Mitarbeiter der Verwaltung sowie Parkranger und eine turnusmäßig wechselnde Anzahl an Meeresbiologen.

Am Ende der gemauerten Hafenanlage hatten die Insulaner eine Holztafel in den Vulkanboden zementiert. *Bienvenidos a Floreana* stand darauf, *Welcome to Floreana* gleich darunter in identisch großer Schrift. Zu Füßen der Tafel rekelte sich ein Seelöwenpärchen in der Sonne, gerade so, als bezahlte sie die örtliche Tourismusbehörde dafür mit einer Ladung Frischfisch pro Tag. Links vom Quai markierte der Glockenturm einer steinernen Kirche das nördliche Ende der Siedlung.

Auf dem Quai zählte Steen elf Personen, darunter drei spielende Kinder, die sich nach anfänglicher Neugier nicht länger für die *Virgen* interessierten. Autos oder Motorräder sah er nicht. Da die einzig befahrbare Piste der Insel kaum länger als acht Kilometer war, hätte dieser Umstand ihn nicht verwundern sollen. Trotzdem fiel es ihm auf. Die Straße führte, wie er aus seinen Büchern wusste, geradewegs aus der Siedlung hinaus in Richtung der Vulkankrater, bog davor in südliche Richtung ab, um schließlich bei einer Farm zu enden, auf der eine Biologin die fast ausgerotteten Riesenschildkröten züchtete, um sie später wieder in ihrer ursprünglichen Heimat auszuwildern.

Vielleicht waren die Einheimischen, die im Augenblick dem Löschen der Ladung zusahen, ohne besonderen Grund zum Wasser gekommen, allein um etwas Abwechslung zu genießen. Oder sie erwarteten etwas von dem, was der Deckkran gerade an Land hievte. In dieser Ödnis war der einlaufende Frachter wahrscheinlich allemal Grund genug, sich aufzumachen. Allzu viel gab es auf der Insel schließlich nicht zu tun, auch darüber hatte er gelesen. Viele Insulaner lebten in den Tag hinein und von der Handvoll Touristen, die die Expeditionsboote für einen kurzen Landgang tagtäglich ausspuckten. Kaum einer der Besucher blieb länger, vielleicht weil auf der Insel ein Fluch lastete, wie man sich hinter vorgehaltener Hand erzählte. In jedem Fall lag Floreanas Reiz für die Touristen eher in den mysteriösen Vorfällen der Vergangenheit als in der Schönheit der Gegenwart.

Steen ging erst von Bord, als sein Gepäck, Seekiste, Kajak und die beiden Überseekoffer, bereits auf dem Quai standen. Während er sich noch davon überzeugte, nichts zurückgelassen zu haben, sorgte er unter den Einheimischen längst für Gesprächsstoff. Ein einzelner Mann, noch dazu mit so viel Gepäck, erregte Aufmerksamkeit. Sie tuschelten untereinander, stellten Mutmaßungen an, in jedem Fall aber blieben sie so lange, bis ersichtlich wurde, was der Neuankömmling als Nächstes zu tun gedachte. Steen bemerkte die Blicke sehr wohl, doch sie waren ihm gleichgültig. Er ließ sein Gepäck unbeaufsichtigt zurück – wer sollte sich auf einer Insel von gerade einmal einhundertdreiundsiebzig Quadratkilometern, von denen der überwiegende Teil zudem noch unzugänglich war, schon daran vergreifen? –, tippte grüßend an die Krempe seines Huts und machte sich auf den Weg.

Die Hauptstraße trug den historisch anmutenden Namen *12 de Febrero.* Der schmale Pfad, in den er wenige Schritte später einbog, nannte sich *21 de Septiembre,* keine einhundert Meter weiter endete er direkt auf dem Lavasand des Black Beach, wo eine Meerechse Steen neugierig empfing. Normalerweise, das hatte er gelesen, war die

Haut der männlichen Tiere schwarz gefärbt, dieses Exemplar leuchtete rötlich in der Sonne – die Paarungszeit hatte begonnen. Siehst aus wie Godzilla, sagte er und schenkte dem Leguan ein Lächeln. Das einen Meter lange Urvieh begleitete ihn ein paar Schritte auf dem Weg durch den feinkörnigen schwarzen Sand, bevor es, flinker als erwartet, in Richtung Meer abbog. Er sah der Echse hinterher, bis sie neben einem Lavablock wie schockgefroren verharrte. Dann erst stapfte er die verbleibenden Meter zu seiner Unterkunft.

Die Pension Wittmer bildete das südliche Ende des Ortes und galt als das bessere Hotel von zweien. Die erste jemals auf Floreana errichtete Touristenunterkunft war sie auf jeden Fall. Die Wittmers, ursprünglich Auswanderer aus Köln, hatten sie Ende der Fünfzigerjahre eröffnet und führten das Haus bis zum heutigen Tag. Was damals eine Art Hütte gewesen sein mochte, hatte in den Folgejahren erhebliche Erweiterungen und Modernisierungen erfahren. Zuletzt war der Pension ein in Ockergelb gehaltener, leicht futuristisch anmutender Anbau hinzugefügt worden, der in einem Runderker mit großen Glasflächen auslief. Es war sicherlich das auffälligste Gebäude Floreanas.

In diesem Haus wohnte die einzige noch lebende Augenzeugin jener denkwürdigen Ereignisse Mitte der Dreißigerjahre, Margret Wittmer. Sie befand sich in ihrem sechsundneunzigsten Lebensjahr und war, den Erzählungen nach, körperlich wie geistig noch immer in guter Verfassung.

Steen betrat das Speisezimmer, nachdem er an der Rezeption niemanden angetroffen hatte. Die Tische standen entlang der geschwungenen Fensterfront und waren mit bunten Stoffen bespannt. Die Stühle überzogen weiße Hussen, die hinten von übergroßen Schleifen gehalten wurden.

Was ihn mehr interessierte als die gewöhnungsbedürftige Ausstattung der Pension, war das, was ihm als Nächstes ins Auge fiel. An den Wänden hingen zahlreiche gerahmte Schwarz-Weiß-Fotografien. In Gruppen angeordnet. Darunter erklärende Schrifttafeln. Seine Neugierde war geweckt, mehr noch, die Bilder, von denen er einige als Reproduktionen in Büchern bereits gesehen hatte, elektrisierten ihn.

Die ersten Bilder stammten aus der Zeit, als die damals achtundzwanzigjährige schwangere Margret, ihr um dreizehn Jahre älterer Mann Heinrich, genannt Heinz, sowie dessen Sohn aus erster Ehe, der zwölfjährige kränkliche Harry, im August 1932 ihre Füße auf die Insel setzten. Zwei Deutsche Schäferhunde, Hertha und Lump, hatten die Auswanderer aus Deutschland mitgebracht. Die Wittmers hatten ihre Kölner Wohnung verkauft und Heinrich seinen Job als Sekretär des Kölner Oberbürgermeisters Konrad Adenauer aufgegeben, um der Wirtschaftskrise zu entkommen, aber auch weil sie hofften, durch das tropische Klima eine Verbesserung von Harrys Gesundheitszustand zu erreichen. Der Junge litt an einer Lungenkrankheit und auch seine Augen waren nicht in Ordnung. Es gab Stimmen, die behaupteten, Heinz Wittmer habe sich in seiner Heimat etwas zuschulden kommen lassen, doch dafür hatte Steen bei seinen Nachforschungen keine stichhaltigen Beweise gefunden.

Nicht zum ersten Mal stellte er sich die Gesichter der Familie vor, als sich die Insel nach entbehrungsreichen Monaten der Überfahrt vor ihren Augen aus dem morgendlichen Dunst schälte. Er konnte nicht umhin, sie dafür zu bewundern, sich angesichts dieser Ödnis und der Weltabgeschiedenheit des Ortes in jenen Tagen nicht selbst den die Insel in großer Schar umkreisenden Haien zum Fraß angeboten zu haben. Und das galt umso mehr für die ersten eingetroffenen Deutschen, Dore Strauch und Dr. Friedrich Ritter.

Es musste ein schrecklicher Abend gewesen sein, der erste allein in der Wildnis. Auch wenn die Wittmers gewusst hatten, dass die beiden Berliner irgendwo auf der Insel sein mussten.

Genau an dieser Stelle, wo sich heute das Hotel befand, am Black Beach, hatte die Kölner Familie ihre erste Nacht unter freiem Himmel verbracht. Drei Menschen und zwei Hunde. Im Gepäck Reis, Bohnen, einen Zentner Mehl, fünfundzwanzig Pfund Kaffee und Haferflocken, fünf Pfund Kakaopulver, Seife, Streichhölzer, Öl, Büchsenmilch, Kartoffeln und Zwiebeln zum Auspflanzen. Außerdem führten sie Setzlinge wie Zuckerrohr, Yucca, Bananenschösslinge, Kaffeebohnen, Süßkartoffeln, Ananas, Kürbis, Mango, Papaya und Avocado mit sich. Dazu noch einen Hahn und zwei Hennen. Und natürlich Werkzeuge, Töpfe, Pfannen, ein Gewehr, einen Ballen gelben Stoffs und eine Schreibmaschine. Mit all ihrem Hab und Gut und der verbliebenen Hoffnung auf ein besseres Leben hockten sie in dieser ersten Nacht im Regen auf dem nassen Sand und waren doch guter Hoffnung. Die Szene aus Margret Wittmers Memoiren hatte sich ihm eingebrannt.

Die Bilder an der Wand beleuchteten schlaglichtartig, wie es mit den Wittmers auf Floreana weitergegangen war. Unterschlupf hatten sie zunächst in einer der Höhlen am Asilo de la Paz gefunden. Den Tipp hatten sie von den Berlinern bekommen, die sie gleich am ersten Tag nach der Landung aufgesucht hatten. Dr. Friedrich Ritter und seine Lebensgefährtin Dore Strauch waren bereits Ende 1929 auf Galapagos eingetroffen und hatten auf Floreana ein Stück Land urbar gemacht, das sie *Frido* nannten, eine Zusammensetzung ihrer beider Vornamen. Auch sie hatten zunächst in den Höhlen gehaust, bevor sie die zweite Quelle der Insel gefunden hatten, die näher am Strand, aber immer noch in der fruchtbaren Zone lag.

Dore und Friedrich! Sie waren Motor und Ursache seines Drangs. Hier, an den Wänden der Pension Wittmer, wies nichts auf ihre Existenz hin. Seine Augen wanderten von Fotografie zu Fotografie. Die dazugehörigen Texte las er aufmerksam.

Rolf Wittmer war der erste Mensch, dessen Geburt auf Floreana dokumentiert war. Am Neujahrstag 1933 brachte Margret den gesunden Jungen zur Welt. Die Schwierigkeiten und Gefahren einer Geburt an diesem unwirtlichen Ort konnte Steen sich kaum ausmalen. In ihren Memoiren hatte Margret Wittmer Dr. Ritter keine allzu große Hilfsbereitschaft attestiert. Wie aber, so hatte er sich all die Jahre über gefragt, hätte die Geburt ohne die Unterstützung des Arztes so glatt über die Bühne gehen können?

Rolf war jedenfalls gesund geboren worden und sein

Leben lang auf der Insel geblieben. Heute betrieb er ein florierendes Unternehmen auf Floreana. Mit seiner Jacht schipperte er betuchte Touristen durch den Archipel. Sicher würde er ihn bald kennenlernen.

Auch die Geburt des zweiten Kindes war fotografisch wie textlich dokumentiert. Ingeborg, genannt Floreanita, war vier Jahre später, 1937, zur Welt gekommen. Zu einem Zeitpunkt, da die mysteriösen Ereignisse das vermeintliche Paradies für einige bereits zur Hölle hatten werden lassen.

Sie müssen Herr Steen sein. Er schmunzelte, während er sich umdrehte. Ingeborgs Stimme hatte, obwohl sie auf der Insel geboren war und ununterbrochen hier gelebt hatte, eine deutlich rheinische Einfärbung.

Frau Wittmer? Steen nickte ihr zu.

Ingeborg!, antwortete die Frau. Warten Sie schon lange? Ich musste meiner Mutter das Mittagessen bringen. Im Augenblick sind keine Gäste im Hotel, fügte sie an.

Kein Problem, wirklich nicht, mir pressiert es nicht, sagte Steen. Ich habe mich schon mal etwas umgesehen, ein schönes Fleckchen Erde, auf dem Sie hier sitzen. Er hatte den Hut abgenommen und stieg, während er sprach, von einem Bein auf das andere. Die Frau bot ihm ein Glas Wasser an, was er dankend annahm.

Und Sie wollen also tatsächlich so lange bei uns wohnen, wie Sie es meinem Bruder geschrieben haben? Ingeborg lies die Frage beiläufig klingen, ihr Gesichtsausdruck verriet, dass es das nicht war. Ich habe mich noch nicht festgelegt, sagte er. Sie hob den Blick und sah ihn durchdringend an. Was führt Sie denn hierher? Sie setzte eine geschickte Pause, bevor sie fortfuhr. Mein Bruder sagt, dass Sie an einem Buch schreiben. Dann sind Sie also ein Schriftsteller?

Steen nickte und errötete im gleichen Augenblick. Was das Lügen anging, war er noch etwas ungeübt, vielleicht aus Mangel an sozialen Kontakten. Die Intensität von Ingeborgs Blick steigerte sich nochmals deutlich. Wenn Menschen kritisch werden, verengen sich ihre Augen, dachte Steen. Nicht so bei Floreanita, ihre schienen nur noch größer zu werden.

Was genau wollen Sie denn schreiben?, fragte sie. Ich will doch nicht hoffen, dass Sie noch einer von denen sind, die die ollen Kamellen wieder aufwärmen wollen.

Er deutete mit dem Finger auf die Fotowand. Mit ollen Kamellen meinen Sie die Galapagos-Affäre?

Das da, Ingeborgs langer schmaler Zeigefinger fuhr die Wand ab, war alles vor meiner Geburt, aber jeder neue Gast fängt sofort damit an. Das nervt! Ich sag's Ihnen lieber gleich, dann wissen Sie, wo Sie bei mir dran sind. Wenn Sie zu dieser sogenannten Affäre etwas wissen wollen, sprechen Sie mit meiner Mutter.

War das als Angebot zu verstehen oder schob sie damit den Schwarzen Peter nur weiter? Ihr Tonfall ließ jedenfalls keinen Zweifel daran, dass das Thema für sie damit abgeschlossen war. Gehen wir!, sagte sie dementsprechend knapp.

Zunächst hatte er lediglich eine schlichte Anfrage direkt an die Pension Wittmer gerichtet. Ein Hotelzimmer für einen etwas längeren Aufenthalt suche er. Es entwickelte sich ein Schriftverkehr zwischen ihm und Rolf Wittmer. Im Laufe dieser Korrespondenz wurde der Hotelier zunehmend neugieriger. Plötzlich interessierten ihn Steens Beweggründe, was er damit erklärte, dass es für Gäste auf Floreana unüblich sei, einen Aufenthalt von mehreren Monaten anzufragen.

Er wolle auf Floreana einen Roman zu Ende bringen, schrieb Steen ihm daraufhin. Beim Tippen seiner Antwort war ihm diese Idee zugeflogen. Und einmal dabei, fiel ihm zu seinem eigenen Erstaunen das Fortspinnen der Lügengeschichte nicht schwer. In seinem Buch, so schrieb er, gehe es um das Ende der Welt, im metaphorischen, aber auch im ganz wörtlichen Sinne. Und da verfiele man als Europäer ja geradezu zwangsläufig auf Galapagos. War man einmal geografisch festgelegt, müsse man auch bis zum Ende gehen, und da Floreana als eine der entlegensten Inseln überhaupt gelte, habe er sich entschieden, die Arbeit genau dort zu beenden. Er beabsichtige, mindestens zwei Monate zu bleiben, sein Aufenthalt könne sich aber auch deutlich ausweiten, das sei bei einem Roman schwer vorherzusagen. Manchmal tue das erschaffene Personal Dinge, die man ihm als Autor nicht mal im Ansatz zugetraut hätte, und dann müsse man dem eben folgen, alles Vorherige verwerfen und von Neuem beginnen. Er verfüge Gott sei Dank über die finanziellen Mittel, um sich den längeren Aufenthalt leisten zu können, und suche nun nach einem geeigneten und ruhigen Ort auf der Insel. Sicher würde er während seiner Zeit auf Floreana auch zu ausgiebigen Wanderungen und Exkursionen aufbrechen, also gar nicht so oft im Hotel übernachten. Das sei so seine Art. Wenn es irgendwie klemme, er sich festgeschrieben habe, sei Wandern oder Kanufahren fernab von den Menschen seine Art der Lockerungsübung. Das Einzige, worum er ihn bitten wolle, wäre, ihn unter dem Radar der Behörden segeln zu lassen. Denn die unverschämt üppige Touristengebühr könne und wolle er nicht aufbringen und über einen festen Zeitplan könne er mit der zuständigen Abteilung der Parkverwaltung auch nicht verhandeln, da man ja, wie er hoffentlich ausreichend dargelegt habe, niemals wisse, wie sich die Arbeit entwickle.

Zu seiner Freude hatte der letzte Punkt Rolf Wittmer überhaupt nicht interessiert, jedenfalls war er mit keiner Silbe darauf eingegangen. Er hatte sich mit den Erklärungen zufriedengegeben und ihm in seiner finalen Zusage ein einfaches, gleich hinter dem Hotel gelegenes Steinhaus angeboten. Ein Nebengebäude des privaten Wohnhauses der Wittmers. Mit separatem Eingang und eigener Küche, also ideal für einen längeren Aufenthalt.

Und genau dorthin führte ihn Ingeborg nun. Wittmer hatte nicht zu viel versprochen, das Häuschen war in seinem Inneren tatsächlich karg und spärlich möbliert. Viel mehr als ein Bett, eine wacklige Kommode, Stuhl und Tisch standen nicht darin. Die Vorhänge bestanden aus dem gleichen Leinen wie die Tischdecken im Esszimmer der Pension. Steen fühlte sich bei ihrem Anblick unmittelbar in die Anden versetzt und wäre über einsetzende Panflötenmusik nicht verwundert gewesen. Der Gedanke erheiterte ihn.

Als Ingeborg die Gardinen aufzog, eröffnete sich ihm ein Blick auf den Cerro Pajas, auf ausgetrocknetes Buschwerk und einen rostigen Öltank direkt hinter den Scheiben. Von hier aus erkannte er, dass die Insel rund um die Vulkane keineswegs so flach war, wie es von See her den Anschein gehabt hatte. Ganz im Gegenteil stieg die Landschaft direkt hinter der Küste zwar sanft, aber stetig an.

Gefällt es Ihnen?, fragte Ingeborg in seinem Rücken. Er beeilte sich, ihr zu versichern, dass er es gar nicht besser hätte treffen können. Die Frau kniff während seiner knappen Lobeshymne auf die perfekte Schreibwerkstatt die Augen zusammen. Sie konnte es also doch. Welch seltsamer Reflex, der nahezu allen Menschen zu eigen war. In welchen Situationen sich Ingeborgs Augen vergrößerten und wann sie sie zusammenkniff, würde er herausfinden müssen, wollte er ihre Mimik in Zukunft richtig deuten. Was allerdings bereits feststand, war, dass die Wittmer-Tochter und er keine guten Freunde werden würden. Aber das war auch nicht nötig.

Sie können im Hotel essen, wenn Sie nicht selbst kochen möchten. Hat Rolf Ihnen das gesagt? Fürs Abendessen müssen Sie sich morgens bis spätestens zehn anmelden. Wir machen auch Frühstück, amerikanisch oder deutsch, ab sechs. Abendbrot pünktlich um neunzehn Uhr. Mittagessen servieren wir nicht. Wenn Sie sonst etwas brauchen, wissen Sie ja, wo Sie mich finden.

Und mein Gepäck?, fragte er.

Was ist mit Ihrem Gepäck?

Es steht noch am Quai.

Dann würde ich mich beeilen, es wird regnen. Mit diesen Worten verließ sie das Zimmer.

Steen setzte sich auf die Bettkante, legte den Hut neben sich und besah sich seine Schuhe. Es soll regnen?, murmelte er gedankenverloren. Glaube ich nicht!

Mit nur drei Schritten gelangte er vom Bett in die Küche. Zwei rostige Kochplatten neben einer stumpf gescheuerten Nirosta-Spüle. Ein Kühlschrank aus den Anfangsjahren elektrischer Geräte. Sicherheitshalber öffnete er ihn erst gar nicht. Neben der Tür zum Badezimmer stand der Kleiderschrank. Er hing sein Jackett über einen Bügel, nachdem er es ordentlich ausgeklopft hatte, krempelte die Hemdsärmel auf und begab sich zurück zum Hafen.

Sein Gepäck war alles, was noch an den Stopp der *Virgen de Montserratte* erinnerte. Weg das Schiff, weg die Träger, die die Ladung gelöscht hatten, weg auch all die Neugierigen. Einzig sein Kajak, die große, schwere Kiste und die beiden Koffer standen noch auf dem Beton der Mole. Seine Idee war gewesen, zwei der Typen anzuheuern, die beim Löschen der Ladung geholfen hatten. Doch wie es aussah, war er auf sich allein gestellt. Nicht einmal die Seelöwen, deren Zahl inzwischen auf vier Tiere angewachsen war, interessierten sich für ihn und sein kleines Problem.

Er schleppte beide Koffer einen nach dem anderen in sein neues Domizil. Nach der zweiten Tour ruhte er kurz, schüttelte die Arme aus und trank etwas Wasser, bevor er erneut aus dem Haus trat. Ein Blick zum Himmel bestätigte, was Ingeborg Wittmer in Aussicht gestellt hatte. Schwarze Gewitterwolken hatten sich vor die Sonne geschoben. Er fragte sich, wo sie sich vorher versteckt gehalten hatten? Immerhin war der Himmel eben noch strahlend blau gewesen.

Über der See zuckten bereits erste Blitze. Der Donner wenige Sekunden später deutete an, dass ihm nur wenig Zeit blieb. Ausgerechnet die bleischwere Kiste stand noch am Pier. Dem Kajak konnte eine Ladung Wasser nichts anhaben, aber die Truhe wollte er schon lieber ins Trockene schaffen, bevor die Wolken sich entluden.

Schnell lief er über den Sand zurück zum Hafen. Es tröpfelte, als er dort eintraf, es donnerte, als er die Seemannskiste mit einem Ruck anhob. Sich rückwärts bewegend, zog er mit aller Kraft am Haltegriff, um das Miststück überhaupt von der Stelle zu bewegen. Als sei das Anspannen der Muskulatur eine Art verabredetes Zeichen, öffnete der Himmel im selben Augenblick seine Schleusen. Was er nun erlebte, hatte mit gepflegtem Hamburger Schmuddelwetter nichts gemein. Eine Sintflut ging auf ihn und Puerto Velasco Ibarra nieder. In Sekundenschnelle verschleierte der Regen alle Konturen. Wo eben noch Häuser gewesen waren, Antennenmasten, Öltanks, eine Hafenmole, stand jetzt nur noch eine undurchdringlich erscheinende Wasserwand. Er war fassungslos, begriff aber schnell, dass es keinen Sinn hatte, den Transport aufzuschieben. Vom Moment des ersten Aufpralls eines Tropfens auf seinem Kopf bis zu dem Augenblick, da er die Nässe auf der Haut spürte, vergingen keine zehn Sekunden. Die Naturgewalten verhöhnten jede schützende Kleidung. Klitschnass, wie er nun schon einmal war, riss er die Kiste stoisch Meter um Meter weiter in Richtung Pension. Ab der Hälfte der Strecke meinte er gar, sie zöge sich im Schlamm leichter als zuvor auf der staubtrockenen Piste, aber das mochte eine Täuschung sein. Nach einer gefühlten Ewigkeit und der Mobilisierung letzter Kraftreserven schleppte er sich und sein Hab und Gut in die Herberge. In diesem Augenblick erschien sie ihm heimeliger, als sie tatsächlich war.

Erschöpft legte er sich auf die nackten Fliesen. Sein Atem ging stoßweise, sein Hals war ausgetrocknet, er versuchte zu schlucken und erlag einem Hustenreiz. Sein Oberkörper bäumte sich auf und fiel zurück auf den kalten Fußboden. Als er sich so weit wieder gefangen hatte, dass zumindest seine Lungen nicht mehr schmerzten, stand er auf, kletterte über die Kiste hinweg und stellte sich in die offene Eingangstür. Der Regen fiel unvermindert stark.

Ganz langsam breitete sich ein Lächeln auf seinem Gesicht aus. Er nickte, wie zur Bestätigung. Schließlich lachte er lauthals, bis nahe an die Hysterie. Er trat unter dem Vordach hervor, breitete die Arme aus, legte den Kopf in den Nacken und stieß, während das Wasser ihm in Mund und Nase drang, einen langen schrillen Schrei aus.

Es dauerte eine Weile, bis Steen wusste, wo er war. Die Sonne schien ins Zimmer. Er tastete nach der Armbanduhr, die er auf dem ans Bett gerückten Stuhl abgelegt hatte. Es ging bereits auf Mittag zu. Er drehte sich auf den Rücken und dehnte seinen Körper, so gut es in dem zu kurzen Bett eben ging. Die Überfahrt hatte ihn wohl doch mehr angestrengt als gedacht. Bis kurz vor Mittag zu schlafen, das sah ihm wirklich nicht ähnlich.

Er stellte die Füße auf den Boden und drückte sich aus dem Bett.

Das Wasser, das aus dem Duschkopf tröpfelte, wurde maximal lauwarm. Er musste seinen Körper schon ziemlich verbiegen, um überall nass zu werden. Seife oder Shampoo suchte er ebenso vergebens wie saubere Handtücher. Vielleicht war das auf den Inseln nicht üblich, vielleicht brachten die Leute in dieser Gegend ihre Waschutensilien selbst mit, wenn sie verreisten. Wahrscheinlicher aber war, dass vergessen wurde, das separate Häuschen in den Serviceplan der Reinigungskräfte aufzunehmen. Laut Rolf Wittmer stand es seit Jahren leer.

Leidlich erfrischt, aber korrekt gekleidet trat er wenige Minuten später vor die Tür. Er verspürte einen gewaltigen Hunger. Die Vorräte, die er sich als Proviant für die Überfahrt noch vor der Abreise in Guayaquil gekauft hatte, waren aufgebraucht, die wenigen Reste an Brot und Käse hatte er auf dem Schiff zurückgelassen. Da er kein Frühstück geordert und die Zeit, zu der es serviert wurde, ohnehin verpasst hatte, stand er nun etwas ratlos da. Vielleicht hatte die so hart wirkende Ingeborg ja doch einen weichen Kern und würde ihm zumindest einen Kaffee kochen? Etwas Essbares ließe sich in dem Kaff wohl auftreiben, schließlich gab es im Ort einen Bäcker.

Gut gelaunt genoss er für einen kurzen Moment die Sonne im Gesicht sowie das Vogelgezwitscher um sich herum. Andere Geräusche existierten nicht. Kein Hupen oder Knattern. Kein Flugzeuglärm, kein Kindergeschrei und auch kein Hundegebell. Selbst das Brummen der Stromgeneratoren fehlte an diesem Morgen. Ein durch und durch friedlicher Start in den Tag.

Er trat von der hölzernen Veranda hinab auf den von Sonne und Wind ausgedörrten Boden und besah sich sein neues Heim aus einigen Metern Entfernung. Grobes unverputztes Mauerwerk, gekrönt von einem Dach aus Wellblech. Ein nahezu quadratischer Bau mit einer überdachten Veranda. Wurde eine Hütte automatisch zum Haus, wenn statt Holz Steine verbaut wurden? In einem Palast wohnte er jedenfalls nicht.

Er umrundete das Gebäude und gelangte zu dem Wassertank vor seinem Fenster. Er hob den Blick und schaute über das gleich dahinter beginnende dichte Buschwerk hinauf zum Asilo de la Paz. Zumindest zum unteren Teil des Vulkans, der nicht hinter Wolken verborgen lag. Er war begierig zu erfahren, wie es da oben aussah, und noch mehr, wie er sich dort fühlen würde. So viel schon hatte er über den Ort gelesen, von dem aus Dore und Friedrich die Insel erobert hatten, dass die Höhlen sein erstes Ziel sein mussten. Sie hatten für die beiden damals eine zentrale Rolle gespielt. Er spürte, wie es ihn dorthin zog. In seinen Träumen hatte er sich dort leben gesehen, immer und immer wieder. Aber ein bis zwei Tage wollte er sich hier unten an der Küste schon noch gönnen, bevor er den Asilo in Angriff nehmen würde.

Hinter seiner Unterkunft wuchs eine Gruppe Kakteen, die aussah wie eine Fußballmannschaft, die sich zum finalen Aufputschen vor dem Match am Mittelkreis des Spielfelds aufgestellt hatte. Um sie herum war die Erde zertrampelt und furchig. Ein zweites Haus kam in Sicht. Vom Strand aus war es nicht zu sehen gewesen. Das Privathaus der Familie Wittmer.

Einmal um die südliche Ecke des Wittmer-Hauses gebogen, übertönte das Gackern von Hühnern das Zwitschern der Vögel. Steen passierte die Eingangstür und, ohne bemerkt zu werden, auch das danebenliegende Fenster mit den hübschen bunten Gardinen. Soweit er sehen konnte, befand sich alles in einem tadellosen Zustand, wirkte bewohnt und bestens instand gehalten.

Blumenkästen und eine Hollywoodschaukel zierten die Veranda. Zu sehen war niemand. Auch nicht im hinter dem Haus liegenden Hühnerstall, einem Drahtverhau, dessen Tür offen stand. Irgendwie war er nicht darauf vorbereitet gewesen, auf einer Hühnerfarm zu landen. Ehe er sich's versah, war er von mehreren Dutzend der Tiere umzingelt.

Wie gefährlich sind Hühner eigentlich? Er durchdachte

seine Optionen, während er stocksteif dastand. Er liebte Tiere. Mehr als Menschen. In jedem Fall. Schließlich hatte er sich früher oft in ein Tier verwandelt. Allerdings in einen Hund namens Prune, nicht in ein Huhn. Warum machten ihm dann diese gackernden Kratzer gerade Angst? Angst war das falsche Wort. Sie verunsicherten ihn, das war es, machten ihn nervös. Außerdem sorgte er sich um seinen Anzug. Für den Besuch eines Bauernhofs war er zweifellos falsch gekleidet.

Das fand wohl auch die kleine, rundliche Frau mit dem schlohweißen Haar, die urplötzlich hinter ihm stand und herzhaft über ihn lachte.

Guter Mann, Sie sin aber wirklich falsch anjezogen.

Margret Wittmer, es bestand kein Zweifel. Neben ihrem Idiom klang das der Tochter nach reinstem Hochdeutsch. Sie klatschte in die Hände, um die Hühner zu vertreiben. Das hatte er auch schon gemacht, bei der alten Frau zeigte sich das Federvieh jedoch einsichtig.

Guten Morgen, sagte Steen. Er war verlegen, war ihm doch bewusst, welch seltsames Bild er abgeben musste.

Morjen? Wieder lachte Margret Wittmer herzhaft. Dabei schüttelte sie ihren Kopf, als könne sie nicht glauben, was ihre Augen sahen. Ein weißer Kittel umgab ihren Körper wie eine zweite Haut. Wie fünfundneunzig sah sie nicht aus.

Et es ald Meddaach. Wieder schüttelte sie sich. Eine echte rheinische Frohnatur, dachte Steen, dem für diesen letzten Satz die adäquate Übersetzung fehlte.

Die Überfahrt steckt mir noch etwas in den Knochen, sagte er, sich den Sinn zusammenreimend. Normalerweise …

Sie brauchen sich doch nicht zu entschuldigen, unterbrach sie ihn, ihrem Dialekt blieb sie dabei treu. Offensichtlich war für sie nach so langer Zeit in der Fremde die Sprache ihrer Heimatstadt mit der ihres Herkunftslandes verschmolzen. Ob sie jemals Hochdeutsch gesprochen hatte, daran durfte man zumindest leisen Zweifel hegen. Die Mundart bei dieser Frau, über die er so viel zu wissen glaubte, löste Unbehagen in ihm aus. Irgendwie machte sie diese Begegnung, die er in Gedanken schon oft durchgespielt hatte, zu einem surrealen Erlebnis. Und dazu noch all die Hühner um ihn herum … Immer wenn sein Blick auf eins der Viecher fiel, waren da diese ruckenden Bewegungen. Nie konnte er sich sicher sein, dass das Huhn, welches er gerade fixierte, dasselbe war, das er noch vor einer Sekunde vor Augen gehabt hatte.

Macht doch gar nichts, hörte er Margret Wittmer sagen. Sie sind der Deutsche, ne?

Steen, ja. Ich komme aus Hamburg, sagte er und riss sich von den Hühnern los. Er kam ins Stottern. Und Sie sind?

Margret Wittmer, wer dann sonst? Das Kopfschütteln hatte sie eingestellt. Dass der Mann vor ihr sie belustigte, konnte man am Blitzen ihrer Augen erkennen. Ich kumme us Kölle am Rhing.

Na klar, bitte entschuldigen Sie. Sie sind Margret Wittmer, wer denn sonst? Da haben Sie völlig recht, sagte er.

Haben Sie schon gefrühstückt?, fragte sie. Er schüttelte den Kopf. Dann machen wir Ihnen besser mal was, sonst fallen Sie uns noch vom Fleisch. Sie sind sehr mager, gibt es in Deutschland nix mehr zu essen? Steen wusste nichts zu entgegnen. Ich muss allerdings schnell noch was erledigen, dann gehen wir rein und Sie erzählen mir, woher genau Sie kommen, was Sie hier wollen und alles, was es Neues aus meiner Heimat zu berichten gibt.

Ohne seine Antwort abzuwarten, stiefelte sie mitten hinein in die Hühnerschar. Steen wäre gerne in die Luft gesprungen und hätte in dieser Schwebeposition verharrt, bis der Spuk mit den Hühnern ein Ende gehabt hätte. Ihre Bewegungen waren nichts für einen fantasiebegabten Menschen. Als er gerade wegrennen wollte, stoppte ihn ein durch Mark und Bein gehender Schrei. In der Bewegung eingefroren, ruckte sein Kopf, den Hühnern dabei nicht unähnlich, in Richtung des Geräuschs.

Was er sah, verursachte ihm Brechreiz. Eines der Hühner rannte kopflos zwischen seinen Artgenossen herum, Blut schoss ihm im Rhythmus des Herzschlags aus dem Hals. Davon unbeeindruckt, ergriff die alte Dame gerade ein weiteres Tier, ging hinüber zu dem blutbesudelten Hackklotz am Rande des Käfigs, klemmte den Kopf des Tieres in eine Art Miniguillotine, ergriff eine im Boden steckende Machete und hackte auch diesem Vieh den Kopf ab. Der Körper fiel unter wildem Flügelschlagen zunächst wie ein Stein zu Boden, bevor auch dieses Tier kopflos und Blut verspritzend umherrannte. Das erste Schlachtopfer war inzwischen verendet. Die Wittmer wartete, bis auch das zweite Huhn sein Leben ausgehaucht hatte, packte die leblosen Körper bei den Füßen und zog den kalkweißen Steen mit der anderen Hand und den Worten: Sie sind 'ne richtige Städter! vergnügt hinter sich her auf die Veranda ihres Hauses, wo sie die beiden Hühner in einen Eimer mit dampfend heißem Wasser schmiss.

Steen saß auf einem dreibeinigen Hocker am einen Ende des Vorbaus. Vor sich auf dem wackeligen Holztisch standen eine Tasse Kaffee und mit einer Schicht Zuckerguss überzogenes Gebäck. Er hatte noch nicht davon probiert, weil ihn ein roter Fleck auf der blütenweißen Kittelschürze der Wittmer in seinen Bann gezogen hatte. Sie saß ihm gegenüber und zeigte sich äußerst redselig, während sie mit großer Routine die getöteten Hühner rupfte. Der Boden um sie herum war weiß vom Gefieder der Vögel. Der Blutfleck befand sich auf Höhe ihres Busens. Was sie in den vergangenen zehn Minuten gesagt hatte, war nicht in Steens Bewusstsein vorgedrungen, weil er weder Augen noch Gedanken von dem Fleck und ihrem Tun abwenden konnte. Was hatte er denn geglaubt, wie Fleisch oder Fisch auf einer abgelegenen Insel auf den Tisch kamen? Einen Schlachthof gab es auf Floreana ganz sicher nicht. Nicht einmal einen Metzger und auch keinen Fischhändler. Wer hier lebte, war für seine Mahlzeiten weitestgehend selbst verantwortlich. Wer Fleisch essen wollte, musste ein Tier töten, ausnehmen und zerlegen können. An Wittmers Tun war nichts Verwerfliches. Wahrscheinlich gehörte das Schlachten von Tieren zu ihren täglichen Pflichten.

Margret Wittmer war die zentrale Gestalt Floreanas. Hätte die Insel eine Präsidentin, sie wäre die logische Kandidatin für den Posten gewesen. Die einzige Überlebende jener Geschehnisse, die einzige Augenzeugin. Sie kannte die Toten und ihre Mörder. Wenn es für die Wahrheit überhaupt noch einen Weg ans Licht gab, führte er über diese Frau. Nur von ihr konnte Steen Antworten erwarten, die über die vielfältigen Spekulationen und Theorien derer, die nicht direkt beteiligt gewesen waren, hinausgingen.

Aus den vielfältigen Leseeindrücken hatte sich das Bild einer Frau geformt, das durch das Töten der Hühner noch mal verstärkt wurde. Ohne jede Frage war er Margret Wittmer gegenüber voreingenommen. Sein Bild von ihr war nicht das einer sympathischen alten Dame. Und nun, da sie ihm gegenübersaß – klein, alt, freundlich –, glich er sie beständig mit diesem Bild ab. Das fröhliche Geplapper, noch dazu in diesem Singsang, rüttelte etwas an seinem Vorurteil.

Was um Himmels willen wollen Sie denn für eine so lange Zeit hier bei uns?

Die Frage der Alten zwang ihn, seine Augen von dem Blutfleck loszureißen. Und damit auch, seine ausufernden Gedanken einzufangen.

Ich finde das seltsam, fügte sie an. Meine Kinder übrigens auch. Rolf meint, Sie wollen einen Roman schreiben? Wissen Sie, das haben schon viele gemacht. Und alle haben versucht, mit mir über den Kladderadatsch von damals zu sprechen. Un jetzt Sie auch noch! Ich habe keine Lust mehr, mich zu erinnern, wissen Sie? Ich bin über neunzig. Das können Sie sich gar nicht vorstellen, junger Mann. So ein langes Leben. Die meiste Zeit auf dieser Insel, in der Wildnis, ohne jeden Komfort. Ich habe viel erlebt und noch mehr durchgemacht, glauben Sie mir das. Ich bin müde. Die alten Geschichten gehören der Vergangenheit an. Lassen wir sie ruhen. Schreiben Sie über die Kinderchen oder die Tiere oder was weiß ich.

Ja, sicher, machen Sie sich da keine Sorgen. Ich hätte von meiner Seite aus auch kein Wort darüber verloren, log er.

Sagen Sie bloß nicht, dass Sie noch nix von der Galapagos-Affäre gehört haben, sagte die Wittmer. Doch, doch, schon, beeilte er sich zu versichern. Wie sollte man über Floreana lesen und nicht über diese Geschichte stolpern. Ich gebe auch gerne zu, dass es interessant wäre, Ihre Sicht der Dinge zu kennen. Ist ja schon eine verrückte Geschichte … und als Schriftsteller ist man sozusagen von Natur aus neugierig und empfänglich für außergewöhnliche Geschichten, besonders dann, wenn sie ein Geheimnis bergen.

Meine Sicht der Geschichte?, unterbrach sie ihn. Ich habe alles dazu aufgeschrieben. Kennen Sie das Buch? *Postlagernd Floreana?* Er nickte. Sehen Sie, dann wissen Sie alles, was es zu wissen gibt. Wenn Sie nicht deshalb hier sind, weshalb denn dann?

Er blickte über die Wittmer hinweg in einen weitverzweigten Baum voller rosa Blüten. Ihr Duft vermischte sich mit dem der Innereien der Hühner, die die Alte in einen weiteren Blecheimer zu ihren Füßen geschmissen hatte. Ihm war flau im Magen. Hinter seiner Stirn arbeitete es. Es gab viele Fragen, die man Wittmer stellen konnte, tatsächlich hatte er genau eine, die ihn interessierte, hielt aber den Zeitpunkt, sie zu stellen, noch nicht für gekommen. Zuerst einmal musste er auf der Insel ankommen, sich einleben. Dafür wollte er so bald wie möglich raus aus Puerto Velasco Ibarra und hoch auf den Berg, in die Einsamkeit. Alles hing davon ab, ob es ihm gelang, sich so zu verhalten, als sei er ganz und gar auf sich allein gestellt. Wie die Auswanderer damals. Er wollte ihren Atem, den Atem der Geschichte, spüren. Später würde er das Vertrauen der Alten gewinnen. Und dann wäre immer noch ausreichend Zeit, sich weiter hinauszuwagen mit seinen Fragen.

Was geht in Ihrem Kopf vor, junger Mann? Ich kann Sie denken hören.

Na ja, begann Steen stockend, es ist ein wenig … wie soll ich sagen … ein wenig privat.

Privat? Margret Wittmer kicherte wie ein junges Schulmädchen. Dann interessiert es mich besonders.

Ich erfülle nebenbei auch einen Wunsch meiner Mutter. Beim Sprechen errötete er. Sein Blick sank hinab zu den Verandadielen. Also, ich bin schon wegen des Romans hier, nicht dass Sie mich falsch verstehen, aber eben auch wegen des Wunschs meiner Mutter. Es ist so: Meine Mutter hatte einen alten Atlas. Darin las sie häufig und gerne.

Lesen?, fragte Margret Wittmer.

Sie blätterte darin herum und ließ sich in Gedanken in all die fernen Länder tragen. Manchmal betrachtete sie einzelne Länder auch etwas genauer. Dann suchte sie nach Höhenzügen, fuhr mit dem Zeigefinger Wasserläufe ab, tippte auf Städte und Grenzverläufe. Die Bevölkerungszahl interessierte sie, die Flagge des Landes, die vorherrschende Sprache und was man sonst noch alles an Informationen in einem Atlas findet. Manchmal untersuchte sie auch ganze Kontinente und meinte allein schon aus der Topografie den Grund kriegerischer Auseinandersetzungen ablesen zu können. Ihr absoluter Favorit war die Doppelseite der Galapagosinseln. Irgendwie war sie ganz vernarrt in sie. Beim Abendbrot hat sie meinem Vater und mir häufig davon erzählt. Als sie später krank wurde, sagte sie stets: Wenn ich wieder gesund bin, reise ich auf die Galapagosinseln. Obwohl wir dafür kein Geld gehabt hätten, widersprachen mein Vater und ich ihr nie. Und die Insel, die sie aus irgendeinem Grund ganz besonders mochte, war …

Floreana, vollendete die Wittmer den Satz. Das ist eine schöne Geschichte, Herr Steen. Sehr, sehr schön.

Finde ich eigentlich auch, dachte er, der sie sich gerade ausgedacht hatte. So langsam fand er Gefallen am Geschichtenerfinden. Sie waren harmlos, keineswegs strafbar und erlaubten ihrem Erfinder, sich die Welt ein wenig zurechtzubiegen.

Nach dem Tod meiner Mutter bin ich dann mit dem Schiff los, so wie sie es vorgehabt hatte, sagte er. Sozusagen an ihrer statt. Von Rotterdam nach Guayaquil und von dort mit einem Frachter hierher nach Floreana.

Margret Wittmer saß jetzt aufrecht. Er bemerkte es aus den Augenwinkeln heraus.

Zwischendrin war ich noch in Quito, fuhr er fort. Das Festland, also Ecuador, befand sich nur eine Seite weiter im Atlas, erklärte er. Der Chimborazo, den wollte Mutter unbedingt auch einmal mit eigenen Augen sehen. Wegen dem guten alten Alexander von Humboldt, hat sie immer erklärt. Und von Quito schwärmte sie auch. So war sie. Sie verliebte sich in fremde Welten, obwohl sie sie nur in ihrer Fantasie bereisen konnte. Der Atlas war so etwas wie die Startrampe ihrer Träume. Es hätte auch Kapstadt, die Osterinseln oder Grönland sein können. Aber es waren die

Galapagosinseln. Nun ja. Jedenfalls habe ich die Reise exakt so unternommen, wie meine Mutter es sich erträumt hat.

Schade, dass sie nie hierhergekommen ist, sagte Margret Wittmer nach einem kurzen Moment der Stille.

Das stimmt. Sie hat sich nie wieder von der Krankheit erholt. Und ich erfülle ihr jetzt quasi ihren letzten Willen.

Dann sind Sie ein guter Sohn. Wittmer goss sich Kaffee nach und nippte an der Tasse. Aber ich verstehe noch immer nicht, sagte sie und legte dabei den Kopf etwas schief, weshalb Sie so lange bleiben wollen?

Nun, das wiederum hat mit meinem Buch zu tun, beeilte er sich zu versichern. Es handelt vom Ende der Welt, von einem Mann, der dieses Ende aufsucht, weil er sich verspricht, dort Antworten zu finden. Antworten auf drängende Fragen. Fragen nach seiner Familie, dem Leben im Allgemeinen und dem Sinn der Dinge. Meine Idee war, nein, meine Idee ist es, das Buch an einem solchen Ort zu schreiben. Und deshalb bin ich hier. Das macht ein anderes Gefühl, verstehen Sie das?

Er hob den Blick. Etwas im Gesicht der Alten hatte sich verändert. Hatte sie ihn vorher aus ihren listigen Schweinsäuglein vergnügt angeblickt, so hatten sich diese nun verengt. Ihr Blick war kritisch geworden. Leicht verunsichert fuhr er fort.

Nachdem ich nun vor ein paar Monaten selbst in Pension gegangen bin, versuche ich zwei Fliegen mit einer Klappe zu schlagen. Meinen Roman zu vollenden und den letzten Wunsch meiner Mutter zu erfüllen. Deshalb bin ich hier.

Sehen Sie mich mal an, sagte Margret Wittmer.

Er riss die Augen auf. Ich verstehe nicht?, sagte er. Sie sollen mir mal in die Augen sehen! Er hob den Kopf – widerwillig.

Lange starrte sie ihn an, reglos, ungeniert, intensiv.

Was ist denn mit mir?, stotterte er. Er fuhr sich durchs Gesicht, als habe sie ihm gesagt, dass er schmutzig sei.

Ich weiß es noch nicht, sagte sie. Mir ist, als hätte ich Ihr Gesicht schon mal gesehen. Es ist mir nicht gleich aufgefallen. Aber Sie haben Ähnlichkeit mit …

Mit?, fragte er. Ihm brach der Schweiß aus.

Die Wittmer schüttelte den Kopf, schien sich ihrer Sache nicht sicher. Ach nichts, sagte sie nach einer für Steens Empfinden viel zu langen Pause. Wahrscheinlich nur ein Irrtum. Noch mal schüttelte sie den Kopf und warf ihm einen kritischen Blick zu, nur um unmittelbar darauf das Thema zu wechseln. Sie essen die Teilchen ja gar nicht, sind selbst gebacken, probieren Sie wenigstens mal. Ein altes Rezept meiner Schwiegermutter aus Köln. Krapfen, in Öl gebacken.

Steen biss beherzt in das billardkugelgroße Backwerk.

Also hat Ihr Roman nichts mit der Geschichte meiner Familie zu tun, sagte Margret Wittmer. Ob sie das als Frage oder Feststellung meinte, war nicht herauszuhören.

Er konnte nicht antworten. Die Mischung aus Mehl, Zucker und Frittieröl verklebte ihm Lippen und Gaumen. Das Gebäck selbst war furchtbar süß und trotz seines Fettgehalts trockener als der Lehm vor seiner Hütte. Vorsichtig führte er die Tasse zum Mund und gab Kaffee hinzu. Er wendete die Masse in seiner Mundhöhle mithilfe der Zunge und trank erneut. So lange, bis der Kloß sich so weit in einen Brei verwandelt hatte, dass er ihn hinunterschlucken konnte. Ein Hustenkrampf folgte.

Schmeckt's nicht?, fragte die Alte. Er gab röchelnde Laute von sich, nickte dabei heftig mit dem Kopf. Doch! Natürlich!, krächzte er. Hab mich bloß verschluckt. Um sein Urteil zu unterstreichen, nahm er einen weiteren Krapfen von der Porzellanplatte, biss aber nicht hinein.

Was ist nun?, fragte Margret Wittmer. Ihr Roman … meine Familie?

Ach so. Ja. Ich meine, nein! Wie gesagt, es ist mehr so eine Reflexion über das Ende der Dinge. Sie haben natürlich recht, die Galapagos-Affäre war auch so eine Art Ende. Das Ende einer Illusion, könnte man vielleicht sagen. Das Ende des Traums von einer besseren Welt … Mein Gott, da steckt schon eine Menge drin. Zum Beispiel das tatsächliche Ende für drei Menschen. Natürlich! Für mein Buch ist das allerdings unerheblich, zumal es für Sie und Ihre Familie ja geradezu ein Anfang war.

Stille. Selbst die Hühner nebenan schienen die Luft anzuhalten. Er legte das Fettgebäck zurück auf den Teller, den Krapfen hatte er völlig zerdrückt.

Wittmer sah über die Brüstung der Veranda hinweg aufs offene Meer hinaus. Langsam stand sie auf, umrundete den Tisch und blieb direkt vor Steen stehen. Ihre Augen befanden sich auf gleicher Höhe.

Ich musste meine Kinder schützen, hauchte sie mehr, als sie es sagte. Mehr gibt es dazu nicht zu sagen. Guten Tag, Herr Steen.

Den nächsten Tag verbrachte Steen mit Vorbereitungen. Nach dem Frühstück lief er zum Kolonialwarenladen. Der chinesische Händler, ein schmächtiger Kerl, stand hinter der Kasse und ließ ihn nicht einen Moment aus den Augen, was ihn in der Penetranz ein wenig an seinen ersten Besuch in Joaquíns Kneipe erinnerte. Wahrscheinlich hatte der Ladenbesitzer schlechte Erfahrungen mit Touristen gemacht. Schnell suchte er aus, was von seiner Liste vorrätig war. Viel war es nicht. In erster Linie packte er Mais auf die Theke und etwas Maniok. Wasser würde er sich im Hotel abfüllen, Früchte unterwegs finden. Er kaufte den kleinen Bestand an Batterien auf. Außerdem sämtliche Müsliriegel, die in dem ansonsten nahezu leeren Blechregal lagen, und ein Päckchen Rasierklingen, ohne feste Absichten, einfach weil es ihm eine gute Idee zu sein schien.

Zurück in der Pension, tat er, was er eigentlich schon am Vorabend hätte tun sollen. Er schloss die Seemannskiste auf und untersuchte akribisch, ob einer der dort verstauten Gegenstände nass geworden war. Zufrieden stellte er fest, dass die Kiste wie auch das Gewebe, mit dem sie ausgeschlagen war, selbst tropischen Regenschauern trotzte.

Er entnahm seine Wanderstiefel, eine Cargohose mit dazu passender Weste und den Rucksack, dessen Gestell er beim Zusammenbauen in der folgenden Stunde fast demolierte.

Er kramte das Zelt hervor und befestigte es am Rucksack, ebenso wie den Schlafsack und die fünf Millimeter starke Isoliermatte. Zwei Wasserflaschen, die an den Tragegurten des Rucksacks befestigt werden konnten, und schließlich noch das, was er bei Joaquín erstanden hatte. Das Paket verstaute er zuunterst, darauf legte er etwas frische Wäsche, Waschzeug, eine Taschenlampe, ein Schweizer Messer und seine Einkäufe. Erst als er den Rucksack schon verschließen wollte, fiel ihm ein, was er vergessen hatte. Er lief erneut los und fand unter den strengen Blicken des Chinesen schließlich ein giftgrünes Regencape, das er trotz des hohen Preises kaufte. In seiner Vorstellung einer Tropeninsel war Regen keine Größe gewesen, wie er selbstkritisch feststellte. Was eigentümlich war, wurden doch in allen Büchern über die Galapagosinseln die häufigen Regenschauer und das schnell wechselnde Wetter ausdrücklich erwähnt. Man behält nur, was man behalten will – in der These seiner Mutter lag wohl doch ein Fünkchen Wahrheit.

Den Rest des Tages spazierte Steen ohne festen Plan durch die Ansiedlung. Hätte er seine Eindrücke auf einer Postkarte zusammenfassen müssen, so hätte es ein *Es gibt nicht wirklich etwas zu sehen, geschweige denn zu erleben* am ehesten getroffen. Die Wege waren in der Form eines Gitternetzes angelegt worden, sie kreuzten sich im exakt rechten Winkel. Von dichter Bebauung konnte man nicht sprechen. Zumeist standen die schmucklosen ein- und zweigeschossigen Häuser direkt an der Straße. Häufig von seitlich verlaufenden Steinmauern begrenzt. Welche Funktion diese hatten, erschloss sich Steen nicht. Manche Häuser besaßen eine Art Nutzgarten, die meisten Freiflächen dienten jedoch als Abstellplatz für nicht mehr gebrauchsfähiges Mobiliar, Motorenteile, rostige Kannen und Fässer, Fahrradgestelle oder auf Holzpflöcken aufgebockte Bootsrümpfe. Hinter manchen hölzernen Zäunen grunzten Schweine oder gackerten Hühner. Wert auf ein gepflegtes oder gar hübsches Äußeres schien auf Floreana niemand zu legen. Viele der Häuser waren teilweise unverputzt oder der Putz blätterte ab. Was Steen besonders auffiel, war die Namensgebung der Pisten. Eine trug den Namen *A*. Wahrscheinlich war sie die erste gewesen, die man damals von Gestein befreit und platt getreten hatte. *A* hieß sie wohl, weil man vorgehabt hatte, sollte es je weitere geben, diese durchzubuchstabieren. Die kreuzenden Wege wollte man dann wohl, nach dem Vorbild New Yorks, durch Nummern kennzeichnen. Spätere Generationen hatten aber offensichtlich andere Strategien verfolgt. Die parallel zur *A* verlaufende Piste hieß *La Baronesa*. Vermutlich nach der österreichischen Baronin Wagner de Bousquet, die seinerzeit die verhängnisvollen Ereignisse ins Rollen gebracht hatte.

Die nächste parallel verlaufende Piste war auch schon die des 12. Februar. Es war der breiteste und einzige Weg, der schnurgerade aus Puerto Velasco Ibarra hinausführte. Alle anderen Wege begannen und endeten im Ort. Keiner von ihnen war länger als einhundert Meter.

Am westlichen Ortsausgang stieß Steen auf eine kleine Bäckerei, in der es Schwarzwälder Kirschtorte gab – zumindest dem Namen nach. Ein sicheres Zeichen, dass auch hier deutsche Vorfahren im Spiel waren.

Und dann war er auch schon durch.

Gegen drei am Nachmittag fing es erneut an zu regnen. Er konnte sich gerade noch rechtzeitig unter das Vordach eines Schuppens retten. Etwas ratlos untersuchte er die Gegenstände um ihn herum, fand einen leeren Blecheimer, drehte ihn um, hockte sich darauf und sah den Tropfen beim Fallen zu.

Das Aufeinandertreffen mit Margret Wittmer hatte ihn bis weit in die Nacht beschäftigt. Und sofort nach dem Aufwachen am Morgen war es ihm wieder präsent gewesen. Eine so rasche Begegnung mit der Königin von Floreana, damit hatte er nun wirklich nicht rechnen können. Jedes Mal, wenn er seither darüber nachdachte, bewertete er das Treffen neu und kam zu anderen Schlüssen. Mal fand er, es sei ein gar nicht mal so schlechter Einstieg gewesen, dann wieder hielt er es für eine vertane Chance, was vor allem daran lag, dass er nicht mit offenen Karten gespielt hatte. War es ein Anfang gewesen, an den man bei nächster Gelegenheit ohne Bedenken anknüpfen konnte? Er hoffte und glaubte, dass es sich so verhielt. *Ich musste meine Kinder schützen, mehr gibt es dazu nicht zu sagen.* Mitten in der Nacht war er mit diesem Satz im Kopf aufgeschreckt. Im Traum zuvor hatte die Wittmer mit einem rostigen Buschmesser vor ihm gestanden. Sie hatte ihm die Klinge an den Hals gesetzt und diesen Satz gesprochen. Es hatte weniger nach Erklärung als nach unverhohlener Drohung geklungen. In der Realität des heraufdämmernden Tages ließ der Satz indes durchaus Raum für Interpretation. Auch jetzt, auf diesem Eimer hockend, kam er ihm immer wieder in den Sinn. *Ich musste meine Kinder schützen* – war das nicht ein Schuldeingeständnis, ohne dass er zuvor Anschuldigungen erhoben hätte?

Der Regen war weniger stark als an seinem Ankunftstag, dafür wurde er von einem unangenehm kühlen Wind übers Land getrieben. Ohnehin waren die Temperaturen nicht sehr hoch, siebzehn Grad hatte das Thermostat vor seinem Fenster am Morgen angezeigt. Durch den Wind lag die gefühlte Temperatur deutlich darunter. Er fror und nahm sich vor, noch einen Pullover in den Rucksack zu stopfen.

Mitten hinein in seine irrlichternden Gedanken drang ein Geräusch. Er drehte den Kopf, neigte ihn zur Seite und versuchte die Richtung auszumachen, aus der es kam. Eine Ahnung beschlich ihn und sorgte für Hitzewallungen, wo er eben noch gefroren hatte.

Das Wimmern erstarb. Vergeblich suchte er durch die Regenschwaden hindurch etwas zu erkennen. Als das Geräusch erneut sein Ohr traf, hörte er genauer hin. Es war kein Weinen, sondern ein Winseln, dann, deutlich lauter, ein Jaulen, gefolgt von einem schwachen Bellen.

Abrupt stand er auf. Mitten in der Bewegung vernahm er eine menschliche Stimme. Ein harter Klang lag darin. Keine Sätze, kein Gespräch, eher schon hässliche Flüche. Dann wieder das Heulen. Jemand fügte einem Tier Schmerzen zu, wahrscheinlich einem Hund.

Unmittelbar befand er sich wieder an jenem kalten Novembertag des Jahres 1943. Seit Kurzem wohnten sie im Alten Land auf einem Bauernhof, der dem Bruder seiner Mutter gehörte. Sooft es ging, war er mit dem Fahrrad draußen unterwegs. Immer an der Elbe entlang. Stets allein. Aus diesen Tagen stammte seine Liebe zum Wasser. An jenem

Samstagnachmittag verhüllte dichter Nebel die Landschaft und die sich darin bewegenden Menschen. Vielen machte diese flüchtige Stimmung zu schaffen, legte sich ihnen aufs Gemüt. Der Bauer, bei dem sie Unterschlupf gefunden hatten, litt regelmäßig an Winterdepressionen. Das hatte er seine Mutter im Gespräch mit dessen Frau sagen gehört. Als er sie später im Bett darauf ansprach, antwortete sie: Das ist, wenn man den Nebel nicht verträgt. Man möchte dann gar nicht mehr aufstehen oder rausgehen. Deshalb liegt Arne jetzt im Bett, und Margot muss sich um den Hof kümmern. Wir helfen ihr!

So gesehen war er sich schon früh in seinem Leben sicher gewesen, nicht an Depressionen zu leiden. Er fühlte sich im Nebel wohl. Nebel empfand er als warm und weich, als schmeichlerisch und als den Bewahrer großer Geheimnisse. Im Nebel konnte man sich auflösen, wurde man eins mit seiner Umwelt. Er vertraute sich gerne dem Nebel an und gab ihm deshalb einen Namen: Herr Nebel.

An diesem Tag war etwas anders gewesen, das hatte er, gleich nachdem er das Rad aus dem Schuppen geholt hatte, gespürt. Etwas Böses lag in der Luft. Auch wegen dieser Ahnung radelte er aufmerksamer über den Uferweg als sonst. Kurz bevor er das alte Lühe-Sperrwerk erreichte, hörte er das Winseln eines Hundes, gefolgt von dumpfen Schlägen. Er stoppte seine Fahrt und konzentrierte sich. Das Wasser übertrug den Schall anders, weshalb der Ort, an dem der Hund litt, nicht in unmittelbarer Nähe liegen musste. Und doch würde er ihn schnell finden. *Wahrlich, ich sage euch: Was ihr getan habt einem unter diesen meinen geringsten Brüdern, das habt ihr mir getan.* Dieser eine Bibelsatz hatte sich ihm eingeprägt. Der Pfarrer hatte ihn vor zwei Wochen von der Kanzel herunter gesprochen und er hatte ihn elektrisiert. Genau so war es und deshalb setzten ihn die Laute in Alarmbereitschaft.

Er mochte Tiere, bis auf ganz wenige Ausnahmen. Federvieh konnte er nicht leiden, es machte ihn nervös. Alle anderen waren ihm lieb. Aber mit den Hunden ging es viel weiter. Ich bin nämlich ein Hund, weißt du das? Mit diesem Satz jagte er seiner Mutter jedes Mal einen Schreck ein. Er sah es in ihren Augen: Sie wusste, dass er das nicht bloß so dahersagte. Und doch konnte sie nichts mit dieser Information anfangen.

In Situationen, in denen viele Menschen zusammenkamen, was jeden Morgen in der Schule der Fall war oder zum Beispiel sonntags in der Kirche, zog er sich in sich zurück. Er hatte stets Angst, einer der Menschen könne etwas von ihm verlangen, zu dem er nicht imstande wäre. Nicht einmal angesprochen wollte er werden. Deshalb träumte er sich weg. Er war dann Prune, zu Deutsch Pflaume, eine Mischung aus Schäferhund und Collie. Zumindest aber konnte er sich Prune an seine Seite träumen, was ihm die Angst nahm. Prune war zu so etwas wie seinem Alter Ego geworden. Auf den Namen war er verfallen, weil Arne, der als Kind für eine Weile in der Provence aufgezogen worden war, immer, wenn er jemanden als Pflaume titulierte, das französische Wort dafür anfügte. Der ist doch eine Pflaume, eine Prune. Seltsamerweise kam Harald das nicht wie ein verächtliches Wort vor, für ihn hörte es sich lustig an.

Und weil das so war, würde er jetzt seinen Bruder finden, um ihm zu Hilfe zu eilen. Sollte er zu spät kommen, würde er ihn rächen. *Wahrlich, ich sage euch: Was ihr getan habt einem unter diesen meinen geringsten Brüdern, das habt ihr mir getan.*

In enger Verbundenheit mit einer übernatürlichen Macht radelte er los. Weniger als einen Kilometer vom Sperrwerk entfernt, ließ er sein Rad achtlos ins Gras fallen und rannte runter zum Fluss. Die Klagelaute waren inzwischen verstummt. Haralds Augen suchten die Schwaden zu durchdringen. Auf Flussniveau, wo der Wind den Nebel in kleine Wattebäusche zerpflückte, gab es immer wieder phasenweise gute Sicht.

Was er kurz darauf keine fünfzig Meter vor sich erblickte, ließ ihn erstarren.

Der Knecht des Nachbarbauern stand bis zu den Knien im Wasser und war dabei, einen Kartoffelsack unter Wasser zu drücken. Harald sah die darin um ihr Leben kämpfenden Welpen nicht, trotzdem wusste er genau, was hier vor sich ging. Ähnliches hatte er schon bei einem Rudel Katzenjungen miterleben müssen. Damals war es Arne, der Bruder seiner Mutter, selbst gewesen, der jetzt mit Winterdepressionen im Bett lag. So geht man auf dem Land mit diesem Problem um. Es gibt nicht genügend Platz und Fressen für alle, hatte ihm seine Mutter die grausame Vorgehensweise erklärt.

Der Knecht drückte den Sack unter Wasser und schaute dabei ähnlich desinteressiert elbabwärts, als würde er bloß in den Fluss pinkeln. Die konzentrischen Wellenkreise um den Sack herum wiesen auf den Todeskampf der frisch geworfenen Tiere hin. Im Ufersand hinter dem Mann lag die Hündin. Das blutbesudelte Kantholz, mit dem er sie erschlagen hatte, direkt neben ihr.

Harald spürte, wie die aufsteigende Wut ihn innerlich zu zerreißen drohte. Er röchelte, ging auf die Knie und übergab sich. Der Knecht blickte in seine Richtung. Aber offensichtlich hielt der Nebel ihn vor dessen Blicken verborgen. Oder aber der Schlächter hatte schlicht kein Interesse, sich um den kotzenden Nachbarjungen zu kümmern.

Er spürte die Magensäure auf der Zunge, sie wirkte wie ein Brandbeschleuniger. Im Sand um ihn herum lagen unterschiedlich große Steine. Runde, vom Wasser glatt polierte und solche mit scharfkantigen Ecken. Wie magisch zog ein solcher seine Hand an. In ohnmächtiger Wut rannte er auf den Knecht zu. Als er hochsprang, um ihm den Stein gegen die Schläfe zu schlagen, drehte sich der Mann zur Seite. Er lachte kehlig. Harald verfehlte ihn und stürzte ins eiskalte Elbwasser. Er wollte wieder auf die Füße kommen, um diesen Mistkerl doch noch seiner gerechten Strafe zuzuführen. Doch eine Hand drückte ihn unter Wasser. Beinahe wäre er ohnmächtig geworden.

Als er wieder sehen und atmen konnte, war der Knecht verschwunden. Die tote Hündin trieb auf der Oberfläche der Elbe Richtung Nordsee. Und die Welpen? Lagen vermutlich tot auf dem Grund.

Er selbst trug eine leichte Lungenentzündung davon. Die Wut, die meist plötzlich und ohne Ankündigung in ihm aufstieg und sich nach diesem Ereignis immer und ausschließlich gegen den Knecht wandte, wurde erst wieder beherrschbar, als er die Männer des Dorfes ein halbes Jahr später nach der Kirche davon erzählen hörte, dass besagter Knecht besoffen vom Trecker gefallen und von diesem überrollt worden sei. Damit war sein Wunsch in Erfüllung gegangen und seine Artgenossen gerächt.

Steen musste sich gedulden, es hatte keinen Zweck, planlos draufloszulaufen, der Regen war dafür inzwischen einfach zu stark geworden und er konnte den Ort des Unheils nicht ausmachen. Als das Prasseln kurz darauf unerwartet schnell nachließ und die Landschaft sich aus dem abziehenden Dunst schälte, ging er nachsehen. Ein weiterer Fluch wies ihm die Richtung. Einen Fuß vor den anderen setzend, schlich er sich an der Hauswand entlang zum rückwärtigen Teil des Gebäudes. Er blinzelte um die Ecke. Ein Hund lag keine fünf Meter von ihm entfernt auf der schlammigen Erde und winselte leise. Auf seiner Flanke glänzte frisches Blut. Ein Mann, klein, kompakt und mit schütterem Haar, das ihm am Schädel klebte, stand über dem Hund. Er hielt Steen den Rücken zugewandt. Im Augenblick sprach er leise, gefährlich leise, kurz darauf wieder laut und rüde auf das Tier ein. Steen verstand kein Wort, Spanisch sprach der Mann jedenfalls nicht. Er spuckte auf den Hund und trat nach ihm, als gälte es, eine alte Rechnung zu begleichen. Der Regen schien ihn nicht im Geringsten zu stören. Der Mann war ebenso nass wie der Hund.

Steen spürte seinen Herzschlag im Hals, seine Hände zitterten. In Hamburg hatte er einmal aus sicherer Entfernung beobachtet, wie ein Mann einen am Boden liegenden anderen Mann ins Gesicht getreten hatte. Er hatte sofort die Polizei verständigt und war unmittelbar darauf ins nächste

Taxi gestiegen und davongerauscht. Aber hier, auf einer einsamen Insel, mit Menschen, deren Sprache er nicht gut sprach und deren Dialekt er nicht verstand, was war da die richtige Verhaltensweise? Einfach seines Weges zu gehen, als wäre nichts geschehen, war keine Option. Den Mann anspringen wie einst den Knecht, auch nicht. So verharrte er in Lauerstellung, bis der Mann genug hatte und sich unter noch lauteren Flüchen ins Haus trollte.

Dann erst verließ er seinen Standort, beugte sich zu dem Tier hinab und sprach ganz sanft auf es ein. Mit der gebotenen Vorsicht legte er ihm die Hand aufs Fell. Er spürte das warme Blut. Er streichelte den Kopf, bevor er ihm leicht über die Nase strich. Der Hund war nicht einmal mehr in der Lage, nach ihm zu schnappen. Wahrscheinlich spürte er, dass der Fremde seine letzte Hoffnung war. Sein Atem ging schwach. Ohne weiter darüber nachzudenken, nahm Steen das Tier auf den Arm und lief, so schnell es ihm die Last erlaubte, in Richtung Hostal Wittmer davon. Er wusste sich keinen anderen Rat.

Als er dort eintraf, kam Rolf Wittmer gerade vom Strand auf die Pension zu. Sein Boot, die *TipTop II*, ankerte in der Bucht. Die beiden Männer waren sich schon am Morgen begegnet. Sie hatten kurz miteinander gesprochen und dabei vereinbart, das Abendessen gemeinsam einzunehmen. Als der klein gewachsene Wittmer mit dem großen Schnauzbart auf Steen und den blutbesudelten Hund in dessen Armen aufmerksam wurde, kniff er die Augen zusammen. Woher haben Sie den? Misstrauen schwang in seiner Stimme mit.

Er lag im Straßengraben, log Steen. Gibt es einen Tierarzt, zu dem wir ihn bringen können? Wittmer verneinte. Und was sollen wir dann tun? Wir können das Tier doch nicht verbluten lassen. In seiner Stimme lag Panik. Wittmer fixierte sein Gegenüber. Ein Hund wird entweder von ganz alleine wieder gesund oder wir erschießen ihn. Aber …, setzte Steen an. Wittmer, der inzwischen vollends zu ihm aufgeschlossen hatte, legte dem Tier die Hand auf die Schnauze. Aber, vervollständigte er den angefangenen Satz seines Gastes, das wird in diesem Fall nicht notwendig sein. Das Vieh ist tot.

Steen erschrak, der Hund entglitt ihm. Hart schlug der leblose Körper auf dem Boden auf. Beim Versuch, ihn wieder aufzuheben, stoppte ihn Wittmer. Schon gut, hörte Steen ihn sagen, lassen Sie's gut sein. Sie haben es immerhin versucht. Wir kümmern uns um das Tier. Bleibt es bei unserer Verabredung zum Essen? Er wartete die Antwort nicht ab, sondern entschwand in Richtung Haus. Steen blieb zurück, sah auf den toten Hund hinab, auf Wittmers Rücken, wieder auf den Hund. Vor seinem geistigen Auge erschien der Mann, der dafür verantwortlich war. Er ballte die Fäuste. Wie aus weiter Ferne hörte er Rolf Wittmer rufen: Na kommen Sie schon!

In der Nacht schlich er sich noch einmal zurück zum Haus des Hundsmörders. Gegenüber, unter dem Vordach, wo er am Mittag den Regenschauer abgewartet hatte, standen Farbtöpfe. Er öffnete eine der rostigen Dosen, entnahm einem danebenstehenden Blechnapf einen dicken Pinsel und lief damit rüber zum Haus. Er tunkte den Pinsel in die

Farbe und schmierte etwas davon auf die wettergegerbten Holzlatten, die an der Hausecke zusammenstießen. Er trat einen Schritt zurück und überlegte kurz, bevor er entschlossen den gesamten Inhalt der Dose gegen das Haus schleuderte. Zäh rann die karmesinrote Farbe über die Latten hinab. Er besah sich seine Tat. Das war es, was er hatte haben wollen. Ein Mal wie ein Einschussloch. Ein dicker runder blutroter See und ein sich nach unten verjüngender Verlauf. Er tauchte den Finger in den Farbtopf und schrieb fünf Buchstaben auf die erste Latte über dem Einschuss:

PRUNE

Das Haus des Mörders war markiert. Die Wut aber blieb.

Steen schulterte den Rucksack, schloss die Tür hinter sich ab und stapfte durch den Sand des Black Beach in Richtung Ortsmitte. Die Luft war frisch und klar und roch nach feuchtem Sand und in der Sonne trocknenden Algen. Ihn schwindelte und ein wenig flau im Magen war ihm auch. Am Abend hatte er ein paar Bier zu viel getrunken. Die Bewegung würde ihm guttun.

Kurz nachdem er die letzten Häuser der Siedlung hinter sich gelassen hatte, gesellte sich ihm ein Hund zu. Er hatte im Straßengraben gedöst, als er den Fremden bemerkte. Mühsam rappelte er sich hoch, wie es schien, hatte er Probleme mit der Hüfte oder den Hinterläufen. Als Steen auf seiner Höhe war und ihm zulächelte, kam er ohne Scheu an seine Seite und sah zu ihm auf, als wolle er sagen: Können wir dann? Na dann, mein Bruder!, sagte Steen.

Seither trottete der Hund wie selbstverständlich neben ihm her. Vielleicht suchte er bloß ein wenig Gesellschaft, ein besonderes Ansinnen an den Wanderer schien er jedenfalls nicht zu haben. Ein kleiner struppiger Straßenköter, der weder kläffte noch um Futter bettelte. Nach einer Weile begann er mit dem Tier zu sprechen. Wie bei jeder anständigen Konversation begann er mit der Vorstellung. Bin Prune, und du?, sagte er. Die eigenen Worte erheiterten ihn sehr, weil er sich, während er sie aussprach, an sein

Hundeleben als Kind erinnerte. Eine Szene aus dieser Zeit hatte sich ihm ganz besonders eingebrannt.

Er musste damals so vier oder fünf Jahre alt gewesen sein. An einem warmen Sommertag waren sie als Familie bei Nachbarn eingeladen. Kaum dort eingetroffen, stupste seine Mutter ihn auch schon in Richtung der übrigen spielenden Kinder. Die Mädchen schoben einen Puppenwagen über den Hof, während die Jungen auf der weiter entfernten Wiese rauften. Geh doch mal hin, hatte sie gesagt, die tun dir schon nichts. Sie kannte seine Abneigung und verzweifelte darüber. Du spielst doch gerne Federball. Sicher haben sie Schläger. Damals spielten alle Federball, Jung und Alt. Auch er, aber nur mit ihr, seiner Mutter. Sie nahm in bei der Hand. Er widersetzte sich und fing an zu weinen. Dabei fiel sein Blick auf eine Schäferhündin, die unter einem Apfelbaum abseits der Kinder im Schatten döste. Er deutete mit dem Finger auf das Tier. Seine Mutter verstand und gab mit einem Seufzen nach. Der Hund war an dem Baum angebunden, was sie erst sahen, als sie schon fast vor ihm standen. Seien Sie vorsichtig, Frau Steen, hörten sie in ihrem Rücken die Nachbarin rufen. Unsere Hella mag keine Fremden, sie beißt. Seine Mutter blieb wie angewurzelt stehen. Ihn aber interessierte die Warnung überhaupt nicht. Er rannte die letzten Meter auf die Hündin zu, ging auf die Knie und legte seine Wange auf ihr Fell. Er spürte ihren Herzschlag und fühlte sich unmittelbar sicher und geborgen. Weder knurrte sie noch schnappte sie nach ihm. Es war reine Zuneigung, die er verspürte. Zwischen Hella und ihm bestand sofort eine Verbindung. Und das, ohne ein Wort gesprochen zu haben. Das verdeutlichte ihm, zu wem er gehörte und zu wem eben nicht. Wenige Tage später hatte er seiner Mutter erstmals gestanden, in Wirklichkeit ein Hund zu sein.

Das Tier reagierte nicht. Findest du den Namen blöd?, fragte er. Prune? Der Hund lief stoisch weiter neben ihm her. Ich bin jedenfalls sehr erfreut, deine Bekanntschaft zu machen. Nach der einseitig verlaufenen Vorstellung schwätzte er einfach weiter drauflos. Die Landschaft um sie herum bot in ihrer Eintönigkeit aus undurchdringlichem Dickicht keinen Grund innezuhalten. Über Gott und die Welt schwadronierte er. Und über die seltsamen Straßennamen, die noch dazu in immer wieder unterschiedlichen Schreibweisen auftauchten – so gab es eine Piste, die *Magarita Witter* hieß, was ja wohl nur ein Schreibfehler sein konnte. Oder der Scherz eines Einheimischen. Die Verballhornung des Namens war auf eine verwitterte Holztafel gekrakelt, die an einem Zaun hing. Über den harten Dialekt der Einheimischen philosophierte er mit dem Tier ebenso wie über plötzliche Regenschauer, die Ödnis des Ortes und grausame Menschen, die Hunde zu Tode prügelten.

Bei der ersten Rast teilte er sein Wasser mit seinem neuen Kameraden. Dafür goss er es sich in die hohle Hand. Das Tier schleckte es dankbar und ohne Scheu. Ein liebenswürdiger Kerl mit einem gewissen Stolz, fand er, und taufte ihn deshalb auf den Namen: Herr Hund.

Er war sich der Bedeutung ausgerechnet dieses Rastplatzes sehr wohl bewusst. Nur wenige Meter von ihm entfernt, hinter einem Zaun aus weiß gestrichenen Latten, ruhten die sterblichen Überreste von Dr. Friedrich Ritter. Und nicht nur das. Das gesamte Areal, das Ritter und seine Lebensgefährtin Dore Strauch unter dem Namen *Frido* angelegt hatten, befand sich in seinem Rücken. In dem Augenblick, als er sich gegen den Zaun lehnte, hatte er den Eindruck, als griffen die unsichtbaren Arme der Vergangenheit nach ihm.

So schnell wie möglich wollte er auf das Gelände, wollte spüren, welche Magie von dem Ort ausging und ob es ihm gelingen würde, sich damit zu verbinden. Ganz sicher würde es etwas mit ihm machen. Allerdings war er sich gerade nicht sicher, ob er dem emotionalen Druck gewachsen sein würde.

Inzwischen gehörte das gesamte Land, von der Straße bis zur Abbruchkante in den Pazifik, einschließlich dem, was einmal *Frido* gewesen war, einer Familie namens Cruz. Steen war nicht der Mann, der sich ohne Einladung oder zumindest eine zuvor erteilte Genehmigung Zutritt zu fremdem Terrain verschafft hätte. Außerdem war er trotz seines viel zu frühen Aufeinandertreffens mit Margret Wittmer und der Nähe zu Friedrichs und Dores einstigem Heim noch immer entschlossen, seinem einmal gefassten Plan treu zu bleiben. Und der sah nun einmal vor, dort zu starten, wo auch die beiden Aussteigerfamilien zunächst gelebt hatten, bevor sie wieder den Berg hinab in tiefer gelegene Regionen gezogen waren, in den Piratenhöhlen.

Während er auf einem Kanten Brot herumbiss und Herr Hund friedlich neben ihm in der Sonne döste, wanderten seine Gedanken dennoch zu den beiden ersten Einsiedlern Floreanas.

Friedrich Ritter und Dore Strauch, die eigentlich Dore Körwin hieß, hatten sich Ende der Zwanzigerjahre in einem Berliner Krankenhaus kennengelernt. Sie litt an Multipler Sklerose, er war ihr behandelnder Arzt. Eine Liebesbeziehung wurde es erst eine Weile später, als Ritter der fünfzehn Jahre jüngeren Frau empfahl, die Therapie abzubrechen und sich allein durch die Kraft ihrer Gedanken zu heilen oder sich zumindest Linderung zu verschaffen. Als er sie in seiner Privatpraxis weiter mit seiner eigenwilligen Gedankenwelt vertraut machte und sie durch seine Methoden tatsächlich Linderung erfuhr, hatte er ihr auch zum ersten Mal von seinem Wunsch erzählt, Deutschland den Rücken zu kehren. Er beabsichtigte, fernab jeder menschlichen Gemeinschaft ein Leben in Einsamkeit zu führen und sich ganz seiner wahren Leidenschaft, der Philosophie, zu widmen. Wann auch immer sie danach zusammensaßen, erzählte er ihr von Nietzsche und dessen Theorien zu Übermensch und Ewiger Wiederkehr. Und wenn er sich nicht über Nietzsche ausließ, dann war es Laotse, den er zitierte.

Von Dore waren Mitte der Dreißiger Memoiren in den USA erschienen. Steen hatte sie schon vor langen Jahren mithilfe eines Wörterbuchs Satz für Satz studiert und seither viele Male gelesen. Von Friedrich Ritter lagen lediglich posthum veröffentlichte Tagebuchaufzeichnungen und Briefe vor. Aber auch die hatte er wieder und wieder zur Hand genommen. Aus den unterschiedlichen Lektüren und vielen weiteren Quellen hatte sich sein Bild der beiden Berliner Auswanderer zusammengefügt. Beide waren lange tot und es gab angeblich niemanden mehr, der sie zu Lebzeiten gekannt hatte. Niemanden außer Margret Wittmer.

Als sich ihre Wege erstmals kreuzten, waren die beiden noch verheiratet. Zwei Jahre hielten sie ihre Liebe vor ihren jeweiligen Partnern geheim. Während dieser Zeit schmiedeten sie den Plan, gemeinsam auf die Galapagosinseln auszuwandern. Dore Körwin war keine Frau mit besonderen Talenten, aber mit dem tief verwurzelten Wunsch, etwas Besonderes aus ihrem Leben zu machen. Da kam ihr der kleine Mann mit der wilden Löwenmähne gerade recht. Sie ersann einen atemberaubend anmutenden Plan, um sich ihres schlechten Gewissens zu entledigen und frei für das Abenteuer zu sein. Es müsste doch gelingen, so dachte sie, Ritters Ehefrau, eine Opernsängerin, und ihren eigenen Ehemann, einen Gymnasialdirektor, miteinander bekannt zu machen. Irgendwie war sie sich sicher, dass, erfuhren ihre jeweiligen Partner von den Auswanderungsplänen, diese sich ihrerseits schon ineinander verlieben würden – schon aus reiner Vernunft. Was irrwitzig anmutete, fand seine Bestätigung wenig später in der Realität. Dore Körwin nahm ihren Mädchennamen Strauch wieder an und stürzte sich kopfüber in das Abenteuer Galapagos.

Steen nahm den Rucksack wieder auf, mochte sich aber nicht so recht losreißen. Zu sehr waren seine Gedanken gerade in den Ereignissen jener Tage verhaftet.

Auch Rolf Wittmer hatte am Vorabend zu vorgerückter Stunde Geschichten aus den Anfangsjahren ausgepackt. Erzählungen vom alltäglichen Leben auf der damals unbewohnten Insel und den Heldentaten seiner Eltern. In blumigen Worten hatte er davon berichtet, wie die beiden

Kölner unmittelbar nach ihrer Ankunft den Kontakt zu Strauch und zum Doktor, wie er Ritter in leicht abfälligem Tonfall nannte, gesucht hatten und wie sehr diese beiden arroganten Berliner seine Eltern abgelehnt hätten. Ritter habe sie von Anfang an spüren lassen, wer zuerst auf der unbewohnten Insel gesiedelt und deshalb hier das Sagen habe. Vor allem aber hätte er sie spüren lassen, was er von weiterem Zuzug hielt. *Gezähmte Bestien der Zivilisation* habe der feine Herr Doktor Menschen genannt, die ihre Zukunft auf Floreana suchten. Sich selbst habe er dabei stets ausgenommen. Außerdem habe Ritter seinen Eltern vorgeworfen, nur deshalb auf »seine« Insel verfallen zu sein, weil sie über ihn in der Zeitung gelesen hätten. Woher sonst wollten sie Kenntnis von diesem abgelegenen Eiland erlangt haben? Dabei, so hatte Rolf weiter erzählt, wäre der erste Anstoß seiner Eltern, Köln zu verlassen, ein Buch gewesen. Ein Bestseller. Der Schinken steht immer noch in Mutters Regal, hatte er angefügt. Erst danach hätten seine Eltern in der Kölner Zeitung über die *Nackten im Paradies* gelesen. Ritter habe seinen Eltern dann aber immerhin die Piratenhöhlen auf dem Asilo de la Paz gezeigt und auch die zum Überleben wichtige Süßwasserquelle. Sogar den Esel seiner Geliebten habe er ihnen ausgeliehen, sehr zu Dores Verdruss, wie Wittmer hinzugefügt hatte. Wäre die Frau nur halb so menschen- wie tierlieb gewesen, sagte er, dann wäre vielleicht manches anders gekommen.

Steen war bei Wittmers Ausführungen seiner Linie stoisch treu geblieben. Es wäre nicht klug gewesen, gleich bei der ersten Begegnung sein besonderes Interesse an der

Galapagos-Affäre zu zeigen. Als Wittmer sich explizit negativ über Dore ausließ, war ihm das Schweigen allerdings schwergefallen. Am Ende hatte Rolf, der zu jener Zeit noch im Bauch seiner Mutter heranwuchs und bei dessen Geburt Dr. Ritter immerhin eine gewichtige Rolle gespielt haben musste, noch erzählt, wie seine Mutter Margret es ihrer kleinen Familie in den Höhlen gemütlich gemacht und mit ihrer nie versiegenden Zuversicht dafür gesorgt habe, dass die Angst, in dieser Wildnis zu scheitern, gar nicht erst aufgekommen sei. Denn eines wäre seinen Eltern damals von Anfang an klar gewesen: Sie hatten alles zusammengerafft, was sie besaßen, um nach Floreana zu kommen. Die Mittel für eine Rückreise besaßen sie nicht. Ihr künftiges Leben würde sich von nun ab auf Galapagos abspielen oder nirgendwo und deshalb hätten sie gut daran getan, nach vorne zu blicken und das Schicksal in die eigenen Hände zu nehmen.

Kurz bevor sich Steen zur Nacht von Wittmer verabschiedet hatte, hatte dieser noch nach dem Ziel seiner ersten Wanderung gefragt. Er wolle, hatte Steen ihm geantwortet, sich einen ersten Überblick verschaffen, sehen, wohin es ihn verschlagen habe. Und wenn es einem Schriftsteller in einem Buch um das Ende der Welt, das Ende der Dinge gehe, dann wäre es eine Nachlässigkeit, sich die Höhlen Floreanas nicht anzusehen, auch, oder besonders, da diese für die Wittmers, ebenso wie für Strauch und Ritter, das Sprungbrett in ihr jeweiliges neues Leben dargestellt hatten, ihren Neuanfang am Ende der Welt.

Steen riss sich los. Das Tier rappelte sich ebenfalls auf und wedelte mit dem Schwanz. Herr Hund gedachte wohl, vorerst sein Wandergefährte zu bleiben. Steen freute sich über dieses zarte Band der Freundschaft und erzählte dem Tier auf dem weiteren Weg von Hamburg und dem Leben, das er dort zurückgelassen hatte.

Die Stelle, an der man von der Piste abbiegen musste, um hinauf zu den Höhlen zu gelangen, hatte ihm Wittmer exakt beschrieben. Ein bemooster Findling in der Form eines riesigen Fußballs markierte den Ort. Wie selbstverständlich übernahm Herr Hund von hier ab die Führung, so als habe er nur abwarten wollen, wohin der Fremde zu gehen beabsichtigte. Er schien nicht zum ersten Mal hierherzulaufen. Vermutlich rannte er jedem Touristen nach, der Puerto Velasco Ibarra in Richtung der Vulkane verließ. Vielleicht hielt er das für die ihm in seinem Hundeleben zugedachte Aufgabe. Kurz war Steen ein bisschen eingeschnappt, dann aber musste er über sich selbst lachen und gestand dem Tier seine kurzzeitige Eifersucht. Der Hund nahm es stoisch. In angemessenem Tempo lief er voraus und Steen folgte voller Zutrauen in dessen Ortskenntnis.

Stetig bergan führte sie der schmale Pfad. Oberhalb von zweihundert Metern wichen die vertrockneten Sträucher der Küstenregion einem eher subtropischen Bewuchs. Urplötzlich fanden sie sich in einem Urwald wieder. Steen wurde sich angesichts der überwältigenden Natur seiner Winzigkeit bewusst. Zum ersten Mal, seit er auf der Insel gelandet war, überkam ihn das Gefühl, sich sehr weit von seinem bisherigen Leben entfernt zu haben.

Wolkenfetzen waberten zwischen den bemoosten Stämmen hindurch und veränderten das Antlitz des Regenwaldes fast sekündlich. Erst gaben sie den Blick auf eine Ansammlung von Riesenfarnen frei, um deren Konturen kurz darauf wieder zu verwischen. Er hielt nicht an, um die fremde Welt zu bestaunen, dafür gruselte ihn die Umgebung zu sehr. Selbst mit Herrn Hund an seiner Seite. Er beschleunigte seinen Schritt, versuchte aber trotzdem ein Auge für die ihn umgebende Flora zu haben. Er sah etwas, was ihn an Ginster erinnerte, hier jedoch auf Bäumen wuchs. Die dünnen Äste breiteten sich wie feinste, unendlich lange Spinnenbeine über ihm aus und vibrierten in drei Metern Höhe vor den weißen Dunstschleiern. Neben den Ginsterbäumen wuchsen andere Baumriesen in die Höhe. Viele von ihnen waren nur mehr Stümpfe mit wie nach Halt suchenden, in die Höhe ragenden blattlosen Ästen. Alles hier im Wald war von einem seltsam haarigen Bewuchs überzogen. Schmarotzerpflanzen, die es sich auf den Stämmen gut gehen ließen und Schuld an deren langsamem Absterben trugen. Der modrige Geruch kündete von Fäulnis. Die Luft war feucht wie in einem Hallenbad. Leben und Tod hielten sich im Regenwald die Waage.

Seine Kenntnisse von Fauna und Flora waren begrenzt. Aber daran lag es nicht, dass er sich nicht vorkam wie in einem sterbenden Wald. Seine Fantasie machte aus Bäumen und Pflanzen feinstoffliche Wesen aus fremden Welten. In seiner Vorstellung hätten es ebenso gut Geister, Kobolde und Dämonen sein können. Bäume, die sprechen und umherwandern konnten, die nach ängstlichen Menschlein griffen, um sie zu verspeisen.

Er legte den Kopf in den Nacken. Auch die Kronen der gesunden Bäume boten ihm keinen vertrauten Anblick. Erst weit oben existierte Blätterwerk, das in dichten Dolden die Sonne fernhielt. Jede von ihnen sah aus wie ein Kreis aus Tausenden mit den Flügeln schlagender Galapagos-Finken. Die endemische Art war einst von Charles Darwin entdeckt worden, weshalb die Tiere auch Darwinfinken hießen. Sie wurden in jedem Buch über die Inseln erwähnt. Singvögel, kaum größer als zwanzig Zentimeter. Besonders auffällig an ihnen war die Form des Schnabels, der ihn an den eines Papageis erinnerte. Auf dem kurzen Weg hier herauf war er zweimal einem Schwarm von etwa vierzig bis fünfzig Vögeln begegnet, die ihm im Gegensatz zu der ihn nun umgebenden Flora ausgelassen und lieblich vorkamen und das Gemüt ein wenig erhellten.

Bis zu einer Höhe von einem Meter wuchsen zu Füßen der Bäume Farne und andere Sträucher, die den Wald jenseits des Pfades undurchdringlich erscheinen ließen.

Er unterbrach den Aufstieg, um einen Pullover überzuziehen. Als er sich erneut in Bewegung setzte, wurde ihm bewusst, dass ihn nicht nur äußerlich fröstelte. Gegen seine aufsteigenden Ängste half kein noch so dicker Schutz. Wie froh war er in diesem Moment, einen Gefährten wie Herrn Hund an seiner Seite zu wissen. Er intensivierte das Gespräch mit ihm, vor allem sprach er nun deutlich lauter als zuvor.

Oberhalb des Waldstücks trat er hinaus auf eine weitläufige Freifläche. Den Nebel ließ er hinter sich. Die Wolken lagen nun wie Wattebäusche zu seinen Füßen. Ab und zu erhaschte er durch Lücken in der Wolkendecke einen Blick auf die tiefer liegenden Gebiete. Bis zum in der Ferne funkelnden Meer lag alles im Sonnenschein. Auf dieser Insel schienen einhundert Höhenmeter alles zu verändern. Während die Küstengebiete Floreanas staubtrocken waren – wenn nicht gerade Platzregen niederging –, betrat man zu Füßen der Vulkankegel subtropischen Regenwald. Weiter oben begann die Pampa, eine ausgedehnte Graslandschaft, von wo aus man bei wolkenlosem Himmel eine fantastische Fernsicht haben würde. Neben Orangen- und Zitronenbäumen wuchsen dort auch alle Arten anderer exotischer Früchte.

In einiger Entfernung grasten Rinder und Ziegen. Was fehlte, waren die wilden Esel der Küstenregion. Herrn Hunds mahnendes Kläffen war für Steen das Signal zum Weitergehen. Nach einer weiteren halben Stunde bergan tauchten die ersten Tuffsteinhöhlen auf. An die zehn mehr oder weniger große mochten es sein, fein säuberlich angeordnet, eine neben der anderen, wie Garagen im Hof eines Wohnturms. Schon bald darauf lief er durch ein wahres Labyrinth aus Steinplatten und Quadern. Wie auf der Kruste stehende Brotscheiben sahen manche von ihnen aus, eine hinter der anderen angeordnet, mal ganz geblieben, mal angebissen. Einige versperrten ihm den Weg, andere verliefen parallel zum schmalen Pfad. Manche dieser Steinformationen waren an die fünf Meter hoch und bildeten, wenn sie sich gegenüberstanden, eine kleine dunkle Schlucht. Das bemerkenswerteste Ensemble dieser Art teilte sich in der Mitte nochmals in zwei getrennt voneinander laufende Korridore. Die Steine standen hier so eng beieinander, dass seine Schultern an einigen Stellen die Seitenwände berührten und er sich seitwärts hindurchquetschen musste.

Angst, sich zu verlaufen, musste man nicht haben. Der ausgetretene Pfad war deutlich erkennbar und außerdem hatte er ja noch Herrn Hund, der unerbittlich zur Eile gemahnte. Weshalb, das sah er, als der struppige Geselle unterhalb einer Quelle vor Erwartung quietschend hin und her sprang.

Da war sie also, die berühmt-berüchtigte Wittmer-Quelle, die den ersten Siedlern das Überleben gesichert hatte. Das Wasser trat an mehreren Stellen direkt aus dem Fels und sammelte sich in einem Steinbecken – zu hoch für den Hund –, dessen natürliche Beschaffenheit von Menschenhand erweitert worden war. Der Ort war von Schatten spendenden Bäumen umstanden, die schwarze Felswand, aus der das Wasser hervorquoll, wie alle Steine hier von grünbraunem Moos überzogen.

Steen setzte den Rucksack ab und rieb sich die Schultern. Erst als er wieder gerade stehen konnte, kramte er eine Blechtasse hervor, füllte sie mit Wasser und stellte sie vor seinen vierbeinigen Freund auf die Erde. Der Hund war sehr durstig. Und da er zudem gierig war, stieß er den Becher um. Erwartungsvoll sah er auf. Dummkopf, sagte Steen und suchte im Rucksack nach einem Blechteller. Er füllte ihn an die fünf Mal, bis das Tier sich endlich zufriedengab. Erst danach trank er selbst. Das Wasser war eiskalt und schmeckte fantastisch. Wahrscheinlich auch, weil er sich in diesem Augenblick irgendwie mit der Vergangenheit der Insel verbunden fühlte. Ohne dieses Wasser hätte niemand jemals auf Floreana überlebt. Ohne dieses Wasser wären die Seeräuber nicht angelandet, hätten keine Schiffe zum Auffüllen der Wasservorräte in der Post Office Bay geankert. Es hätte niemals einen Besiedlungsversuch gegeben. Die Quellen waren der Grundstock allen Lebens auf Floreana. Diese Quelle war die erste, die entdeckt worden war. Eine weitere sprudelte auf *Frido.* Und schließlich wurde in einigen Büchern noch eine dritte erwähnt, ohne dass ihre Lage bekannt gewesen wäre. Wittmer hatte auf seine Frage bloß mit den Schultern gezuckt.

Nach einer kurzen Rast fühlte er sich bereit für den letzten Teil des Weges. Vorbei an einem in den Tuffstein gehauenen Kopf, den Moai-Statuen der Osterinseln auch deshalb so ähnlich, weil es sich um den gleichen Stein handelte, gingen sie weiter. Dem Norweger Thor Heyerdahl und anderen Wissenschaftlern hatte der Fund dieses Kunstwerks seinerzeit ziemliches Kopfzerbrechen bereitet. Die Osterinseln lagen weit entfernt von Galapagos und eine Wanderbewegung von Rapa Nui aus war nicht bekannt. Erst spät hatte Heinz Wittmer den Entdecker und Abenteurer aufgeklärt. Er selbst, zusammen mit seinem Sohn Harry, hatte den Kopf aus dem Stein modelliert. Er hatte dem Jungen daran demonstriert, wie Steinmetze ihr Handwerk verrichteten.

Endlich standen sie vor den in den Fels gehauenen Stufen, die hinauf zur ersten Wohnhöhle führten. Zitronenbäume wuchsen auf dem Plateau davor. Die Äste bogen sich unter der Last der Früchte. Außerdem gab es einen Papayabaum.

Die ersten Siedler hatten zumindest keinen Hunger leiden müssen. Auch Fleisch war in jener Zeit ausreichend vorhanden gewesen. Viele der Siedler, die Floreana vor den Deutschen bewohnt hatten, hatten Rinder und Ziegen auf die Insel mitgebracht. Ebenso wie Esel, Schweine, Hunde und Katzen. Und jede Menge Hühner sowie unzählige Enten. Alle Tiere hatten sich enorm vermehrt. Und während die Menschen ihr Insel-Experiment mehr oder weniger schnell abgebrochen hatten, waren jene stets auf der Insel verblieben. Die Deutschen und auch Besucher von anderen Inseln des Archipels hatten geschossen, was sie zum Leben brauchten.

Er stieg die Stufen hinauf. Tief war die Höhle nicht, dafür aber für einen längeren Aufenthalt gut ausgebaut. Wie schon bei dem Moai-Kopf war es sicherlich nicht allzu schwer gewesen, die längs der Wände verlaufenden Sitzbänke aus dem weichen Stein zu modellieren. Ein Holztisch stand davor; dass es sich um das Original jener Tage handelte, bezweifelte er. Die geschäftstüchtigen Wittmers wussten zweifelsohne, was die Touristen von dem Ort erwarteten. Neben der Bank befand sich eine Feuerstelle, über der Steen sogar einen in die Höhlendecke gehauenen Abzug entdeckte. Die Wände rundherum waren von Ruß geschwärzt. Er stellte sich in die Mitte der Höhle und sah sich nach seiner Begleitung um. Herr Hund dachte gar nicht daran, die Höhle zu betreten, er hatte es sich draußen unter dem Papayabaum gemütlich gemacht. Steen legte seinen Rucksack ab und hockte sich auf eine der Bänke. Im Rücken spürte er die feuchte Kühle des Steins.

So lange hatte er sich diesen Augenblick ausgemalt, so viele Jahre lang war er in Gedanken hierhergereist. Er hätte erwartet, dass ihn seine Gefühle überwältigen würden, aber nun, wo er tatsächlich hier saß, war sein Kopf leer. Weder schlechte noch gute Gedanken, auch keiner an seine tatsächliche Mutter. Keine Depression drückte ihn nieder, keine Euphorie ließ ihn rasen, er saß einfach nur still da und starrte auf die gegenüberliegende Wand.

Es dämmerte bereits, als er zurück in die Gegenwart fand. Der Hund stand vor der Höhle am Ende der Treppe und winselte. Was ist denn mit dir?, fragte Steen ehrlich besorgt. Der Vierbeiner winselte nur umso lauter, drehte sich ungelenk auf den Hinterbeinen und lief in Richtung Regenwald davon. Nach fünfzig Metern stoppte er abrupt, schaute, ob Steen Anstalten machte, ihm zu folgen, und jagte, nachdem er sicher sein konnte, dass dies nicht der Fall war, zurück zu seinem Ausgangspunkt, wo er in lautes Gebell verfiel. Ist doch schon viel zu dunkel, um heute noch zurückzugehen, sagte Steen, der glaubte, das Ansinnen des Hundes verstanden zu haben. Tatsächlich aber kam ihm erst kurz darauf in den Sinn, was der tatsächliche Grund für das Theater sein mochte. Der Hund begleitete Tagestouristen, weil er sich unten in Puerto Velasco langweilte. Oder weil dabei vielleicht das ein oder andere Leckerli abfiel. Abends aber kehrte er wohl verlässlich zur Küste zurück. Denn nur dort wartete auf seine Touristen und vielleicht auch auf ihn eine vernünftige Mahlzeit und eine behagliche Unterkunft.

Komm mal her, rief Steen und ließ sich gleichzeitig auf

den Stufen nieder. Herr Hund, wir bleiben heute hier oben und du bekommst dein Fressen von mir. Mach dir keine Sorgen, wir teilen alles brüderlich. Etwas Mais und gebratenen Maniok, was sagst du? Warte nur ab, ich bin ein passabler Koch. Wir bleiben fürs Erste hier in der Wohnhöhle. Morgen suchen wir uns einen ruhiger gelegenen Ort, im Wald. Also los, sammeln wir Feuerholz und machen es uns gemütlich. Ob der Hund verstanden hatte, was ihn dazu brachte, in der Abgeschiedenheit der Berge zu übernachten, war für ihn nicht ersichtlich, aber auch nicht erheblich. Für die nächsten Minuten änderte das Tier sein Verhalten jedenfalls nicht signifikant. Irgendwann ließ Steen ihn einfach stehen. Bevor die Dunkelheit hereinbrach, musste Holz gesammelt werden. Beim Aufstieg hatte er einiges an herumliegendem Reisig gesehen. Ihm war nicht bange ums Feuer. Ein paar dickere Knüppel würden sich auch finden lassen.

Was er unterschätzt hatte, bemerkte er erst, als er versuchte, das zu einer Pyramide geformte Reisig und die dagegenlehnenden größeren Holzscheite, die er in der letzten Stunde gesammelt hatte, anzuzünden. Zwar verfügte die Feuerstelle über den Abzug, aber dass ein solcher hier draußen nicht unbedingt praktisch sein musste, lernte er gerade. Inzwischen hatte es nämlich angefangen zu regnen und das Wasser tropfte durch den Abzug auf das vorerst nur schwach glimmende Holz. Bald schon stieg dichter Rauch auf. Steen drückte sich einen Arm auf Nase und Mund und schob mithilfe eines Asts das schwelende Feuer von der Deckenöffnung weg. Danach verließ er die Höhle.

Es dauerte eine gute halbe Stunde, bis das Holz so weit getrocknet war und der Rauch sich verzogen hatte. Dass Herr Hund sich die Treppen heraufschleppte und sich neben dem Feuer einkugelte wie ein Husky bei Schneesturm in der Tundra, wertete Steen als sicheres Indiz, dass sie nicht länger Gefahr liefen, an einer Rauchvergiftung zu sterben. Er platzierte seine Isomatte an einer Stelle, die einigermaßen eben schien, und breitete den Schlafsack darüber. Herr Hund beobachtete ihn dabei mit einem geöffneten Auge. Ihm ging es ums Abendessen, das er um keinen Preis verpassen wollte. Wo und wie seine neue Bekanntschaft zu schlafen beabsichtigte, kümmerte ihn nicht. Steen legte die Taschenlampe neben seine Schlafstelle und kramte im Rucksack nach dem Gaskocher und den passenden Kartuschen. Alle Handgriffe saßen. Kein Wunder, hatte er sich doch über Monate akribisch auf diesen Moment vorbereitet.

Während er sich für seine erste Nacht im Freien rüstete, summte er eine Melodie vor sich hin. Erst später, als er längst auf der Matte lag, wurde ihm bewusst, dass es sich um eine Komposition von Georges Bizet handelte. Eine Orchestersuite aus L'Arlésienne. Bizet! Dass ihm ausgerechnet diese Musik im Kopf herumspukte, war schon lustig. Der von Nietzsche so bewunderte Bizet. Als einen Bruder im Geiste hatte er ihn bezeichnet. *Diese Musik scheint mir vollkommen. Sie kommt leicht, biegsam, mit Höflichkeit daher. Sie ist liebenswürdig, sie schwitzt nicht,* hatte er geschrieben. Und Steen erinnerte sich an einen weiteren Satz des viel Zitierten, den er während der Überfahrt gelesen hatte und der ihm ganz gut gefiel: *Das Gute ist leicht, alles Göttliche läuft auf zarten Füßen.*

Später briet er etwas Maniok, nachdem er die Knolle zuvor klein geschnitten und in Wasser gegart hatte. Leider hatte er vergessen, Salz einzupacken. Deshalb schmeckte die Yuca, wie man die Wurzel in Lateinamerika nannte, fad. Danach aßen sie gebratenen Mais mit Stücken einer Papaya, die er vom Baum vor der Höhle gepflückt hatte.

Nach dem Essen las er in seinem Nietzsche, bis die Flammen des Feuers erloschen. Mit gemischten Gefühlen zog er sich die Kapuze des Schlafsacks über den Kopf. Es war etwas anderes, für ein freies Leben in der Natur vom warmen Sofa in Hamburg-Altona aus zu schwärmen oder auf einem Feld in der Nähe der Großstadt zu trainieren, als tatsächlich mutterseelenallein in einem Feuchtgebiet am Ende der Welt im Freien zu übernachten.

Folgerichtig war an Schlaf nicht zu denken. Immer wieder schreckten ihn unbekannte Geräusche auf. Vielleicht entsprach es nicht der Wirklichkeit, aber ihm erschien die tropische Nacht um einiges lauter als der Tag. Mit jedem schrillen Pfiff eines Vogels, jedem seltsam brummigen Muhen der wilden Rinder, dem Rauschen des Windes in den Blättern, einem Knistern des ersterbenden Feuers, einem Mahlen im Inneren des Gesteins wurde sein Nervenkostüm dünner. Was hatte ihn bloß zu diesem irrsinnigen Plan getrieben?

War es der Regen, der auf den Blättern tanzte, oder eines der Tiere, deren Laute seit Einbruch der Nacht immer wieder die Stille durchbrachen, was Steen hochschrecken ließ? Um ihn herum herrschte undurchdringliche Nacht. Sobald sein Oberkörper nicht mehr von den wärmenden Daunen des Schlafsacks umfangen war, begann er zu frieren. Er tastete den Boden neben seiner Schlafstätte ab, bis er Metall unter seinen Händen spürte. Der Lichtkegel der Lampe war stark, doch so eng gebündelt, dass er jeweils nur den einen Punkt erhellte, auf den er traf. Er brauchte einen deutlich größeren Streuwinkel, um weitere Teile seiner Umgebung der Dunkelheit zu entreißen. Während er noch an der Lampe herumfuhrwerkte, brach sich ein Schrei an den Wänden der Höhle. Und traf ihn ins Mark. Mit dem Unterleib noch im Schlafsack, hüpfte er so weit nach hinten, dass er mit dem Rücken gegen den Fels knallte. Wer ist da?, brüllte er. Wie der Hilfeschrei eines Menschen hatte es geklungen. Zuerst noch laut, dann ersterbend. Als ob jemandem der Hals zugedrückt wurde.

Er strampelte sich aus dem Schlafsack und griff nach der Waffe, die in den Schein der Lampe geraten war. Die Angst vor der bevorstehenden Begegnung mit einem unter Umständen ihm nicht freundlich gesinnten Wesen ließ ihn die Kälte und sein Ausgesetztsein vergessen. Er trat vor die

Höhle. Wer da?, rief er in die Dunkelheit. Er lauschte. Nur das Rauschen des Regens war zu hören. Er fiel nicht heftig und durchnässte ihn trotzdem binnen Minuten vollständig. Das Haar klebte ihm bereits am Kopf, als er am Ende der Treppe anlangte.

Ein erneuter Schrei! Spitz und scharf wie ein Skalpell. Mutig lief er in die Richtung, aus der er kam. Am Waldrand hielt er inne. Einmal noch atmete er bewusst tief ein und aus. Dann trat er ein in das Schattenreich der laufenden und sprechenden Riesen. Das Licht der Taschenlampe ließ alles noch eine Spur schauerlicher erscheinen.

Schon eine Weile war nun nichts mehr zu hören außer seinem eigenen Atem und angsteinflößendem Geraschel um ihn herum. Geirrt haben konnte er sich unmöglich. Plötzlich vernahm er ein gutturales Lachen. Dreckig, gemein, verhöhnend. Direkt in seinem Rücken. Jetzt bloß nicht umdrehen, dachte er. Womöglich wäre es die letzte Bewegung seines Lebens. Weitere Schreie erreichten sein Ohr. Allerdings klangen sie jetzt irgendwie … konkreter. Als seien Botschaften damit verknüpft. Als handle es sich um Hilferufe und Angstschreie zugleich.

Er nahm all seinen Mut zusammen, drehte sich um und sah … nichts, außer den Baumriesen. Die Schreie allerdings rissen nun nicht mehr ab. Vorsichtig, einen Schritt vor den anderen setzend, bewegte er sich vorwärts. Auf die Umgebung achtete er nicht mehr. Nicht auf die Riesenfarne, die nach ihm griffen. Nicht auf die Bäume, die ihm mit ihren sonoren Stimmen davon abrieten, seinen Weg fortzusetzen. Nicht auf die spitzen Dornen der Rosengewächse, die seine Haut ritzten.

Nach einer gefühlten Ewigkeit schälte sich direkt vor ihm ein helles Licht aus der Dunkelheit. Je näher er ihm kam, desto strahlender schien es. Inmitten der Schwärze des Waldes lag wie unter Brennglas eine hell erleuchtete Lichtung. Noch während sich seine Augen an das gleißende Licht gewöhnten, begann der Boden unter ihm zu beben. Hoch und runter ging es, in immer neuen Wellen, wie auf einem Schiff in rauer See. Instinktiv griff er nach einer Schlingpflanze, um nicht zu stürzen. Gleichzeitig versuchte er, das Geschehen auf der Lichtung zu begreifen. Zwei Körper. Hielten sie sich umschlungen oder rangen sie miteinander? Liebe oder Kampf? Er lenkte all seine Sinne auf die Szenerie. Sein Herz setzte für einen Schlag aus. Ruth Versteeg! Im Kampf mit einem Mann. Er sah Blut. In ihren Haaren, im Gesicht und auf den Armen. Schluss! Schluss, Schluss, Schluss!, brüllte er. Einen Einfluss auf das Geschehen hatten seine Schreie nicht. Er ging auf alle viere nieder und krabbelte vorwärts. In dieser Haltung konnte er den weiter anbrandenden Erdwellen einigermaßen trotzen. Er erklomm einen Kamm, rutschte auf der anderen Seite wieder hinunter. Dann der nächste und nächste und nächste. Nicht aufgeben, ermahnte er sich, immer weiter. Jeder Knochen im Leib schmerzte, jeder Muskel, jede Sehne. Als seine Kräfte zu erlahmen drohten, ebbte das Beben urplötzlich ab. Er hatte den Lichtkreis erreicht.

Stopp!, rief er um Atem ringend. Der Wald warf seine Stimme tausendfach gebrochen zurück. Er zuckte zusammen, zog den Kopf zwischen die Schultern, um nicht vom eigenen Schall getroffen zu werden. Die Niederländerin drehte ihm jetzt den Kopf zu. Sie lächelte, als sei sie froh, ihn zu sehen. Dann schüttelte sie den Kopf, als wolle sie sagen: Viel zu spät, mein lieber Mitreisender, es ist nichts mehr zu machen. Ein hartes Knacken, als ihr Genick brach. Er riss die Augen von der Frau und konzentrierte sich auf den Mann. Etwa fünfzig Jahre alt mochte er sein, klein und kompakt mit schütterem Haar, das ihm am Schädel klebte.

Eine derartige Stille, wie sie jetzt einsetzte, hatte er noch niemals erlebt. Ebenso verhielt es sich mit der plötzlichen Sicherheit, die ihn sich erheben ließ. Das Licht verlor seinen Blendfaktor. Wie von Geisterhand wurde die Szenerie in warme Farben getaucht. Die Gefahr schien gebannt. Auch der Boden bewegte sich nicht mehr, und all das nur, weil er, der Auswanderer aus Hamburg, plötzlich ganz genau wusste, was seine Rolle in diesem Drama war. Selbstbewusst ging er auf die beiden Körper zu. Direkt über ihnen kam er zum Stehen. Er richtete sich zu voller Größe auf. Vom Rand der Lichtung beobachtete ein Rudel Hunde das Schauspiel. Die Tiere winselten, jaulten und bellten. Sie feuerten ihn an. Er nickte ihnen zu. Mit sicherer Hand zog er die Pistole aus der Tasche und richtete den Lauf direkt auf den Hinterkopf des Mannes. Der Schrei erklang erneut!

Steen schlug die Augen auf. Sein Mund war trocken, sein Gesicht nass. Der Hund winselte aufgeregt neben seinem Schlafsack und schleckte ihm das Gesicht. Vor der Höhle schrie eine Schar wilder Esel um die Wette. Er brauchte einen Moment, bevor er in hysterisches Gekicher verfiel, bis er, wacher werdend, in befreiendes Gelächter ausbrach.

Dumme Esel, sagte er ein ums andere Mal. Es gab sie also auch hier oben. Dumme Esel, bloß dumme wilde Esel.

Die Sonne stand hoch am Himmel. Irgendwann in der Nacht musste er wohl doch noch eingeschlafen sein. Er versuchte den Albtraum abzuschütteln, indem er ein wenig mit Herrn Hund plauderte. Er schilderte ihm den Moment, als er zum ersten Mal zu Prune geworden war. Allerdings kam es ihm vor, als ob diese Geschichte den Hund nicht besonders beeindruckte. Für die nächsten Minuten überließ er sich deshalb den wärmenden Strahlen der Sonne. Jede Faser seines Körpers schmerzte. Trotz der Isoliermatte war das Schlafen auf dem felsigen Untergrund nicht mit einer erholsamen Nacht auf einer den Körperrundungen nachgebenden Matratze vergleichbar. Ein paar Rumpfbeugen und Dehnübungen später lief er an den überhaupt nicht scheuen Eseln vorbei in Richtung Quelle.

Dort angelangt, hielt er den Kopf unter den Wasserstrahl. Das Wasser war so kalt, dass sich seine Kopfhaut zusammenzog. Er richtete sich auf, strich sich die Haare hinter die Ohren und lauschte. In der Tat war es deutlich stiller als während der Nachtstunden. Er hatte sich vorgenommen, dieses Tag-Nacht-Gefälle genau zu beobachten.

Nachdem er sich nach allen Seiten hin versichert hatte, dass er allein war, zog er sich nackt aus und wusch sich, so gut es eben ging. Ab und an trank er. Die Frische tat ihm gut und beruhigte ihn weiter.

Zurück in der Höhle, hängte er den Schlafsack zum Auslüften über einen Felsbrocken und kochte Kaffee. Dem Hund servierte er die Reste des Abendessens vor der Höhle.

Um die Esel konnte er sich nicht kümmern, dafür reichte sein Proviant nicht aus. Außerdem hatte er nicht die leiseste Ahnung, was die Tiere fraßen. Wahrscheinlich, ähnlich Hunden, alles, was man ihnen vorsetzte. Da es sich bei diesen Exemplaren aber um wilde Kreaturen handelte, hatten sie wohl einen Weg gefunden, sich auch ohne menschliche Hilfe durchzuschlagen. Üppig war das Nahrungsangebot offenbar nicht, die Esel sahen abgemagert aus.

Aus Gewohnheit griff er nach dem Glasgefäß, aus dem er die Wochenration an gelben Pillen normalerweise in sein Döschen zählte, spülte eine mit einem Schluck Wasser hinunter und klatschte in die Hände. So, rief er, jetzt packen wir zusammen und suchen uns einen stilleren Ort zum Schlafen. Obwohl er wusste, dass er bloß einen Albtraum gehabt hatte, schaute er, während er den Rucksack packte, ob das Paket mit der Waffe noch an alter Stelle lag. Erst danach war er zum Aufbruch bereit.

Einen wirklichen Weg gab es hinter den Piratenhöhlen nicht mehr. Ein sicheres Indiz dafür, dass schon lange niemand mehr weiter als bis zur Hauptattraktion der Insel gelaufen war. Steen quetschte sich zwischen Felsblöcken hindurch und achtete sehr auf den Untergrund, scharfkantige Lavastücke, die menschliches Fleisch wie Papier zu durchschneiden vermochten, gab es hier zuhauf. An manchen Stellen reichte ihm der Farn bis zur Brust. Anders als auf dem Weg zu den Piratenhöhlen lief der Hund nicht länger voraus. Verunsichert schlich er hinter ihm her. Erfreut schien er über die Entwicklung, die sein Ausflug mit dem Fremden gerade nahm, nicht zu sein. Trotzdem blieb er bei ihm.

Nach drei Stunden erreichten sie gegen Mittag ein Plateau nördlich des alten Schlafplatzes. Zu Steens Freude fanden sie einen Ort, der alles hatte, was er suchte. Abgeschiedenheit und Schutz. Zu verdanken hatte er den Fund seinem Begleiter. Der Hund war plötzlich kläffend hinter einer riesigen Steinplatte verschwunden. Dass sich dahinter der Zugang zu einer Höhle befand, eine ähnlich große wie die der Wittmers, sah man erst, wenn man nahe genug an der Felswand stand. Für den kleinen Hund war es wesentlich einfacher, zwischen Plateau und Höhle hin- und herzupreschen.

Du hast wohl gewusst, was ich suche, mein Guter! Steen strahlte seinen vierbeinigen Kumpan an, ging in die Hocke und streckte ihm die Hand entgegen.

Die neue Höhle hatte zwar weder Bänke noch eine Feuerstelle, dafür war sie vor neugierigen Blicken perfekt geschützt. Und das Beste an alldem: direkt neben dieser ersten gab es sieben weitere mehr oder weniger große, miteinander verbundene Höhlen. Der längere und beschwerliche Weg zur Quelle war sicherlich ein Nachteil. Und natürlich die zehn Kilometer runter nach Puerto Velasco Ibarra, um Nahrungsmittel zu besorgen und Lebenszeichen von sich zu geben. Trotzdem zögerte Steen keinen Augenblick. Sobald er sich einigermaßen eingerichtet hätte, würden sie die nähere Umgebung erkunden.

Mal sehen, was wir in der Nähe an Früchten finden, sagte er zu Herrn Hund und notierte sich, was er neben den Nahrungsmitteln unbedingt noch alles im Ort besorgen musste. Zum Beispiel eine Machete.

Zwei Tage später trat Steen vor die Höhle. Brust und Rücken waren von der Sonne verbrannt. Ebenso Nasenrücken, Wangenknochen und Teile seines Hinterns. Das Ergebnis seines ersten in völliger Nacktheit verbrachten Tages. Sonnencreme führte er nicht mit sich. Schließlich war er kein Tourist. Er war ein Mann in den Wäldern, der seinen Körper an die Umwelt anzupassen suchte. Und dazu lief er seit vierundzwanzig Stunden ohne Kleidung durch die Wildnis. Das Ergebnis konnte sich sehen lassen: Neben den Verbrennungen zeigten sich unzählige mehr oder weniger lange Kratzer und tiefe Schnitte auf seiner Haut. Verkrustetes Blut überall dort, wo er mit Dornbüschen in Berührung gekommen war. Scharfkantiges Lavagestein hatte seine Fußsohlen geritzt. Und wahre Quaddelfelder taten sich da auf, wo sein Körper allergisch auf die Berührung mit Blättern oder Blüten reagierte. Schöner, das musste er sich eingestehen, hatte ihn der Nudistentag nicht gemacht, aber das war auch nicht Zweck des Versuchs gewesen. Er fühlte sich trotzdem gut. Weil er es wirklich durchgezogen und damit für sich selbst den Beweis erbracht hatte, dass er hier draußen existieren konnte. Nein, eigentlich fühlte er sich prächtig.

Einzig die Trilliarden Sandflöhe trübten seine Euphorie. In einem wahren Blutrausch waren sie mit Einbruch der Dunkelheit über ihn hergefallen. Seine erste Idee war es gewesen, ihre Bisse zu ignorieren. Wer wäre er, beugte er sich nach all der Mühe lästigen Kleinstinsekten? Als sie ihn allzu sehr nervten, hatte er versucht, die Viecher zu vertreiben. Am Ende hatte er dann wie wild um sich geschlagen, sich in den Schlafsack verzogen und die Öffnung zugehalten, um schließlich doch wieder wild schreiend umherzurennen. Die Flöhe ließ das kalt. Sie genossen den süßen Saft des Fremdlings in vollen Zügen. Ihre bevorzugten Sauggebiete waren die Zwischenräume der Zehen, die Fußballen und die Nagelränder. Im Gegensatz zur Sonne, an die sich seine Haut mit der Zeit gewöhnen würde, musste er gegen diese Peiniger etwas unternehmen. Ein weiterer wichtiger Punkt auf seiner Einkaufsliste.

Der Hund bemerkte die Veränderung an seinem Herrchen sofort. Als er Steen am Vortag zum ersten Mal völlig nackt zwischen den Sträuchern herumrennen sah, hatte er wie ein Wolf geheult.

Gewöhn dich dran, hatte Steen gemurmelt und dem Hund die Sachlage erklärt.

Sie waren noch keine halbe Stunde unterwegs – und ob der dichten Vegetation noch nicht sehr weit von der Höhle entfernt –, als er fand, wonach er suchte. Auf einer Lichtung wuchsen Orangen- und Papayabäume dicht an dicht. Die Äste voller Früchte. Unweit der Bäume stießen sie auf einen Maniokstrauch. Steen war sich sofort sicher, weil die Blätter der einer Cannabispflanze zum Verwechseln ähnlich sahen. Nicht dass er Erfahrungen mit Drogen gehabt hätte, aber die gezackte Blattform der Hanfpflanze war doch sehr einprägsam.

Er stellte den Rucksack auf die Erde und zerrte so lange an dem Busch, bis sich die Wurzeln aus dem Boden lösten. Der Hund betrachtete sein wild gewordenes Herrchen aus sicherer Entfernung. Vier Wurzelballen lagen am Ende vor ihm auf der Erde, ein ordentlicher Lohn für die Schufterei. Der Rücken tat ihm weh und der Schweiß rann in Bächen über seinen Körper. Stechmücken umschwirrten seinen Kopf. Er suchte die Umgebung nach weiteren Sträuchern ab, fand aber keine. Er würde sich diesbezüglich etwas überlegen müssen.

Auf dem Rückweg verlor er sich in Gedanken. Er war stolz auf sich. Wer von den Kollegen in der Bank hätte ein solches Abenteuer gewagt? Niemand von denen hätte gerade ihm eine solch einschneidende Änderung der Lebensführung zugetraut.

In all den Jahren in der Bank hatten sie ihn anständig behandelt, darüber konnte er sich nicht beklagen. Obwohl er als Außenseiter galt, hatten sie ihn nicht gemobbt oder gehänselt. Dafür hatten sie ihn links liegen gelassen, über ihn hinweggesprochen. Selten einmal, dass er eine Einladung erhalten hatte. Weder gab es private Verabredungen noch ein After-Work-Bier im Kreis der Kollegen. Das Feierabendbier – ein fast schon heiliges Ritual – hatte er während seines gesamten Arbeitslebens im *Hanseat,* der Eckkneipe seines Viertels, eingenommen, und zwar immer allein. Ein nach Bohnerwachs riechendes Lokal, das ständig vor dem wirtschaftlichen Bankrott stand und doch allabendlich seine Pforten wieder öffnete, um den wenigen Stammgästen eine Heimstatt zu bieten. Keine Annehmlichkeiten außer frisch gezapftem Bier. Kein Wein, keine Modedrinks. Ein Spielautomat – *Die goldene Sieben* –, auf Wunsch Würfelbecher und Brettspiele. Keine Musikberieselung und erst recht kein Fernseher. Und vor allem keine Außengastronomie, ohne die es, wie allgemein gesagt wurde, nicht mehr möglich sei zu überleben.

Eine Abwechslung in dieser Routine stellten die Abende mit seinem Vater dar. Jeden Monat trafen sie sich in dem Lokal. Sie tranken zusammen ein paar Bier und zu jedem einen Aquavit. Dabei spielten sie Schach. Er fieberte immer schon auf diesen ersten Freitag im Monat hin und wusste, dass es seinem Vater nicht anders erging. Und sei es nur, weil bei den Steens zu Hause ein gewisses Alkoholverbot herrschte. Verließ sein Vater an besagtem Freitag das Haus, folgte prompt die Ermahnung seiner Frau: Trinkt nicht zu viel! Allerdings lächelte sie dabei milde, weil sie wusste, dass sich weder ihr Mann noch ihr Sohn daran halten würden. Er vermisste die beiden sehr.

Ja, die Kollegen hatten ihn seltsam gefunden. Seine Vorliebe für klassische Musik und Kanutouren. Zu Gesprächen über Restaurantbesuche, Fernsehshows oder Fußball hatte er nichts beizutragen gewusst und auch die Klatschspalten der ausliegenden Zeitschriften keines Blickes gewürdigt. Dafür hatte er seine Abenteuer auf den Flüssen und Seen schon mal etwas ausgeschmückt. Hinter seinem Rücken hatten die Kollegen über ihn getuschelt, vielleicht weil sie geglaubt hatten, er würde es nicht bemerken, aber da hatten sie sich geirrt.

Keiner von euch!, brüllte er in den Urwald hinein. Es brach förmlich aus ihm heraus. Eruptiv, wild und zornig, doch voller Hochgefühl. Der Hund erschrak und raste davon. Keiner von euch, schickte er leiser hinterher, hätte es mir zugetraut. Nur zögerlich kam das Tier zurück.

Bin kein Weichei, Herr Hund, kein Weichei. Er schüttelte den Kopf, während er sprach. Das merkst du dir besser, sagte er an das Tier gewandt. Seine Gesichtszüge waren entgleist. Vielleicht waren seine Nerven von den vielen Flohbissen überspannt.

Verdammt, ich brauche kaltes Wasser, sagte er. Weiterhin nackt lief er in Richtung Quelle. Kurz bevor er die Stelle, an der das Wasser aus dem Felsen trat, erreichte, hörte er Stimmen. Herr Hund, Opportunist, der er war, beschleunigte seinen Gang, während Steen abrupt stehen blieb. Aus sicherer Entfernung verfolgte er, wie die Leute auf das unerwartete Auftauchen des Hundes reagierten, wie sie erst ein wenig panisch wurden, sich aber entspannten, als sie erkannten, dass der wilde Hund wenig mehr im Schilde führte, als ein Leckerli abzustauben.

Missmutig und unverrichteter Dinge trat Steen den Rückweg an. Leise vor sich hin fluchend. Die verdammten Touristen hatten ihm seine Quelle weggeschnappt. Und vielleicht auch noch den Hund. Untreuer Kerl, sagte er und wiederholte es auf dem Rückweg noch mehrere Male.

Zurück in der Höhle, verbrauchte er den Rest seines Trinkwassers nicht etwa, um Kaffee zu kochen, sondern um seine Flohbisse zu kühlen. Er suchte nach dem Klarsichtbeutel mit den Medikamenten und fingerte eine Pinzette heraus. Das Gute an den verdammten Flöhen war, dass man, nachdem sie zugebissen hatten, ihr Hinterteil noch sehen konnte. Als kleinen weißen Punkt dort, wo sie eingedrungen waren. Mit großer Vorsicht griff Steen nun nach diesen Punkten, drückte die Pinzettenbügel fest zusammen und riss die Flohweibchen mit einem kurzen schnellen Ruck aus seinem Fleisch. Was zurückblieb, war ein juckender, schmerzend roter Fleck. Es tat mörderisch weh. Über jede Stelle, aus der er einen Flohhintern entfernt hatte, träufelte er anschließend einen Tropfen Desinfektionsmittel. Eins stand fest, er würde seine Tage nicht damit verbringen, sich von diesen Scheißviechern zu befreien. Welcher verborgene Sinn könnte darin liegen, welche Lehre ihm dadurch zuteilwerden? Warum sollte er sich als Eiablage balzender Flöhe missbrauchen lassen?

Ein Rascheln ließ ihn zusammenzucken. Er sprang auf, lief durch zwei Höhlen hindurch zum Eingang. Mit angehaltenem Atem blinzelte er um die Kante des schützenden Steins, der Haustür, wie er den Findling inzwischen nannte. Kaum dass er den Kopf rausgestreckt hatte, wuselte Herr Hund auch schon zwischen seinen Beinen hindurch in das Innere der Höhle.

Na, du untreue Seele, sagte er. Er versuchte streng zu blicken. Innerlich aber schlug sein Herz Purzelbäume, der Kleine hatte sich für ihn entschieden. Es gab sie also doch, die viel beschriebene Treue der Kreatur, von der er zeit seines Lebens ausgegangen war. Ein warmes Gefühl breitete sich in ihm aus und er schwor sich, Herrn Hund nie wieder infrage zu stellen.

Weißt du was?, sagte er. Wir laufen heute noch runter ins Dorf. Direkt wenn wir unsere Früchte verstaut haben, geht's los. Was denkst du? Die Fremden sind sicher längst wieder weg. Wir werden niemandem begegnen.

Von Puerto Velasco Ibarra fuhr unmittelbar nach Sonnenaufgang täglich ein Lastwagen mit Bänken auf der Ladefläche bis hinauf zur Schildkrötenstation. Die Einheimischen nannten das Gefährt Chiva, was übersetzt Ziege bedeutete. Gegen acht Uhr am Morgen fuhr es von dort wieder zurück zur Küste. Die Arbeiter, die auf der Pampa die Felder bestellten, nutzten den Bus täglich. Ebenso wie die wenigen Touristen, die zu den Höhlen wollten.

Um drei Uhr am Nachmittag fuhr dieselbe Chiva erneut von Puerto Velasco ab, um gegen fünf zurückzukehren. So verbrachten die meisten Touristen jeweils nur eineinhalb Stunden bei den Höhlen, was völlig ausreichend war. Niemand – von einigen sparsamen Globetrottern abgesehen – legte die gesamte Strecke zu Fuß zurück.

Nachdem er alle Spuren seiner Anwesenheit auf dem Plateau verwischt hatte, legte er Kleidung an, schulterte den fast leeren Rucksack und machte sich auf die dreistündige Wanderung hinab zur Küste.

Die Dusche tat ihm gut. Das kalte Wasser kühlte seinen geschundenen Körper. Nach nur fünf Tagen Abwesenheit von der Küste fühlte er sich fremd und irgendwie auch wie ein Verräter an der eigenen Sache. Nach zehn Tagen, besser nach zwei Wochen, erstmals zurückzukehren – das hätte er besser gefunden. Sich selbst gegenüber rechtfertige er den frühen Abbruch damit, dass er es nicht für angeraten hielt, die Wittmers gleich mit seinem ersten Aufbruch in die Wildnis in Unruhe zu versetzen. Auf Floreana verschwanden Leute, ohne je wieder aufzutauchen, darin bestand ja gerade der Fluch dieser Insel. Wäre er folglich zu lange fortgeblieben, hätten sie wahrscheinlich den Hafenmeister benachrichtigt, der seinerseits die Behörden auf San Cristóbal verständigt hätte. Und das wiederum hätte für ihn unter Umständen unangenehme Folgen gehabt. Verschwundene Touristen waren Gift fürs Geschäft, auch wenn sie auf Floreana eigentlich ja dessen Würze darstellten.

Nach den mysteriösen Ereignissen von 1934 waren weitere Menschen spurlos verschwunden. Wittmers Sohn aus erster Ehe, der kranke Harry, ertrank, als das Boot, in dem er zusammen mit seinem Bruder saß, im Oktober des Jahres 1956 vor der Küste in einen Sturm geriet und kenterte. Die Leiche wurde nie geborgen, in der Nähe der Küste schwammen einfach zu viele Haie. Ein Umstand, den Floreana in erster Linie den Norwegern verdankte, die noch vor der Besiedlung durch die beiden deutschen Familien eine Fischkonservenfabrik auf der Insel aufgezogen hatten. Sie fingen, trockneten und verpackten vor Ort. Die Abfälle kippten sie am Ende eines langen Arbeitstages ins Meer und lockten so die gefräßigen Haie an. Seit jenen Tagen umkreisten die Raubfische Floreana in großer Zahl.

Haie spielten auch beim Verschwinden weiterer Personen während der Galapagos-Affäre eine gewisse Rolle, wie Steen aus seinen Lektüren wusste.

Doch zunächst einmal verschwand Mario García. Ebenfalls aus dem Wittmer-Clan. 1969 war er der Hafenmeister von Puerto Velasco Ibarra und verheiratet mit Ingeborg Wittmer. Von einem Jagdausflug kehrte er nicht mehr zurück, ging einfach irgendwo zwischen Cerro Pajas und dem Cerro Alieri verloren. Seine Leiche wurde trotz intensiver Suche nicht gefunden. Auf einem winzigen Eiland wie Floreana – einfach nicht aufzufinden!

Ähnlich erging es einer amerikanischen Touristin in den Sechzigerjahren. Sie fiel zurück, weil sie ein paar Steinchen aus ihren Wanderschuhen entfernen wollte. Als sie nicht wieder zur Gruppe aufschloss, schwärmte der Rest der Wanderer aus, sie zu suchen. Ohne Erfolg. Auch ihre Leiche wurde nie gefunden.

Mit all diesen Geschichten im Rücken war es nicht verwunderlich, dass sich die Wittmers Sorgen machten, wenn einer ihrer Gäste nicht zum Abendessen erschien. Auch deshalb beabsichtige er, die nächsten Tage in seinem kleinen Haus zu verbringen. Zu Beginn der kommenden

Woche wollte er dann die zweite Ladung an dringend benötigtem Material zur Höhle hinaufschaffen. Die Wittmers sollten sich langsam an immer längere Phasen der Abwesenheit gewöhnen. Erklären würde er es ihnen mit seiner schriftstellerischen Arbeit. Ein besonders vertracktes Kapitel, bei dem es von Vorteil wäre, die Abgeschiedenheit eines Ortes, die Einsamkeit in der Natur leibhaftig zu spüren.

Jetzt, wo er einmal da war, freute er sich sogar ein wenig auf die Tage in Puerto Velasco Ibarra. Er würde die Zeit nutzen, um mit dem Kajak die Küste zu erkunden, auch wenn dies hieß, Herrn Hund für die Dauer des Ausflugs zurückzulassen. Er hatte viel zu viel Angst, dass das Tier über Bord gehen und auch noch den Haien zum Opfer fallen könnte.

Rolf Wittmer setzte sich unaufgefordert. Er trug seine Kapitänsuniform. Die Mütze legte er auf den Tisch. Er begrüßte den Gast mit Handschlag. Ich habe Sie die letzten Tage nicht gesehen, sagte er.

Auf Floreana redete man nicht lange um den heißen Brei herum, das hatte Steen inzwischen verstanden. Ich habe die Insel ein wenig erkundet, entgegnete er. Sie waren bei den Höhlen? Steen nickte. Und, was sagen Sie? Könnten Sie sich vorstellen, dort zu leben? Steen hüstelte. Ach, Sie meinen wegen Ihrer Eltern, weil sie auch da oben gelebt haben, sagte er, nachdem er sich vom Schreck erholt hatte.

Meine Eltern kamen damals direkt aus Köln hierher, sagte Wittmer. Aus einer großen Stadt in Europa direkt auf eine unbewohnte Insel. Unglaublich einsam und furchteinflößend. Ich hätte mir sofort das Leben genommen, so viel steht fest. Er grinste, schien es aber durchaus ernst zu meinen. Meine Eltern haben es einfach als Chance begriffen, fuhr er fort. Und wahrscheinlich war damals auch keine Zeit, lange mit dem Schicksal zu hadern. Er hob sein Glas. Auf meine Eltern, sagte er.

Steen nippte an seinem Wasser. Aber Sie leben doch selbst seit Ihrer Geburt hier, sagte er, das Glas weiterhin in Händen. Seit meiner Geburt, ja. Das ist vielleicht der Unterschied. Ich kenne es nicht anders.

Wollten Sie nie weg? Wittmer tat, als dächte er nach. Steen war sich sicher, dass ihm jeder zweite Gast eine ähnliche Frage stellte. Doch, sagte Wittmer. Für einen Moment wirkte er gedankenverloren. Eigentlich immer schon. Genau genommen möchte jeder von hier weg. Schauen Sie sich doch um, wir haben hier nichts außer der Ruhe. Dieser verdammten herrlichen Ruhe.

Aber Sie sind noch immer hier, warf Steen ein. Richtig! Und das nun schon seit sechsundsechzig Jahren. Unglaublich! Na ja, jetzt ist es zu spät für Veränderungen. Ich beklage mich nicht, ich habe hier mein Auskommen, hatten wir immer. Wo hätte ich auch anders hinsollen, nach Deutschland, in ein mir vollkommen fremdes Land? Steen schmunzelte. Was?, fragte Wittmer.

Vor ihnen standen inzwischen zwei tiefe Teller mit heißer Suppe in einem undefinierbaren Graubraun.

Wenn man Sie so hört … Ich glaube, Sie hätten sich im Rheinland sofort heimisch gefühlt. Wittmer wackelte mit dem Kopf. Sie spielen auf meinen Dialekt an?, sagte er. Da sind Sie nicht der Erste, sagte Wittmer. Kann nichts dafür.

Wir sprechen bis zum heutigen Tag mit unserer Mutter ausschließlich Deutsch, von ihr haben wir's gelernt. Kölsch, korrigierte Steen. Ach was, Wittmer machte eine wegwerfende Handbewegung, das ist für uns dasselbe, wir haben nie was anderes gehört. Meine Mutter hat bis heute ein Bild vom Kölner Dom in ihrem Wohnzimmer. Ich weiß, sagte Steen, draußen im Gang hängt auch eins.

Er ließ unerwähnt, was er der Reportage einer deutschen Wochenzeitung entnommen hatte: An gleicher Stelle hatte, nach Aussagen mehrerer Zeitzeugen, eine ganze Weile lang das Bild des Führers gehangen. Ein Geschenk des Abenteurers Graf von Luckner, einer von zahlreichen berühmten Besuchern der Wittmers in jenen Tagen. Und auch Graf Luckner selbst war kein harmloser Zeitgenosse. Ein Gericht hatte inzwischen nachweisen können, dass sich der Seeteufel, wie er damals genannt worden war, an seiner eigenen Tochter sowie an zwei anderen minderjährigen Mädchen vergangen hatte. Dass er trotzdem nicht verurteilt worden war, hatte er wohl der direkten Intervention des Führers zu verdanken. Margret Wittmer hatte Luckner gleichwohl als Freund betrachtet. Sie war stolz, einen so berühmten Gast, kurz nach der Geburt ihrer Tochter Floreanita im Jahre 1937, in ihrem bescheidenen Heim willkommen zu heißen. Man konnte der alten Frau zugutehalten, dass sie ihre Heimat mit dem verklärten Blick der Auswanderin betrachtete und sich der Gräueltaten der Nazis, zumindest zu jener Zeit, nicht bewusst gewesen war, schließlich bestand damals ihr einziger Kontakt zur Außenwelt in den ab und an Floreana anlaufenden Jachten zumeist reicher Amerikaner.

Also?, wiederholte Wittmer seine Frage, wie fanden Sie es oben am Asilo de la Paz? Interessant, sagte Steen. Wittmer verschluckte sich an seinem Getränk. Interessant? Er betonte jeden Buchstaben, als käme ihm dadurch ein tieferer Sinn zu. Nun ja, sagte Steen. Ich finde die Natur dort oben besonders schön. Es regnet zwar viel, aber dafür ist die Vegetation auch entsprechend. Ich habe in der Nähe der Höhle gezeltet. Gezeltet? Wittmer legte die Stirn in Falten. Er legte den Löffel beiseite, obwohl sein Suppenteller noch halb voll war. Zeigen Sie mir mal Ihre Hände. Steen streckte ihm die Arme entgegen wie ein Kind, das seiner Mutter die Finger nach dem Händewaschen zur Kontrolle hinhielt.

Ja … Wittmer zerdehnte auch dieses Wort. Das kann man sehen. Sie müssen verrückt sein, Herr Steen. Darf ich eigentlich Harald sagen? Wir haben es hier nicht so mit Förmlichkeiten.

Steen nickte, mit dem Du war er zeitlebens nicht verschwenderisch umgegangen. Aber hätte er in diesem Augenblick ablehnen können?

Na dann, ich bin Rolf, freut mich. Danke …, Rolf. Warum bin ich verrückt?

Niguas, sagte Wittmer, die Engländer sagen Sandflies dazu. Er deutete auf die roten Male der Flohbisse. Sandmücken oder Sandflöhe, wie ihr Deutschen sie nennt. Wie viele Bisse sind es? Nicht so viele, log Steen. Damit ist nicht zu spaßen! Wittmer wirkte ernst. Die Biester sind *die* Plage der Inseln. Wenn du Pech hast, macht dich deren Gift fußlahm, wie wir hier sagen, dann faulen dir die Füße ab. Wenn deine Hände schon befallen sind, wie sehen dann deine Füße erst aus? Steen wackelte mit dem Kopf. Du musst damit zum Arzt, stellte Wittmer klar. Hier unten im Dorf geht's noch, die Biester mögen es nicht, wenn der Sand bewegt wird. Deshalb lassen wir Ricardo den Black Beach jeden Morgen rechen. Aber da oben, da wird man aufgefressen.

Kann man sonst noch was dagegen tun?, fragte Steen, den die Ausführungen besorgten. Reines Kokosöl hilft, sagte Wittmer. Man muss sich regelmäßig damit einreiben. Dick auftragen, überall. Von Kopf bis Fuß. Und vor allem: Niemals kratzen, klar? Du darfst niemals kratzen, egal, wie sehr es juckt oder beißt, wiederholte er ernst. Er kratzte sich am Kinn. Du musst *Dimeticon* auftragen, das wirkt. Wenn du Glück hast, hat der Doktor noch 'ne Tube in der Praxis, auf Floreana gibt es keine Apotheke, wie dir sicher aufgefallen ist. Fürs Erste bekommst du etwas von uns. Floreanita wird sich darum kümmern. Niguas sind ein echt guter Grund, von hier abzuhauen. Ha! Mir fällt gerade wieder ein, was dieser irre Ritter zu den Flöhen gesagt haben soll. Hat mir meine Mutter mal erzählt. Die haben natürlich damals genauso unter den Mistviechern gelitten.

Steen setzte sich aufrecht. Dr. Ritter? Er wollte, meine Mutter beschwört es, seine Füße erziehen. Kannst du dir so einen Unsinn vorstellen? Wie erzieht ein Mensch seine eigenen Füße? Wie bitte soll das gehen? Hat er mit ihnen gesprochen? Der war wirklich verrückt!

Wie meinen Sie das? Meinst du das, korrigierte Steen sich, bevor Wittmer es tun konnte.

Er verfüge über eine starke Abwehrpsychologie, um die

Füße zu entwickeln, hat er Mutti erzählt. Er würde die Viecher durch die bloße Intensität des Bewusstseins verjagen. Vermutlich sollte man besonders konzentriert daran denken oder so und dann … uuhh … bekommen die Viecher Panik und hauen ab. Vielleicht hatte der Doktor aber auch den bösen Blick und sie sind schon allein deshalb von ihm weggeblieben.

Und?

Und was?

Hat es geholfen?

Weiß ich doch nicht! Aber seine Frau, die hat wohl daran geglaubt. Sie soll gesagt haben, dass es tatsächlich helfe, die Niguas zu vertreiben. Wobei mich das nicht wundert. Die Gute ist ja kurz nach ihrer Abreise von der Insel in einem Irrenhaus gestorben …

Das weiß man nicht sicher, unterbrach ihn Steen. Seine Stimme klang ungewohnt heftig.

Ach nein? Wittmer zog die Augenbrauen hoch. Ich habe nie von Zweifeln an dieser Geschichte gehört, stellte er fest. Ja, nun …, beschwichtigte Steen. Was weiß ich schon. Manche sagen auch, sie sei einfach an einem Herzinfarkt verstorben. Hat wohl noch ein Kind geboren.

Wittmer richtete sich kerzengerade auf. Die Strauch hat ein Kind bekommen? Nachdem sie die Insel verlassen hat? Woher willst du das wissen?

Na ja, wiegelte Steen ab. Ich weiß es natürlich nicht wirklich. Ich glaube, ich hab's irgendwo gelesen. Während meiner Vorbereitungen auf die Reise.

Die Strauch hat ein Kind … Ich kann's nicht glauben. Junge oder Mädchen? Steen zuckte mit den Schultern. Ein

Junge, sagte er dann, wenn ich mich recht erinnere. Aber wie gesagt …

Das muss ich meiner Mutter erzählen, unterbrach ihn Wittmer, das ist völlig neu für uns. Die Strauch. Ein Kind. Von wem denn bloß? Von dem irren Doktor ganz sicher nicht.

Steen hatte nicht geplant, Wittmer von dem Strauch-Sohn zu erzählen. Ein Fehler schien es allerdings nicht gewesen zu sein.

Meine Eltern haben erzählt, fuhr Wittmer fort, dass die beiden sich am Ende regelrecht gehasst haben. Man sagt, er habe sie schon während der Überfahrt nicht mehr angefasst. Das ganze Gefasel von der großen Liebe war eine einzige Täuschung. Sie liefen auf *Frido* zwar ständig nackt rum, aber das war wohl nichts Sexuelles. Meine Mutter ist sich da völlig sicher. Obwohl wir nicht das beste Verhältnis zu denen hatten, hat sich die Strauch regelmäßig bei meiner Mutter über die schlechte Behandlung durch Ritter beklagt. Mein Vater war sogar mal dabei, als der Doktor Dore geschlagen hat. Aber ein Kind, pah, das ist mal eine echte Neuigkeit! Rolf nahm seine Kapitänsmütze und setzte sie auf, zog sie etwas tiefer in die Stirn, schaute über Steens Schulter hinweg und setzte die Mütze wieder ab.

Wenn es das Kind wirklich gibt, nur mal hypothetisch, sagte Steen, und es nicht von Ritter ist, von wem könnte es denn dann sein? Sein Kopf war hochrot.

Woher soll ich das wissen? Ich höre ja gerade zum ersten Mal davon, dass überhaupt ein Kind existieren soll, entgegnete Wittmer. Er spielte immer noch mit seiner Mütze.

Man hat sich viele Dinge erzählt, über das, was damals hier so abging. Na ja … Wo wir nun schon mittendrin sind, du weißt ja dann sicher auch von der Österreicherin. Der sagenumwobenen Baronesse Wagner de Bousquet. Steen zog es vor, nicht zu reagieren. Diese Verrückte hat sich doch selbst zur Kaiserin der Insel ernannt.

Scheint ja damals so einige Gerüchte gegeben zu haben auf der Insel, sagte Steen.

Keine Gerüchte, sagte Wittmer mit Trotz in der Stimme. Die Ritters und meine Eltern haben wegen ihr Eingaben beim Gouverneur auf dem Festland gemacht, allesamt ohne Ergebnis. Sie nannte sich einfach weiterhin Kaiserin von Floreana. Was nicht schlimm gewesen wäre, hätte sie sich nicht auch dementsprechend aufgeführt. Bevor sie auf ihre *Hacienda Paradiso* gezogen ist, hauste sie eine Weile unten in der Casa Matrix. Dadurch hatte sie den ersten Zugriff auf alle Waren, die angelandet wurden. Sie klaute, was das Zeug hielt, und hat auch die Briefe, die in der Tonne an der Post Office Bay für uns deponiert wurden, geöffnet und gelesen. Ein echtes Miststück! Egal, sie hat ja den gerechten Lohn erhalten für ihre Taten. Und sicher weißt du auch, dass sie nicht allein auf die Insel kam, fuhr Wittmer fort. Sie hat sich einen Harem gehalten. Gleich zwei Männer hat sie sich genommen.

Ehrlich wahr?, sagte Steen.

Wittmer machte eine Kopfbewegung, als wolle er sagen: Na komm, du weißt es doch eh. Die Bousquet war eine Nymphomanin, sagte er.

Selbst wenn, sagte Steen, von ihr kann Dore Strauchs Kind wohl nicht sein.

Von ihr nicht, aber die beiden Loverboys, Lorenz und Philippson, sollen auch … ach, lassen wir das. Es ist eine durch und durch unappetitliche Geschichte. Was ich nur andeuten wollte, da die Strauch ja nichts mehr mit Ritter hatte und man in der Bousquet-Gruppe sehr freizügig mit dem Thema Sex umging, könnte es doch immerhin sein, dass, ich will es mal so formulieren, auch noch andere als Ritter als Vater infrage kämen.

Ich weiß es nicht, keine Ahnung, sagte Steen.

Sie war ja zunächst in Amerika, sagte Wittmer. Er schien über etwas Bestimmtes nachzudenken.

Kann sein. Was genau damals passiert ist, weiß wohl keiner außer …

… meiner Mutter, vollendete Wittmer. Das wolltest du doch sagen. Mein Gott, alle denken das. Aber eins vergesst ihr dabei. Die damaligen Bewohner Floreanas waren keine Nachbarn im klassischen Sinn. Sie lebten einen ordentlichen Fußmarsch voneinander entfernt. Niemand im Hochland wusste, ob unten in der Bay gerade Waren entladen wurden oder jemand von den Haien gefressen wurde. Und umgekehrt war es genauso. An gewöhnlichen Tagen verließ keiner von ihnen seine Scholle. Alle hatten viel zu viel damit zu tun, für ihr tägliches Überleben zu arbeiten. Nur weil man sich zufällig zum Zeitpunkt der Geschehnisse auf Floreana aufhielt, muss man die Wahrheit nicht kennen. Meine Mutter spricht nicht darüber, unser Vater hat es eh nie getan. Und wir Kinder haben uns nicht dafür interessiert.

Ich verstehe deine Mutter, sagte Steen. Und heute ist das sowieso nicht mehr wichtig. Alte Geschichten.

Genau so ist es!, sagte Wittmer. Deshalb jetzt noch mal zurück zu dir. Du hast also da oben gezeltet? Steen nickte. Seltsam nur, dass ich nichts darüber gehört habe. Jeden Tag lassen sich Tagestouristen zum Asilo bringen, aber meines Wissens hat keiner von denen von einem Camper berichtet.

Ist es verboten, dort zu übernachten?

Streng genommen gehört das Gelände uns, aber warum sollten wir hier etwas streng nehmen? Solange du uns das Wasser nicht abdrehst. Er lachte. Es existiert eine Leitung von der Quelle bis hinunter ins Dorf, das einzige hier frei verfügbare Trinkwasser. Nein, wenn es dir Freude macht, kannst du da oben überwintern, mich stört es nicht. Aber das nächste Mal, wenn du zu einer Exkursion aufbrichst, meldest du dich besser bei uns ab, die Insel ist gefährlicher, als sie aussieht. Und hinter dem Asilo de la Paz ist die Welt eh zu Ende. Niemand hat den Teil je erkundet, es ist reinster Urwald.

Steen spürte ein Kribbeln auf der Kopfhaut, wenn Wittmer von der Gegend um die Höhlen sprach. Das ließ nur den einen Schluss zu, dass er schon nach kürzester Zeit eine emotionale Bindung zu dem Ort aufgebaut hatte, er war sozusagen infiziert. Diese fünf Tage hatten ihm neues Selbstbewusstsein verschafft und genau das begann er in diesem Augenblick zu spüren. Die Ermahnungen von Rolf Wittmer interessierten ihn nicht. Niemandes Meinung interessierte ihn. Einzig die gemachten Erfahrungen. Seine nähere Zukunft sah er auf dem Asilo de la Paz.

Und Sie sind tatsächlich in der Piratenhöhle geboren worden?, fragte er, um das Gespräch am Laufen zu halten.

Du, ermahnte ihn Wittmer. Darauf hatten wir uns geeinigt. Scheint dir schwerzufallen, gehst nicht viel unter Leute, was? Steen zuckte mit den Schultern.

Nein, nein. Mein Vater und Harry hatten, nachdem all ihr Hab und Gut zur Höhle raufgeschafft war, damit begonnen, ein Stück Land unterhalb zu roden und dort unsere erste Hütte zu bauen. In den Höhlen bleibt niemand länger, als er muss. Zu viel Regen, der ständige Nebel und am Ende sind es eben auch nur Höhlen. An unserem Haus bist du beim Aufstieg vorbeigekommen. Damals sah es natürlich noch anders aus. Außerdem haben sie auch unseren ersten Garten angelegt, damit das Saatgut ausgebracht werden konnte. Noch heute kommt viel von dem Gemüse und den Früchten, die wir hier verbrauchen, von da oben. Die Erde auf dem Asilo ist ebenso fruchtbar wie die der Pampa.

Der Regen, sagte Steen. Genau, Regen und Sonne, beides in der idealen Mischung. So kann kein Wind den guten Mutterboden forttragen. Ich wurde kurz nach dem Auszug aus den Höhlen in dieser Hütte geboren. Ein Kind des Waldes, wenn du so willst. In meinem ganzen Leben habe ich keine Schule von innen gesehen. Er lachte. Es gab gar keine, stimmt's?, sagte Steen. Genau. Dafür kann ich Schiffe bauen. Ich habe das Kapitänspatent und bin Konstrukteur, aber auch Schreiner und Mechaniker in einer Person. Ist doch toll, sagte Steen. Ja, ich komme zurecht. Auch weil mich meine Eltern eine deutsche Tugend gelehrt haben: Fleiß. Wir Wittmers arbeiten immer. Für uns gibt es keine Feiertage, auch keine Sonntage. Ferien, rief er aus, so was kennen wir nicht. Wenn Arbeit da ist, wird gearbeitet, wenn es ruhiger ist, tun wir, wozu wir in der hektischen

Zeit nicht gekommen sind. Langeweile kommt nicht auf und die Insel bietet ohnehin keinerlei Zerstreuung. Das Leben fordert unsere Arbeitskraft, das Überleben könnte man sogar sagen. Daran hat sich nie etwas grundlegend geändert, wenn auch die Umstände heute deutlich angenehmer sind als damals. Mit dem Hostal, mit den Ausflugsbooten und all dem Rest ist die gesamte Familie mit Arbeit reichlich versorgt.

Und du warst dann zeit deines Lebens da oben? Nein, meine Jugend habe ich dort verbracht. Erst mit siebzehn bin ich hierher an die Küste gezogen. Ich kenne da oben jeden Stein. Und hier im Ort vermutlich jeden Menschen, ergänzte Steen.

Wieder ließ Rolf Wittmer sein gewinnendes Lachen hören. Verzog sich sein Mund, schien es, als ob der Schnauzbart auf seiner Oberlippe tanzte. Das wiederum erheiterte Steen so sehr, dass er nicht anders konnte, als in das Lachen einzustimmen.

Das wäre ja noch schöner, sagte Wittmer. Wenn ich von den wenigen Leuten, die hier leben, jemanden nicht kennen würde. Was sind das so für Menschen?, wollte Steen wissen. Ach Gott, ich vermute, wie an jedem anderen Ort der Welt auch. Gute und schlechte. Träumer und Realisten. Fortschrittsgläubige und Zweifler. Von jedem Tierchen ein Exemplar, wie meine Mutter es auszudrücken pflegt.

Und Sie, ich meine, und du, du bist ein Macher, ein Fortschrittsgläubiger, nehme ich an, sagte Steen. Ihr Wittmers habt so viel geschaffen. Bei euch trifft *aus dem Nichts* wirklich zu. Da wo ich herkomme, erzeugt Erfolg Neid und Missgunst.

Hier auch! Wittmers Antwort kam wie aus der Pistole geschossen.

Das denke ich mir. Bloß, in einer so großen Stadt wie Hamburg verspielt sich das. Wenn einem der Nachbar zur Linken nicht wohlgesonnen ist, verkehrt man eben mit dem zur Rechten. Auf einer Insel ist das was anderes, stelle ich mir vor. Wenn hier mal einer einen Fehler macht, dann wird man ihm das bei jeder Gelegenheit unter die Nase reiben. Ist das nicht so?

Wittmer ruckelte auf dem Stuhl hin und her. Worauf willst du hinaus?, fragte er.

Ach Gottchen, auf nichts Konkretes. Ich stelle mir nur solche Fragen, weißt du?

Welche zum Beispiel?

Na so was wie: Was macht man an einem Ort wie Floreana mit einem Dieb? Was ist, wenn einer bei euch im Hotel etwas mitgehen lässt? Nur zum Beispiel. Oder was geschieht mit einem, der seine Frau verprügelt? Wie wird der zur Rechenschaft gezogen? Gibt ja keine Polizei hier, wenn ich das richtig sehe. Von schlimmeren Sachen wie Mord oder Totschlag will ich gar nicht erst sprechen.

Was heißt das, *von Mord will ich gar nicht erst sprechen?* Wittmer sprach lauter als zuvor. Spielst du auf die Baronin und die Gerüchte an? Ich bin äußerst sensibel, wenn jemand meine Familie mit dem Tod der Bousquet in Verbindung bringt.

Um Gottes willen, nein. Bitte entschuldige. Das war ganz und gar nicht mein Ansinnen. Ich hab's eher allgemein gemeint und auf die Gegenwart bezogen. Auf einer Insel, die so abseits liegt wie Floreana, gelten doch ganz eigene Gesetze, das habe ich gemeint. Inwieweit kommt man mit den Maßstäben der Zivilisation hier zurecht?

So ein Quatsch!, stieß Wittmer aus. Hier gilt das Gesetz wie überall sonst auch. Ein Verbrechen ist ein Verbrechen. In Paris, in New York, in Guayaquil oder hier auf den Inseln. Du interessierst dich in Wirklichkeit doch genauso wie all die anderen Touristen nur für die alten Geschichten. Diese Enthüllung eben, dass die Strauch ein Kind bekommen haben soll … ich hätte es wissen sollen.

Steen wiegelte ab. Er erklärte seine Gedanken und Äußerungen mit der dem Schriftsteller innewohnenden allgemeinen Neugier und versuchte, Wittmer davon zu überzeugen, dass er sich, schon seit er die Insel betreten habe, existenzielle Fragen stelle. Nach einem Leben hier draußen in der Wildnis und einer Gerichtsbarkeit ohne Polizei, Richter oder Anwälte. Nach den Folgen der Fehlbarkeit seiner Bewohner. Ihm gehe es bei allem nur um das Ende, betonte er. Das Ende der Welt, das Ende der Dinge. Gibt es ein Ende der Verantwortung, wo enden unsere Vereinbarungen über Gerechtigkeit und wo die individuelle Freiheit? Er versuche lediglich Antworten zu finden auf die vielen Fragen, die seinen Kopf bewohnten. Allerdings, so gab er zu, habe die Anzahl dieser Fragen zugenommen, seit er Floreana betreten habe.

Wie bist du an den Hund gekommen, neulich? Wittmer, der ihn während seiner langen Ausführungen aus zusammengekniffenen Augen beobachtet hatte, stellte nur diese eine Frage. Steen wusste spätestens in diesem Augenblick, dass er einem Mann gegenübersaß, den man nicht so schnell beeindrucken konnte, vor allem nicht mit einem

Wortschwall. Rolf, wie die anderen Wittmers auch, war ständig auf der Hut. Ihnen war Misstrauen zur zweiten Natur geworden.

Ein Mann, sagte er, einige Meter die Straße runter, ist schuld am Tod des Hundes. Er hob sein Glas und trank. Wittmer schien nachzudenken. Er hatte seine Zunge zwischen Oberlippe und Vorderzähne geschoben.

Jan Kok, sagte Wittmer nach einer endlos scheinenden Pause. Hätte ich mir denken können. Seine Tonlage verriet, was er von dem Mann hielt. Hast du dabei zugesehen, wie Jan den Hund getötet hat? Steen nickte. Wie gesagt, es gibt böse und gute Menschen. Zu den guten gehört der Kerl nicht. Warst du das, der sein Haus beschmiert hat?

Steen schüttelte den Kopf. Wer ist der Mann?, fragte er.

Holländer, stieß Wittmer aus, als könne die Nationalität die Tat erklären. Einzelgänger und Quartalssäufer. Lebt seit etwa fünfzehn Jahren hier. Kann auch schon länger sein, ich erinnere mich nicht so genau. Ist damals mit einer Frau gekommen, die ihn aber schnell sitzen ließ. Bleibt immer für sich. Das einzig Gute, was man über ihn sagen könnte, ist, dass er ein Händchen für Nutzpflanzen hat. Er baut jede Menge guter Sachen in seinem Garten an. Und obwohl hier unten an der Küste eigentlich nichts so richtig gedeiht, gelingt es ihm, komplett aus seinem eigenen Garten zu leben. Das war's dann aber auch schon. Wir mögen einander nicht. Niemand mag ihn so richtig. Kam eines Tages mit einem Boot aus dem Nirgendwo.

Seine Schläge waren rhythmisch und präzise. Eintauchen des Blatts auf der Steuerbordseite, kraftvolles Durchziehen, Ausheben, ohne Widerstand zu erzeugen, bei parallelem Eintauchen auf der Backbordseite. Durchziehen, ausheben, eintauchen. Atmung und Aktion synchronisiert. Gerader Rücken. Wenig Bewegung im Rumpf. Alles über die Arm-, Rücken- und Schultermuskulatur. So mochte er es. Die immer gleichen Bewegungen, der ruhige rhythmische Atem. Nach wenigen Minuten verfiel man in eine Art Trance.

Das Meer war bewegt, der Wind stand gegen ihn, die Sonne im Zenit. Das Kajak durchschnitt die Wellen mühelos. Wenn man es zu manövrieren verstand, mit dem Doppelpaddel umzugehen wusste, war das schmale Boot ein äußerst effektives Fortbewegungsmittel. Beim kleinsten Fehler aber stellte es sich quer, konnte es ungemütlich werden.

Er kannte die Gewässer um Floreana nicht und war auch noch nie auf offener See gerudert. Deshalb konzentrierte er sich auf das, was er beeinflussen konnte, seine Technik. Es funktionierte gut, er funktionierte gut. Ihm war bewusst, dass es im Zweifel darauf ankam, die Wellenbewegungen richtig zu lesen. Solange er allerdings nahe der Küstenlinie blieb und das Wetter nicht umschlug, bestand kein Grund zur Sorge. Er verausgabte sich ganz bewusst, genoss das Reißen in den Muskeln, den leicht brennenden Schmerz in der Anspannung, bis kurz vor den Punkt zu gehen, ab dem sie übersäuerten, den Druck auf der Wirbelsäule, die Anspannung der Bauchmuskulatur.

Nach einer Stunde kam die legendäre Post Office Bay in Sicht. Eine weit geschwungene Bucht mit feinem, fast weißem Sandstrand. Das Postamt direkt auf dem Strand war seit Jahrhunderten eine Institution. Es war kein festes Haus, wie der Name vermuten ließ, sondern ein umgedrehtes Holzfass mit eingelassenen Türchen, das auf einer Eisenstange thronte, die man mitten auf dem Strand in den Sand getrieben hatte. Um das Fass hatte sich mit den Jahren jede Menge Strandgut angesammelt.

Wegen seiner Süßwasserquellen wurde Floreana seit jeher von Schiffen aller Art angelaufen. Die Fregatten der Seeräuber, die Walfänger, Fischkutter, Trawler und die Hochseejachten der Superreichen machten hier halt. Abenteurer, Marineschiffe, Einhand- und Weltumsegler, sie alle hatten der Insel einen Besuch abgestattet. Ein ungeschriebenes Gesetz verlangte, dass, wer auf dem Weg nach Europa hier einen Stopp einlegte, der Tonne alle Briefe entnehmen und für deren Weitertransport sorgen sollte. Hatte man selbst etwas aufzugeben, steckte man es in das Fass und vertraute auf das nächste vorbeikommende Schiff. Das meiste von dem, was der Tonne überantwortet worden war, fand seinen Weg zum Empfänger, auch wenn es zuweilen Monate, im Einzelfall sogar Jahre dauern konnte.

Schon die Deutschen in den Dreißigerjahren hatten sich dieses Kommunikationsmittels bedient. Auf diesem Weg waren ihre ersten eigenen Berichte nach Europa und

Amerika gelangt, so hatte die Welt erfahren, was sich auf diesem abgelegenen Eiland ereignete. Und so erhielten die Auswanderer ihrerseits Nachrichten aus der Heimat. Zeitungen und Briefe erreichten sie, wenn auch mit erheblicher Verspätung, recht zuverlässig. Die Funktion der Posttonne war bis zum heutigen Tag erhalten geblieben, frankieren musste man die Briefe nicht.

An diesem Nachmittag ankerten drei Exkursionsschiffe unweit der Küste. Eine Handvoll Außenborder lagen auf dem Sand der Bucht. Die Posttonne war von einem Pulk Menschen umlagert. Jeder schien ein Foto von sich und dem ungewöhnlichen Postamt am Ende der Welt schießen zu wollen. Und alle achteten sie darauf, dass kein anderer mit aufs Bild kam. Vermutlich, um die Einsamkeit des Ortes hervorzuheben. Seht her, nur ich und die Tonne inmitten der unbarmherzigen Natur auf einer winzigen Insel fernab der Zivilisation. Mit Fotografien ließ sich leicht eine andere Wahrheit erschaffen.

Vorerst hielt er das Kajak in sicherer Entfernung zum Strand. Während er wartete, dass die Touristen weiterzogen, überließ er sich den schaukelnden Bewegungen der Wellen.

In der Post Office Bay waren nach einer Überfahrt auf schwerer See Dr. Friedrich Ritter, der auf Galapagos fernab der Zivilisation seine Philosophie entwickeln wollte, und Dore Strauch, die allzu oft als bloßes Anhängsel des genialen Auswanderers angesehen wurde, im September 1929 an Land gegangen, exakt siebzig Jahre bevor er selbst eingetroffen war.

An dieser Stelle hatte sie der Kapitän der *Manuel y Cobos*, ein Norweger namens Paul Edvard Bruun, abgesetzt. Neben dem Postfass stand zu jener Zeit noch ein steingemauertes stattliches Gebäude. Die Casa Matrix. Von jenen Norwegern erbaut, die von einer florierenden Fischkonservenfabrik geträumt hatten. Warum sie schließlich gescheitert waren, wusste Steen nicht. Die Norweger hatten die Insel kurz vor der Ankunft der Berliner wieder verlassen. Das zurückgelassene Steinhaus leistete den Neuinsulanern von Beginn an gute Dienste. Friedrich und Dore lagerten dort ihre Vorräte trocken und sicher, bis sie alles hoch in die Berge, auf das Gebiet des zukünftigen *Frido*, geschafft hatten. Später nutzten auch die Wittmers und die Baronin die inzwischen nicht mehr bewohnbare Casa Matrix, um Warenlieferungen zwischenzulagern. Die großen Schiffe legten zu jener Zeit, anders als heute, alle in der Post Office Bay an, es war dort deutlich einfacher zu ankern als vor dem Black Beach, der dem Wetter und den auflaufenden Wellen vergleichsweise ausgesetzt war. Heute erinnerte nicht einmal mehr eine Tafel an die Casa Matrix. Dennoch galt Steens Interesse vor allem ihr, nicht der in jedem Reiseführer angepriesenen Posttonne.

Ritter war, das wusste er aus zahlreichen Berichten jener Zeit, ein sonderbarer Zeitgenosse gewesen. Ein Arzt, der Medikamenten misstraute und stattdessen auf die Kraft des Willens setzte. Einer, der sich die Zähne ziehen ließ, um in seinem Paradies nicht Gefahr zu laufen, sich mit Zahnproblemen rumschlagen zu müssen. Aber auch weil er erfahren wollte, wie sich das Geschmacksempfinden änderte, wenn man die Nahrung allein mit der Kraft der

Kieferknochen zermalmte. Ein Mann, der Nikotin ebenso ablehnte wie eine Kopfbedeckung, der nichts anzufangen wusste mit Alkohol und Milchprodukten, der sich ganz dem Vegetarismus verschrieb und doch bei jeder Gelegenheit Fleisch aß. Er wolle keine Jünger, keine Nachahmer, soll er angeblich einmal gesagt haben, die Gründe seiner Auswanderung lägen vollständig im Persönlichen. Er war handwerklich begabt, von kleinem Wuchs, ging mit dem Kapitalismus amerikanischer Prägung scharf ins Gericht und war auf der anderen Seite ein Rassist. Menschen mit dunklerer Hautfarbe als der seinen bezeichnete er rundweg und öffentlich als *Große Affen.*

Dore hingegen war eine lebenslustige und freundliche Frau, die über die Macken ihres Lebensgefährten großzügig hinwegsah. Sie liebte ihn aufrichtig und war trotz ihrer Multiplen Sklerose – sie zog das rechte Bein nach, was sie auf der Insel stark behinderte – ernsthaft bemüht, das Abenteuer so offen wie möglich anzugehen. Beim Aufbruch befand sie sich in geradezu euphorischer Stimmung. Mit der Entscheidung für ein Leben in der Einsamkeit würde sie endlich aus der Masse ihrer Zeitgenossen herausragen, darin lag für sie der Reiz. Raus aus dem bürgerlichen Leben mit all seinen lähmenden Routinen. Sie freute sich, im Gegensatz zu Ritter, der in jeder freien Minute seine Nase in philosophische Bücher steckte, an allem, was ihnen auf der Reise begegnete. Wie ein Kind, das zum ersten Mal die Welt wahrnimmt, begrüßte sie noch die selbstverständlichsten Dinge, die natürlichsten Verhaltensweisen ihrer Mitreisenden als Zeichen einer neuen Zeit.

Allerdings tauchten bald schon Schatten am Horizont auf. Bereits während der Passage beschlich Dore das Gefühl, nicht das Wichtigste in Ritters Leben zu sein. Für ihn war die Idee dasjenige, dem alles unterzuordnen war. Dore schien in seinen Gedanken keine Rolle zu spielen, jedenfalls keine tragende. Dass er sie schon nach einer derart kurzen Zeitspanne körperlich nicht mehr begehrte, wühlte sie innerlich auf. Selbstzweifel nagten an ihr, gegen die sie mit ganzer Kraft anzukämpfen suchte. Wo sie den Kampf verlor, flüchtete sie sich in ein verdrängendes Verständnis für den Mann mit der großen Mission.

Steen paddelte erst an Land, nachdem die Schiffe die Bucht wieder verlassen hatten und Stille eingekehrt war. Mit einem letzten kräftigen Zug setzte er das Kajak auf den Strand, stieg aus und ließ sich erst einmal rücklings in den Sand fallen. Streckte alle viere von sich und atmete erleichtert aus. Nicht das Rudern hatte ihn so ermüdet, wohl aber das lange Ausharren, bis alle Touristen die Bay wieder verlassen hatten. Der Sand war warm und weich und ehe er sich's versah, war er eingeschlafen.

Er schlug die Augen auf. Die Sonne war untergegangen. Ihn fröstelte. Er kramte eine Jacke aus dem Drybag, in dem seine Sachen verstaut waren, und sprang auf dem Sand hin und her, bis er wieder einigermaßen Gefühl in den Gliedern verspürte.

Die Nacht draußen zu verbringen, war nicht Teil seines Plans gewesen. Wie es aussah, blieb ihm allerdings nun keine andere Wahl. Der Mond war bloß eine fahle Sichel und versteckte sich die meiste Zeit hinter Wolken, die

Nacht somit zu dunkel, um sicher zurückpaddeln zu können. Besorgt war er deswegen nicht.

Was er allerdings brauchte, war ein wärmendes Feuer. Mithilfe der Taschenlampe machte er sich auf die Suche nach geeignetem Brennmaterial. Als er einige Zeit später auf der zweiten Sammeltour mit den Armen voll Reisig aus den Büschen trat, sah er den sich deutlich gegen den helleren Horizont abhebenden Schatten eines kleinen Holzbootes vielleicht zweihundert Meter vom Ufer entfernt an der Bucht vorbeigleiten. Das Tuckern des schwachen Außenborders hatte er schon im Unterholz vernommen. Erst als das Boot außer Sichtweite war, schaffte er das Holz zu der bereits ordentlich aufgestapelten ersten Ladung.

Nach drei weiteren Gängen entzündete er die Scheite. Dicht hockte er sich ans Feuer und zog die Knie an den Körper. Nicht lange und seine Gedanken verloren sich in den züngelnden Flammen.

Später sah er nach, was er an Essbarem übrig hatte. Im Drybag befanden sich ein paar Früchte sowie ein Kanten Brot, den er sich vom Frühstückstisch gemopst hatte, als Ingeborg Wittmer kurz den Raum verlassen hatte. Kein allzu üppiges Abendessen, aber es reichte. Hier unten am Wasser würde er ohnehin nichts anderes auftreiben können, weil er keine Angel besaß und auch nicht damit hätte umgehen können. Was eigentümlich war, wie ihm gerade durch den Kopf schoss. Da reiste er auf eine Insel und hatte sich die ganze Zeit der Vorbereitung über immer nur mit dem Überleben an Land beschäftigt. Das Wasser hatte in seinen Überlegungen nie eine Rolle gespielt. Was vielleicht auch daran lag, überlegte er weiter, dass in den Aufzeichnungen der

Auswanderer ebenfalls nie übers Fischen, sondern immerzu nur über Ackerbau geschrieben wurde. Weder in Margret Wittmers Buch noch bei Dore oder in Friedrichs Tagebuchaufzeichnungen spielte das Meer eine Rolle. Erst Jahrzehnte später, als die Wittmers bereits unten am Black Beach wohnten und Rolf alt genug war, ein Boot zu führen, hatte das Meer für die Familie und deren Existenz eine Bedeutung erlangt.

Steen erwachte. Zusammengerollt wie Herr Hund in der ersten Nacht in der Höhle, lag er auf dem feuchten Sand. Das Feuer war niedergebrannt und ihn fror. Wo sich Wasser und Himmel berührten, kündeten erste Lichtstrahlen vom heraufdämmernden Tag. Wach geworden war er nicht von der Kälte, sondern von lautem Gesang oder etwas, das Gesang sein wollte. Um Tierlaute handelte es sich jedenfalls nicht. Er streckte seine Glieder und lauschte. Aus welcher Richtung das Gegröle kam, ließ sich unmöglich sagen. Er rappelte sich auf und lief am Strand entlang in östliche Richtung. Dass sein Instinkt ihn richtig führte, wurde rasch zur Gewissheit. Die Intensität des Gesangs nahm zu, um allerdings nur kurz darauf wieder zu verklingen. Steen legte den Kopf in den Nacken. Plötzlich durchbrachen zwei Gewehrschüsse die sich herabsenkende Stille. Gefolgt von die Luft erfüllendem Vogelkreischen. Da das Unterholz in seinem Rücken wie überall im flachen Küstenbereich der Insel extrem dicht und unzugänglich war, nahm er an, dass der oder die Typen sich in der Nähe des Wassers aufhalten mussten. Obwohl er unbewaffnet war, folgte er der Küstenlinie. Vom Kartenstudium wusste er, dass es in der Nähe eine Salzwasserlagune gab. Der Ort wurde Punta Cormorant genannt. Weit davon entfernt konnte er nicht sein.

Das Erste, was er fünfzehn Minuten später zu Gesicht bekam, war kein Sänger, sondern eine stattliche Anzahl Flamingos, die im frühen Licht das flache Wasser der Lagune nach Garnelen durchsuchten. Im Hintergrund bot ein perfekt geformter Vulkankegel dem Auge Halt.

Ein einzelner Mann störte das friedliche Bild. Er hockte im grünlich schimmernden Ufersand und grölte ein Lied. Der Text war nicht zu verstehen, die Melodie Steen unbekannt. Er unterbrach seinen Gesang, um einen Schluck aus einer Flasche zu nehmen. Wischte sich kurz über den Mund und erhob erneut sein lautes Organ. Steen wunderte sich, dass der Krach die Flamingos nicht vertrieb. Hatte der Typ mit dem lächerlichen Kifferhemd etwa Flamingos geschossen? Und wenn ja, weshalb standen die Vögel dann schon wieder seelenruhig vor ihm im Wasser? Von seinem Standpunkt aus konnte er nicht erkennen, ob der Mann eine Waffe besaß, andererseits, wer hätte die Schüsse sonst abgeben sollen? Wohl aber sah er den Außenborder vom Vorabend. Der Holzkahn dümpelte im seichten Wasser zu Füßen des Betrunkenen.

Während er noch überlegte, was er hier eigentlich zu suchen hatte, hob der Mann erneut die Flasche an die Lippen, trank sie leer und schmiss sie in hohem Bogen ins Wasser. Wie ein Kleinkind ging er darauf in den Vierfüßlerstand, drückte seinen Hintern hoch und versuchte aufzustehen. Zweimal stürzte er, bis er taumelnd in der Sonne stand. Er nahm das Gewehr, das anscheinend neben ihm im Sand gelegen hatte, und feuerte. Vielleicht auf die zuvor geleerte Flasche. Doch er traf einen Flamingo, der, während sich der Rest der Schar in die Luft erhob, wie gefällt umfiel.

Steen presste die Lippen aufeinander. Erst jetzt hatte er den Mann wiedererkannt. Wie hatte Wittmer ihn genannt? Jan irgendwas. Er erinnerte sich nicht mehr an den Nachnamen, dafür aber umso genauer an sein grausames Vorgehen gegen den Hund. Ganz offenbar hatte er Spaß daran, Tiere zu quälen oder sogar zu töten. Erst den Hund, jetzt den Flamingo. Was für ein mieser Dreckskerl! Er stammte aus den Niederlanden, ebenso wie die Versteeg. Und wie diese war er Teil des Albtraums gewesen, der ihn in den Höhlen heimgesucht hatte. Schon während der vergangenen achtundvierzig Stunden hatte er jedes Mal, wenn er an den Traum dachte, einen Groll gegen den Mann gehegt. Kannten sich die beiden etwa? Ein elektrisierender Gedanke, einer, der ihn zum Rasen brachte und seine Haut brennen ließ. War es bloßer Zufall, dass er sowohl auf der Reise als auch am Ziel schwierige Begegnungen mit Niederländern hatte? Kok hieß er, jetzt fiel ihm der Name wieder ein. Sie hieß Versteeg. Laut Rolf Wittmer war Kok seinerzeit zusammen mit einer Frau auf der Insel gestrandet. Die Frau sei dann schnell wieder weg gewesen, hatte er gesagt. In seinem Albtraum hatte Kok die Versteeg ermordet, ihr das Genick gebrochen. Würde er ihm in der Realität eine solche Tat zutrauen? Ihm wurde schlagartig bewusst, dass er in diesem Moment so sehr Prune war wie seit Jahren nicht mehr. Die Frage stand noch im Raum, er stellte sie sich jetzt laut: Würde ich ihm eine solche Tat zutrauen? Er nickte. Ja, unbedingt!

Hey, Arschloch!, hörte er sich rufen, ohne dass er den Vorsatz dazu gefasst hätte. Noch einmal würde er ihn nicht davonkommen lassen. In diesem Augenblick war die Wut gegen dieses Ungeheuer ein alles vereinnahmendes Gefühl.

Mit einem Ruck drehte der Mann sich zu ihm um. Dabei verlor er das Gleichgewicht und schlug lang hin. Stille. Der Kerl bewegte sich nicht mehr.

Steen hoffte, er möge sich den Kopf an einem Stein angeschlagen haben. Noch hätte er sich einfach davonmachen können. Aber die Wut ließ ihm keine Wahl. Langsam setzte er sich in Bewegung. Tot war der Holländer nicht. Ohnmächtig wohl auch nicht. Oder konnte man in einer Ohnmacht schnarchen?

Er sah zum Boot. Etwas blendete ihn. Er ging die wenigen Schritte zum Wasser, zog an der Ankerleine und entdeckte eine Machete. Er nahm sie an sich. Das Gewehr packte er am Lauf und schleuderte es, einen langen Schrei ausstoßend, so weit er konnte in Richtung des Vulkankegels. Fünf Meter vom Ufer entfernt klatschte es aufs Wasser und ging sofort unter.

Ein unbändiger Impuls überkam ihn. Er könnte dem Typen jetzt und hier in die Rippen treten, so stark, dass vielleicht etwas brechen würde. Dann wüsste das Arschloch, wie sich anfühlte, was er dem Hund angetan hatte. Und Ruth. Aber er wüsste nicht, wer ihm diese Schmerzen zugefügt hätte. Eine verlockende Aussicht. Steen hob den Fuß … und stoppte die Bewegung. Scheiße, brüllte er. Blödes Arschloch! Unter weiteren Flüchen verließ er den Ort, blieb immer wieder stehen, stampfte mit dem Fuß auf und fluchte.

Der Weg zurück nach Puerto Velasco Ibarra war von starken Winden und einer tückischen Strömung geprägt. Letztere sorgte dafür, dass Steen wieder und wieder aus dem Rhythmus geriet, das Kajak sich mit der Steuerbordseite gegen die anlaufenden Wellen drehte und dabei umzuschlagen drohte.

Am Black Beach angekommen, zog er das Boot mit letzter Kraft an Land. Über eine Stunde hockte er danach bewegungslos im Sand. Ein paar Echsen bestaunten den langen weißen Mann und dessen verbrannte Haut. Der Nasenrücken glühte wie ein Lötkolben. Das rote Haar, vom Salzwasser verfilzt, klebte ihm am Schädel. Während er apathisch in die Ferne starrte, kam Ingeborg Wittmer herbeigeeilt. Sie hatte wohl bemerkt, dass er schon zu lange unbeweglich dasaß, und wollte nun sehen, ob es ihm gut ging.

Sind Sie okay?, fragte sie. Er machte eine wegwerfende Handbewegung und sagte bloß: Klar.

Weiter kamen sie nicht. Eine weißhaarige Frau tauchte neben dem Hostal auf. Sie rief nach ihr. Mutter, sagte Ingeborg erklärend und stapfte davon.

Er hob den Arm zum Gruß. Margret schien ihn gar nicht zu bemerken. Na dann eben nicht, murmelte er vor sich hin. Ob die Tochter wohl vom Gespräch zwischen ihrer Mutter und ihm wusste? Er hatte vorausgesetzt, dass die Alte ihre Kinder sofort über ihren Austausch mit dem deutschen Neuankömmling verständigt hätte. *Ich musste meine Kinder schützen,* wieder kam ihm der Satz in den Sinn. Er versuchte aufzustehen, doch die Erschöpfung hielt ihn an seinem Platz.

Irgendwann kam Rolf Wittmer auf dem Weg zu seinem Schiff an Steen vorbei. Eine dreitägige Exkursion stünde an, ließ er ihn wissen, bevor er ihm Vorhaltungen über sein erneutes Fernbleiben ohne Abmeldung machte. Und das bekommt dir, wie ich sehe, überhaupt nicht gut, stellte er fest. Schau dich bloß mal an. Das hier ist Floreana, kein Freibad. Wittmer wirkte ernsthaft sauer. Das Wetter ist tückisch, du musst hier immer auf alles vorbereitet sein. Erst recht auf dem Wasser. Hast du denn keinen Sonnenschutz? Dich verstehe mal einer! Na ja, bist ja wohl erwachsen, musst selbst wissen, was du tust. Jetzt lässt du dich aber bitte von Floreanita versorgen. Ich wette, dass du Fieber bekommst, so wie du aussiehst. Ist dir übel? Steen nickte. Sonnenstich! Dachte ich mir. Sofort in den Schatten und dann schnell ins Bett. Und Kühlung. Ich muss leider los, aber meine Schwester kümmert sich um dich, ist das klar? Wieder nickte Steen.

Im Weggehen drehte Wittmer sich noch einmal zu ihm um. Ich habe übrigens gestern Nachmittag mit Kok geredet. Hab ihm gesagt, wenn er noch mal ein Tier misshandelt, wird das für ihn unangenehme Folgen haben. Steen sah nicht auf. Also dann, sei vorsichtig und lass dir helfen.

Ingeborg bestand darauf, dass er sofort auf sein Zimmer ging und sich hinlegte. Ihr spröder Charme ließ keine Widerrede zu. Die Kraft, das Kajak zurück zu seiner Hütte zu ziehen, hatte er nicht mehr, er trug schwer genug an sich selbst. Vielleicht hatte er seinen Körper tatsächlich etwas zu lange der Sonne ausgesetzt. Und vielleicht schützte ein dichtes Haupthaar doch nicht so gut, wie Friedrich Ritter es in seinen Aufzeichnungen beschrieben hatte. Den Strohhut hätte es weggeweht, deshalb hatte er ihn erst gar nicht mitgenommen. Eine Kappe besaß er nicht. Danach fragte ihn Ingeborg als Erstes.

Wieso haben Sie keinen Hut, wieso haben Sie keine Sonnencreme benutzt? Steen gab keine Antwort.

Die Pensionswirtin schloss die Fensterläden. Danach hieß sie ihn, sich in Rückenlage ins Bett zu legen. Sie schob ihm so viele Kissen unter, dass Kopf und Oberkörper eine schiefe Ebene bildeten. Neben das Bett stellte sie eine Schüssel mit Eiswasser und legte einen Waschlappen auf den Rand. Alle zehn Minuten tauchen Sie den Lappen ins kalte Wasser und kühlen sich damit Stirn und Nacken! Klare Anweisung, im Kasernenhofton vorgebracht. Alle zehn Minuten, das ist wichtig, fuhr sie fort. Und hier stelle ich Ihnen Trinkwasser hin. Das sind drei Liter. Bis zum Einbruch der Dunkelheit bitte vollständig leeren. Verstehen Sie mich? Steen nickte. Wäre er bei Kräften gewesen, hätte er salutiert. Mindestens, fügte Ingeborg mit strengem Blick hinzu. Jetzt bekommen Sie erst einmal Elektrolytpulver. Hier, trinken Sie, ich hab's in Wasser aufgelöst. Das brauchen Sie, um den Salzverlust auszugleichen. Warum, so fragte er sich, wird die Frau erst jetzt, wo es mir nicht gut geht, freundlich? Obwohl freundlich nicht das richtige Wort war. Sie legte eine gewisse Fürsorge an den Tag. Er dachte darüber nach, bis er in einen fiebrigen Schlaf hinüberglitt.

Zweimal erwachte er während der Nacht, trank und schlief wieder ein. Als er zum dritten Mal erwachte, fühlte er sich besser. Er legte sich die flache Hand auf die Stirn, um die Temperatur zu erfühlen, ging pinkeln und drückte danach die Fenster auf. Kühle Luft drang ins Zimmer. Die Nacht war stockfinster. Er lehnte sich so weit hinaus, dass er den Himmel sehen konnte. Keine Sterne, kein Mond. Es würde wenige Orte auf der Welt geben, die so dunkel waren, mutmaßte er. In Deutschland hatte er eine solche Nacht einmal in Brandenburg erlebt, in einem Ort namens Gülpe. Schwarze Nacht. Dort allerdings mit einem Sternenhimmel, der seinesgleichen suchte.

Er sah an sich hinunter. Hatte er sich bis auf die Unterhose ausgezogen oder war das Ingeborg gewesen? Er errötete, wie er deutlich spürte. So wie er war, trat er in die Nacht hinaus. Der Wind traf auf seine Haut, Gänsehaut überzog den ganzen Körper. Dafür fühlte er sich plötzlich ungeheuer lebendig.

Noch ehe ihm richtig bewusst wurde, was er tat, lagen schon fünfzig Meter zwischen ihm und seinem Häuschen. Er sprang nicht etwa von Strauch zu Strauch, peinlich darauf bedacht, nicht als Exhibitionist in Unterhosen entdeckt zu werden. Frei von Scham, lief er über den Black Beach auf die ersten Häuser zu. Ein Hund schlug an. Steen legte den Kopf in den Nacken, stieß ein Heulen aus. Ging in die Hocke. Wieder hob er die Nase. Die Luft roch würzig nach Holzfeuer. Aber auch nach Petrichor, dem Geruch von

Feuchtigkeit auf trockener Erde oder auf von der Sonne ausgedörrten Pflanzen. Über allem der mineralische Geruch von Seewasser, Phytoplankton und Muscheln auf Felsen. Er gab ein weiteres Heulen von sich, bevor er sich erhob und weiterlief.

Vor dem Haus von Jan Kok stoppte er seine Schritte. Er drückte sich gegen die Hauswand, nicht bevor er die scheinbar blutbesudelten Latten eines zufriedenen Blickes gewürdigt hatte. Kok hatte gar nicht erst versucht, das Schandmal wegzuwischen.

Mehr als das Rauschen des Meeres und das Rascheln des Windes in den Sträuchern war nicht zu hören. Selbstsicher umrundete er das Haus. Als der Garten in sein Blickfeld geriet, kratzte er sich den Bart. Tatsächlich war ihm angesichts der Gräueltat, die in diesem Hof stattgefunden hatte, nicht aufgefallen, dass hinter dem Hof ein veritabler Nutzgarten lag. Ziemlich groß und ziemlich gepflegt, wie es den Anschein hatte. Geradezu ein Fremdkörper neben einem derart windschiefen und schlecht unterhaltenen Haus.

Seelenruhig schritt er die Reihen der Pflanzen ab. Er ging auf alle viere nieder, zupfte hier ein Blatt ab, knickte dort ein Ästchen, pflückte eine Tomate vom Strauch, biss hinein und ließ den Rest achtlos in den Dreck fallen. Er tollte durch die Reihen und roch an beinahe jeder Pflanze. Die Nacht war dunkel, scheinbar waren alle Aktivitäten zum Erliegen gekommen, die Gerüche aber bewiesen, dass um ihn herum Leben war. Er hatte an seinem Tun eine diebische Freude.

Am Ende der Saatreihen stieß er auf einen Schuppen. Er zog an der Tür, die nur leise quietschte, und trat ein.

An den Wänden hingen herausgerissene Zeitungsseiten. Auch wenn es hier drinnen noch mal dunkler war, konnte er erkennen, dass sie Landschaften und Städte zeigten. Europäische Landschaften und Städte. Ein einziges Mal nur war er in seinem Leben in den Niederlanden gewesen und doch war das Heimatland von Kok unschwer zu erkennen. Grachten und Hausboote, Brücken, an deren Geländer Fahrräder angekettet waren.

Alles Werkzeug lag wohlgeordnet an seinem Platz. Auf einer Stellage fand er eine Sperrholzkiste. Er trug sie nach draußen. Sie war voll mit Saatgut. Er stockte, richtete sich auf, dachte kurz nach, ob er tatsächlich gesehen hatte, was er meinte gesehen zu haben. Abrupt wendete er sich um und ging noch einmal in den Schuppen. Er riss das Foto, das als einziges nicht Amsterdam, sondern ein Porträt zeigte, von der Wand. Draußen war ausreichend Licht. Auch wenn sie sich sehr verändert hatte, so war er sich doch sicher. Er riss das Foto in Fetzen.

Auf dem Rückweg stolperte er durch die Pflanzenreihen, trat achtlos auf Früchte und Blätter. Manche der Pflanzen riss er gar mit der Wurzel aus der Erde. Er empfand große Lust an der Verwüstung. Bevor er Koks Grundstück endgültig verließ, fiel ihm der Schriftzug PRUNE wieder ins Auge. Dreimal hämmerte er mit der Faust gegen das Holz, dann trollte er sich endgültig.

Er war wieder unterwegs. Zu Fuß auf der Piste hinauf zum Asilo de la Paz. Die Vulkankuppen lagen einmal mehr unter tief hängenden Wolken versteckt, während unten an der Küste die Sonne schien. Nach den Tagen im Hostal freute er sich auf seine Höhle, das Leben in der Natur und darauf, endlich wieder tun und lassen zu können, wonach ihm der Sinn stand. Die Wittmers hatten darauf bestanden, dass er einen weiteren Tag untätig in seinem Zimmer ausharrte, bevor sie ihn hatten ziehen lassen. Ingeborg war morgens, mittags und abends unaufgefordert erschienen, um ihm ein Fieberthermometer in den Mund zu stecken, und hatte diese demütigende Prozedur erst beendet, nachdem seine Körpertemperatur am Morgen unter 37 Grad gefallen war. Nach einem ausgiebigen Frühstück hatte er sich ganz offiziell bei der Familie zu einer längeren Exkursion abgemeldet, hatte seinen Rucksack geschultert – aufgrund der vielen Einkäufe und zufälligen Funde war der noch mal deutlich schwerer als beim letzten Aufstieg – und Herrn Hund, der die ganze Zeit über vor der Hütte ausgeharrt hatte, zum Aufbruch gedrängt.

Kurz bevor er endgültig losmarschiert war, hatte Wittmer ihn noch mit Eliecer Cruz bekannt gemacht, dem heutigen Besitzer des Areals, auf dem sich einst *Frido* befand. Cruz war ein freundlicher älterer Herr, der sofort zugestimmt hatte, ihm einen Besuch auf seinem Gelände zu gestatten. Ich habe lediglich etwas gegen ungebetene Gäste, hatte er gesagt. Sie aber dürfen sich gerne umsehen, solange Sie wollen. Ein Schriftsteller auf meinem Land, das empfinde ich als Ehre. Ich liebe Bücher, hatte er betont, besonders solche mit historischem Hintergrund. Sicher wollen Sie das Grab von Dr. Ritter besuchen? Er ist ja schließlich ein Landsmann von Ihnen.

Noch einem weiteren Termin hatte er zustimmen müssen, bevor sie ihn endlich hatten ziehen lassen, einem, den er unter normalen Umständen rundheraus abgelehnt hätte. Die Wittmers hatten ihn nachdrücklich zu einem Fest eingeladen, einer Zusammenkunft aller auf der Insel lebenden Menschen. Dies sei, so Rolf Wittmer, eine gute Gelegenheit, den Spirit und die Eigenheiten der Insulaner kennenzulernen. Danach hast du mich doch schließlich gefragt, was für Leute auf Floreana leben, hatte er mit einem Augenzwinkern angefügt. Sicher willst du dir diese Gelegenheit nicht entgehen lassen. Kein echter Romanautor würde das. Und außerdem wird es sich meine Mutter Margret nicht nehmen lassen, auf dem Fest aufzukreuzen. Sie hat noch keins verpasst. Und die willst du ja wohl gerne treffen, so habe ich dich zumindest verstanden.

Zumindest auf das in Aussicht gestellte Rendezvous mit der Patriarchin war Steen mit keinem Wort eingegangen. Für ihn stand mittlerweile fest, dass Mutter und Kinder kein so gutes Verhältnis miteinander haben konnten, sonst hätten Ingeborg und Rolf vom ersten Aufeinandertreffen Steens mit ihrer Mutter gewusst. Offensichtlich sprach man in der Familie nicht über die wenigen Ereignisse, die sich auf dieser gottverlassenen Insel zutrugen. Er würde zu gerne wissen, was der Grund dafür war, dass die Alte es den Kindern verschwiegen hatte. Oder war ihr das Gespräch mit ihm so unbedeutend gewesen? Sicher nicht. Eine Gelegenheit, Neues aus der Heimat zu erfahren, war für die Wittmer ganz bestimmt ein Grund zur Freude. Es könnte natürlich auch an ihrem biblischen Alter liegen. Vielleicht war sie vergesslich. Allerdings war sie ihm nicht so vorgekommen. Im Gegenteil hatte er sie als äußerst wach und klar wahrgenommen. Allein dieses ungewöhnliche Fehlen an familieninterner Kommunikation ließ es ihm zwingend geboten erscheinen, der Einladung Folge zu leisten.

Der Termin mit Eliecer Cruz war für Mitte der kommenden Woche vereinbart worden, da der Mann diese Woche auf dem Festland verbringen würde, bei seinem Sohn Eliecer jun., dem Direktor des Nationalparks Galapagos, wie er ihm mit Stolz in der Stimme mitgeteilt hatte.

Die Party bei den Wittmers sollte am darauffolgenden Wochenende steigen.

Diese beiden Verabredungen, so interessant sie auch sein mochten, drückten etwas auf Steens Stimmung, wie er überhaupt mit der andauernden Bevormundung und Überwachung durch den Wittmer-Clan nicht zurechtkam. Bislang hatte er noch keine Strategie gefunden, der Familie dauerhaft zu entkommen. Die aber würde er brauchen, denn war erst einmal all sein Hab und Gut oben in seiner Höhle, würde er nicht mehr Woche um Woche zur Küste runterlatschen, nur um den Wittmers ein gutes Gefühl zu geben. Dafür würde ihm auch keine Zeit bleiben, wenn er da oben erst einmal richtig loslegte.

All diese Gedanken teilte er auf dem Marsch mit Herrn Hund. Überhaupt erzählte er seinem Gefährten von allem, was ihn bewegte. Dabei hatte sich das Tier anfänglich etwas distanziert gezeigt. Es schien ihm immer noch etwas angefressen zu sein, weil es nicht mit auf den Kajakausflug hatte kommen dürfen. Am Tag nach seiner Rückkehr war es ganz schlimm gewesen. Obwohl er krank in der Hütte gelegen hatte, zeigte sich der Hund vergrätzt. Steen hatte es ihm erklärt und sich, auch wenn er sich im Recht wähnte, bei ihm entschuldigt.

Auf halber Strecke kam er auf Rolf Wittmer zu sprechen. Er stoppte seine Schritte und sah den Hund mit ernster Miene an. Ich persönlich glaube ja, mit dem stimmt was nicht, sagte er. Da erzählt der mir doch glatt, er habe Kok die Leviten gelesen. Von wegen, dass er keine Hunde mehr misshandeln dürfe und so. Der Hund bellte. Wohl weil Steen nicht weiterlief und er nicht verstand, warum sie in der brütenden Hitze anhielten. Das kann ich dir sagen, was ich damit sagen will, sagte Steen. Ich glaube dem kein Wort. Weißt du, wie wenig empathisch der war, als ich mit unserem misshandelten Artgenossen auf den Armen angerannt kam? Wieder bellte der Hund. Na kein bisschen, sagte er lauter als nötig. Wittmer und der Holländer, ich sage dir, da kratzt eine Krähe der anderen kein Auge aus. Muss man sich nichts vormachen, ich bin hier der Fremde. Bei meiner Kajaktour … jetzt bell mich bloß nicht wieder an! Da habe ich dieses widerliche Schwein gesehen, fuhr er fort. Völlig besoffen. Ich hab ihm die Machete geklaut. Außerdem hab ich seine Flinte in die Lagune geschleudert. Mit der hat er mindestens einen Flamingo abgeknallt. Er erzählte dem Hund ausführlich von den Ereignissen. Am Ende spuckte er in den Dreck der Straße. So muss man mit solchen Menschen verfahren, man muss sie bestrafen. Eigentlich hätte ich es tun müssen. MÜSSEN, brüllte er.

Also, fuhr er nach einer Weile verdrossenen Schweigens fort, war das eine Lüge von Wittmer. Ich glaube ihm nicht, dass er den Holländer zur Rede gestellt hat. Warum lügt er mich an?

Steen setzte sich wieder in Bewegung, sehr zur Freude des Hundes, der erst einmal ein paar Hundert Meter vorauslief. Aber eins ist auch klar, rief er dem Hund hinterher, nicht Wittmer ist unser Feind, auf diesen Kok müssen wir achten.

Der Höhleneingang lag hinter dichten Nebelschwaden versteckt. Es nieselte, seit sie den Abzweig von der Straße genommen hatten, und merklich kühler war es auch geworden. In der Höhle fand sich noch ein kleiner Vorrat an gestapeltem trockenem Holz. Durchnässt und fröstelnd, zündete er ein Feuer an. Auch den Hund hielt es entgegen seiner sonstigen Gewohnheit nicht im Freien. Zu verlockend war die Wärme, die das Feuer schon bald verbreitete. Steen wechselte die Kleidung und schwor sich, nun endgültig nie wieder ohne Regencape das Haus zu verlassen.

Später am Abend packte er den Rucksack aus. Er besaß nun einen Speiseölkanister, der fünf Liter Wasser fasste, stibitzt aus den Wittmer'schen Beständen. Sie würden das olle Ding nicht vermissen, es hatte neben dem Hühnerstall von Margret Wittmer im Dreck gelegen. Bevor er sich

Dinge einfach aneignete, hatte er natürlich im Laden danach gesucht. Müsste ich Ihnen bestellen, kann aber dauern!, war der Satz gewesen, den er vom Chinesen auf nahezu alle seine Wünsche zur Antwort erhalten hatte.

Er legte die Machete neben seine Pistole, eine 38er Smith & Wesson. Dazu ein Armeemesser. Sein ganz persönliches Waffenarsenal für den Verteidigungsfall. Natürlich hatten sowohl das Messer als auch die extrem scharfe Machete für ihn hauptsächlich zivilen Nutzen. Laut Wittmer war diese Region noch von keinem menschlichen Wesen je betreten worden. Warum auch?, hatte er hinzugefügt. Der Platz, den wir der Insel mühsam abgerungen haben, ist mehr als ausreichend für die wenigen Menschen, die hier leben. Hinter dem Asilo ist bloß noch undurchdringlicher Regenwald, bis es auf der anderen Seite wieder runter zur Küste geht. Und die ist so, wie diese hier war, als meine Eltern ankamen: Lavagestein und dornige Sträucher. Bloß ohne Ankerplätze und richtige Strände. Warum also auch nur einen Gedanken an diese Region verschwenden?

Weil das hier, hatte er dem Insulaner in Gedanken geantwortet, eure Heimat ist? Die will man doch kennen. Umso mehr, wenn sie so winzig ist, wie diese Insel nun einmal war. Außerdem, woher wollte Wittmer wissen, dass nicht lange vor seinen Eltern Menschen diesen Teil der Insel erkundet hatten? Jedenfalls würde er, wenn sich dieser Platz wider Erwarten doch noch als warum auch immer ungeeignet herausstellen sollte, seine Sachen packen und einfach tiefer in den Wald hineingehen. Erforscht oder nicht, ihm war es egal.

Nach den Waffen kam das Saatgut zum Vorschein. Er

besah sich die Tütchen etwas genauer. Unterschiedliche Sorten Salat, Tomaten, Kartoffeln, Radieschen, Bohnen, Spinat, Amaranth, Malanga und weitere Gemüsesorten. Er hatte keine Ahnung, wie man die Sache mit dem Anbau richtig anging, war aber wild entschlossen, die Samen in die Erde zu bringen. Er würde dann schon sehen, was und ob überhaupt etwas daraus wurde. Die Erde hier oben war jedenfalls fruchtbar und die klimatischen Bedingungen waren nahezu optimal. Friedrich und Dore hatten unten auf *Frido* viel schneller ernten können als gedacht. Auch Margret Wittmer berichtete in ihren Memoiren von erfreulich schnellem und gutem Ertrag.

Direkt neben die Samentüten legte er eine kleine Spitzhacke, die er tatsächlich im Laden bekommen hatte. Ebenso wie Pfanne, Topf und Wasserkessel, die er außen an den Rucksack geschnallt hatte. Es folgten die Werkzeuge aus seiner Seemannskiste: Hammer, Handsäge, Zange, Nägel, Schrauben, Kabelbinder. Schließlich holte er die Konserven hervor, Reis und Maniok. Solange er Reis hatte oder Maniok fand und Früchte, so lange konnte er nicht verhungern. Und Mais hatte er auch noch. Ein Genussesser war er ohnehin nicht, obwohl er sich das Kochen ganz passabel angeeignet hatte. Seine Mutter hatte sogar behauptet, er habe Talent. Mochte sein, aber ihm fehlte die Lust, seine Zeit hinter dem Herd zu vertrödeln. Seine einzige Ambition in der Küche bestand darin, satt zu werden.

Er begann damit, die Höhle einzurichten. Legte fest, wo er schlafen würde. Eine Reihe von Höhlen zu haben statt nur einer einzigen, war ein Luxus, den er zu nutzen gedachte. Warum dort schlafen, wo zuvor gekocht worden war? Also legte er eine etwas entferntere Höhle als Küche fest. Eine natürliche Vertiefung im Boden, die gut als Feuerstelle herzurichten war, ließ sie als geeignet erscheinen. Dorthin schaffte er alles, was irgendwie mit Nahrung zu tun hatte. In der Schlafhöhle sollte ebenfalls ein Feuer brennen können. Die Nächte hier oben waren einfach zu feucht und zu kalt, als dass er darauf verzichten wollte. Diese Entscheidung würde wiederum unmittelbare Auswirkungen auf den Holzvorrat und damit auch auf seine Agenda haben. Um täglich zwei Feuer zu unterhalten, würde er eine riesige Menge an trockenem Brennholz benötigen. Dieses zu beschaffen, hielt er für seine vordringliche Aufgabe. Er beschloss, sie gleich als Erstes am kommenden Morgen anzugehen. Außerdem wäre eine Vorrichtung, um nasse Kleidung zu trocknen, nicht schlecht. Die Tage, an denen man seine feuchten Klamotten draußen in die Bäume hängen konnte, waren hier oben wahrscheinlich an einer Hand abzuzählen. Er stellte sich eine Art hölzernes Kreuz vor, das er in der Nähe des Feuers aufstellen würde. Eines Tages könnte es dann als Vogelscheuche auf dem Feld dienen, wenn das Gemüse hoffentlich anging. Mit diesen Gedanken und vielen weiteren im Kopf legte er sich schließlich nach dem Essen in seinen Schlafsack und schlief in der hereinbrechenden Nacht nicht eine Minute.

Entsprechend gerädert erhob er sich mit den ersten Sonnenstrahlen des neuen Tages. Er reckte sich, trank einen Schluck Wasser, trat vor die Höhle. Noch war es kalt. Ein in Böen starker Wind fetzte die Wolken über den Himmel. Guten Morgen, Herr Hund, sagte er zu dem ebenfalls aus der Höhle gekommenen Tier. Ich hoffe, du hast besser geschlafen als ich. Hast du Durst? Er goss etwas Wasser in den Blechnapf und war sich bewusst, dass sowohl er selbst als auch der Hund etwas zu essen brauchten. Auf die Schnelle konnte er Maniokbrei kochen und ein paar Früchte dazu essen. Doch dann musste eine funktionierende Feuerstelle her, eine Art Gestell, um Töpfe und Pfannen aufsetzen zu können und den Wasserkessel zu erhitzen.

Er würde Ackerbau betreiben. Aber solange seine Samen nicht austrieben, musste er die Gegend nach Essbarem durchstreifen. Würde sich hier oben nicht ausreichend Nahrung finden, müsste er alle paar Tage runter nach Puerto Velasco Ibarra.

Aber jetzt erst einmal Holz sammeln, sagte er sich, Mengen an Holz. Holzkohle wäre wesentlich ergiebiger, stand ihm aber nicht zur Verfügung. In früheren Zeiten gab es den Beruf des Köhlers, Menschen, die im Wald hausten und in Lehmöfen Kohle aus Holz herstellten, darüber hatte er mal eine Sendung im Fernsehen gesehen. Doch wie der Prozess vonstattenging, war darin nicht erwähnt worden.

Und würde er nicht zumindest ab und an Fleisch essen müssen? Es gab die Rinder, aber würde er es fertigbringen, die zu töten? Mit dem lächerlich kleinen Revolver sicher nicht. Ein Gewehr wäre da schon besser. Auch zur Verteidigung. Scheiße!, fluchte er laut, als er an die Flinte des Holländers dachte, die er in der Lagune versenkt hatte.

Das Knurren des Hundes riss ihn aus seinen Tagträumen. Mit dem letzten Holz entzündete er das Feuer und kochte den im Geschmack an Esskastanien erinnernden Maniokbrei.

Nach dem Frühstück wanderten sie in stiller Eintracht hinunter zur Quelle. Der Hund lief voraus. Inzwischen kannte er das ihm anfangs noch so fremde Terrain ausreichend gut. Steen füllte den Kanister und seine Trinkflaschen und schleppte alles im Rucksack zurück zur Höhle. Dann ging er erneut los und betrat den Wald.

Als er Stunden später mit den Armen voller Holz wieder daraus hervortrat, befand er sich in einem beklagenswerten Zustand. Die Hose war an mehreren Stellen gerissen, das Hemd sah nicht besser aus. Über seinen rechten Arm rann Blut. Das Dickicht hatte seinen Körper zerschunden. Kaum auf der Lichtung, stieß eine Horde Stechmücken auf ihn nieder. Er tat, als ginge ihn das alles nichts an. Das kostete ihn Kraft, war aber die einzig mögliche Reaktion. Er musste Ruhe bewahren. Sich der Kleidung zu entledigen, um sie nicht weiter zu beschädigen, ergab wenig Sinn. Er trug das Holz in die Höhle, die er als Lager auserkoren hatte, und machte sich erneut auf den Weg. Beim ersten Gang hatte er versucht, sich durch das Gestrüpp hindurchzuwinden. Der Einsatz der Machete war ihm als zu zeitraubend vorgekommen. Geht schon so, hatte er sich selbst ermuntert. Ganz anders beim zweiten Versuch. Du musst vorsichtiger sein!, ermahnte er sich laut. Zuerst nimmst du Idiot die Machete. Und erst wenn der Weg frei ist, gehst du voran. Begreif das, du Schwachkopf, begreif es, Harald! Mann! Er klatschte sich mit beiden Händen auf die Wangen.

Dieses Mal hielt er sich an die an sich selbst gerichteten mahnenden Worte. Er drosch mit der Machete auf das Dickicht ein, bis er einen begehbaren Weg freigeschlagen hatte. Erst wenn keine Gefahr mehr bestand, sich zu verletzen, schritt er voran.

Er arbeitete, bis die ersten Blasen in der Handfläche der rechten Hand aufplatzten und das rohe Fleisch zu bluten begann. Erst danach wechselte er auf links, was einer ziemlichen Katastrophe gleichkam. Er schaffte gerade einmal ein Drittel dessen, was er in der gleichen Zeit mit der rechten Hand aus dem Weg geräumt hatte. In immer kürzeren Abständen hockte er sich auf den Boden, den Kopf zwischen den Händen, und fragte sich, was er hier eigentlich tat. Dann aber sprang er auf, stieß wilde Schreie und kehliges Gelächter aus und keilte erneut wie ein Derwisch auf das Dickicht ein.

Irgendwann brach er ab, nahm sich die Zeit, wieder zu Atem zu kommen, wischte sich ein ums andere Mal den Schweiß aus dem Gesicht und besah sich seine Arbeit. Er war vielleicht zwanzig Meter vorangekommen. Prüfend schritt er den schmalen Pfad ab. Nach achtzehn Schritten stand er wieder auf seiner Lichtung. Er sah hinauf zum Himmel. Die Sonne hatte ihren Abstieg begonnen. Mit hängenden Schultern schlurfte er zurück zur Höhle, griff nach dem Kanister und wollte ihn eben über seinem Kopf entleeren, als er plötzlich innehielt und es sich anders überlegte. Er zog sich nackt aus, schmiss die Klamotten in den Staub vor der Hütte und trottete, ohne Herrn Hund zu beachten, in Richtung Quelle davon. Dort angekommen, hockte er sich in das Becken unterhalb des aus dem Fels sprudelnden Wassers. Er verharrte in embryonaler Haltung, bis er kurz vor dem Erfrieren stand.

Zurück bei den Höhlen, war die Nacht angebrochen.

Na bitte!, brüllte er in den Wald hinein. Er reckte beide mit Strümpfen umwickelten Hände gen Himmel. Mit freiem Oberkörper in der Sonne dampfend wie ein Ackergaul, stand er am Rande einer Lichtung inmitten des ewigen Grüns, die sich in einem für ihn gewichtigen Grund von der Lichtung vor den Höhlen unterschied. Diese hier schien durch einen Brand entstanden zu sein. Wie auch immer es in diesem die meiste Zeit feuchten Urwald dazu gekommen sein mochte, ein Irrtum war ausgeschlossen. Die Lichtung lag voller umgestürzter Bäume, aber nicht die hatten gebrannt, sondern die erste und zweite Reihe um sie herum. Und das bereits vor längerer Zeit. Womöglich aufgrund eines Blitzeinschlags. Regen mochte den Brand gelöscht haben, bevor er größere Verwüstungen hatte anrichten können. Inzwischen spross neues Grün aus den verkohlten Stämmen.

Das, was vor ihm lag, bot ausreichend Brennholz für eine lange Zeit. Das Reisig zum Anfachen. Die dünneren Äste, um das Feuer in Gang zu setzen, und die größeren Stücke für eine lang anhaltende Glut. Und wenn der Ort erst gesäubert wäre, würde er die Fläche in einen Nutzgarten verwandeln. Er schätzte die Größe des Terrains auf fünfundzwanzig bis dreißig Meter im Durchmesser. Der Weg von den Höhlen hierher war in etwa einhundertfünfzig Meter weit. Die Schneise zu schlagen, hatte ihn sieben Tage gekostet. Sein Körper schien nur noch zu existieren, um dem Schmerz eine Heimstatt zu bieten.

Den Einstieg in den Pfad würde er später so gut es ging mit Ästen verbergen. Und er würde von nun ab jede Woche die nachwachsenden Pflanzen in diesem grünen Korridor in Schach halten. Im Gegensatz zur Ersterschließung ein reines Kinderspiel. Über einen Namen für den Ort würde er sich auch Gedanken machen. *Eden* war natürlich das Erste, was ihm in den Kopf kam. Aber der erschien ihm doch etwas billig. Außerdem musste er die Lichtung erst einmal in ein Paradies verwandeln und davon trennten ihn noch viele Wochen harter Arbeit.

Er sägte und hackte bis zum Einbruch der Dunkelheit. Danach wanderte er runter zur Quelle und nahm sein inzwischen schon rituelles Bad. Was Sportlern die Eistonne, das war ihm dieses herrlich klare Quellwasser. Anschließend wusch er seine Sachen aus und lief nackt zurück zur Höhle.

Der Hund begleitete ihn schon länger nicht mehr auf Schritt und Tritt. Er stand gerade einmal auf, als er Steens ansichtig wurde, und kläffte zur Begrüßung, bevor er sich wieder ablegte.

Ich freue mich auch, dich zu sehen, sagte Steen. Morgen schleppen wir das Holz hierher. Ich schätze mal, um die gesamte Menge klein zu machen, brauche ich etwa vierzehn Tage. Aber auch nur, wenn wir besseres Werkzeug bekommen. Das Sägeblatt ist schon stumpf. Wenn wir morgen zu Señor Cruz runtergehen, verbringen wir die Nacht anschließend im Hostal. Ich versuche uns im Ort ein paar Sachen zu organisieren. Mit ein wenig Glück gelingt mir das an einem Tag. Wenn nicht, bleiben wir noch eine zweite Nacht. Den Hund schien das alles nicht besonders zu bewegen. So wie er Steen wenig später um die Beine schlich, war er allein an dem Maniokbrei interessiert, der auf dem Feuer köchelte.

Mit dem dampfenden Teller hockte Steen sich kurz darauf auf den Felsboden. Er aß langsam und beobachtete den Hund, der seinen Brei direkt neben ihm verschlang. Danach trollte er sich wieder nach draußen. Steen kratzte sich das Kinn. Ein wohliger Seufzer zeigte den Grad seiner Zufriedenheit an. Er trotzte der Natur sein Leben ab.

Dr. Ritter und Dore Strauch war es nicht anders ergangen als ihm im Augenblick. Anfangs hatten sie in Gestalt eines jungen Einheimischen, den Kapitän Bruun ihnen nicht frei von Hintergedanken an die Seite gestellt hatte, noch ein wenig Unterstützung gehabt. Ein rauer Bursche, der bei jeder sich bietenden Gelegenheit ein Tier getötet hatte, bis er von einem Bullen auf die Hörner gespießt worden war und sich so schwer verletzt hatte, dass er mit dem nächsten Schiff die Insel hatte verlassen müssen. Danach waren sie vollständig auf sich allein gestellt gewesen. Ihre zunächst einzige Bestimmung war es, zu überleben. Unter unvorstellbaren Anstrengungen schafften sie ihr Hab und Gut von der Post Office Bay über die halbe Insel hinauf nach *Frido.* Schon wenige Tage nach ihrer Ankunft war sämtliches Schuhwerk, das sie mit sich führten, zerschlissen. Das scharfkantige Gestein hatte die Ledersohlen mit einer Leichtigkeit durchtrennt, die sich die beiden Aussteiger nicht hatten vorstellen können. Ritter hatte daraufhin primitive Holzschuhe geschnitzt, damit sie sich überhaupt fortbewegen konnten. Sie hatten lernen müssen, sich der Insel anzupassen, bevor sie damit begannen, sich diese untertan zu machen. Dore und Friedrich waren seine Vorbilder. Dafür, was man mit schierer Willenskraft erreichen konnte. Und sie waren es auch, die ihm seine Vision geschenkt hatten.

Weißt du eigentlich, sagte Steen zu dem inzwischen wiedergekehrten Hund, dass die beiden zunächst auch hier oben in den Piratenhöhlen leben wollten? Der Hund sah träge zu ihm auf. Warum sie es nicht getan haben, willst du wissen? Kann ich dir sagen, mein Freund, weil es ihnen hier oben zu feucht und zu kühl war. Er lachte. Am Ende haben es ja beide Auswandererfamilien nicht lange hier ausgehalten, beide sind sie wieder runtergezogen. Dahin, wo Küstenregion und Regenwald sich treffen, in die Übergangszone. Schau mich nicht so an, so steht's geschrieben. Uns ist das egal, oder? Dir sowieso, du träges Geschöpf. Er beugte sich zu dem Hund rüber und streichelte ihn. Der Hund zuckte. Er war an die Berührung durch einen Menschen immer noch nicht gewöhnt. Und auch Steen wurde erst in diesem Augenblick bewusst, dass er das Tier höchst selten anfasste. Ganz ruhig, mein Guter. So macht man das bei uns. Ich will dir nichts, das weißt du doch. Tatsächlich entspannte sich das Tier und ließ es sich gefallen.

Wir haben noch viel Arbeit vor uns, fuhr Steen fort. Aber das hatten Dore und Friedrich damals auch. Allein das Roden all der Akazien muss eine elende Tortur gewesen sein. Der Hund bellte, sprang auf und lief zum Eingang der Höhle. Steen folgte ihm und versuchte in der Dunkelheit zu erkennen, was ihn aufgeschreckt hatte. Außer den Silhouetten der Bäume, die sich gegen den Nachthimmel abzeichneten, konnte er nichts erkennen, das hier nicht hergehört hätte. Wahrscheinlich hatte der Hund ein anderes Tier gewittert, eins der vielen Schweine vielleicht, die immer noch hier herumliefen. Oder wieder einmal die Esel. Die Aufmerksamkeit des Tieres gab ihm ein gutes Gefühl. Er setzte sich wieder auf seinen Schlafsack. Eine eher zufällige Berührung des Hundes nahm er als Hinweis, die einmal begonnene Geschichte fortzusetzen. Aber gern, mein Freund, sagte er. In der Post Office Bay lagerten noch Unmengen an Material, die Dore und Friedrich auf *Frido* zum Bau ihres Hauses benötigten. Zwischen den Trips runter an die Küste arbeiteten sie von früh bis spät. Philosophische Studien … Pah … dazu kam Ritter nicht. Aber sie fanden die Zeit, Briefe in die Heimat zu schicken und darin um Hilfe zu bitten. Sie benötigten dringend mehr Gartengerät, weiteres Saatgut und vieles mehr. Die Einsamkeit, Herr Hund, von der immer die Rede ist, war nämlich streng genommen gar keine. Ständig liefen Schiffe die Insel an. Und Ritter machte sich diesen Umstand zunutze. Er bestellte, was immer sie benötigten, bei jedem, der vor Floreana ankerte, ob der seine Hilfe anbot oder nicht. Stell es dir einfach so ähnlich vor, als ob wir heute etwas aus einem Katalog bestellen würden. Bloß, dass sich die Lieferung verzögern konnte. Einen unangenehmen Effekt hatte das allerdings schon. Kaum wieder auf See, setzten die Schiffsführer Funksprüche ab, in denen sie von den Auswanderern auf Floreana in den schillerndsten Farben berichteten. Zunächst druckten es nur die amerikanischen

Gazetten, die aber waren total wild auf diese gefällig ausgeschmückte Robinsonade. Bald darauf erschienen die Artikel bei uns in Deutschland, wo sie ganz sicher auch von den Wittmers in Köln gelesen wurden.

Das ist der Beginn des Galapagos-Dramas, mein Freund, damit nahm das Schicksal seinen Lauf. Von dem Zeitpunkt an spielte sich alles unter den Augen der Öffentlichkeit ab, wenn auch mit starker Zeitverzögerung. Im Grunde, das muss man so sagen, war das schon das Ende vom Paradies, fügte er hinzu.

Der Hund röchelte, er war eingeschlafen.

Sie trafen zur vereinbarten Zeit vor El Pozo ein, wie das ehemalige *Frido*-Gelände inzwischen hieß. In noch früheren Zeiten hatte man den Ort Watkins Oase genannt. Oase deshalb, weil es hier Wasser gab und dieser kleine Flecken Land in saftigem Grün aus dem braunen Gestrüpp der Trockenzone, die sich zwischen der Küstenlinie und dem Scalesiawald erstreckte, herausstach. Hinter dem Zaun wuchsen Kokosnuss- und Dattelpalmen. Der in leuchtendem Weiß gestrichene Lattenzaun zeigte die Grundstücksgrenze an.

Ich glaube, wir gehen mal rein, sagte Steen an den Hund gewandt.

Der Weg hinter der Umgrenzung verlief zunächst noch zwischen verdorrtem Gestrüpp, bevor sich die Umgebung übergangslos in sattes Grün wandelte. Etwas, das einem Rasen entfernt ähnelte und von einer Reihe hübscher rosafarbener Catharanthe gesäumt wurde, reichte bis zum Haus. Zwölf hohe Bäume spendeten angenehmen Schatten. Das Steinhaus, auf das sie zuliefen, machte einen soliden und gepflegten Eindruck.

Hallo!, rief er aus einiger Entfernung. Weiter wollte er sich dem Heim von Eliecer Cruz ohne Aufforderung nicht nähern. Schon jetzt empfand er sich als Eindringling.

Die Tür schlug auf und eine junge Frau trat hinaus ins Licht des Tages.

Sind Sie der Deutsche?, rief sie zu ihm hinüber. Sie machte keine Anstalten, auch nur einen Schritt weiter auf ihn zuzukommen. Steen nickte heftig. Ich bin mit Ihrem ... mit Señor Cruz verabredet. Ich weiß, rief sie zurück. Mein Großvater ist noch nicht wieder zurück, Sie interessieren sich für *Frido* und das Grab des Doktors, richtig? Folgen Sie einfach dem Weg. Fünf Minuten! Sie deutete in Richtung Cerro Pajas. Sie können so lange bleiben, wie Sie wollen. Sollte mein Großvater noch kommen, schick ich ihn rüber. Übrigens!, rief sie ihm hinterher, die Stelle übersieht man leicht. Sie müssen schon sehr genau hinsehen, um zumindest noch die Steinfundamente vom Weg aus erkennen zu können. Achten Sie auf einen umgestürzten Korallenbaum. Da sind Sie richtig. Zu sehen gibt es sonst nichts.

Steen hob die Arme. Und das Grab?, fragte er.

Ja, antwortete die junge Frau gedehnt. Doch, doch, das Grab, natürlich. Großvater hat das Kreuz vor einigen Jahren erneuert. Das Original war so morsch, dass es zusammengekracht ist.

Den ersten Blick auf Friedrich Ritters Grabstätte konnte er schon von Weitem werfen. Cruz' Enkelin hatte maßlos übertrieben. Kaum dass ihm das Kreuz ins Auge fiel, verharrte er abrupt. Schon den ganzen Weg vom Asilo de la Paz herunter war ihm flau im Magen gewesen. Er hatte es bislang auf die Mangelernährung der letzten Tage zurückgeführt. Der Hund spürte die Veränderung. Er stupste ihn mit der Nase an. Steen bewegte sich nicht. Seine Beine versagten ihm den Dienst. Er ging in die Knie und legte einen Arm um Herrn Hund. Die Gefühle, der Aufruhr, der in diesem Augenblick in ihm tobte, waren einfach zu stark. Nach so vielen Jahrzehnten war er tatsächlich an Friedrichs Grab. Die ungezählten Momente des Zweifels, das beständige Was-wäre-wenn? Von der ersten, noch sehr vagen Idee bis zu seinem Aufbruch, all die Jahre, all die durchwachten Nächte, all die Ängste.

Er hob den Kopf. Über die letzte Ruhestätte hinweg, über vereinzelt wachsende Bäume und das Strauchermeer runter zum Pazifischen Ozean ging sein Blick. Dort, über der Weite der See, verlor er sich. Eine gefühlte Ewigkeit verharrte er in dieser unentschiedenen Position. Allein darauf bedacht, seine Atmung zu kontrollieren. Und dadurch das Karussell in seinem Kopf zu stoppen. Erst nach einer Weile brachte er die Kraft auf, den Blick wieder zu senken. Zuvor jedoch nahm er die Brille ab.

Ein zusammengenageltes Holzkreuz, einst mit einem weißen Anstrich versehen, in einem von Moosen überwachsenen Steinhaufen war alles, was vom abenteuerlichen Leben des Dr. Ritter übrig geblieben war.

Dr. Friedrich Ritter
geboren 24. Mai 1886, gestorben 21. November 1934

Das hätte darauf stehen müssen. Cruz würde seine Gründe gehabt haben, auf eine Inschrift zu verzichten. Über sechzig Jahre lag er schon hier beerdigt, der verkannte Philosoph, der kleine Mann mit den wilden Locken und den noch wilderen Ideen. Der Mann, der seine leibliche Mutter schließlich in den Wahnsinn getrieben hatte und der vielleicht sein Vater war.

Steens Hand zitterte, als er das Kreuz berührte. Für einen kurzen Moment hatte er das Gefühl, erneut den Boden unter den Füßen zu verlieren. Er ballte die Fäuste, schlug sie gegen die Oberschenkel - wieder und wieder. Dabei pendelte sein dürrer Körper hin und her wie eine vom Sturm gepeitschte Palme am Strand. Es war absolut windstill. Die Sonne stand im Zenit direkt über ihm. *Der große Mittag,* flüsterte er. Trotz des Taumels gab er sich seinen widerstrebenden Gedanken hin.

Die Sonne war bereits ein ganzes Stück gewandert, als er sich endlich von Ritters letzter Ruhestätte losriss und hinüber zu dem umgestürzten Baum ging. *Frido* lag im Krater eines erloschenen Vulkans. Nur dort, wo einst die Lava abgeflossen war, öffnete sich das Gelände zum Meer hin. So hatten Dore und Friedrich nicht nur eine fantastische Fernsicht gehabt, sie waren auch in der Lage gewesen, den Schiffsverkehr vor Floreana jederzeit zu beobachten. Ein Umstand, der für die Bewertung der dramatischen damaligen Ereignisse eine nicht unerhebliche Rolle spielte. In der Mitte des Tals entsprang die Quelle. Ihr verdankte der Platz seine Fruchtbarkeit.

Steen wusste augenblicklich, was Dore und Friedrich in diesem Ort gesehen hatten, er war nahezu perfekt zum Siedeln. Melville hatte über Floreana geschrieben, dass er Zweifel daran hege, dass es einen anderen Flecken Erde gebe, der es, was trostlose Verlassenheit anbelange, mit diesem hier aufnehmen könne. Zumindest auf *Frido* traf diese Aussage nicht zu.

Steen erkannte die Grundmauern des Wohnhauses sofort. Indem er das niedrige Gebüsch platt trat, verschaffte er sich einen Eindruck seines Grundrisses. Er hockte sich auf die Erde. In seiner Fantasie sah er Dore, wie sie in einem luftigen Kleid aus dem Haus trat und über den Hof zum Hühnerstall hinüberging, einen Futterbeutel unter den Arm geklemmt. Wie sie ihr Bein nachzog und doch gut gelaunt und strahlend schön war. Das kurz geschnittene Haar, die etwas zu dicke Nase, die sie an ihn vererbt hatte, die vollen Lippen und dieses eigentümlich verrutschte Lächeln. Wie sie, nachdem die Hühner versorgt waren, ihr geliebtes Eselchen streichelte und wie sie diesen Mann, der zu ihrem schlimmsten Feind werden würde, trotz seiner seelischen Grausamkeit bewunderte und liebte.

Wir sind in *Frido,* sagte er. Ich bin in *Frido.* Hörst du, mein Bruder?

Die Schnauze des Tieres ruhte auf seinem Oberschenkel. Steen kraulte ihm den Kopf. *Frido,* wiederholte er flüsternd. Hier hat sie gelebt, meine Mama. Und vielleicht bin ich auch hier gezeugt worden. Er kämpfte mit den Tränen.

Der Doktor hat das ganze Terrain mit Dynamit gerodet, wusstest du das?, sagte er an den Hund gewandt. Er musste versuchen, sich von den überwältigenden Gefühlen zu befreien. Danach haben sie in langen Tagen und unendlich harter Arbeit Unmengen an Steinen aus dem Boden geklaubt, um endlich ihren Garten anlegen zu können. So werden wir es auch machen, was, mein Kleiner? Ich mache alles genau wie sie … und dann werden wir schon sehen.

Aber was genau würde er dann sehen? Wenn er die ganze Geschichte so gut es eben ging weiterhin nachempfinden würde, so wie er es bis hierher getan hatte, was würde er dann erkennen? Die Anreise von Rotterdam per

Schiff, der Ausflug nach Quito, das Eintreffen auf Floreana zum exakt gleichen Datum, an dem auch der Doktor und seine Mutter angelandet waren, das Wohnen in den Höhlen, das Nacktsein und all die anderen Kleinigkeiten hatte er sorgfältig kopiert. Wenn er all das weitertrieb, was würde dann werden? Würde es etwas mit ihm machen? Würde tatsächlich eintreten, was er sich all die Jahre lang vorgestellt hatte? Würde ihm das eine späte Beziehung zu seiner leiblichen Mutter bescheren? Würde er die Bande zwischen ihnen spüren können. Nicht in Gedanken, nein, emotional. Die Bande zu einer Frau, an die er keinerlei Erinnerung hatte. Alles, was er über sie wusste, stammte aus ihrer und der Feder anderer. Zuvörderst von der alten Wittmer. Sie hatte überlebt und, seit dem Tod der anderen an dieser Katastrophe Beteiligten, die verharmlosend Affäre genannt wurde, die Deutungshoheit über das Geschehene. Steen erschrak bei dem Gedanken, dass alles weiterhin so bleiben könnte wie bisher, dass sein Plan nicht aufgehen würde. Dieser Besuch auf *Frido* setzte bislang die stärksten Emotionen frei. Aber näher fühlte er sich seiner Mutter deshalb noch immer nicht.

Er schüttelte den Zweifel ab wie einen lästigen Sandfloh, streckte sich auf der Erde aus und versuchte, jedes Steinchen in seinem Rücken zu erspüren. Den Blick zum Himmel gerichtet, ging ihm die Situation seiner Mutter und die seines vermutlichen Erzeugers durch den Kopf.

Von ihrem plötzlichen Ruhm erfuhren die beiden im Sommer des Jahres 1930, als Kapitän Bruun ihnen ein Päckchen mit sechsundvierzig Briefen von ihnen wildfremden Menschen übergab. Allesamt in Deutschland abgestempelt.

Mit gleicher Post erreichte sie auch ein Stapel Zeitungen. Darin stießen sie auf Artikel über »deutsche Auswanderer im Paradies«. Und waren entsetzt über das, was da über sie geschrieben wurde.

Auf der Insel hatten sie derweil andere Probleme. Ein Eber verwüstete allnächtlich große Teile des Gemüsegartens. Trotz zahlreicher Versuche, den Räuber fernzuhalten, unter anderem durch einen Zaun, vergiftete Köder, Fallgruben und ganz simpel, indem Ritter versuchte, das Tier zu schießen, hatten sie erst Ruhe, als er hierfür wie auch schon für die Rodung des Geländes das Dynamit einsetzte, das ihm ein reicher US-Milliardär bei einem Besuch dagelassen hatte.

Im Juni 1932 trafen die Wittmers auf der Insel ein. Die Kölner schienen zu erwarten, dass seine Eltern ihnen den Start auf der Insel erleichtern würden. Mehr noch, sie setzten es voraus. Die Einsamkeit, die zumindest Friedrich gesucht hatte, existierte nur mehr in seiner Fantasie. Obwohl überhaupt nicht amüsiert von der Anwesenheit weiterer Menschen auf ihrer Insel, zeigten sie ihnen doch die Höhlen am Asilo de la Paz. Friedrich lieh ihnen sogar, sehr zu Dores Leidwesen, Burro, ihren getreuen Esel, damit die Neuankömmlinge mit seiner Hilfe ihre Sachen leichter auf den Vulkan hinaufschaffen konnten.

Señor Steen, da sind Sie ja. Ich hab Sie erst gar nicht gesehen. Wieso liegen Sie denn hier im Unterholz? Eliecer Cruz kam auf ihn zu. Fernen Zeiten entrissen, brauchte Steen einen Moment, um sich zu sammeln. Er rappelte sich auf – sein rechtes Bein war eingeschlafen – und humpelte auf Cruz zu. Señor Cruz, ich freue mich. Wie spät ist es denn? Cruz stand ihm jetzt direkt gegenüber. Wie sehen Sie denn aus?, fragte Cruz anstelle einer Antwort. Steen verstand nicht, zuckte die Schultern. Schauen Sie mir mal in die Augen. Sie haben geweint. Geht es Ihnen nicht gut?

Mir geht es gut. Sehr gut, sehr, sehr gut. Muss an der Sonne liegen, da tränen meine Augen schon mal. Er ließ ein Lachen hören, das zum Krächzen geriet.

Aber … ich mache mir ein wenig Sorgen um Sie, mein Lieber, sagte Cruz. Sie sollten schnellstens einen Arzt aufsuchen. Sie bluten überall.

Bluten? Ich? Ach, Sie meinen meine Hände. Habe ich mir beim Herumklettern auf den Felsen zugezogen, nicht weiter schlimm. Er besah sich seine mit Stoff umwickelten Hände. In der Tat bluteten sie nun schon seit Tagen. Er hatte nicht die Zeit gehabt, um die Verletzungen verheilen zu lassen.

Und Ihre Stirn, fuhr Cruz fort, ist eine einzige Wunde, das sieht gar nicht gut aus. Und die Verletzung an Ihrem Unterarm auch nicht. Ist das Ihr Hund? Steen nickte. Cruz warf einen Blick auf seine Armbanduhr. Sie sind schon sehr lange hier.

Ihre Enkelin hatte nichts dagegen, entschuldigte er sich.

Ich auch nicht. Ich wundere mich nur. Die meisten Leute sind, kaum angekommen, auch schon wieder weg. Sie machen ein Foto vom Grab und das war's dann. Aufregend ist das Gelände ja nicht gerade. Aber Sie sind schon über fünf Stunden hier. Standen Sie in irgendeiner Beziehung zu dem Doktor oder Señora Strauch?

Beziehung?, sagte Steen. Seine Stimme lag um eine Oktave höher als normal. Wie kommen Sie denn darauf?

Minutenlang starrte er auf sein Spiegelbild. Er entfernte sich etwas vom Waschtisch, hob die Hände auf Kopfhöhe, trat wieder näher und setzte sich schließlich in der Küche auf einen Hocker.

Er dachte über den Mann nach, den er betrachtet hatte. Vielleicht hatte Cruz übertrieben, aber besonders vorzeigbar sah er wirklich nicht aus. Sein Haar war nahezu unentwirrbar verfilzt, der Cut über der Augenbraue hatte sich entzündet. Eitriger Schorf bedeckte die Wunde. Drum herum schimmerte die Haut in Farbschattierungen zwischen gelb, grün und blau. Offensichtlich war die Wunde unterwegs erneut aufgebrochen. Getrocknetes Blut klebte auf Nasenrücken und Wange. Dafür war ihm ein Bart gewachsen, der ihm sogar stand. Die Hände … ja, schon klar. Ihr Zustand war beklagenswert. Beide Handflächen waren im Grunde schon nach dem ersten Tag Waldarbeit ein Fall für die Ambulanz gewesen. Er hätte Medizin gebraucht. Desinfizierende Salbe, saubere Verbände und ausreichend Zeit zur Regeneration. Seine aus Hamburg mitgebrachte Hausapotheke lagerte noch in der Seemannskiste, er hatte sie nicht als so wichtig empfunden, als dass sie Teil eines der ersten beiden Transporte geworden wäre. Aber selbst wenn er sie mitgenommen hätte, darin befand sich nicht annähernd so viel Verbandmull, wie er tatsächlich gebraucht hätte. Anstelle dessen hatte er sich das Hemd, das er ohnehin gleich am ersten Tag zerrissen hatte, in Streifen geschnitten und sich mit den Stofffetzen die Hände umwickelt. Damit der Baumwollstoff hielt, hatte er jeweils eine Socke darübergezogen, als eine Art Handschuh. Gegen den fortwährenden Schmerz hatte er sich ab dem dritten Tag zwischen Hemdstreifen und Socken zusätzlich noch Baumrinde geschoben, was ihn aber bei der Arbeit dermaßen behinderte, dass er es dann doch wieder vorgezogen hatte, die Schmerzen zu ertragen. Jeden Abend, wenn er die Stoffstreifen entfernte, um die Hände in der Quelle zu kühlen, brachen die Wunden erneut auf. Solange er wie ein Berserker im Wald schuftete, war an Heilung nicht zu denken. Das Einzige, was er an Medikamenten neben den gelben Pillen oben bei den Höhlen zur Verfügung hatte, war ein Röhrchen mit starken Schmerztabletten gewesen. Sie waren inzwischen aufgebraucht.

Den Schnitt am Ellenbogen verdankte er dem Abrutschen der Säge infolge eigener Ungeschicklichkeit. Die Wunde war tief und hatte sich ebenfalls entzündet. Das Sägeblatt war nicht sauber gewesen, als es die Haut ritzte.

Er ließ die offene Hand auf den Tisch knallen. Mein Gott, rief er, was soll's? Trotz der Verletzungen fühlte er sich erstaunlich gut. Vor allem fühlte er sich lebendig wie nie zuvor. Allein das war die Qualen wert. Immerhin, sagte er sich, als wolle er sich selbst Trost spenden, spüre ich die Mückenstiche und die verdammten Sandflöhe nicht mehr. Obwohl auch die Insekten ihm weiter zugesetzt hatten. In stattlicher Zahl überzogen ihre Stiche und Bisse nahezu jede Stelle seines Körpers. Die Klamotten, die er am Leibe trug, starrten vor Dreck, aber war das ein Wunder?

Trotzdem!, sagte er laut und schlug erneut mit der Hand auf den Tisch. Addierte er alle Blessuren, sah er trotz allem keinen Grund für das Entsetzen, das er in den Augen von Eliecer Cruz bemerkt hatte. Alles Quatsch, die Sache mit dem Arzt. Eine weitere Meinung zu seinem körperlichen Zustand wünschte und brauchte er nicht.

Warum er dann aber, als es kurz darauf an der Tür klopfte, ohne Umstände öffnete, blieb ihm auch später, als er im Wartezimmer über diesen Umstand nachdachte, ein Rätsel. Wenn das Erschrecken von Cruz über seinen Zustand noch einer Steigerung bedurft hätte, dann erfuhr es diese durch Ingeborg Wittmer, die den Satz, den sie, als er ihr die Tür öffnete, mit O Gott … begonnen hatte, unmittelbar wieder abbrach und, anstatt weiterzusprechen, die Hände vors Gesicht schlug.

Keine zehn Minuten später, er stand noch immer in der geöffneten Tür und überlegte, was das nun für Konsequenzen haben würde, kam Rolf angerannt. Ohne ein Wort zu verlieren, packte er ihn am Arm und zog ihn wie ein Stück Vieh hinter sich her. Herr Hund folgte in angemessenem Abstand.

Wittmer stoppte erst wieder, als sie eines der Häuser auf der Hauptstraße erreichten. Grob stieß er Steen durch die Eingangstür in den dahinterliegenden Warteraum. Über die Hälfte der Stühle war besetzt. Sofort setzte aufgeregtes Geschnatter ein. Vermutlich wollten alle dort versammelten Patienten von Wittmer wissen, was mit dem dürren deutschen Sonderling, der so furchtbar zugerichtet war, geschehen sei. Steen ließ sich, als ginge ihn das Tohuwabohu nichts an, auf den nächsten freien Stuhl plumpsen und betrachtete interessiert seine Schuhe. Die sah er sich nun zum ersten Mal, seit er sich auf Floreana befand, bewusst an, ihr Zustand bereitete ihm Sorge.

Du bleibst jetzt hier sitzen, bis der Doktor dich aufruft, sagte Wittmer. Dabei legte er ihm beide Hände auf die Schultern, als habe er Angst, dass Steen abhauen würde. Weißt du eigentlich, was du für ein Glück hast, dass Doktor Gutierre Tibón ausgerechnet heute und morgen seine Sprechstunde auf Floreana abhält? Normalerweise hätten wir dich ausfliegen müssen, in deinem Zustand. Aber wer weiß, das kann ja noch kommen. Schauen wir mal, wie El Doctor das einschätzt. *Eine* Diagnose kann ich dir allerdings schon mal vorab stellen, dafür muss man nicht studiert haben.

Und?, sagte Steen und riss die Augen übertrieben weit auf.

Du bist verrückt, mein Freund!, sagte Wittmer.

Und du sprichst wieder lupenreines Kölsch, sagte Steen und lachte.

Als ob ihn diese Ermahnung schreckte, wechselte Wittmer sofort zurück ins Inselspanisch und blieb bei seiner Muttersprache, bis er den Raum mit einem letzten strengen Blick auf Steen verließ.

Mal sehen, was das für ein Arzt ist!, warf Steen auf Deutsch in die Runde, nachdem die Tür hinter Wittmer ins Schloss gefallen war. Er erntete fragend-besorgte Blicke. Wer hier verrückt ist, das finden wir schon noch raus, Sie und ich, fuhr er unbeeindruckt fort. Die Sorge in den

Gesichtern der Menschen steigerte sich ob des deutschen Wortschwalls. Und wer einmal … na, Sie wissen schon, sagte er. Dann verstummte er und ärgerte sich weiter über seine schmutzigen Schuhe, bis er endlich aufgerufen wurde.

Doktor Gutierre Tibón war ein ziemlich kleiner, ziemlich korpulenter Mann von ungefähr sechzig Jahren. Die Gläser seiner schwarz gefassten Hornbrille waren so dick, dass die dahinterliegenden Augen einem fast entgegenzuspringen drohten. Seine Stimme war zu hoch für den Resonanzraum, der ihr zur Verfügung stand. Mindestens eine Oktave, eher anderthalb, befand Steen. Die Augenbrauen seines Gegenübers erinnerten ihn an einen ehemaligen deutschen Finanzminister, der noch bis vor Kurzem im Amt gewesen war, dessen Name ihm aber partout nicht einfallen wollte.

Er und Politik, das waren zwei nicht miteinander zu vereinbarende Dinge. Auch wenn man sich als guter Bürger dafür interessieren sollte, war er doch ein Leben lang nicht zur Wahl gegangen. Und jedes Mal hatte ihn vom Wahlsonntag bis zum nächsten Wochenende sein Gewissen geplagt. Er hatte sich aber niemals durchringen können, etwas an seinem Verhalten zu ändern. Das lag daran, dass er es seltsam fand, sich zu etwas zu äußern, von dem er nichts verstand. Und was war eine Wahl anderes als eine Meinungsäußerung?

Wie bitte?, sagte er. Er hatte die erste Frage des Arztes überhört. Der Mann redete englisch mit ihm. Das war völlig in Ordnung, trotzdem antwortete er auf Spanisch.

Doktor Tibón jedoch blieb bei seinem Vorsatz, dieses Patientengespräch nicht in seiner Muttersprache führen zu wollen. Er hielt sich dem Fremden gegenüber wahrscheinlich für zuvorkommend.

Der Doktor hieß ihn, sich auszuziehen. Nicht unbedingt korrekt, dachte Steen. Schließlich befand sich noch eine weitere Person mit im Raum, des Doktors Assistentin. Eine vergleichsweise junge Frau, adrett und brünett und mit einem leichten Silberblick, den er ganz attraktiv fand. Dass er bei dem Gedanken, sich vor einer Fremden auszuziehen, errötete, war vermutlich unter der Schmutzschicht und dem Schorf nicht zu erkennen. Das war die gute Nachricht. Als der Doktor dann auch noch erklärte, dass Mayra ihm zunächst im Nebenzimmer alle Wunden säubern, bevor er sich die Verletzungen dann genauer ansehen würde, war er nochmals weniger gewillt, seine vor Schmutz starrende Kleidung abzulegen.

Nebenan ließ ihm die Assistentin keine Wahl. Ihre Augen funkelten ihn derart streng, fast schon böse an, als sei er selbst an seinem miserablen Zustand schuld. Dass sie sichtlich noch weniger davon begeistert war, ihn säubern zu müssen, beruhigte ihn ein wenig. Die Frau trug einen weißen Kittel, über den sie in diesem Augenblick eine Art Plastikponcho warf. Außerdem zog sie Gummihandschuhe über.

In der hinteren Ecke des Zimmers war eine primitive Duschkabine installiert. Auf den gelben Plastikvorhang, der das Zimmer vor Überflutung schützen sollte, waren flatternde Finken gedruckt. Darwinfinken, vermutete Steen. Auf die deutete Mayra, und zwar mit einem Augenaufschlag, der nichts Gutes versprach, sollte er nicht bei drei hinter dem hässlichen Ding verschwunden sein. Immerhin gibt es einen Vorhang, ging ihm durch den Kopf. Einen Rest von Würde gestand man ihm zu.

Angekleidet stieg er in die Duschkabine, zog den Vorhang vor und entkleidete sich dahinter. Seine Klamotten schob er unter dem Plastik durch. Anschließend duschte er, auch wenn man das wenige Wasser, das aus dem Brausekopf tröpfelte, beim besten Willen nicht als Dusche bezeichnen konnte. Er bewegte sich hin und her, führte das Kinn zur Brust, ging leicht in die Hocke, watschelte wie eine Ente auf der Stelle im Kreis. Als er überall nass war, seifte er sich nach Kräften ein. Auch die Haare. Ob allerdings jemals wieder ein Kamm seinen Weg durch das Gestrüpp finden würde, bezweifelte er. Vielleicht würde er sie sich abschneiden lassen. Er bedachte kurz die entsprechenden Möglichkeiten auf der Insel. Vielleicht würde er sie sich auch selbst schneiden.

Der schwierigste Teil der Unternehmung stand unmittelbar bevor. Er war geduscht, das Wasser abgedreht. Die Schöne auf der anderen Seite rief etwas in seine Richtung. Trotz Inselspanisch war klar, was sie von ihm wollte. Er lupfte den Vorhang, versuchte an seine Kleider zu kommen, tastete allerdings vergeblich nach dem Stoff. Ein Handtuch würden sie ihm doch wohl nicht verwehren. Auch auf Floreana galten die Menschenrechte. Por favor una toalla, rief er. Zu seiner Verwunderung hing der gewünschte Stoff keine drei Sekunden später über der Duschstange. Er wickelte ihn sich um die Hüften, wenig mehr als ein knapper Minirock. Zu allem entschlossen, zog er den Vorhang auf und grinste dabei wie ein Pennäler, der mit einem Sexheft unter der Bank erwischt worden war.

Salido! Ein klarer Befehl der Unnachgiebigen. Mit nassen Füßen tapste er über das Linoleum. Halb nackt stand er vor ihr. Sie schüttelte den Kopf. Recht machen kann man es dir wohl nie, dachte er bei sich. Das vollständig in Plastik eingewickelte Persönchen griff nun ohne weitere Umschweife nach dem Handtuch, zog es ihm von der Hüfte und warf es mit der Geschicklichkeit einer Basketballerin in den zwei Meter entfernt stehenden Wäschekorb. Siéntate!, befahl sie.

Steen hockte sich auf etwas, das entfernt an eine medizinische Liege erinnerte. Gegenüber hing ein mannshoher Spiegel, zumindest gemessen an der Größe der Einheimischen. Im Sitzen spiegelte er ihn in voller Pracht. Steen presste die Hände gegen den Unterleib, als habe er Angst vor dem eigenen Geschlecht. Die Arzthelferin näherte sich ihm mit einer Schüssel, Wattepads und einer stark riechenden Flüssigkeit. Mit dem behandschuhten Daumen ihrer linken Hand drückte sie ihm den Kopf in den Nacken. Der erste Kontakt des mit Desinfektionsmittel getränkten Pads mit der entzündeten Stirnwunde ließ ihn fast zusammenklappen.

Estate quieto!, sagte sie. Sie wirkte hoch konzentriert.

Halt du doch mal still, wenn dir eine Salz in die Wunden streuen will, dachte er, biss aber die Zähne aufeinander.

Nachdem Mayra mit ihm fertig war, zauberte sie doch tatsächlich ein Lächeln auf ihr Gesicht. Die Schönheit dieses Augenblicks wurde lediglich dadurch getrübt, dass ihr der linke Schneidezahn fehlte oder sie dort zumindest eine unnatürlich große Zahnlücke hatte.

Casi terminado, flötete sie. Es war nicht auszumachen, wer von ihnen beiden sich mehr über diesen Umstand freute. Aber warum nur *fast* fertig?

Das erfuhr er, als er kurz darauf zurück ins Zimmer von Doktor Tibón gerufen wurde. Der rundliche kleine Mann saß auf seinem Drehstühlchen und hielt eine Nadel samt Faden in der Hand.

Sit down. Relax!, sagte er. Gütig sah er durch seine Glasbausteine auf den verängstigten und im Übrigen noch immer nackten Patienten. Widerstand war zwecklos. Er spürte den Atem des ärztlichen Vasallen im Nacken. Mayra!

Entschlossen, sich seinem Schicksal nun nicht weiter entgegenzustemmen, legte er sich auf die Liege, schloss die Augen und öffnete sie erst wieder, als er die warme Hand des Arztes auf seiner Schulter spürte. Den Schmerz des Nähens hatte er einfach ausgeblendet, darin hatte er inzwischen Übung.

Das wär's für heute, hörte er den Doktor sagen. Sie waren sehr tapfer.

So schön das in seinen Ohren klang, etwas in der Aussage des Arztes beunruhigte ihn. Wollten sie ihm etwa weiter zusetzen?

Morgen wechseln wir die Verbände und besprechen, was Sie tun müssen, bis Sie entweder in einem Krankenhaus sind oder ich das nächste Mal nach Floreana komme, sagte der Arzt. Das wird leider erst in circa vier Wochen der Fall sein. Mayra gibt Ihnen gleich noch ein paar Medikamente und genaue Anweisungen, wie diese einzunehmen sind. Bitte halten Sie sich streng daran. Außerdem bekommen Sie Salbe für Ihre Flohbisse, und zwar soviel wir hier entbehren können. Ihr Zustand ist nicht gut, Mister Steen. Bis morgen.

Im Nebenzimmer erhielt er seine Medikamente und entsprechendes Verbandsmaterial. Dazu händigte ihm Mayra seine Kleider in einem Plastikbeutel aus.

Lávate primero!, war ihr letzter Befehl, bevor sie das Zimmer verließ.

Wie bitte stellte sie sich das vor? Zuerst waschen. Dass er nackt zurück über den Strand zum Hostal spazieren würde? Oder zu dem nicht vorhandenen Waschsalon? Nicht bloß Wittmer war seltsam, auf dieser Insel waren sie alle nicht ganz dicht. Missmutig stieg er in seine dreckige Wäsche und wagte zum Abschied noch einen Blick in den Spiegel.

Der Weg nach draußen führte ihn erneut durchs Wartezimmer. Noch immer waren die meisten der Stühle besetzt. Wenn der Medizinmann nur einmal im Monat vorbeischaut, dann geht man halt einmal im Monat hin, dachte er bei sich. Krank oder nicht, was spielt das schon für eine Rolle? Zumindest war es eine Unterbrechung der alltäglichen Inselroutine. Er warf einen mehr oder weniger trotzigen Blick in die Runde der Wartenden. Warum sollte er sich rausschleichen? Er hatte nichts Falsches getan, auch wenn sie ihn noch so lange mit großen Augen anstarren mochten. Er war ein Mann, der für sein Überleben arbeitete. So hart wie nötig. Habt ihr das nicht alle einmal tun müssen auf dieser verdammten Insel? Das war die Frage, die er versuchte in seinen Blick zu legen, während er ihn von einem zum anderen wandern ließ. An der vorletzten Person blieb er hängen. War es möglich …? Oder spielte ihm sein Verstand einen Streich? Er trat ein Luftloch, stolperte, fing sich aber, riss den Blick von der Frau und rannte hinaus auf die Straße.

Nein, Sie sind im Augenblick unser einziger Gast. Ingeborg wiederholte den Satz nun schon zum zweiten Mal und war sichtlich genervt.

Er hatte sich bei ihr nach Neuankömmlingen, weiblichen, erkundigt und dabei versucht, seine Stimme beiläufig klingen zu lassen. Als das nicht das gewünschte Ergebnis brachte, war er konkreter geworden. Ziemlich groß, nach hiesigen Maßstäben eher eine Riesin, graues struppig geschnittenes Haar, im Englischen eine leicht niederländische Stimmfärbung.

Hört sich ein bisschen nach María, Señora María Pilar, an, aber die spricht kein Englisch, soviel ich weiß. Und groß … doch, doch, groß ist sie schon. Größer als ich in jedem Fall.

Steen sah auf die kleine Frau hinab. Er zuckte die Schultern, als wolle er sagen: Sind das nicht die meisten?

Haben Sie María irgendwo getroffen oder wieso erkundigen Sie sich nach ihr? Nein, nein, antwortete Steen und machte eine wegwerfende Handbewegung. Es kann nicht diese Señora sein, ist niemand von hier. Wann soll diese Frau denn angekommen sein? Steen zuckte erneut mit den Schultern. Es dürfte Ihnen aufgefallen sein, Herr Steen, dass im Augenblick nicht gerade viele Touristen auf der Insel übernachten. Erwarten Sie diese Frau etwa? Sie trat einen Schritt zurück, um ihm besser ins Gesicht sehen zu können. Er wiegelte ab. Könnte sie woanders übernachten?, fragte er.

Sie nannte ihm zwei Adressen, wo Privatzimmer vermietet wurden. Und natürlich das zweite Hotel am anderen Ende von Puerto, weit hinter der Kirche. Hat Ihre Bekannte vielleicht auch einen Namen, dann kann ich für Sie gerne mal beim Hafenmeister nachfragen? Jeder Tourist, der auf der Insel übernachtet, wird automatisch registriert, also natürlich nur, wenn er offiziell einreist. Für seinen Geschmack hätte sie sich diese Bemerkung schenken können.

Ruth Versteeg, sagte er und bereute es in der Sekunde. Nie gehört, sagte Ingeborg. Und diese Señora María Pilar, die sieht so aus, wie ich sie beschrieben habe? Na ja, sagte Ingeborg, so genau war Ihre Beschreibung nicht. Die struppigen Haare … Aber sie wohnt auf der Insel?, unterbrach er sie. Ja, klar. Gleich neben der Arztpraxis. Apropos, was hat Doktor Tibón eigentlich zu Ihrem Zustand gesagt? Alles halb so wild, antwortete er schnell. Die Verbände sind nur zur Sicherheit.

Ihm war bewusst, wie er auf andere Menschen wirken musste. Er trug jetzt einen Kopfverband, ähnlich einem Turban. Die Handflächen waren dick mit blütenweißem Verbandmull umwickelt. Den Arm hatte ihm der Arzt zusätzlich noch geschient, damit er ihn nicht beugen konnte. So könne der tiefe Schnitt direkt am Ellenbogen besser ausheilen, hatte er gemeint. Sauber war er. Frisch geduscht und antiseptisch abgerieben. Auf das viele Blut, das er verloren hatte, wiesen nur noch einige inzwischen getrocknete dunkle Flecken auf Hemd und Hose hin.

Er bedankte sich und lief die wenigen Schritte rüber zum Steinhäuschen, wo ihn Herr Hund erwartete. Ich fürchte, rief er ihm zur Begrüßung zu, ich kann mein Versprechen nicht halten. Wir werden wohl doch einige Tage länger hier unten bleiben müssen, mein Freund. Er besah sich den Vierbeiner genau. Enttäuschung darüber lag nicht in seinem Hundeblick, mehr so eine Art gutmütige Trägheit. Aber, sagte er, ich sorge für dich, musst dich nicht im Dorf rumtreiben, die kochen hier im Hostal ganz gut. Da fällt sicher was für dich ab. Ich muss dir übrigens noch was erzählen. Er hockte sich auf die Verandastufe und legte dem Tier die verbundene Hand aufs Fell. Stell dir vor, da treffe ich doch beim Arzt eine Frau, mit der ich zusammen die Seereise von Europa aus angetreten habe. Ist das nicht ein irrer Zufall? Fand der Hund offenbar nicht, jedenfalls deutete nichts darauf hin, dass ihn diese ungeheure Neuigkeit aufschreckte.

Seit Steen Ruth gesehen hatte, war er etwas aus dem Gleichgewicht geraten. Und das war nun nach der gescheiterten Begegnung im Konzertsaal bereits das zweite Mal. Darüber dachte er nach, während er ins Haus ging. Das Ergebnis dieses Nachdenkens war, dass er sich nicht etwa heimlich in sie verliebt hatte, wie er für einen kurzen Moment angenommen hatte, er fand sie nicht einmal sonderlich attraktiv. Außerdem waren ihm ihre ständigen bohrenden Fragen zu persönlichen Dingen äußerst unangenehm gewesen. Nein! Eindeutig nicht verliebt. Vielmehr war sie so etwas wie ein Anker in sein früheres Leben. Sie kannte den Harald Steen, der in Rotterdam an Bord der *MS Paita* gegangen war, und den, der in Guayaquil an Land gegangen war. Den, der in unruhiger Erwartung seine Zeit bis zum Auslaufen in Guayaquil verbracht hatte, schon nicht mehr. Und nun war sie hier auf der Insel. Sein Albtraum kam ihm wieder in den Sinn. Kok und Versteeg. Es gab eine Verbindung zwischen den beiden, das spürte er in aller Deutlichkeit. Er rollte sich auf seinem Bett zusammen. Schon der Gedanke daran, dass dieser widerliche Kerl seine Hände … Er musste dieses Bild aus dem Kopf bekommen. Vielleicht hatten sie trotz seines Gefühls nichts miteinander gemein als ihr Heimatland. Irgendwie fand er diesen Gedanken sogar noch beunruhigender. Wenn sie nicht wegen Kok auf Floreana war, dann wegen ihm. Er schlug sich die Faust gegen den Kopf. Es steht dir nicht zu, mich zu verfolgen!, brüllte er gegen die Wand. Was bedeutet es?, fügte er sogleich flüsternd an. Was bedeutet das alles?

Es dauerte eine ganze Weile, bis er sich so weit wieder beruhigt hatte, dass er aufstehen konnte. Er leerte seine Taschen. Das Skalpell legte er zu den Dingen, die er beim nächsten Transport zur Höhle unbedingt mitnehmen wollte. Er rasierte sich und versuchte anschließend sein verfilztes Haar auszukämmen, woran ihn der Kopfverband allerdings hinderte. Am Ende sah es aus, als habe er seine Haare toupiert. Er zog ein frisches weißes Hemd an und stieg dann in seinen Anzug. Um den Budapestern den rechten Glanz zu verleihen, bearbeitete er sie mit einem Handtuch. Zu guter Letzt setzte er den breiten Strohhut auf. Ob des Turbans und der auftoupierten Haare schien der Hut mehr über seinem Kopf zu schweben, als dass er darauf gesessen hätte.

Derart herausgeputzt, trat er wieder vor die Tür. Der Hund schlug an, als habe er ein Wildschwein gesehen. Steen warf ihm einen strengen Blick zu. Kommst du?, fragte er schmallippig.

Nacheinander begab er sich zu den beiden Pensionen, die Ingeborg Wittmer ihm genannt hatte. Vor beiden verharrte er eine ganze Weile. Niemand ging während dieser Zeit dort ein oder aus. Er lief zur Arztpraxis. Vielleicht war Ruth noch drin. Er lehnte sich gegenüber an eine Hauswand und tat gelangweilt. Die Sprechstunde war offensichtlich noch in vollem Gange, in unregelmäßigen Abständen verließen Patienten das Gebäude. Als Doktor Tibón schließlich selbst vor die Tür trat, konnte Steen sich einigermaßen sicher sein, dass sich Ruth nicht mehr in den Praxisräumen aufhielt. Nach dem Arzt kam nur noch Schwester Mayra und schloss ab. Sie sieht hübsch aus in Jeans und T-Shirt, sagte er in Richtung des Hundes. Viel besser als im Plastikponcho. Mayra hielt jetzt direkt auf ihn zu. Er erstarrte. Im Vorübergehen warf sie ihm einen kurzen Blick zu. Er sah, wie sich ihre linke Augenbraue aufstellte, dann war sie auch schon an ihm vorbei. Hatte sie ihn etwa nicht wiedererkannt? Unmöglich, befand er.

Die Insulaner waren seltsam, da gab es kein Vertun.

Da nun offensichtlich niemand mehr im Gebäude sein konnte, überquerte er die Straße und besah sich den Hauseingang links der Praxis. Kein Namensschild zierte die schwere Tür aus massivem Holz. Nicht anders verhielt es sich mit dem Eingang zur Rechten der Praxis. Señora María Pilar. Er sah zum Hund hinunter. Señora María Pilar, wiederholte er leise genug, um nicht gehört zu werden. So ein Quatsch. Wenn diese Señora so groß wie Ruth wäre, hätte ich sie längst bemerkt.

Unten am Pier sah er eben noch, wie der Doktor in das Schnellboot kletterte, das Floreana in zwei Stunden mit Santa Cruz verband. Lanchas wurden die Boote genannt, die zwischen den Inseln des Archipels verkehrten. Sie wurden vor allem von Einheimischen und sparsamen Backpackern genutzt, fuhren unregelmäßig und galten zudem als unbequem und anfällig bei Seegang. *El Soplador* hieß das Schiff, das der Doktor bestieg. Ein länglicher Holzkahn, in dem die Passagiere auf Wasserniveau saßen und während der Überfahrt, da war er sich sicher, um die Wette kotzten.

Er versuchte zu erkennen, wer sich außer dem Doktor noch im Bauch des Schiffs befand. Eine ältere Dame mit einem kleinen Jungen, der lärmend zwischen den Stuhlreihen herumtollte. Die anderen beiden Personen gehörten zur Besatzung. Einer von ihnen löste in diesem Moment die Taue, die das Schiff für den kurzen Stopp auf Floreana an der Steinmauer gehalten hatten. Er warf die Seile an Deck und sprang hinterher. Keine fünf Minuten später war das Schnellboot außer Sicht.

Steen hielt Ausschau nach jemandem, der aussah, als könne er mit dem Schiffsverkehr zu tun haben, um ihn nach Ruth Versteeg zu fragen. Doch der Pier war leer. Fahrplanauskunft und Ticketverkauf erledigte man auf Floreana ganz offensichtlich direkt an Bord, ein offizielles Büro der Schifffahrtsgesellschaft an Land gab es nicht oder er hatte es bislang nicht entdeckt. Die wenigsten kommerziellen Einrichtungen hier waren ausgeschildert. Die Einheimischen wussten, wo man was fand, Publicity für sein Geschäft musste auf der Insel niemand betreiben. Der sogenannte Hafenmeister schien ihm ohnehin eine Schimäre zu sein. Um was hätte man sich in einer solchen Position den ganzen Tag über auch kümmern sollen?

Zurück in der Pension, fand er einen unter der Tür hindurchgeschobenen Zettel.

Negativ!, stand darauf. Ingeborgs Handschrift war leicht zu erkennen. Kein Tourist übernachtet derzeit auf der Insel außer Ihnen. Steen zerknüllte das Papier und warf es in den Abfalleimer. Von wegen, murmelte er.

Am Abend saß er allein im Speisesaal der Wittmers unter all den Bildern der Vergangenheit und aß, was ihm vorgesetzt wurde. Wie hungrig er war, merkte er erst, als die ersten Bissen seinen Magen erreichten. Nach der Vorspeise, einer kalten Suppe, überfiel ihn ein wahrer Heißhunger. Er verschlang das gesamte selbst gebackene Brot. Und war sehr froh, dabei nicht gestört zu werden.

Ingeborg hatte leicht verstört auf sein korrektes Äußeres reagiert. Den Leuten hier konnte man es einfach nicht recht machen. Doch wenn er ehrlich war, kam er sich in seinem feinen Tuch nach den Tagen in der Wildnis selbst etwas unpassend angezogen vor.

Gegen ein Bündel Sucre hatte sich die Familie im Übrigen bereit erklärt, sich seiner Schmutzwäsche anzunehmen, verweigerte aber jede Garantie dafür, dass das doch arg zerschlissene Gewebe den Gang in die Waschmaschine überstehen würde.

Während er darauf wartete, dass der junge Mann, der an diesem Tag das Essen auftrug, den Hauptgang brachte, griff er hinter sich ins Regal. Als stünde dort nur dieses eine Buch, zog er Margret Wittmers Biografie *Postlagernd Floreana* heraus. Er hatte es sicher an die zwanzig Mal gelesen. Ebenso wie das Buch seiner Mutter Dore, *Satan came to Eden,* das leider niemals ins Deutsche übertragen worden war, was er als ungerecht empfand. Wie auch Friedrich Ritters Tagebuchaufzeichnungen *Als Robinson auf Galapagos* lag es, in Zeitungspapier eingeschlagen, auf dem Grund seiner Seemannskiste. Neben der Nietzsche-Gesamtausgabe waren dies die einzigen beiden Bücher, die er auf die Reise mitgenommen hatte.

Er rückte seinen Stuhl etwas vom Tisch ab, schlug die Beine übereinander, legte sich das Buch auf den Schoß, da ihm zum Umblättern nur eine Hand, und auch die nur bedingt, zur Verfügung stand, und begann darin zu lesen.

Heinz Wittmer war Sekretär des Kölner Bürgermeisters Konrad Adenauer gewesen. Als ihm die Ärzte für seinen kränklichen Sohn Harry eine Klimaveränderung anrieten, fiel dies in etwa mit dem Erscheinen von William Beebes *Galapagos, das Ende der Welt* zusammen, das damals auf sehr vielen deutschen Nachttischen lag. Auch für die Wittmers geriet dieser Bestseller zu einer Art Brandbeschleuniger. Aber, und da war sich Steen sehr sicher, sie mussten zumindest einen der zahlreichen Zeitungsartikel über Friedrich und seine Mutter gelesen haben. Jede neue Meldung über die *Nackten im Paradies* war damals als Sensation aufgegriffen, breit abgedruckt und von den Deutschen millionenfach verschlungen worden. Insofern hatte seine Familie, an der die alte Wittmer in ihrem Machwerk kein gutes Haar ließ, einen wesentlichen Anteil an deren eigenem Aufbruch nach Floreana. Sie schrieb, Ritter habe Berlin keineswegs als Aussiedler verlassen, für ihn sei die Ausreise eine Art Zivilisationsflucht gewesen. Ihrer Meinung nach hasste er die Welt und missachtete die Menschheit. Er habe sich eine eigene Philosophie geschaffen, wonach er nur in Einsamkeit und Abgeschlossenheit ein Leben als Mensch führen könne. Sie schilderte ihn als einen wahrhaft seltsamen und schwierigen Zeitgenossen, der Kleidung verschmähte ebenso wie den Genuss von Fleisch. Und der sich vor der Abreise sämtliche Zähne hatte ziehen lassen. Was dazu geführt hatte, dass er, wenn sie auf *Frido* Besuch empfingen, ein Stahlgebiss trug.

Immer wieder hob Steen den Blick vom Buch. Margret sprach hier nicht von irgendwelchen Leuten, sondern von seiner leiblichen Mutter und seinem eventuellen Erzeuger. Und auch wenn Ritter kein angenehmer Zeitgenosse gewesen sein mochte, so erzürnten ihn doch die herablassenden Äußerungen dieser Frau.

Trotzdem las er weiter. Das Buch war Teil seiner Sucht. Margret beschrieb Friedrich, der sie in seinem Garten erwartete: Man stelle sich einen gepflegten Mann im weißen Kittel vor. Dr. Ritter ist klein, gedrungen, er hat breite, muskulöse Schultern. Auf seinem kurzen Hals sitzt ein seltsam geformter Kopf, ein abgerundetes Dreieck von einem bärtigen Gesicht, in dem die breite Nase auffällt. Scharfe Längsfalten stehen auf seiner Stirn unter dem dichten, etwas ungepflegten Haar. Wenn ich ihm allein begegnet wäre, hätte ich wahrscheinlich vor Angst die Flucht ergriffen, schrieb sie. Steen konnte sich ein Lachen nicht verkneifen, als er versuchte, sich die Szene vorzustellen.

Ähnlich abfällig äußerte sie sich wenige Zeilen später über Dore. Sie sind aber reichlich schön angezogen für die Galapagos, Frau Wittmer, soll angeblich deren erster an sie gerichteter Satz gelautet haben.

Steen klappte das Buch zu. Zog die Alte über Friedrich her, war das schon schwer zu ertragen. Ließ sie sich über seine Mutter aus, wurde es unerträglich.

Die Hauptspeise wurde serviert. Beim Abstellen des Tellers schwappte etwas von der Sauce auf das Tischtuch. Aus Angst, sein Anzug könne in Mitleidenschaft gezogen werden, rückte er mitsamt dem Stuhl vom Tisch weg. Passen Sie doch auf!, schnauzte er den Kellner an. Der junge Mann entschuldigte sich unterwürfig, was umgehend dazu führte, dass Steen sich schlecht fühlte. Verzeihen Sie, sagte er, ich war in Gedanken.

Missmutig stocherte er in dem, was man in Deutschland als Roulade bezeichnet hätte. Mehrfach sah er an sich hinab, ob nicht doch etwas der bräunlichen Pampe seinen weißen Anzug beschmutzt hatte. Gott sei Dank war das nicht der Fall.

Er leerte den Teller. Eigentlich wollte er so schnell wie möglich verschwinden, musste aber noch auf das Dessert warten. Nach dem ausfallenden Benehmen von gerade eben hielt er es nicht für angemessen, einfach so aufzustehen. Nachdem der junge Kellner das Geschirr abgetragen hatte, starrte Steen minutenlang aus dem Fenster. Er spürte eine Wut auf die alte Wittmer, als habe sie ihm das alles gerade erst ins Gesicht gesagt.

Wo bleibt nur der Nachtisch?, zischte er. Ohnehin würde es wieder irgendein matschiges Kompott sein. Schmackhaft zwar, aber fürs Auge eine Zumutung. Als sich nichts tat und er nicht mehr wusste, wohin mit sich, griff er trotz seines Zorns auf die Autorin erneut zum Buch.

Am Tag nach dem Antrittsbesuch, so las er, brachen die Wittmers ihre Zelte am Strand ab und versuchten mit einer ersten Ladung zu den Seeräuberhöhlen zu gelangen. Es brauchte sechs Stunden, bis sie endlich dort anlangten. Unser Haus, sagte Heinz lapidar und deutete auf die drei Löcher in der Felswand. Immerhin waren sie froh über die Gaben, die die Natur schon für sie bereithielt, ohne dass sie den ersten Spatenstich gesetzt hatten. Melonen an Bäumen statt wie in Europa an Sträuchern. Papayas, Orangen und Zitronen. Margrets Laune besserte sich mit jeder Frucht, die sie entdeckte. Vollständig von der Richtigkeit ihrer Entscheidung überzeugt waren sie, als sie zur Quelle gelangten. Das Wasser, das aus der hohen Wand fiel, war der Grundstock allen Lebens auf der Insel und würde auch ihr Überleben sichern. Der Rest war Arbeit, wenn auch schwere Arbeit, an die sie sich ohne Zaudern machten.

Heinz schulterte bald darauf sein Gewehr und ging mit Harry auf die Jagd, während Margret sich um ihre häuslichen Pflichten kümmerte. Beide Parteien staunten nicht schlecht, als sie wieder zusammenkamen. Heinz, weil Margret aus der rauen Höhle mittels Besen, Deckchen und Kisten ein gemütliches Heim gezaubert, und Margret, weil

Heinz tatsächlich etwas geschossen hatte. In seiner rechten Hand lag ein noch dampfendes Schweineherz.

Sie hatten ein Dach über dem Kopf, ausreichend zu essen und bestes Trinkwasser. So langsam verlor Floreana für die Wittmers seinen Schrecken.

Doch der kurze Moment der Euphorie verflog schnell wieder. Zu hart war ihr Alltag. Auf Dauer konnten sie nicht allein von Orangen und kleinen Schweinen leben. Sie mussten dringend eigenes Saatgut ausbringen. Und dazu musste der Wald um sie herum gerodet werden. Sie arbeiteten schwer, an manchen Tagen bis zur völligen Erschöpfung. Bäume und Büsche wurden mit Axt und Machete gefällt. Sie trennten die Äste ab. Die Stämme hoben sie für den Hausbau auf. Das restliche Holz wurde getrocknet und anschließend verfeuert. Die Asche wiederum ergab den Dünger. Dort wo sie Bananen, Kaffee oder Zuckerrohr anbauen wollten, konnten die Wurzeln der zuvor abgehackten Bäume stehen bleiben. Wo sie allerdings Gemüse anzubauen gedachten, mussten die Wurzeln ausgegraben werden. Eine elende Plackerei. Es dauerte Wochen, Monate, von früh bis spät, bis sie endlich aussäen konnten. Während die Männer das Land bestellten, beschäftigte sich Margret mit dem Räuchern und Einwecken von Lebensmitteln. Unter anderem kochte sie den Schinken eines Schweins, um ihn haltbar zu machen. Man stelle sich die Gesichter unserer hungrigen Familie vor, als wir am kommenden Morgen feststellen mussten, dass unser Lump die größten Teile des Schinkens gefressen hatte, schrieb Margret. Der zweite Schinken, so behauptete sie, sei für Dr. Ritter reserviert gewesen, der darum gebeten habe. Margret vermutete, dass das Fleisch nur für Dore sein konnte, da der Doktor Vegetarier sei. Woran Heinz schon, seit sie auf der Insel waren, Zweifel hegte.

Heinz und Harry mussten einen Zahn zulegen, wollten sie pünktlich zur errechneten Niederkunft Margrets Ende Dezember ein richtiges Haus stehen haben. Dachte Margret in jenen Tagen an die bevorstehende Geburt, wurde ihr doch etwas flau. Einmal fragte sie Dr. Ritter, ob er ihr helfen würde, wenn es so weit sei. Ritter lehnte rundweg ab, schrieb sie und zitierte ihn mit den Worten: Ich habe doch nicht die Zeit, an Ihrem Bett zu sitzen, bis es endlich losgeht. Heinz könne ihn rufen, habe er ihr lapidar mitgeteilt, wenn es so weit sei.

Eine absolut einseitig gefärbte Sicht der Dinge, wie Steen fand. Ein weiterer Umstand, der ihn gegen das, was er gerade las, aufbrachte. Wahrscheinlich hätten sich die Ritters und die Wittmers trotzdem irgendwann miteinander arrangiert, ging ihm durch den Kopf, während er das Dessert in Rekordgeschwindigkeit aufaß. Die Insel war klein, dennoch hätten das vorhandene Land, das Wasser und die Möglichkeiten der Nahrungsbeschaffung für fünf Deutsche und ein Ungeborenes gereicht. An einem Oktobertag des Jahres 1932 änderte sich die Situation jedoch erneut – mit gravierenden Auswirkungen.

Drei Tage Nichtstun war Steens Sache nicht. Lesen, schlafen, essen, das Dorf durchstreifen, damit versuchte er die Langeweile in Schach zu halten. Ginge es nach Doktor Tibón, so würde er die kommenden Wochen an der Küste verbringen. Nicht unbedingt ans Bett gefesselt, aber auch nicht allzu aktiv. Alles außer Ruhe sei seiner Gesundheit derzeit nicht zuträglich, hatte ihm der Arzt im Stile eines Schulmeisters alten Schlages mit auf den Weg gegeben.

Puerto Velasco Ibarra war wirklich ein elender Ort. Die meiste Zeit war niemand auf den Straßen zu sehen. Morgens mal ein auslaufender Fischkutter, zwei Alte stumm nebeneinander auf der Bank am Hafen. Hier und da spielende Kinder. Was taten die Einheimischen bloß den ganzen Tag? Und was am Abend und in der Nacht? Auf seinen Streifzügen durch den Ort nach Einbruch der Dunkelheit blieb er häufig stehen und sah zu den erleuchteten Fenstern auf. Dabei malte er sich familiäre Szenen aus, die zu den Häusern, den Vorgärten, Gartenhäuschen, Wäschespinnen oder der Unordnung auf den Grundstücken passten.

Schlafen legte er sich während seiner Zeit in Puerto Velasco Ibarra kaum einmal vor drei Uhr in der Nacht. Dafür hielt er in den heißen Mittagsstunden ein Schläfchen, das er zu genießen suchte.

Am Morgen des vierten Tages entfernte er den Kopfverband. Nachdem er auch die Wundgaze abgezogen hatte, besah er sich im Spiegel. Die Narbe auf der Stirn zog sich von der Nasenwurzel bis über den Haaransatz hinauf. Mayra hatte ihn dort rasiert und die Stelle gründlich desinfiziert, bevor der Doktor mit Nadel und Faden angerückt war. Er zog eine Grimasse, wippte auf den Fußspitzen auf und ab, schlenkerte mit den Armen. Frankensteins Monster!, rief er seinem Spiegelbild zu. Grrrrr! Er versuchte sich an einem besonders tumben Gesichtsausdruck.

Die Fäden würde er sich in den nächsten Tagen selbst ziehen. Keine eigenmächtige Handlung, sondern Anweisung des Herrn Doktor. Der kleine Medizinball, wie Steen ihn aufgrund seiner Leibesfülle und seines Kleinwuchses inzwischen nannte, hatte ihm genau beschrieben, was er zu gegebener Zeit zu tun und zu beachten hatte. Zuvor hatte er ihm allerdings empfohlen, sich diesbezüglich an Wittmer oder dessen Schwester zu wenden. Auf der Insel, so hatte er gesagt, besitzen alle gewisse medizinische Fähigkeiten. Ich kann eben nicht öfter Sprechstunde auf Floreana abhalten, hatte er entschuldigend hinzugefügt. Erst als Steen diese Art der Hilfe als nicht akzeptabel ausgeschlagen hatte – er hatte keine Lust, erneut zum Spielball der Wittmers zu werden –, hatte Tibón ihm die Anleitung zur Selbsthilfe geliefert. In einem Beutel hatte er ihm weiteres Desinfektionsmittel und reichlich Pflaster, Binden und Verbandmull überreicht, bevor er ihm schließlich die Rechnung präsentiert hatte. Billig war medizinische Versorgung auf Floreana nicht, wie Steen mit einem schnellen Blick auf den Endbetrag festgestellt hatte. Wahrscheinlich finanzierte der Doktor mit seinem Geld die Versorgung anderer Kranker, die gar nicht oder zumindest deutlich weniger zahlen konnten. Wie auch immer, das Kapitel Arztbesuch betrachtete er mit der Begleichung seiner Schuld als abgeschlossen.

Solange er seinen Arm nicht zur Arbeit brauchte, würde er die Schiene tragen. Sollte sie ihm bei seinen Unternehmungen hinderlich werden, käme sie auf der Stelle ab. Die Verbände um die Handflächen hatte er bereits abgenommen und durch große, sterile Pflaster ersetzt. Ein paar frische Socken wollte er noch einige Tage als Schutz darüber tragen, weil er sich nicht selbst verbinden konnte.

Wie eine Aufforderung stand der Rucksack mit weit offenem Schlund neben der Eingangstür. Er verlangte nach der nächsten Ladung für den Asilo de la Paz. In den Tagen des Nichtstuns hatte Steen immerhin eine schärfere, wenn auch rostige Säge auftreiben können. Und nicht nur das. Zwei Pakete Nägel, drei Setzlinge der Galapagos-Tomate und ein Buch über Flora und Fauna der Inseln. Leider hatte nur die spanische Ausgabe des Naturführers im Regal der Wittmers gestanden, aber die hatte er in den vergangenen Tagen durchgearbeitet und wusste nun sehr viel besser, welche Bäume und Sträucher oben bei den Höhlen und im Nebelwald wuchsen. Seil hatte er aufgetan, eine Rolle Draht, einen eisernen Feuerkranz und – sein bester nächtlicher Fund – eine Spaltaxt nebst Wetzstahl.

Nachdem er alles hineingestopft oder daran befestigt hatte, schulterte er den Rucksack, pfiff seinen besten und wohl auch einzigen Freund heran und setzte sich in

Marsch. Unmittelbar hinter dem östlichen Ortsausgang lag der Friedhof der Insel. Er lief durch die Reihen der Grabstätten, bis er die letzte Ruhestätte von Heinz Wittmer gefunden hatte. Auf ein Kreuz für Harry hatte die Familie verzichtet. Trotz langer Suche hatte das Meer seinen Körper nicht wieder freigegeben. Allein Hut und Tabakbeutel wurden Tage nachdem er ertrunken war, gefunden. Daraufhin erlitt Heinz Wittmer einen leichten Herzinfarkt, von dem er sich aber wieder erholte. Erst dreizehn Jahre später raffte ihn ein Hirnschlag dahin.

Ein Kreuz, ein kleines weißes Steinhäuschen mit Devotionalien des Verstorbenen, eine einfache Grabbegrenzung aus dem gleichen weißen Stein, das war alles, was auf den Gründer der Siedlung hinwies. Drum herum bloß der immer gleiche graubraune Staub und das allgegenwärtige ausgedörrte Gestrüpp der Küstenregion. Steen ließ seinen Blick eine Weile auf dem Grab ruhen. Wartete auf irgendeine Gemütsregung. Vergeblich. Der Besuch von Wittmers Grab löste nichts in ihm aus. Eigentlich hatte er das auch nicht erwartet, wollte aber, um ganz sicher zu sein, den Versuch zumindest unternommen haben. Irgendwie war Margrets Mann das am wenigsten beschriebene Blatt in dieser ganzen komplizierten Affäre.

Er marschierte stramm, legte kaum Stopps ein, höchstens, um kurz zu trinken und sich den in der genähten Wunde beißenden Schweiß von der Stirn zu tupfen. Als er endlich in den nebligen Scalesiawald gelangte, atmete er erleichtert auf. Nebel war inzwischen etwas, das sich ihm aufs Gemüt legte, das hatte sich bei ihm mit fortschreitender

Lebensdauer durchaus verändert, aber die dauersengende Sonne der Küstenregion raubte ihm gerade eine Menge Energie. Kraft, die er dringend benötigte, wollte er noch am selben Abend, rechtzeitig zum Fest, wieder unten im Ort sein.

Er hielt die Augen auf den unebenen Weg gerichtet und stieg mit der Gleichmäßigkeit eines Metronoms durch den Wald hindurch. Erst an der Quelle legte er einen Stopp ein, füllte seine Trinkflaschen und wusch sich vorsichtig das Gesicht. Er führte drei größere Handtücher mit sich, hier oben echte Luxusartikel. Irgendwo in einer Seitengasse waren sie ihm aufgefallen, sie hingen auf einer Wäschespinne, und er hatte nicht lange gezögert, sie von der Leine zu pflücken. Ihr Nutzen lag auf der Hand.

Die Höhlen waren, wie er sie verlassen hatte. Keine Eindringlinge, weder menschlicher noch, was viel eher zu erwarten gewesen wäre, tierischer Natur, schienen sich in der Zwischenzeit hier aufgehalten zu haben. Alles war an seinem Platz, nichts fehlte. Ein Umstand, der ihm das Gefühl gab, mit der Wahl seines Standorts richtiggelegen zu haben.

Nach einer kurzen Verschnaufpause packte er seinen Rucksack aus, versorgte die Tomatenpflanzen mit Wasser und stellte sie vor die Höhle. Eigentlich, so stand es in dem Pflanzenbuch, sollte er hier oben reichlich wilde Tomaten finden. Außerdem die Galapagos-Passionsblume. Eine Pflanze, die sich ähnlich dem Efeu um Baumstämme rankte und herrliche weiße Blüten hervorbrachte. Für ihn viel interessanter waren allerdings deren süß schmeckende Früchte, die er gut in seinen Ernährungsplan einbauen könnte, wenn er denn auf eine dieser Pflanzen stieß. Abernten war allemal besser als mühsam selbst anpflanzen. Die Tomatenstauden, die er mitführte, waren deshalb eher so etwas wie eine Rückversicherung für den unwahrscheinlichen Fall, dass die Autoren des Buchs danebenlagen.

Bevor er sich auf den Rückweg machte, inspizierte er den Weg zu seinem Garten. Er nahm die kleinen dicht belaubten Stämme, die er zur Tarnung vor den Einstieg gestellt hatte, zur Seite und schritt in den grünen Korridor hinein. Hier und da stockte er, hackte ein in den Weg hineinragendes Ästchen ab, war aber im Großen und Ganzen mit der Situation sehr zufrieden. Er spürte sogar ein wenig Stolz in der Brust. Das hast du richtig gut gemacht, sagte er laut an niemanden außer an sich selbst gerichtet. Die Selbstgespräche nahmen in der Einsamkeit zu, das hatte er längst bemerkt. Es kam dabei vor, dass er sich vor dem Klang der eigenen Stimme erschreckte. Die Strapazen haben sich doch mal so richtig gelohnt, fuhr er fort. Bald bin ich wieder fit. Fit genug, um weiterzuarbeiten. Er war am Ende des Pfades angelangt. Sein Blick schweifte über das, was bald schon sein Garten sein würde. Wie in Wittmers Buch beschrieben, hatte auch er Holz gehackt und Wurzeln ausgegraben. Und vor allem Lavagestein aus der Erde geklaubt und es an der südöstlichen Seite des Feldes zu einer Art Wall aufgetürmt. Er hatte beobachtet, dass dies die bevorzugte Richtung war, aus der der Wind blies. Und so konnten ihm die ansonsten bloß störenden Steine einen gewissen Schutz bieten.

Hinter ihm bellte Herr Hund. Noch während er sich

ihm zuwandte, raste das Tier schon an ihm vorbei quer über die Lichtung. Auf der gegenüberliegenden Seite richtete sich sein Schwanz auf. Er bellte und knurrte, knurrte erneut und schoss dann ins Unterholz davon. Steen brüllte dem Hund hinterher. Er hatte keine Ahnung, wer oder was das Tier so in Aufregung versetzt hatte, und bewegte sich in die Richtung, in die der Hund verschwunden war.

Herr Hund!, brüllte er. Komm sofort zurück. Was ist denn los? Sein Ruf verhallte im Dickicht. An der Stelle, an der sich der Hund ins Unterholz geschlagen hatte, blieb er stehen. Er rief noch einige Male erfolglos in den Wald hinein. Was hatte den Hund so aufgebracht? Er war sonst doch eher lethargisch als aggressiv. Steen unterzog die Umgebung einer genaueren Betrachtung. Direkt vor sich bemerkte er ein paar frisch abgeknickte Zweige. An der Bruchstelle trat weißer Saft aus. Die Stelle war zu hoch, als dass ein Tier sie hätte erreichen können. Vor nicht allzu langer Zeit musste sich hier ein Mensch herumgetrieben haben. Die größten auf Floreana lebenden Tiere waren seines Erachtens Kühe, aber die verirrten sich wohl kaum von der Pampa hier herüber.

Ich habe ein Problem!, stellte er sachlicher fest, als ihm zumute war. Schlagartig wurde ihm bewusst, dass seine Annahme, er könne die Höhle, seinen Weg, sein Feld jederzeit einfach so zurücklassen, sollte es die Situation erfordern, bloß der Gedanke eines Mannes gewesen war, der keine Beziehung zu seinem Land hatte. Inzwischen aber hatte sich das geändert. Das hier war sein Land. Er verspürte eine Art Kampfbereitschaft, ja sogar eine Kampfeslust. Wer auch immer hier eingedrungen war, er würde sich dem Eindringling mit allen ihm zur Verfügung stehenden Mitteln entgegenstellen – mit allen!

Herr Hund, du Idiot, komm sofort zurück!, brüllte er erneut. Er wartete noch eine ganze Weile, bevor er zurück zur Höhle trottete. Unterwegs überlegte er, ob es überhaupt Sinn hatte, bloß wegen dieses dämlichen Fests runter nach Puerto Velasco Ibarra zu marschieren. Klares Denken war gerade nicht seine Stärke und doch entschied er sich, beim einmal gefassten Plan zu bleiben. Es wäre verkehrt, die Wittmers durch sein Fernbleiben zusätzlich auf sich und seine Aktivitäten aufmerksam zu machen.

Er aß eine Tafel Schokolade aus seinem eisernen Vorrat, trank etwas Wasser und wollte sich gerade auf den Rückweg machen, als er ein Rascheln hörte. Als wäre nichts gewesen, trottete kurz darauf der Hund über die Lichtung auf ihn zu.

Du dummer Kerl, rief Steen. Wie konntest du mich nur so beunruhigen?

Der Hund stand direkt vor ihm und sah mit treuem Blick zu ihm auf. Steens Ärger verpuffte. Er wollte ihm gerade über den Kopf streicheln, als ihm auffiel, dass das Tier etwas im Maul trug.

Was hast du denn da? Er griff danach. Ist das Stoff? Zeig mal her!

Steen besah sich den Fetzen von allen Seiten. Der Knopf war eindeutiges Indiz dafür, dass es sich um jenen Teil eines Hemdes handelte, den man Manschette nannte. Das Hemd war kein gewöhnliches. Kein Karo, kein einfarbiges und auch kein gestreiftes. Auf der Manschette prangten, deutlich erkennbar, die fünf spitzen Blätter einer Hanfpflanze. Und das Schlimmste daran war, dass Steen auch den Rest des Hemdes schon einmal gesehen hatte. Es hatte zusammen mit seinem Träger vor ihm im Dreck neben der Lagune gelegen.

Zurück in Puerto Velasco Ibarra, duschte er lange und gründlich. Danach stellte er sich vor den Kleiderschrank. Lieber casual oder doch eher klassisch?, fragte er sich laut. Höhle oder Konzerthaus? Die Frage amüsierte ihn. Er versuchte sich an beiden Outfits, obwohl ihm die Antwort längst klar war. In seinem alten Hamburger Leben hätte er sich die Frage erst gar nicht gestellt, er hatte das Haus stets korrekt gekleidet verlassen. In der Bank trug er ohnehin Anzug. Gedeckte Farben, Krawatte, passendes Einstecktuch. Zurückhaltend klassisch, niemals auffällig oder gar extravagant. Traf er nach Feierabend in seiner Stammkneipe ein, lockerte er den Schlips. Befand er sich in ausgelassener Stimmung, ließ er die Krawatte schon auf dem Weg von der Bank zur Kneipe in seiner Aktentasche verschwinden. Jeanshosen besaß er keine, auch keine karierten Hemden und schon gar keine mit exotischem Design, wie etwa Hanfblüten. Zu Hause angekommen, legte er das Sakko ab und ersetzte es durch einen burgunderroten Hausmantel, die Schuhe durch Schlappen aus weichem Leder.

Einen Akzent in all der Ordnung setzte er allein mit seinen wild wachsenden, manchmal nicht zu bändigenden roten Locken in Kombination mit der Hornbrille.

Die Klamotten für die Reise zu kaufen, war ihm wie eins der größten Abenteuer erschienen. An einem Samstagmorgen kurz nach Ladenöffnung hatte er sich in einen Outdoorladen in der Innenstadt geschlichen. Sein Verhalten hatte dabei dem von Kunden einer Erotikboutique geähnelt. Unnatürlich selbstsicher und zu jeder Sekunde darauf bedacht, von niemandem bei seinem frevelhaften Tun gesehen zu werden. Ein junger kerniger Verkäufer mit Dreitagebart und rasiertem Schädel hatte ihm herausgesucht, was man angeblich haben musste, um in der Wildnis zurechtzukommen. Schreckliche Cargohosen, Funktionsweste, Baumwollhemden, Fleecejacken, dicke Strümpfe – Wandersocken hatte er sie genannt. Die dazu passenden Schuhe, leicht, aber strapazierfähig, mit einer besonders stabilen, griffigen Sohle. Wasser abweisend. Er hatte gleich zwei Paar erstanden.

Ein letzter Blick in den Spiegel, bevor er sich aufmachte. Der Anzug war ihm ein wenig zu weit, er hatte an Gewicht verloren. Geputzte Schuhe, Brille, nun wieder so klar wie ein Frühjahrsmorgen, bloß die Haare widersetzten sich seinen Wünschen. Wahrscheinlich gab es am Ende wirklich keinen anderen Weg, als sie abzuschneiden.

Die Sonne war bereits untergegangen, als er auf dem Festplatz vor dem Hostal eintraf. Lampions schaukelten an Wäscheleinen im Wind. Sie tauchten den Platz zwischen Haus und Strand in ein warmes Licht. Auf einem Stahlrohrpodest neben einem Feigenkaktus probte die fünfköpfige Band ihren Auftritt. *Ecuador Manta* stand auf der Basstrommel. Für einen Augenblick lauschte er der fremd klingenden Musik. Die Mischung der Instrumente war ungewöhnlich, zumindest in seiner musikalischen Welt kamen Ukelelen, Pan- und andere Flöten, Keyboards und Synthesizer nicht vor. Und auch das Schlagwerk in einem Orchester hatte nur dem Namen nach mit diesem Wall aus Trommeln und Becken zu tun.

Dass die Wittmers einen derart hohen Aufwand betreiben würden, hätte er nicht für möglich gehalten. Das Fest musste eine besondere Rolle für sie spielen. Er schloss die Augen. Wenn er sich nicht vertat, war heute der 3. oder 4. Oktober. Vielleicht auch schon der 5. Oder einer der letzten Septembertage? Spielte dieser Tag im Leben der Familie eine besondere Rolle oder war er irgendwie bedeutend für die Insel?

Die Musiker mitsamt Equipment waren eigens für dieses Fest eingeschifft worden. Ihre Musik, besonders das atonale Geflöte, traf seinen Geschmack überhaupt nicht. Und doch war unschwer zu erkennen, dass *Ecuador Manta* eine professionelle Band war und keine abgehalfterte Tanzkapelle, die in Altenheimen, auf Pfarrfesten oder abgelegenen Inseln für kleines Geld mittelmäßige Stimmung verbreitete.

Über den Black Beach verteilt stand eine erkleckliche Anzahl an Stühlen. Vor dem Speisesaal hatten die zahlreichen Angestellten der Wittmers – jeden Tag entdeckte er neue Gesichter – ein langes Buffet aufgebaut. Das Holz bog sich unter der Last der Platten und Teller. Er schritt die Reihe ab, einige der kunstvoll aufgetürmten landestypischen Speisen hatte er in den vergangenen Wochen bereits probiert. Darunter die überall in Ecuador anzutreffende Ceviche mit salzigem Popcorn. Fritada, frittiertes Schweinefleisch mit Llapingachos. Ihm schmeckten die

Puffer aus Kartoffeln und Käse sehr. Humitas, Tamales, Quimbolitos und andere gefüllte Teigtaschen. Und natürlich Suppen. Eintöpfe aller Art, die allermeisten von ihnen mit Fisch und Meeresfrüchten, gelegentlich aber auch mit Huhn und Schwein. Und mit Tieren, die man auf deutschen Speisekarten vergeblich suchte. Besonders frittiertes Meerschweinchen genoss unter Ecuadorianern hohe Beliebtheit. Ganz am Ende der Tafel lockten zwei Platten Corviche. Frittierte Kochbananenklöße, die wahlweise mit Fisch, Shrimps oder Hühnchen gefüllt auf einen Spieß gesteckt und mit Mayonnaise serviert wurden.

Er hatte die Wittmer'sche Küche durchaus als schmackhaft kennengelernt und deshalb auch kein Problem damit, sich etwas ihm völlig Unbekanntes in den Mund zu schieben.

Direkt neben dem Buffet befand sich die Bar. Dahinter Rolf Wittmer in einer frisch aufgebügelten Kapitänsuniform, der offensichtlich die Alkoholvorräte bewachte. Außer Rolf, den Angestellten, die letzte Vorbereitungen trafen, und den Musikern befand sich niemand auf dem Gelände. Er war weit und breit der einzige Gast. Ein Umstand, der ihm sehr missfiel. Verloren stand er in der Gegend herum. Mit Rolf hatte er kaum mehr als zwei Sätze gewechselt und dabei lediglich erfahren, dass das Fest erst gegen neunzehn Uhr beginnen würde – frühestens, wie er hinzugefügt hatte. Seit dem Tag, an dem er ihn gegen seinen Willen zum Arzt geschleppt hatte, verhielt Wittmer sich sonderbar, war weniger gesprächig, weniger freundlich, weniger an ihm interessiert. Letzteres verbuchte Steen als eher positiv, auch wenn er sich gerade den alten redseligen Rolf Wittmer zurückgewünscht hätte. Ans Buffet traute er sich noch nicht, auch wenn sein Magen knurrte. Er war nicht gerne der Erste. So unbemerkt er gekommen war, schlich er sich auch wieder davon. Besser noch einen Streifzug durchs Dorf machen, auch wenn der Staub ihm den Glanz der Schuhe ruinieren würde.

An diesem Abend waren die Straßen von Puerto Velasco Ibarra belebt. Überall traten Menschen vor ihre Häuser, sammelten sich und strebten, kaum dass sie vollzählig waren, dem Hostal Wittmer entgegen. Junge, Alte, Neugeborene auf dem Arm der Mutter, eine Frau mittleren Alters im Rollstuhl. Zwischen all den klein gewachsenen Menschen fiel Steen auf wie ein Leuchtturm im wogenden Getreidefeld. Es gab tatsächlich niemanden, der auch nur entfernt an seine Körpergröße heranreichte. Auch so konnte man fremd sein.

Die Männer steckten in sauberen weißen Hemden, langen Hosen und festem Schuhwerk. Die meisten trugen Strohhüte auf dem Kopf. Die Frauen hatten ihre schönsten Kleider aus dem Schrank geholt, nur die jüngeren gefielen sich in Jeans, T-Shirt und Sneakers besser. Einige, Männer wie Frauen, bevorzugten die Landestracht.

Steen hatte mehr zu gucken als auf all seinen früheren Touren durch den Ort zusammengenommen. Aber er stand auch noch nie selbst derart unter Beobachtung. Einige Blicke mied er, anderen begegnete er mit einem freundlichen Kopfnicken oder einem schnellen *buenas tardes*. Diejenigen, deren Blicke er mied, kamen aus Häusern, denen er während der vergangenen Nächte einen

Besuch abgestattet hatte. Insgeheim gab er ihnen Namen, die an seine Beute erinnerten, und hatte seinen Spaß daran. Ein Paar nannte er zum Beispiel *die Handtücher.* Oder er sagte: Schau, Herr Hund, da kommen *die Sägen,* hättest du gedacht, dass so viele Menschen in dem baufälligen Kasten wohnen?

Am Hafen angelangt, setzte er sich auf die Bank, von der aus die Einheimischen gewöhnlich das Löschen der Schiffsladungen verfolgten. Hier unten ließ es sich aushalten, ein leichter Wind von See fächelte ihm feuchte Luft zu. Er nahm die Brille ab und steckte sie in die Brusttasche des Sakkos. Eigentlich sah er noch ganz gut, wenn auch an manchen Tagen etwas verschwommen. Und das wiederum war durchaus nicht unangenehm, nahm es doch der Realität etwas von ihrer Härte. Seine Sehschwäche machte die Dinge um ihn herum runder und weicher und damit weniger bedrohlich. Zum Lesen war die Brille unverzichtbar. Für die Arbeit im Wald eher überflüssig. Ob er sie auf dem Fest tragen würde, würde er zu gegebener Zeit spontan entscheiden.

Die Frau im Wartezimmer kam ihm wieder in den Sinn. Er war noch immer der Meinung, dass es sich um Ruth Versteeg gehandelt hatte. Deutlich mehr als Ruth beschäftigte ihn inzwischen allerdings eine andere Frau, die sich eher unerwartet in seine Gedanken geschlichen hatte. Er errötete, als er jetzt an sie dachte, er errötete überhaupt ziemlich häufig in letzter Zeit. Bohrte mit der Schuhspitze Löcher in den Staub und grinste mit dem unschuldigen Ausdruck eines Jungen, den man mit den Fingern im Honigtopf erwischt hatte. Schwester Mayra. Fräulein Mayra.

wie er hoffte. Mayra. Vor zwei Nächten, während er über Ruth nachdachte und darüber, was sie wohl auf der Insel wollte, ob sie ihn vielleicht sogar verfolgte, hatte sich plötzlich das Bild der Arzthelferin über das der Holländerin gelegt und war seither nicht mehr zu verdrängen. Am Anfang war er erschrocken gewesen, später hatte es ihn erregt. Eine Erklärung hatte er bis jetzt noch nicht finden können. Ja, sie war eine nette Person, irgendwie mochte er ihre resolute Art. Sie war weit entfernt davon, eine Schönheit zu sein, aber ein hübsches Gesicht hatte sie schon. Er schätzte sie auf Mitte dreißig. War das zu jung für einen wie ihn? Eindeutig! Dreißig Jahre Unterschied.

Er hatte kaum Erfahrung mit Frauen. Nachdem ihn seine Pflegeeltern aus dem Heim geholt hatten, war er sich seiner Stellung als Sonderling schnell bewusst geworden. Er war einfach anders. *Der Verrückte,* hatten die Kinder gerufen, wenn er auf der Straße auftauchte, und seine Gesellschaft gemieden. Erst spät hatte er einen Freund gefunden. Mit Hannes, der selbst auch ein Außenseiter war, hatte er dann allerdings vieles geteilt, eigentlich alles. Fast jeden Tag waren sie zusammen. Beide, obwohl noch nicht eingeschult, rechneten für ihr Leben gern. Ein Umstand, der ihre Stellung unter den Siedlungskindern nicht eben stärkte. Außerdem tauschten sie ihre Bücher, von Hannes hatte er die *Schatzinsel* bekommen. Vor allem aber liebten sie Musik.

Hannes' Vater war Musiker im Radio-Tanzorchester Hamburg. Von ihm stammten die Platten, die sie hörten. Der Mann, an dessen Namen er sich nicht erinnerte, spielte Saxofon und trank. Manchmal hatte er seine Sucht im Griff, häufiger soff er schon morgens. Trotzdem war er ein guter Vater, tat Hannes niemals etwas zuleide. Hannes' Mutter war anderer Meinung, sie ließ sich von ihm scheiden, als die Jungs gerade eingeschult wurden. Von dem Zeitpunkt an trafen sie sich ausschließlich bei den Steens. Seine Eltern waren die besten Menschen der Welt. Offiziell waren sie bloß seine Pflegeeltern, er aber nannte sie Mama und Papa und genauso fühlte er es. Die beiden Steens hatten sehr früh mit ihm über seine leibliche Mutter gesprochen. Sie erzählten ihm, dass es ihr nicht gut gegangen sei, als sie nach langen Jahren auf einer Insel – den Namen der Insel hatten sie nie erwähnt – schwanger zurückgekehrt sei. Nachdem sie ihn geboren habe, hätte sich ihr Zustand dramatisch verschlechtert. Bald sei es so schlimm geworden, dass sie sich selbst in die Psychiatrie eingeliefert hätte. Er, Harald Strauch, sei daraufhin von den Behörden in ein Pflegeheim gebracht worden, während draußen die Nationalsozialisten marschierten.

Im Alter von drei Jahren fand man für ihn die Familie Steen. Kinderlos aus medizinischen Gründen, aber davon beseelt, einem kleinen Jungen ein Heim zu bieten. Die Steens wurden seine Eltern. Dann kam der Krieg. Sein Vater wurde spät noch eingezogen, seine Mutter versteckte aus eher humanitären Gründen Juden im Keller. Von Politik verstand sie nichts und wollte sich zeitlebens nicht mehr dazu äußern. Als sich die Zustände in Hamburg verschlimmerten, floh sie mit ihm hinaus ins Alte Land, wo sie Unterschlupf auf dem Bauernhof ihres Bruders fanden. Kurz nach seinem siebten Geburtstag war das gewesen. Auf dem Land überlebten sie so sorgenfrei, wie man das in jenen Tagen nur konnte. Immer stand ausreichend Essen auf dem Tisch und sie segelten weitestgehend unter dem Radar der Nazis.

1947 kam sein Vater aus französischer Kriegsgefangenschaft zurück. Mutter und er waren inzwischen nach Hamburg zurückgekehrt. Das Haus, in dem sie lebten, hatte den Krieg unbeschadet überstanden. Sein Vater bekam die alte Stelle als Lehrer zurück.

In den Kriegswirren hatte er Hannes aus den Augen verloren. Nun fanden auch sie sich wieder. Sie gingen gemeinsam zur Schule und taten, als hätte es die Unterbrechung durch den Krieg nicht gegeben.

An seine richtige Mutter verschwendete er, nach den Enthüllungen der Eltern, zunächst keinen Gedanken. Weder interessierte ihn, woher sie kam, noch, wer sie war und ob sie noch lebte oder nicht. Seine Eltern waren die Steens. Er liebte und wurde geliebt, besser hätte es ihm nirgendwo ergehen können. Seine Welt war in Ordnung.

Bis zu jenem Tag, als ein Mädchen zwischen Hannes und ihn trat. Nele, siebzehn Jahre alt, schwarzes Haar bis zur Hüfte, zum Zopf geflochten. Nach innen stehende Zähne. Stets schwarz gekleidet. Ein rebellisches Mädchen, das gegen alles aufbegehrte, was ihrer heranreifenden Persönlichkeit entgegenstand. Auf wundersame Weise aber nicht gegen Harald Steen. Wahrscheinlich, so hatte er es sich lange Zeit später zusammengereimt, weil sie es interessant fand, mit dem Außenseiter der Schule zu gehen. Dem dürren Langen mit der zu großen Brille, dem Waisenkind mit der angeblich verrückten Mutter, wie man sich hinter kaum vorgehaltener Hand erzählte. Der folgt seiner Mutter bald ins Irrenhaus! Solche und ähnliche Sätze hörte man häufiger über ihn, ob er in der Nähe war oder nicht. Nele musste das angezogen haben. Anders konnte er sich ihre Zuneigung nicht erklären.

Er interessierte sich nicht für Politik, sie sich nicht für Mathematik. Er fand Amerikaner ganz generell gut, weil seine Eltern sie als Befreier bezeichneten. Sie lehnte die Amis als Kriegstreiber und imperialistische Macht strikt ab. Er hörte immer noch Jazz, aber zunehmend auch Klassik und vor allem Opern. Sie stand auf die aufkommende Rock-'n'-Roll-Musik. Er löste mathematische Rätsel, sie las Bücher von einem gewissen Jack Kerouac im Original – und rauchte.

Sie küssten sich und fummelten auch ein bisschen im Kino, im Jugendheim oder draußen an der Alster, aber so richtig wollte Nele ihn nicht ranlassen. Dabei war er verrückt nach ihr. Seine Gedanken drehten sich nur noch um sie und er verbrachte so viel Zeit wie möglich mit ihr. Wenn sie dann gemeinsam auf dem Rücken im Gras lagen, sie rauchte und er versuchte, sich abzuregen, fing Nele seltsamerweise immer wieder von seiner Mutter an, seiner leiblichen Mutter. Sie stellte Fragen, die er nicht beantworten konnte, die aber in ihm weiterarbeiteten, wenn er nachts allein in seinem Bett lag.

So begann er doch noch, sich für diese fremde Frau zu interessieren. Zunächst forschte er nach alten Zeitungsartikeln, versuchte Dores Leben nach der Abreise von der Insel zu recherchieren, erfuhr aber nur, dass sie in Berlin gestorben war, wahrscheinlich mitten im Krieg. Leider waren alle relevanten Unterlagen in den Kriegswirren verloren gegangen. Wenn ihn in der Zeit danach jemand auf die Mutter ansprach, sagte er nur, sie sei an einem Herzinfarkt verstorben, als er noch sehr klein war.

Die Zeit, die er mit Nele verbrachte, fehlte ihm für Hannes. So weit entfernten sie sich voneinander, dass er vom Schicksal seines Freundes erst erfuhr, nachdem er und Nele sich getrennt hatten. Doch die alte Vertrautheit kam nie wieder zurück. Ein Jahr später und ein Jahr vor dem Abitur erlag Hannes einer tückischen Krankheit, über die wenig bekannt war: Man nannte sie Leukämie.

Im Laufe der folgenden Jahrzehnte hatte Steen nur wenig Kontakt zu Frauen. Eine weitere Beziehung in seinen Dreißigern hielt zwei Jahre, danach ging sie recht sang- und klanglos in die Brüche, weil sie sich eingestanden, sich von Anfang an wenig zu sagen gehabt zu haben.

Was aus der Beziehung zu Nele blieb, war das Interesse an seiner leiblichen Mutter, ohne dass er den Steens jemals davon erzählt hätte. Als Margret Wittmers Buch Anfang der Sechzigerjahre die Bestsellerlisten stürmte, war er einer der ersten Käufer. Spätestens ab diesem Moment wurde sein Interesse an der eigenen Vergangenheit zur Obsession. Trotzdem blieb er bei seinem einmal eingeschlagenen Weg, auch wenn die Lektüre und die all der anderen Bücher, die folgten, ihn jedes Mal aufs Neue aufwühlten, erwähnte er doch den Steens gegenüber mit keinem Wort, dass er sich nun doch für Dore Strauch interessierte. Er hätte es ihnen gegenüber als Verrat empfunden.

Das Fest war in vollem Gange. Überall standen jetzt Menschen in Gruppen beisammen oder saßen um Tische herum und aßen gemeinsam. Gelächter und laute Rufe erfüllten den Ort. Spielte die Kapelle, tanzten alle. Jung mit Jung. Jung mit Alt. Alt mit Alt.

Steen wurde erst angesichts der Tanzenden bewusst, wie lange er am Hafen gesessen und in Erinnerungen geschwelgt hatte. Aus sicherer Entfernung versuchte er, die Situation vor dem Hotel zu erfassen. Er hatte erwartet, dass Doktor Tibón da sein würde, konnte seine auffällige Statur in der Menge aber nirgends entdecken. Auch Mayra schien dem Fest ferngeblieben zu sein, was ihn traurig stimmte. Außer den Wittmers und den Angestellten des Hostal erkannte er noch den Besitzer des Kolonialwarenladens. Ihn wunderte, dass der Chinese eingeladen worden war, galt er doch als Außenseiter. Folgerichtig stand er allein neben dem Buffet und sah betreten drein. Einigen der Gäste war er schon im Dorf begegnet, andere hatten ihn vielleicht beim Ausschiffen beobachtet. Mit wieder anderen hatte er im Wartezimmer gesessen.

Worüber sollte er sich mit all diesen Fremden unterhalten? Er besaß kein Gespür für Situationen wie diese. Das Talent, ohne Weiteres in Kontakt mit Menschen zu treten, die er nicht kannte, war ihm nicht in die Wiege gelegt worden.

Er ging rüber zur Bar und bestellte ein Bier. Das ist Chicha, erklärte Wittmer, echtes Urwaldbier. Was immer das bedeuten mochte, Steen hielt sich nicht lange bei der Frage auf. Er brauchte den Alkohol, um seine Nerven zu beruhigen. Nachdem er die Flasche mit einem langen Zug geleert hatte, schaufelte er sich aus der erstbesten Schüssel den Teller voll, orderte ein weiteres Chicha und lief voll bepackt runter zu einem am Rande des Festplatzes postierten Stuhl. Von hier aus ließ sich das Geschehen gut beobachten. Sein Platz hatte etwas von einer Kinologe. Erst als sich sein Puls beruhigt hatte, widmete er sich dem Essen.

Nach einer gewissen Zeit schälte sich Ingeborg aus der feiernden Masse heraus. Sie fuchtelte aufgeregt mit den Händen, um seine Aufmerksamkeit zu gewinnen. Als sie sich dieser gewiss sein konnte, deutete sie auf eine vor ihr stehende Frau. Es brauchte einen Moment, bis er begriff, was sie ihm damit signalisierte. Das musste Señora María Pilar sein, denn in der Tat hatte sie eine gewisse Ähnlichkeit mit Ruth Versteeg. Vielleicht hatte Ingeborg also doch recht gehabt und sein Hirn hatte ihm einen Streich gespielt. Es waren die Haare, besonders die, aber auch ihre Größe. Er würde Gelegenheit haben, sich Señora Pilar während des Fests genauer anzusehen. Vorerst gab er Ingeborg Handzeichen, dass er verstanden habe.

Die Band kletterte unterdessen wieder auf die Bühne. Der Sänger trat vors Mikrofon und machte eine ziemlich lange Ansage, bevor die Musiker einsetzten. Kaum dass die ersten Töne erklangen, stellten die Einheimischen

Gläser und Teller beiseite und begaben sich auf die Tanzfläche. Zunächst allerdings nur die Männer. Sie bildeten einen Kreis, streckten jeder einen Arm zur Mitte, wo sich ihre Hände an einem imaginären, himmelwärts strebenden Stab zu berühren schienen. Im Rhythmus der Musik schritten sie im Kreis um diesen Stab herum. Hat was von einem sich langsam drehenden Kettenkarussell, dachte er schmunzelnd. Nach den Männern fanden sich die Frauen zusammen. Auch sie fassten sich hoch über den Köpfen bei den Händen und drehten sich im Kreis. Alles verlief nach einem vorgegebenen Muster. Wie auch immer dieser Tanz hieß, er stellte eine Art Kommunikation zwischen Mann und Frau dar, da war er sich sicher. Normalerweise war er gegen jede Art von Folklore immun. Dieser Tanz aber faszinierte ihn. Mehr noch, er fand die Ernsthaftigkeit der Tänzer und Tänzerinnen bewegend.

Steen stellte Teller und Flasche zu seinen Füßen ab, drückte sich aus dem Stuhl und näherte sich gemessenen Schritts der Tanzfläche. Dort stellte er sich auf die Zehenspitzen, obwohl er ohnehin alle mindestens um Haupteslänge überragte. Er verschränkte die Arme vor der Brust. Den Text des Liedes verstand er nicht und auch sein Sinn blieb ihm verborgen. Der Rhythmus hatte etwas Monotones, die Melodie etwas Retardierendes. Eine ratternde Endlosschleife. Die Lautstärke schwoll an und ebbte fast genauso schnell wieder ab, um einem weiteren Höhepunkt zuzustreben. Es war schier unmöglich, sich nicht dazu zu bewegen. Auch wenn man nicht gerne tanzte, fuhr einem diese Musik unweigerlich in die Knochen. Steen trat von einem Bein auf das andere. Jeder Wechsel erfolgte synchron zu den Schlägen der Bassdrum. Was für die Umstehenden ungelenk aussehen mochte, war für ihn bereits ekstatischer Tanz. Und er fühlte, dass er bereit war, weiterzugehen.

Das Stück endete abrupt. Der Applaus war lang anhaltend. Steen pfiff auf zwei Fingern. Die Hälfte aller Köpfe wendete sich ihm zu. Er strahlte, sie lächelten zurück.

Der Sänger griff erneut zum Mikrofon. Ein altes Lied wurde angekündigt. Im Original von einem Mann namens Nicasio Safadi gesungen. Das Stück selbst trug den Titel *Guayaquil de mis amores.* Es war langsamer als das vorangegangene und hatte einen deutlich melancholischen Grundton. Steen verfiel der Musik endgültig. Langsam bewegte sich sein Oberkörper, er hob die Arme, bis sie im rechten Winkel vom Körper abstanden. Derart austariert wiegte er sich in der Trauer der Musik. Er trat einen Schritt vor, nahm den Fuß wieder zurück, sog die Musik mit all seinen Sinnen auf. Plötzlich durchfuhr es ihn. War das nicht? Ein Wimpernschlag des Zweifels! Aber doch, das war dem Rhythmus nach ein Walzer. Darin lag der Grund, dass die Musik mitten ins Zentrum seiner Emotionen traf. *Eins,* zwei, drei, *eins,* zwei, drei, *eins,* zwei, drei. Die Struktur war die des Walzers, da war er sich jetzt ganz sicher. Ein irgendwie verklausulierter oder besser verschrobener Dreivierteltakt, aber ein Walzer. Er gab sich ganz der Musik hin. Fühlte sich auf diesem weltabgelegenen Eiland plötzlich in ein Opernhaus versetzt und spürte doch gleichzeitig jede Berührung des Windes. Sein Herz schlug schneller. Er musste nichts anderes tun als sich einfach nur gehen lassen. *Eins,* zwo, drei. *Eins,* zwo, drei. *Eins,* zwo, drei.

Die Musik erstarb. Für den Bruchteil einer Sekunde

war es totenstill. Dann brandete Applaus auf. Widerwillig öffnete er die Augen, am liebsten hätte er sich immer weiter gedreht und seinen Träumen überlassen. Er sah sich um, niemand stand auf der Tanzfläche, niemand außer ihm selbst. Die Menschen hatten einen Halbkreis um ihn gebildet. Sie klatschten auch für ihn, nicht nur für die Musiker.

Er zog den Kopf zwischen die Schultern und lief zurück zu seinem Stuhl. Dort verharrte er mit gesenktem Haupt. Seit seinem Aufbruch in Rotterdam geschahen zu viele Dinge, die er nicht kontrollieren konnte. Es wurde Zeit, dass er sich in seine Höhlen zurückzog. Er schämte sich unfassbar und war auf der anderen Seite erregt wie selten zuvor.

Er hob den Blick erst wieder, als er eine Hand auf der Schulter spürte.

Mein Jott, Sie sin ja 'ne richtije Ausdruckstänzer. Hätt ich jar nit von Ihnen gedacht. Is dä Stuhl noch frei?

Steen musste die alte Wittmer wohl ziemlich entgeistert angesehen haben, aber er beeilte sich, ihr den Platz an seiner Seite anzubieten. Se müssen nich aufstehen, obwohl ich die alte Schule immer jern jemocht habe. Aber wissen Se, dat jewöhnt mer sich im Paradies ab. Hier jibt et keine Kavaliere.

Bitte entschuldigen Sie …, stotterte Steen, ich war in Gedanken.

Das hab ich gemerkt. Aber getanzt haben Sie schön, nicht so richtig klassisch, aber mit Gefühl. Sie blieb streng beim rheinischen Idiom.

Mit Gefühl, sagte er, ja, danke. Ich bin kein großer Tänzer. Also normalerweise tanze ich gar nicht, aber irgendwie … Er winkte ab. Weiß auch nicht. Darf ich Ihnen etwas zu trinken holen?

Nein, lassen Sie mal. Ich mach mir nichts aus Alkohol. Hab Sie hier nur so allein sitzen sehen und dachte, wir unterhalten uns mal wieder ein bisschen. Sie hatten eine schwere Zeit, haben mir die Kinder erzählt. Er sah sie fragend an. Schlimm zugerichtet, überall Wunden, zeigen Sie mal Ihre Hände her. Das Ding auf Ihrer Stirn, sie tippte tatsächlich mit dem Finger auf die Narbe, davon werden Sie lange was haben. Bleibt sicher 'ne ordentliche Narbe zurück. Steen streckte ihr die Hände entgegen. Auch nicht schön, sagte sie kopfschüttelnd. Mein lieber Mann, Sie sind ganz schön unvorsichtig. Wo waren Sie denn? Steen deutete grob in Richtung des Cerro Pajas. Im Wald, sagte die Wittmer. Er nickte. Sind Sie irgendwo gefallen? Wieder nickte er. Die Frage bot ihm einen Ausweg. Gestürzt, bestätigte er und legte so viel Überzeugung hinein, wie man in ein Wort nur legen konnte. Erzählen Sie mal, forderte sie ihn auf. Auf dem normalen Weg hoch zum Asilo kann man eigentlich nicht fallen. Da ist nix zum Runterfallen. Sie lachte und hörte sich dabei an wie eine ihrer Ziegen.

Bin wohl vom Weg abgekommen. Ich war so in Gedanken …

Sie sind viel in Gedanken, wie mir scheint. Über den Roman, nehm ich an, unterbrach sie ihn. Genau, ja. Wissen Sie, wenn man da so richtig drinsteckt, dann ist das … wie kann ich das einem Laien erklären? Ich bin doch eine Kollegin, entgegnete sie.

Sie blieb ernst. Steen brauchte einen Moment. Dann lächelte er ihr zu.

Richtig. Verzeihen Sie bitte. Sie wissen natürlich, wie es ist, wenn einen die Gedanken forttragen, wenn man so in einer ganz anderen Welt steckt. Da kann man sich schon mal verlaufen und dann … na, das sehen Sie ja selbst.

Margrets Augenbrauen hatten sich aufgestellt.

Wissen Sie, was ich mich erst gestern beim Abendessen, als ich in Ihrem Buch geblättert habe, gefragt habe?, fuhr er fort. Ob es Ihnen auch mal so gegangen ist, beim Schreiben. Es ist doch so: Man beginnt und hat eine Idee, wo, sagen wir mal, eine bestimmte Szene hinführen soll. Da ist der Ort, da sind die Figuren, also unser Personal, Stil und Wortwahl sind ja erst mal Nebensache. Jedenfalls schreibt man drauflos und auf einmal entwickelt es sich in eine ganz andere Richtung als geplant. Um es bildlich zu sagen, Ihr Protagonist tritt anstatt von links von rechts auf, anstatt etwas zu sagen, sagt man etwas zu ihm und anstatt ein nettes Wort verlässt ein hässliches seinen Mund, ganz ohne unser Zutun, und plötzlich ändert sich die gesamte Architektur der Szene und womöglich sogar des gesamten Texts. Ist Ihnen so was beim Schreiben auch schon begegnet?

Sie reden ganz schön geschwollen daher, Herr Steen. Was Sie mich wirklich fragen wollen, ist doch, ob ich was erfunden oder nur die Wahrheit geschrieben habe. Das kann ich Ihnen klipp und klar beantworten. Alles, was in meinem Büchlein steht, hat sich auch so zugetragen. Das ist alles wahr! Aber bei Ihnen, ist da auch alles wahr? Kann ich Ihnen Ihre Geschichten glauben? Dass Sie nur hier sind, um die geheimen Träume Ihrer Mutter auszuleben? Dass Sie einen Roman schreiben wollen über das Ende der Welt? Und in Wirklichkeit verschwinden Sie dauernd da oben im Wald und kommen als Kriegsversehrter wieder zurück? Ich bin mir bei Ihnen nicht sicher.

Steen bebte innerlich. Er war in genau die Situation geraten, in die er niemals hätte kommen dürfen. Einer inneren Eingebung folgend, kramte er den Stofffetzen aus seiner Jacketttasche und warf ihn der alten Wittmer auf den Schoß. Er wartete, bis sie ihn in die Hand nahm, sichtlich aus dem Konzept gebracht.

Kommt Ihnen das Stück Stoff irgendwie bekannt vor?, fragte er. Wissen Sie, von wessen Hemd es stammt? Und wo ich es gefunden habe? Warum interessieren Sie sich so sehr für mich und das, was ich hier tue? Stecken Sie mit dem Mann, der zu dem Hemd gehört, unter einer Decke? Oder ist es umgekehrt und er schnüffelt für Sie? Sein Herz schlug ihm bis zum Hals. Er hatte die Sätze nur so herausgepresst, bekam kaum noch Luft. Aber wie anders hätte er sie, zumindest für den Moment, von ihren Zweifeln abbringen können, wenn nicht durch einen rüden Angriff?

Margret rückte von ihm ab. Ihre Augen verengten sich zu Schlitzen. Wie zwei in die Defensive gedrängte Schachspieler saßen sie sich gegenüber, jeder darum ringend, den entscheidenden Zug zum Matt irgendwie noch zu verhindern.

Dann die Wende. Zuerst verschwand wie durch Zauberhand die Hemdmanschette aus dem Schoß der Alten. Dann löste sich der Ernst in ihrem Blick auf. Schließlich lächelte sie dünn, bevor sie in lautes Gelächter ausbrach. Fast schon fröhlich rückte sie den Stuhl wieder näher an Steen heran und schlug ihm wie einem alten Kameraden auf die Schulter. Dabei lachte sie noch lauter.

Sie sind echt 'ne Marke, Herr Steen, wissen Sie das überhaupt, was Sie für einer sind? In Köln hätten Sie mit der Nummer im Karneval auftreten können. Im Gürzenich. Bestimmt. Da kenn ich mich aus, mein Mann war schließlich beim Adenauer. Rennen durch meinen Wald und brechen sich fast das Genick. Da oben muss man aufpassen! Gut aufpassen, Herr Steen. Auf meiner Insel muss man sowieso immer aufpassen. Haben Sie das denn nicht gewusst? Hier sind schon so viele Leutchen spurlos verschwunden, wir wollen doch nicht, dass es Ihnen auch so ergeht. Beim Doktor am Grab sind Sie auch schon gewesen, hab ich gehört. Ist Ihnen nahegegangen, erzählt man sich.

Ihr Themenwechsel war nicht weniger abrupt als der seine vor wenigen Augenblicken.

Wie kommen Sie in Ihrem Buch eigentlich auf die These, nach der Doktor Ritter und Frau Strauch sich nicht mehr liebten? Er schoss die Frage regelrecht ab. Er hatte nicht vor, der alten Wittmer das Spielfeld kampflos zu überlassen.

Das wusste jeder. War kein Geheimnis. Hat mir die Frau Dore selbst mal gesagt. Der hat die nicht mehr angefasst im Gegensatz zu anderen Frauen.

Steen wusste, worauf sie anspielte. Sie hatte Ritter in ihrem Buch ein Verhältnis mit der promiskuitiven Baronin angedichtet, für das es keinerlei Beweise gab. Der Vorwurf erhielt allein durch eine Fotografie Nahrung, die der Mil liardär Hancock geschossen hatte und auf dem es tatsächlich aussah, als flirte Ritter intensiv mit der Bousquet.

Das ist, wie man in der Wissenschaft sagen würde, kein schlüssiger Beweis, sagte Steen bewusst sachlich. Die Alte lachte, ihr ganzer Körper bebte. Was soll es denn für einen schlüssigeren Beweis geben? Apropos Beweis. Ich hab doch neulich gesagt, dass Sie mich an jemand erinnern. Mir ist inzwischen auch eingefallen, an wen. Und jetzt bleiben Sie mal ganz ruhig: An den Doktor erinnern Sie mich.

Jetzt war es an Steen, in lautes Gelächter auszubrechen. Nicht aufgesetzt, sondern eher befreiend. An Ritter? Wie kommen Sie denn darauf? Ritter war ein kleiner, untersetzter Mann und sehen Sie mich an. Er sprang aus dem Stuhl und richtete sich zu voller Größe auf.

Sie sind eine Bohnenstange, das stimmt. Setzen Sie sich wieder hin, Sie stehen mir im Licht. Ihre Nase! Und die Haare.

Meine Nase, was ist mit meiner Nase? Knubbelnas, sagen wir Kölschen zu so einem Riechkolben. Jenau die selve Knubbelnas wie beim Doktor. Und dä Lockekopp, och wie beim Doktor.

Ich habe rotes Haar, gnädige Frau. Und es ist keinesfalls gefärbt.

Gnädige Frau … Wie sich das anhört.

Nehmen wir mal für einen Moment an, der Doktor, wie Sie ihn nennen, wäre tatsächlich mein Vater. Wie bitte schön soll das denn möglich gewesen sein? Dann müsste ja wohl Frau Strauch meine Mutter sein. Oder die Baronin, das ist völlig absurd. Sie schreiben aber, dass alle wussten, dass zwischen den beiden … nun ja, nichts mehr lief, wie man heute sagen würde. Wie, bitte schön, soll das gehen? Eine unbefleckte Empfängnis wollen wir doch wohl nicht in Betracht ziehen.

Margret Wittmer sah ihn schräg von der Seite an. Ihr Blick war ruhig, sie sah ihn einfach nur an, ohne ein weiteres Wort.

Steen hielt dem Blick so lange stand, bis tief in ihm die Überzeugung Raum griff, einen Fehler begangen zu haben. Er wurde unruhig, fuhr sich durchs Haar, seine Hände verkrampften sich ineinander, er schwitzte, hielt den intensiven Blick aber weiter aus. Sein linkes Augenlid zuckte. Schließlich gab er den Kampf verloren. Was ist los?, sagte er tonlos. Sie sagen ja nichts mehr.

Ich hab Ihnen doch bloß gesagt, an wen Sie mich erinnern. Dass Friedrich Ihr Vater gewesen sein könnte, hab ich weder gesagt noch jemals gedacht, sagte sie in fast perfektem Hochdeutsch.

Steen entleerte seine Blase. Als er von der Toilette zurückkam – er war für das Geschäft in sein kleines Steinhaus gegangen und hatte die Gelegenheit genutzt, dem Hund, der brav vor der Tür Wache lag, sein Fressen zu bringen –, war Margret Wittmer von der Party verschwunden. Er trank ein Bier, dann noch eins und noch eins. Ihm wurde schwindelig. Er ließ sich auf den nächstbesten Stuhl plumpsen. Fixierte den Stein zu seinen Füßen. Als er den Blick wieder hob, stand keinen Meter von ihm entfernt der Mann mit den Motivhemden. Jan Kok im Gespräch mit Rolf Wittmer. Die beiden lachten in der Art, wie alternde Männer über zweideutige Witze lachen, und schienen eine gute Zeit miteinander zu haben.

Wir mögen uns nicht. War das nicht, was Wittmer gesagt hatte? Wenn Nichtmögen so aussah, wie hatte man sich dann Freundschaft vorzustellen?

Steen drückte sich hoch. Ohne den Halt des Stuhls wankte er bedenklich. Die Szenerie verschwamm vor seinen Augen. Dieses verdammte Klima, fluchte er. Er setzte sich in Bewegung.

Sie haben den Hund totgetreten, sagte er, als er neben Kok zum Stehen kam. Keine Begrüßung, keine Vorstellung, direkter Angriff.

Der kleine Mann sah zu ihm auf. Entschuldigung?, sagte er.

Er starrte Kok jetzt direkt in die Augen. Wittmer sprang in die Bresche. Jan, das ist Harald Steen aus Deutschland. Er ist Gast im Hotel. Harald, darf ich dir Jan Kok vorstellen.

Totgetreten!, sagte Steen deutlich zu laut.

Harald, ich glaube, du hast zu viel getrunken, sagte Wittmer und schob seinen Körper zwischen Kok und Steen.

Scheißegal! Du bist doch der Mann, der Holländer, stimmt's?

Ich entschuldige mich, sagte Jan Kok. Er wusste immerhin sofort, wovon Steen sprach. Ich war neulich Abend betrunken. Tut mir sehr leid.

Er musterte Kok. Ein mickriges kleines Männchen mit deutlichem Bauchansatz. Blaue Augen unter zu feinen Augenbrauen. Sommersprossen überzogen den Nasenrücken. Abstehende Ohren. Breite Schultern. Die wenigen verbliebenen Haare hatte er sich mit Brillantine an den Schädel geklebt. Er war der wahrscheinlich am schlechtesten gekleidete Mann auf dem ganzen Fest. Das Sakko von Motten zerfressen, der Kragen des Poloshirts, das er darunter trug, zerschlissen. Über der Brust konnte man gerade noch den Schriftzug eines Amsterdamer Segelclubs entziffern. Das Wappen darüber war nahezu ausgebleicht. Anstelle einer Krawatte trug er so etwas wie Schnürsenkel mit Bleihülsen am jeweiligen Ende um den Hals und seine Füße steckten in klobigen, ungeputzten Arbeitsschuhen.

Ich sagte dir doch schon, Jan hat ein Problem. Heute Abend hat er es im Griff, deshalb ist jetzt gerade alles gut.

Er hat sich bei dir entschuldigt. Und am Ende war es auch nur ein Hund, sagte Wittmer. Dabei ruhten seine Hände auf Steens Unterarmen. Gott sei Dank, fügte er an.

Nur ein Hund? Steen konnte nicht fassen, was er gerade hörte. Hatte Wittmer das wirklich gesagt: nur ein Hund? Er stampfte mit dem Fuß auf, was auf Sand wenig Effekt erzielte. Nur ein Hund?, sagte er deutlich zu laut. Ein paar Umstehende drehten sich nach ihnen um. Was seid ihr bloß für Menschen?, zischte er.

Wie gesagt, es tut mir leid, dass Sie das mitansehen mussten. Wrong time, wrong place, sagte Kok, als sei damit alles entschuldigt. Er hob das Limonadenglas an die Lippen und leerte es in einem Zug.

Heute Limo, morgen wieder Fusel, lallte Steen. Nur ein Hund, ja?

Vielleicht bedeutete Wittmers hinterhergeschickter Gottesdank, dass Kok auch schon anderen Geschöpfen etwas angetan hatte? Zum Beispiel den Flamingos. Und Menschen, wie stand es damit? Diesem widerlichen Wicht traute er jedes denkbare Verbrechen zu. Und trocken war er ihm gerade noch unsympathischer als besoffen. Entschuldigung, pah. Soll damit alles wieder gut sein?, dachte er, sagte aber: Wie wär's mit einer Erklärung? Mit Reue, denn die spüre ich nicht. Ist vermutlich nicht nötig, es war ja nur ein Hund! Immer wieder stampfte er mit dem Fuß auf. Was sind Sie bloß für ein Mensch?, blaffte er.

Weiß ich selbst nicht, sagte Kok.

Ach, ein Clown auch noch?

Hören Sie, Harald, ich möchte keinen Streit mit Ihnen. Nehmen Sie meine Entschuldigung an oder lassen Sie es, mehr kann ich nicht anbieten. Das war's für mich. Er drehte sich weg.

Für Sie bin ich Herr Steen, rief er dem entschwindenden Mann hinterher. Und lassen Sie sich bloß nicht mehr … Er stoppte sich selbst. So besoffen war er nicht, als dass er hier direkt vor Rolf Wittmer seinen Aufenthaltsort im Wald verraten hätte.

Kok gesellte sich zu einer Gruppe von Männern, die eine Schnapsflasche kreisen ließ. Das Fest ging seinem Ende entgegen. Die Band verpackte bereits die Instrumente, die meisten Gäste waren gegangen. Die Angestellten räumten die Reste des Buffets zusammen.

Wovon lebt dieser miese … von was lebt der eigentlich? Wird der hier etwa durchgefüttert? Noch ein Bier, bitte.

Ich glaube nicht, dass du noch mehr trinken solltest, sagte Wittmer.

Er stellte eine weitere Flasche vor Steen auf den Tresen der Bar. Steen trank einen langen Schluck. Das ist so bitter, sagte er.

Chicha, antwortete Wittmer, hab ich dir ja schon gesagt. Bitter und sehr stark. Wird aus fermentiertem Maniok gebraut. Früher haben die Frauen den Maniok gekaut und ausgespuckt und dann gewartet, dass die Fermentation einsetzt. Steens Gesicht glich nun einer Fratze. Er schob die Flasche von sich. *Früher,* sagte Wittmer beschwichtigend. Das Bier, das du gerade trinkst, hat übrigens dein neuer bester Freund gebraut. Ob er extra für dich reingespuckt hat, wer weiß? Möglich wär's zumindest. Der Schnauzbart auf Wittmers Oberlippe hüpfte vergnügt auf und ab. Urwaldbier verträgt nicht jeder, schob er hinterher.

Sie meinen …, der Säufer braut sein eigenes Bier? Wittmer ließ den erneuten Rückfall in die Höflichkeitsform unkommentiert stehen. Lächerlich, lallte Steen in Koks Richtung. Und davon kann man leben?

Und ob, davon lebt seine Familie seit Generationen, sagte Wittmer. Eine echte Bierbrauerdynastie. Drüben in Holland. Aber besonders stark und erfolgreich sind sie in den Staaten. Kok hat wahrscheinlich genug Geld für den Rest seiner Tage. Auch wenn man es ihm nicht ansieht. Er hat nie arbeiten müssen. Und wenn du mich fragst, ist genau das auch ein Teil seines Problems. Was soll's, wenn du mehr über ihn wissen willst, dann frag nicht mich, frag ihn selbst. Ich sagte dir ja schon, dass wir keine guten Freunde sind.

Das sah aber eben ganz anders aus, sagte Steen.

Das nennt man Zivilisation, Harald, zivilisiertes Verhalten. Auf einer Insel wie Floreana muss man miteinander auskommen, das dürfte doch auf der Hand liegen.

Und mit all dem Geld hatte er kein anderes Ziel als ausgerechnet Floreana? Wo er Bier braut und sich … na was, umbringen will? Das ist doch … also im wahrsten Sinne des Wortes einer, der sich sein eigenes Grab schaufelt.

Wir bemühen uns nicht nur, zivilisiert miteinander umzugehen, sagte Wittmer, wir glauben auch an die Freiheit des Einzelnen. Die Freiheit, tun und lassen zu können, was man will. Solange man dem anderen nicht schadet. Der eine möchte ein besseres Leben für seine Kinder und arbeitet deshalb von Sonnenaufgang bis Sonnenuntergang. Der andere möchte ein Leben fernab des großen Lärms und der großen politischen Verwerfungen. Und der Dritte möchte sich in Ruhe kaputt saufen.

Richtig! Steen fiel ihm ins Wort. Und dabei vielleicht nebenbei einen Hund zertreten. Einfach weil ihm danach ist. Freiheit?

Weißt du was, Harald, es reicht für heute. Schlaf deinen Rausch aus, denn solltest du es nicht bemerkt haben, du, der hier die großen Hassreden gegen einen Alkoholkranken führt, bist selbst gerade ziemlich hinüber.

Vielleicht kannst du mir mal eine Sache erklären. Während Steen das sagte, baute er sich drohend vor Wittmer auf. Dabei hätte in seinem Zustand ein leichter Stups gereicht, um ihn wie einen Baum zu fällen.

Bitte, sehr gern, sagte Wittmer.

Wenn hier jeder machen kann, was er will, warum lasst ihr mich dann nicht in Ruhe? Der Satz verließ Steens Mund zusammen mit einem Speichelfaden. Warum spioniert ihr mir nach? Ich bin es nicht, der was Verbotenes tut, der da drüben, auf den müsstet ihr achtgeben. Beim Versuch, auf Kok zu deuten, hätte er fast das Gleichgewicht verloren. Und das Arschloch spioniert mir auch noch nach. Ich hab einen Beweis. Er kramte mit den Händen in beiden Taschen seiner Anzughose; als er nichts fand, unterzog er die Jacketttaschen der gleichen Untersuchung. So ein Mist!, stieß er aus und stampfte schon wieder mit dem Fuß. Jetzt hat man mir auch noch den Beweis geklaut. Hört auf damit! Hörst du, Herr Wittmer? Hört sofort auf damit.

Na klar, Herr Steen, das machen wir. Wir hören sofort damit auf. Mit dem Spionieren und dem Klauen und womit du willst. Kannst dich auf mich verlassen. Und jetzt geht's ab in die Heia. Soll ich dich noch ins Bett bringen? Steen schüttelte ihn ab wie eine lästige Fliege.

Er schaffte es gerade noch um die Ecke des Haupthauses. Dort ließ er sich in den Sand fallen. Für eine gefühlte Ewigkeit starrte er geradeaus. Sein Magen rebellierte. Immer wieder dachte er an den korpulenten Zwerg, der Maniok kauend in sein Glas spuckte. Erst als er ein Geräusch hörte, fing er sich ein wenig. Unter einer Palme, unweit des Hauses, lehnte ein Pärchen, das sehr vertraut miteinander schien.

Als das Paar aus dem Schatten des Baumes ans Licht trat, fuhr Steen der Schreck in die Glieder. Er wollte sich die Augen wischen, um das Bild, den Albtraum, zu vertreiben. Dabei schlug er sich die Brille von der Nase. Er spürte, wie es ihm die Speiseröhre hochätzte. Er drehte den Kopf, kotzte in den Sand und kippte zur Seite weg.

Gerettet hatte ihn letztlich eine Frau, deren Anwesenheit auf dem Fest er nicht einmal bemerkt hatte. Mayra hatte ihn gegen die Wand gelehnt gefunden, ihn in die Hütte geschleppt, bis auf die Unterhose ausgezogen und ins Bett verfrachtet. Erst dort war er wieder zu sich gekommen, wenn auch nur für einen kurzen Moment. Aber der hatte gereicht, um zu sehen, wer sich über ihn beugte. Den Ausdruck in ihren Augen würde er nicht so schnell wieder vergessen. Sorgenvolles Unverständnis.

Er saß beim Frühstück. Im Kopf meißelte ihm irgendein Wahnsinniger gegen die Schädeldecke. Er zwang sich zu essen, obwohl sein Magen schon beim ersten Bissen rebellierte. Die Angestellten waren mit Aufräumen beschäftigt und kümmerten sich nicht um ihn. Er war ohnehin mal wieder der einzige Gast. Eine Kanne mit lauwarmem Kaffee stand auf dem Tisch. Brot, Butter, Kakteenmarmelade und etwas, das entfernt an Porridge erinnerte. An diesem Morgen löste der Brei allerdings andere Assoziationen in ihm aus. Er schob den Teller weit von sich und versuchte sich an einer Scheibe trockenem Brot. Schon nach wenigen Bissen gab er auf. Er sollte nicht hier sitzen, gehörte in diesem Zustand überhaupt nicht in die Öffentlichkeit.

Als er sich zum Gehen wandte, stand plötzlich Margret Wittmer im Türrahmen. Die Figur gänzlich unter einer eng gebundenen weißen Schürze verborgen.

Juten Morjen, sagte sie. Jut jeschlafen?

Steen wusste nicht, wie er nach den Ereignissen der vergangenen Nacht reagieren sollte. Könnte er nur alles ungeschehen machen. Am liebsten würde er das Gespräch da fortsetzen, wo sie bei ihrer ersten Begegnung geendet hatten. Ihr reinen Wein zu seiner Herkunft einschenken und sie dann ganz offen nach allem befragen, was ihm auf dem Herzen lag. Nach seiner Mutter, seinem möglichen Vater und dem, was damals wirklich geschehen war. Gleichzeitig wusste er, wie naiv dieses Ansinnen war. Sowieso und besonders vor dem Hintergrund des letzten Abends. Aber auch ohne den verbalen Kleinkrieg würde Margret Wittmer ihr Schweigen wohl nicht brechen, nur weil sie einen leibhaftigen Nachfahren ihrer einstigen Nachbarin vor sich hatte. Auf dem Fest hatte er am eigenen Leib erfahren, was seine Mutter ihm wohl auch gesagt hätte, die Wittmer war eine Frau, die man besser nicht unterschätzte.

Für eine weitere Unterhaltung brauchte man in jedem Fall geschärfte Sinne und keinen wabernden Brei im Hirn. Hellwach musste man sein. Seine Fragen gut formulieren, im rechten Augenblick stellen und genau hinhören, um auch das mitzubekommen, was die Alte nicht aussprach. Man musste sensibel auf Zwischentöne achten, imstande sein, ihre Körpersprache zu lesen, und die Antworten blitzschnell verarbeiten. Kurzum, es hätte sein absolut fokussiertes Selbst gebraucht und nicht das Wrack, das gerade einzig und allein zurück ins Bett wollte, ohne sich vorher erneut in der Öffentlichkeit zu übergeben.

All diese Gedanken schossen in einer derartigen Geschwindigkeit durch sein malträtiertes Hirn, dass sie vielleicht nur einen Wimpernschlag in Anspruch genommen hatten. Doch dieser Augenblick hatte der alten Dame genügt, um zu erkennen, in welcher Verfassung der Mann war, der vor ihr stand.

Ruhen Se sich erst mal aus, junger Mann, sagte sie. Dat Chicha hat et in sich. Mit diesen weisen Worten ließ sie ihn einfach stehen.

Er stand mitten im Raum – die langen Arme hingen wie leere Schläuche an seinem Körper herunter – und wusste nicht, wohin mit sich. In dieser Pose fand ihn keine zwei Minuten später der Sohn der Patriarchin.

Hast du meine Mutter gesehen? Er nickte. Und? Er zuckte mit den Achseln. Mein Gott, Junge. Na ja, egal. Gestern Abend hast du bloß die ganze Zeit auf deinem Stuhl gehockt und dir alles aus der Ferne angeschaut. Also … Er lachte laut auf. Bis auf den Moment, als du den Eintänzer gegeben hast. So viel Rhythmusgefühl hätte ich dir gar nicht zugetraut. Du bist jetzt eine Berühmtheit. Wunder dich also nicht, wenn du im Ort nach Autogrammen gefragt wirst. Toller Auftritt. Bei dir liegen Hochleistung und Abgrund wirklich nah beieinander. Aber das Chicha, fuhr er fort, das ist dir gar nicht bekommen, was? Wieder lachte er laut und anhaltend. Ich nehme mal an, deine Erinnerungen an das Ende des Abends sind, wenn sie überhaupt noch existieren, verschwommen?

Steen war sich nicht sicher, ob er aus Wittmers Stimme

Bedauern oder eher Schadenfreude heraushörte. Doch die Frage beschäftigte ihn nicht allzu lange, er konzentrierte sich einfach weiter darauf, sich nicht zu übergeben.

Du sagst ja gar nichts. Kopfschmerzen? Willst du ein paar Aspirin? Steen nickte, eher mechanisch. Ach, daher weht der Wind, hätte ich mir denken können. Steen machte eine wegwerfende Handbewegung. Kenn ich, sagte Wittmer. Das Chicha war vielleicht etwas zu stark vergoren, dann wird es nämlich sehr stark, zu stark für manche, die das Zeug nicht gewohnt sind. Ich habe es nicht angerührt.

Das hättest du mir ja auch vorher mal sagen können, dachte Steen. Doch schon der Gedanke intensivierte die Kopfschmerzen, sodass er beschloss, die Tabletten einzunehmen und sich wieder schlafen zu legen. Weder konnte er sich erklären noch ertrug er den Klang einer menschlichen Stimme.

Die frische Luft machte es sogar noch schlimmer, wie er auf den wenigen Metern durch die sengende Sonne feststellen musste. Angekleidet ließ er sich aufs Bett fallen und schlief ein, sobald die Wirkung der Tabletten einsetzte.

Er verließ das Zimmer weder an diesem noch am nächsten Tag. Er wollte niemanden sehen und auch kein Essen zu sich nehmen. Er fühlte sich weder körperlich noch seelisch dazu in der Lage. Auf dem Bett ausgestreckt, goss er literweise Wasser in sich hinein. Kaum dass er wieder zusammenhängend denken konnte, blockierte die Erinnerung an die vergangenen Ereignisse jede Aktivität. Er schämte sich für seinen Auftritt und hatte Angst, den Wittmers unter die Augen zu treten. Was er Rolf am Ende der Party entgegengeschleudert hatte, wusste er nicht mehr, schmeichelhaft konnte es nicht gewesen sein. Das Letzte, an das er sich einigermaßen klar erinnerte, war das Gespräch mit Margret Wittmer. Er hatte sich nicht besonders gut geschlagen. Wer wusste schon, wie viele Gelegenheiten er noch bekommen würde. Die Frau war schon fünfundneunzig. Im dem Alter gab es kein gesichertes Später. Allein diese Erkenntnis reichte aus, ihn in eine depressive Stimmung zu versetzen. Und die Krönung von allem: Kok. Wahrscheinlich hatte er ihm gesagt, was er von ihm hielt. Aber hatte er ihn auch gefragt, warum er sich oben am Asilo rumtrieb und ob er ihm auf Geheiß der alten Wittmer nachstellte? Hatte er nicht oder seine Erinnerung daran war ausradiert. Aber warum hatte Rolf ihm beim Frühstück mehr oder weniger direkt vorgeworfen, nicht mit seiner Mutter gesprochen zu haben? Wieso wusste er schon wieder nichts von ihrem Gespräch? Zu viele Gedanken, zu viel Verwirrung. Wobei das Allerschlimmste an der Nacht das gewesen war, was er gesehen hatte, bevor er weggeklappt war: Ruth Versteeg mit Jan Kok.

Seine finstersten Ahnungen waren wahr geworden. Die beiden vertraulich unter einer Palme, während er in seine eigene Kotze fiel. Trotz seines zeitweisen Blackouts hatte sich ihm diese Szene eingebrannt. Und es konnte keine Täuschung gewesen sein. Nicht schon wieder eine Verwechslung mit dieser Señora María Pilar. In keinem Fall! Er war völlig davon überzeugt, dass allein dieser Augenblick zu der schwallartigen Entleerung seines Magens geführt hatte, nicht das verdammte Chicha. Und dann, und auch daran erinnerte er sich seltsamerweise noch, als wolle das Schicksal ihn, den Gefallenen, verhöhnen, war ausgerechnet dieser Kok auch noch der Braumeister des Gesöffs, das ihm so zugesetzt hatte. Gebraut mit dem alleinigen Ziel, ihn zu vergiften. *Tut mir leid, aber am Ende war es nur ein Hund. Gott sei Dank.* Ha. Von wegen. Er musste etwas gegen diesen Bastard unternehmen, bevor es zu spät war.

Zwischen all den Gedanken über verpasste Chancen und erlittenes Leid blieb dennoch auch ausreichend Zeit, sich mit Mayra zu beschäftigen. Dass sie ihn in einem derart unwürdigen Zustand gesehen hatte, setzte ihm zu. Sie hätte ihn ebenso gut im Dreck liegen lassen können. Was hatte sie schon mit ihm zu schaffen? Aber nein, sie hatte sich um ihn gekümmert, ihn versorgt und damit vielleicht sogar gerettet. Mayra war ein Engel. Der einzige Engel an diesem Ort.

Am nächsten Morgen verließ er das Haus. Die Schatten waren weitergezogen. Er hatte klare Pläne. Einer davon sah vor, Mayra zu treffen, um sich zu bedanken – und sich zu entschuldigen. Er besorgte sich ihre Adresse bei Ingeborg Wittmer, die aufgrund des Umstandes, dass er sie nun schon zum zweiten Mal nach einer Frau befragte, die Augenbrauen aufstellte. Diese immerhin war ihr bekannt.

Wenige Minuten später stand er vor einem kleinen Haus am nördlichen Ende von Puerto Velasco Ibarra. Er war gut gekleidet, wie er es von sich erwartete, und hatte tatsächlich auf den Straßen mehrere ihn freundlich grüßende Menschen passiert. Was so ein Tänzchen alles bewirkte. Wenn er damit in Erinnerung blieb, sollte es ihm recht sein. Vielleicht besaß er ja tatsächlich ein Talent, das bislang im Verborgenen geschlummert hatte? Mit Mayra würde er dieser Frage gerne auf den Grund gehen.

Steen nahm die beiden Stufen mit einem einzigen Schritt. Das Holz der Veranda knarzte bedenklich. Die Eingangstür wie auch die beiden Fenster rechts und links hingen schief in den Angeln. Überhaupt wirkte das ganze Haus, als habe es von einer Sturmbö einen mitbekommen. Er ballte die Hand zur Faust, doch die Tür öffnete sich, noch bevor seine Knöchel das Holz berührten. Mayra stand im Rahmen und schenkte ihm ein Lächeln. Es war eine große Zahnlücke, kein fehlender Schneidezahn, das sah er jetzt ganz deutlich. Irgendwie niedlich. Genau wie der leicht schielende Blick ihrer braunen Augen. Das Haar hatte sie zu einem Dutt aufgedreht. Sie trug ein weißes T-Shirt zu einer Bluejeans, deren Hosenbeine fast bis hoch zu den Knien aufgerollt waren. Ihre Hände umfassten den Stiel eines Besens.

Hola, sagte sie. Hallo, sagte er, störe ich? Er deutete auf den Besen. Mich stört niemand, sagte sie. Er nahm es positiv. Das freut mich, sagte er. Ich bin gekommen, um mich bei Ihnen zu bedanken. Ich war wohl nicht gut in Form, neulich nachts. Das Lächeln verrutschte ihm etwas, weil er in dem Moment, in dem er ihn aussprach, wusste, dass der Satz nicht der gelungenste war. Tut mir leid, korrigierte er sich. Ich war schrecklich betrunken, das hätte mir nicht passieren dürfen. Tut mir leid! Jetzt haben Sie mich schon zweimal nackt sehen müssen, fügte er an, auch dafür entschuldige ich mich.

Einem Leguan gleich wandelte sich seine Hautfarbe von

einer Sekunde zur nächsten. Haare und Haut leuchteten in identischem Farbton – flammend rot. Was rede ich bloß für einen Schwachsinn?, dachte er.

Und was folgern Sie daraus?, fragte Mayra.

Eine Antwort, die er verdiente. Um die er mit seinem dummen Gerede nachgerade gebettelt hatte. Dass sie ihm nichts Böses wollte, verdeutlichte ihr nächster Satz. Wollen Sie nicht reinkommen, Sie seltsamer Mensch aus Deutschland? Ich kann Ihnen Limonade oder Limonade anbieten. Was ist Ihnen lieber?

Der Raum, in den er eintrat, war einfach eingerichtet und fast schon klinisch sauber. Ein rauer Holztisch mit zwei Stühlen stand in der Mitte. Auf der Stirnseite eine Vorratskommode, daneben der Kühlschrank. Rechts davon Spüle und Herd. Der Boden im hinteren Teil der Küche war noch feucht. Ein Schrubber lehnte an der Wand. Unter der Decke klebte eine Neonröhre. Karierte Vorhänge brachen das Licht. In der Ecke ein Schaukelstuhl. Darüber das Foto eines Mannes im Gummianzug auf einem Boot. Sie bemerkte, dass er das Bild betrachtete.

Mein Mann, sagte sie.

Er ist Fischer?

Das war er. Wie schon sein Vater und dessen Vater und …

Ist er auf Arbeit?, fragte Steen.

Nein, er ist vor sechs Jahren von einer Ausfahrt nicht zurückgekommen. Das Meer hat ihn sich geholt, wie schon seinen Vater und dessen Vater. Sie presste die Worte zwischen ihren schmalen Lippen hervor.

Das wusste ich nicht, tut mir sehr leid. Er sah zu ihr rüber. Noch immer hielt sie die Lippen aufeinandergepresst. Die Nasenflügel bebten. Sie sind noch so jung …, sagte er.

Und schon Witwe, ergänzte sie. Ein gewisser Sarkasmus war nicht zu überhören. Das muss eine schreckliche Zeit für Sie gewesen sein. Ja, das war es. Ist es manchmal heute noch. Auf so einer Insel … Egal, wir haben nicht das Geld, um von hier wegzuziehen. Und Gabi gefällt es hier. Sie kennt allerdings auch nichts anderes.

Gabi?, fragte er.

Gabriela, ja. Sie ist meine … unsere Tochter. Sie ist elf. O Gott! Dann war sie erst … fünf, als ihr Vater starb. Mayra vollendete auch diesen Satz. Genau. Sie hat die gesamte schlimme Zeit gemeinsam mit mir durchleiden müssen. Die Hoffnung, dass er den Sturm doch überlebt, dass ihn ein anderes Boot aufgenommen haben könnte und er bald zurückkommen würde. Die furchtbare Zeit der Ungewissheit. Die Enttäuschung, als er offiziell für tot erklärt wurde. Die Trauer, als sie allmählich begriff, dass ihr Vater nie wieder für sie da sein würde. Und ein Begräbnis ohne Leichnam. Pablo und sie waren sich sehr nah. Manchmal näher, als Pablo und ich es waren. Er war ein harter Mann. Fischer, fügte sie hinzu, als sei das eine Erklärung.

Haben Sie eigentlich noch eine andere Arbeit als die bei Doktor Tibón? Nein, nicht wirklich, sagte sie. Aber ich mache die Praxis auch auf, wenn er nicht da ist. Die Leute klopfen hier bei mir an die Tür wie Sie eben oder sie rufen an, dann laufe ich schnell rüber. Ein Vorteil in Puerto Velasco, man braucht nirgendwohin länger als zwei, drei Minuten. Ich verkaufe ihnen die Arzneimittel, die sie brauchen. Vorausgesetzt, wir haben sie vorrätig. Ich wechsle

Verbände, messe den Blutdruck oder setze Spritzen, die der Doktor verschrieben hat. Über die Jahre habe ich mir viel von Gutierre … Dr. Tibón abgeschaut und die Patienten vertrauen mir. Ich darf das Geld, das sie uns dafür schulden, behalten. Das ist sehr großzügig vom Doktor, sagte Steen. Ja, er ist ein guter Mensch. Nun trinken Sie aber mal Ihre Limonade. Selbst gemacht. Aus Passionsblume und ein bisschen Tamarinde. Ich hoffe, sie schmeckt Ihnen.

Steen ließ sich auf dem angebotenen Stuhl nieder. Die Knie reichten ihm fast bis zur Brust. Das war es, was ihm beim Eintreten merkwürdig vorgekommen war. Die Decke war so niedrig, dass er den Kopf schief halten musste. Deshalb hatte Mayra immerzu zu ihm aufgeschaut und sich darüber amüsiert. Gesagt hatte sie aber nichts. Dafür lachte sie jetzt ungeniert.

Ich bin zu groß für Ihr Haus, sagte er. Tut mir leid, ich habe kein anderes. Alle Häuser hier sind so, außer das der Wittmers. Deutsche, sagte Steen. Genau! So erklären wir uns das auch. Dabei ist von denen auch keiner besonders groß. Sie sind über zwei Meter, oder? Genau vier Zentimeter drüber. Wahnsinn, sie schmunzelte. Wenn Gabi nach Hause kommt, wird sie sich erschrecken, sie wird denken, die Riesen seien zu uns an die Küste runtergekommen. Wie meinen Sie das? Ihr Vater hat ihr immer Geschichten von Riesen erzählt. Als sie wissen wollte, wo die Riesen wohnen, hat er auf den Asilo de la Paz gezeigt. Wittmers Berg. Ja, genau. Bis zum heutigen Tag weigert sie sich, dort hinaufzusteigen. So sind Kinder.

Das möchte ich nicht, sagte Steen. Sie soll sich keinesfalls vor mir ängstigen. Ich sollte wohl besser gehen. Ach was, Gabi wird schon zwischen Fabelwesen und echten Menschen unterscheiden können. Ich freue mich, dass Sie gekommen sind. Sie bekommen wenig Besuch? Sehr wenig. Eigentlich besucht man sich bei uns nicht. Man trifft sich ja eh andauernd. Und wir beide sind ja schon fast so was wie ein Paar, das sollte meine Tochter wissen. Wieder kicherte sie. Er verschluckte sich. Na ja, ich habe Sie schon zweimal nackt gesehen, präzisierte sie ihre Aussage. Haben Sie eben selbst gesagt.

Das ist korrekt. Da könnten wir uns doch eigentlich auch duzen.

Hatte er das wirklich gerade getan? Entschuldigen Sie, das ist mir so rausgerutscht. Wieso denn? Willst du oder willst du nicht? Hier auf der Insel duzen sich eh alle. Come on!, rief sie.

Du sprichst Englisch? Of course. Davon hast du dir in der Praxis aber nichts anmerken lassen. In der Praxis bin ich Mayra, die medizinische Assistentin. Und hier? Mayra, einfach nur Mayra.

Einfachnurmayra gefiel ihm immer besser.

Warum hast du dich eigentlich betrunken?, wollte sie wissen. Dir geht es doch gut, du bist reich und musst nicht hierbleiben.

Über diesen Zusammenhang hatte er noch nicht nachgedacht, nicht einmal in Bezug auf den Quartalssäufer Kok.

Ich wollte mich nicht betrinken, sagte er. Auch wenn sich das vermutlich doof anhört, es war eine Art Unfall. Er erklärte ihr, was sich aus seiner Sicht zugetragen hatte, vermied allerdings konsequent den Namen Ruth Versteeg.

Ein blöder Zufall, ist es das, was du sagen willst? Sie glaubte ihm kein Wort. Na schön, dann erzähl mir doch stattdessen, warum du tatsächlich hier bist. Niemand bleibt für länger als maximal zwei Übernachtungen auf Floreana, die meisten Touristas sind noch am gleichen Tag wieder weg. Sie interessieren sich für die Tiere, lassen sich zur Punta Cormorant fahren, um dort zu tauchen oder zu schnorcheln. Die, die eine Nacht länger bleiben, machen einen Abstecher zu den Piratenhöhlen. That's it. Runter von der Insel. Abhaken und vergessen. Bei dir ist alles anders. Du bist jetzt schon vier Wochen hier. Drei, sagte er. Oder? Weiß selbst nicht so genau. Aber du scheinst es ja zu wissen. Bin ich dir etwa aufgefallen?

Sie sah ihn ungläubig an. Was denn, glaubst du, auf dieser Insel geschieht irgendetwas unbemerkt? Hier kann keiner ankommen, noch dazu einer mit so viel Gepäck und deiner Statur, ohne dass sich die Nachricht wie ein Lauffeuer verbreitet. Ich habe dich nicht mit eigenen Augen ankommen sehen, wurde aber noch am selben Tag darauf hingewiesen, dass da so ein komischer Kerl mit weißem Anzug an Land gegangen sei. Mit einem Kajak und einer riesigen Seemannskiste. Keiner reist heute mehr so. Das hier ist Floreana, Mann. Hier kennt jeder jeden und weiß alles über den anderen. Tatsächlich? sagte Steen, weil er nichts anderes zu sagen wusste.

Glaub es oder nicht.

Ein Beispiel?, sagte er.

Wenn man hier bei uns zum Beispiel fremdgehen will, ist das kein sonderlich kluger Plan. Ach ja? Hat mal einer versucht, besser gesagt, eine. Der gehörnte Ehemann wusste es, noch bevor die beiden überhaupt das erste Mal miteinander ins Bett steigen konnten. So ein Quatsch!, entfuhr es ihm. Von wegen Quatsch, ich kann dir die Namen nennen. Nein, nicht das. Was denn dann? Dass ihr alles über alle wisst. Teste es, rief sie aus.

Er tat, als dächte er nach. Okay!, rief er dann. Was weißt du zum Beispiel über die alte Geschichte, was weißt du über die Wittmers, das Paar Strauch und Ritter und die Baronin? Und die Morde …

Sie schlug sich gegen die Stirn. Ich bin so dämlich, rief sie. Ich habe wirklich für einen Moment geglaubt, du wärst anders. Dabei bist du aus den gleichen Gründen da wie all die anderen Geier.

Das war doch nur ein Beispiel, beeilte er sich zu versichern. Wenn auf der Insel nichts geschehen kann, ohne dass alle es mitbekommen … Damals waren nur acht Personen auf der Insel, unterbrach sie ihn. Und davon lebt heute nur noch die Alte. Rolf war ein Baby.

Na schön, sagte Steen, glaubst du denn, oder weißt es sogar, ob Margret etwas mit dem Tod der Baronin zu schaffen hatte?

Ich sag dir mal was, Mister Schriftsteller. Niemand, verstehst du, niemand hier interessiert sich für diesen alten Mist. Du interessierst dich doch auch nicht für irgendwelche blöden Geschichten, die sich vor Jahrzehnten bei euch in Deutschland zugetragen haben. Wir werden bei jeder Gelegenheit mit dieser Affäre konfrontiert. Man muss nicht der Hellste sein, um zu begreifen, wie sehr uns das ankotzt, oder?

Und die Wittmers? Das ist was anderes. Wieso? Sie haben daraus ein Geschäft gemacht. Warum, glaubst du, haben sie ein Hotel und sind die einzigen Leute, die ein gutes Auskommen haben? Doch wenn La Bruja stirbt, wird sich bald schon niemand mehr für den Kram interessieren, dann wollen wir mal sehen, wie lange der Spuk noch anhält. Aber solange es eine Augenzeugin gibt …

Ich hab mit ihr gesprochen, sagte er, auf dem Fest neulich Abend. Und?, fragte Mayra. Er zuckte die Schultern. Harte Frau, sagte er. Ist sie wieder den ganzen Abend rumstolziert wie die Kaiserin von Rom? Steen warf ihr einen fragenden Blick zu. Die Kaiserin zeigt sich dem Volk, das liebt sie. Kann schon sein, ist mir nicht unangenehm aufgefallen, sagte er. Mayra schüttelte den Kopf. Eine ausgewiesene Freundin der Familie Wittmer schien sie nicht zu sein, wieso nannte sie Margret Wittmer La Bruja, die Hexe? Obwohl er zugeben musste, dass ihm der Titel gefiel. Naheliegend war er ohnehin, wenn man einmal die Bekanntschaft der Alten gemacht hatte.

Wenn ich es dir doch sage, ist mir nicht aufgefallen, sagte er. Dich habe ich übrigens auch nicht gesehen.

Das ist glaubhaft, sagte sie, ich war ja auch nicht da. Das ganze Dorf war aber doch anwesend, sagte er. Mehr oder weniger schon, ja. Ich hatte keine Lust. Ich saß unten am Anleger, als ich den Hund bellen hörte. Hatte nichts anderes zu tun. Also bin ich rüber, um nachzusehen, was los ist. Du weißt ja inzwischen auch, dass hier Leute wohnen, denen Tiere egal sind. Bei mir ist das anders. Ich liebe Tiere. Und ich kenne hier auf der Insel jeden Hund. Kann sie sogar am Gebell unterscheiden.

Du kennst Herrn Hund? Sie musterte ihn mit einem

fragenden Augenaufschlag. Ich nenne ihn so, ist das blöd? Ziemlich, sagte sie. Wie heißt er denn richtig? Er hat keinen Namen. Er ist Hund Nummer acht. Das ist aber auch nicht besser, sagte er. So merke ich es mir eben. Ich erkenne sie alle sofort am Gebell, das meine ich so, wie ich es sage. Deshalb wusste ich auch, dass es dein Hund ist, der bellt. Also … *dein* Hund … die Tiere gehören niemandem. Im Augenblick hängt ihr beiden immer zusammen, das ist mir aufgefallen. Ziemlich bemerkenswert übrigens, denn Nummer acht lässt sich für gewöhnlich nicht mit jedem ein.

Da habe ich andere Erfahrungen gemacht, sagte Steen und dachte an die Touristen oben bei der Quelle. Aber sie hatte recht, seither war Herr Hund ihm nicht mehr von der Seite gewichen.

Jedenfalls dachte ich mir, der Deutsche macht so viel Unsinn, besser, ich schau mal nach, was er jetzt schon wieder angestellt hat. Du hast kein gutes Bild von mir und hast trotzdem nach mir gesehen? Hat mich bloß zwei Minuten gekostet. Zwei Minuten, um einen Mann ausziehen zu dürfen … hätte schlechter laufen können. Der Satz war ihm rausgerutscht. Sie verdrehte die Augen. Er kehrte lieber schnell zum Thema Hunde zurück, davon verstand er mehr. Ich dachte, du hättest nachgeschaut, ob dem Hund vielleicht etwas passiert ist, sagte er. Hätte auch sein können, wie gesagt. Darf ich daraus entnehmen, dass du Vorbehalte gegen diesen Jan Kok hast?

Vorbehalte, machst du Witze? Wenn mein Mann noch leben würde, der hätte das Arschloch längst abgeknallt. Der rennt mir hinterher, ständig. Aber besonders, wenn er säuft. Da würde ich deinen Mann aber sehr gut verstehen. Er lauert dir auf? Soll ich dir was sagen?, sagte Mayra. Ich hätte Angst, Gabi mit ihm allein zu lassen. Sie stoppte, schien nachzudenken, als wolle sie dem Gesagten noch etwas hinzufügen. Dann schüttelte sie den Kopf, als habe sie sich dagegen entschieden. Die anderen sagen, ich würde übertreiben, sagte sie. Mir egal! Mir wäre am liebsten, er wäre weg.

Weg?

Weg!

Egal wie?

Egal!

Darf ich dir auch etwas gestehen?, sagte Steen. Ich hasse den Typen. Von Anfang an. Ich habe mitansehen müssen, wie er einen Hund totgetreten hat.

Nummer fünf, sagte Mayra. Ja, ich weiß. Ein armes Tier. Allerdings war sie auch schon alt und dazu noch krank. Und das macht es besser? O Gott, nein, so sollte das nicht klingen.

Und neulich hab ich ihn an der Punta Cormorant dabei erwischt, wie er Flamingos abgeknallt hat. Scheiße!, sagte Mayra. Hast du was unternommen? Wollte ich, aber ehe ich ihn erreicht habe, ist er total besoffen zusammengebrochen. Lag da vor mir im Dreck. Ich bring's nicht fertig, mich an einem Wehrlosen zu vergreifen. Aber verdient hätte er es gehabt. Der Typ macht mich so was von wütend. Wenn du noch mal Probleme mit ihm hast, kannst du jedenfalls auf mich zählen, sagte er. Man muss etwas gegen ihn unternehmen!

Das stand für ihn eh schon fest, jetzt aber, wo er wusste,

dass Kok sich auch noch Mayra gegenüber als Arschloch gezeigt hatte, stand es felsenfest.

Leben eigentlich noch andere Holländer auf der Insel?, fragte er.

Nur Kok. Für die Antwort hatte sie nicht überlegen müssen. So kam er nicht weiter.

Aber er hat doch sicher eine Frau oder zumindest eine Freundin. Nein, hat er nicht. Wer sollte sich mit so einem Ekel einlassen? Man munkelt, dass eine Frau ihn quasi hier auf Floreana ausgesetzt habe. Aber genau weiß das keiner. Er war einfach eines Tages da. Wie du.

Er hat Geld, sagte Steen. Hat Rolf dir das erzählt?, fragte sie. Er nickte zustimmend. Muss nicht stimmen. Siehst du eine Jacht im Hafen liegen? Ich nicht. Kok besitzt eine altersschwache Barke mit Außenborder. Drastisch untermotorisiert. Die Hälfte der Zeit springt das Teil nicht an. Sein Haus ist baufällig. Er trägt fast immer dieselben Klamotten und lässt im Laden anschreiben. Verhalten sich reiche Leute bei euch so? Bei uns nicht.

Welchen Grund könnte Wittmer haben, so was in die Welt zu setzen?, fragte Steen.

Die Wittmers erzählen nun mal gerne Geschichten. Da ist Rolf nicht besser als seine Mutter.

Hast du das Buch also doch gelesen? Gegenfrage: Wenn bei euch ein Buch über einen Mord in deiner Straße erscheint, würdest du es lesen? Na klar würdest du. Jeder hier hat ein Exemplar ihres Buchs im Regal stehen. Apropos, wie kommst du denn voran mit deinem Roman?

Sehr gut. Seine Antwort kam wie aus der Pistole geschossen. Spielt er hier auf Floreana? Dann musst du mir nach Erscheinen ein signiertes Exemplar schicken. Ich kann dann damit angeben, dass ich den Autor kenne, sogar ohne Kleider. Versprichst du es?

Er legte die Hand aufs Herz. Und kam sich dabei schäbig vor.

Steen verabschiedete sich, kurz nachdem das Mädchen von der Schule nach Hause gekommen war. Als er ihr zum Abschied die Hand reichte, drückte sie ihren Körper ganz fest an den ihrer Mutter. Er lächelte zu ihr hinab und strich ihr sanft übers Haar.

Danke für den schönen Vormittag, sagte er und streckte auch Mayra die Hand hin. Anstatt diese zu ergreifen, stellte sie sich auf die Zehenspitzen und versuchte mit ihren Lippen seine Wangen zu berühren. Das gelang erst, als er ihr ein ganzes Stück entgegenkam. Dann aber drückte sie ihm einen Kuss auf jede Seite. So macht ihr das doch in Europa, sagte sie anschließend. In Paris, sagte Steen verlegen und verließ das Haus.

Mit einem breiten Grinsen im Gesicht lief er runter zum Pier. Dort hockte er sich auf die Bank, direkt neben einen alten Mann mit eingefallenen stoppeligen Wangen und einem schwarzen Hut auf dem Kopf. Der Alte saß vornübergebeugt auf einen Gehstock gestützt. Ohne ein Wort miteinander zu wechseln, starrten sie beide über das wellige Meer hinweg auf den endlos breiten Streifen, wo das Tiefblau der See ins Weißblau des Himmels überging. Dramatische Wolkengebirge türmten sich in der Ferne auf und wurden hinweggeweht.

Zwei Männer kamen vom Black Beach auf sie zu. Gemächlichen Schritts schlenderten sie an ihnen vorüber. Sie grüßten den Alten neben Steen mit Namen, Jorge, und auch ihn mit einem Fingertippen gegen die Schirme ihrer Basecaps, bevor sie weiter zur Mole liefen. Ihr Boot dümpelte, vertäut an einer Boje, zehn Meter vom Ufer entfernt in den Wellen. Der größere sprang, angekleidet wie er war, ins Wasser, schwamm hinüber, kletterte hinein, löste die Leinen und holte seinen Kumpel am Pier ab. Dann tuckerten sie aus dem Hafen.

Beide waren vielleicht Mitte vierzig gewesen. Der eine hatte das Bein nachgezogen, war dürr und klein und stank sicher nach Schweiß und Fischabfällen. Das Gesicht des anderen hatte einer Kraterlandschaft geglichen. Beides keine geeigneten Männer für Mayra, befand Steen. Ihre Hände hatte er nicht sehen können und wusste somit auch nicht, ob sie Eheringe getragen hatten.

Er blinzelte auf die Hände des Alten neben sich. Witwer. Zwei Eheringe am Ringfinger der rechten Hand.

Natürlich war er zu alt für Mayra. Aber wenn er ihr doch gefiel, sie seinem Charme erlag? Beim Gedanken daran verschluckte er sich an seiner eigenen Spucke. Bis zum heutigen Tag war ihm noch keine *erlegen.* Aber sagte man nicht, auf jeden Menschen warte irgendwo auf der Welt zumindest ein passender Partner? Man müsse ihn nur finden? Die Stellen, wo ihre Lippen seine Haut berührt hatten, brannten noch immer. Sollten Feuermale zurückbleiben, würde er sie mit Stolz tragen.

Kurz darauf kam Herr Säge seines Weges. Der würde altersmäßig schon eher zu Mayra passen, dachte Steen. Da er jedoch verheiratet war und Kinder hatte, wie er gesichert wusste, war er dem Mann gegenüber entspannt. Denn eines schien selbst dem letzten Deppen klar: fremdgehen auf Floreana – no way – keine gute Idee! Er grüßte freundlich zurück.

Im Laufe der nächsten Stunde kamen immer wieder Leute vorbei. Für die Frauen interessierte er sich kein bisschen. Herr Handtuch war unter den Passanten, doch für ihn galt das Gleiche wie für die Säge. Keine Gefahr. Kapitän Wittmer wechselte sogar ein paar Worte mit ihm, bevor er sich auf seiner Jacht zu schaffen machte. Ihm stand die Freude darüber, dass sein Hotelgast einfach nur am Hafen saß und den Tag genoss, deutlich ins Gesicht geschrieben.

Herr Hund war mit der Gesamtsituation weniger zufrieden. Zunächst hatte er noch geduldig vor Mayras Haus im Schatten der Veranda gewartet. Danach, auf der Straße, war er immer wieder vorausgelaufen, hatte gebellt, war zu seinem Herrchen zurückgekommen, hatte ihn mit treuen Augen angesehen und, als der sich nicht um ihn kümmerte, das Ganze wiederholt. Es war offensichtlich, dass Steen ihm folgen sollte. Wohin auch immer. Vermutlich zurück auf den Berg, zu ihrer beider Zuhause. Vorerst tat er ihm den Gefallen nicht.

Inzwischen hatte das Tier sich wohl mit der Situation abgefunden. Der Hund lag brav zu Steens Füßen und ruhte sich aus. Nur einmal schlug er an, als eine Katze um die Ecke strich und ihm zu nahe kam. Eine kleine Erregung an einem ansonsten gleichförmig verlaufenden Tag auf einer Insel mitten im Pazifik.

Boote kamen rein. Eins von ihnen hatte einen Kühlschrank geladen. Wo auch immer sie mit dem sperrigen Teil herkamen, zwei Männer schleppten ihn an Land, packten Farbeimer und Malerrollen aus und strichen das Teil quietschgelb an. Danach rauchten sie ein paar Zigaretten, während sie auf der Kaimauer direkt neben einem Paar Seelöwen hockten und die Beine baumeln ließen. Irgendwann packten sie den Kühlschrank zurück ins Boot und verschwanden mit ihm ins Nirgendwo.

Der Alte an Steens Seite hatte sich inzwischen mit einem Brummen verabschiedet, ein junges Mädchen hatte seinen Platz eingenommen. Immer wenn das schneidezahnlose Kind sich unbeobachtet fühlte, sah es ihn von der Seite an. Sie kicherte ohne jede Hemmung. Auf ihrem Schoß eine Puppe, der sie in Abständen ins Ohr flüsterte. Als auch sie sich trollte, blieb er allein.

Die übrigen männlichen Passanten waren entweder zu alt für Mayra oder noch Kinder. Mehr und mehr gewann er den Eindruck, dass die Konkurrenz, sollte sie überhaupt existieren, überschaubar war. Und wenn es sie gäbe, bliebe da immer noch sein unwiderstehlicher Charme.

Beim Aufstehen schmerzte sein Rücken. Er dehnte sich ein wenig und wandte sich in Richtung seiner Unterkunft. Er verspürte Hunger, großen Hunger sogar.

Und dann stand sie plötzlich leibhaftig da. Ruth Versteeg. Wie aus dem Nichts. Nirgendwo eine Ecke oder ein Schatten, aus dem sie herausgetreten sein konnte. Sie materialisierte sich direkt vor ihm. Aus einer fremden Galaxie direkt an diesen Strand. Er vergaß das Atmen.

Sie stellte die Augenbrauen auf. Sind Sie nicht …?

Was?, stieß er aus. Woher?, rief er. Ich verstehe nicht. Er riss sich die Brille vom Gesicht und blinzelte gegen die gleißend helle Sonne.

Ruth Versteeg.

In einem hippiesquen Hängerchen aus explodieren Farben, mit großem Strohhut und dicker Sonnenbrille. Sie wischte sich mit dem Zeigefinger über die schweißglänzenden Wangenknochen. Lippenstift und Fingernägel leuchteten violett.

Sie!, war alles, was er rausbrachte. Er ließ es nicht einmal nach einer Frage klingen.

Also, so überraschend ist das nun auch nicht, sagte sie mit einem bezaubernden Lächeln. Landen nicht alle Touristen, die Ecuador besuchen, früher oder später auf Galapagos? Ich weiß nicht, sagte er. Aber ausgerechnet Sie? Na hören Sie mal, das ist aber kein Kompliment. Haben Sie mich in so schlechter Erinnerung?

Nein! Auf gar keinen Fall. Bitte entschuldigen Sie, ich hätte nur nicht damit gerechnet, irgendjemanden von der *MS Paita* jemals wiederzusehen. Wollen wir uns vielleicht einen Augenblick setzen? Er deutete auf die Bank, von der er sich gerade erst erhoben hatte.

Ich habe nicht viel Zeit, aber für einen Moment, warum nicht?

Wie heißt du noch mal?, fragte sie, nachdem sie neben ihm Platz genommen hatte. War das eine Einladung zum Du? Sie haben mich gerade … Wenn es okay ist, dann duzen wir uns, unterbrach sie ihn.

Ich bin Steen, sagte er nach einem Zögern – kürzer als ein Wimpernschlag.

Steen, sagte sie gedehnt. Ist das Norwegisch oder so was?

Hamburg. Er schlug sich gegen den Kopf.

Die Kreolen an ihren Ohren hüpften auf und ab, so sehr amüsierte sie seine Unsicherheit. Ich frage dich nach deinem Vornamen und du nennst mir als Antwort deinen Nachnamen: Steen? Du bist echt komisch, aber das weißt du vermutlich selbst. Auf dem Schiff hatten wir einen Spitznamen für dich.

Ihr habt über mich gesprochen? In meiner Erinnerung haben wir uns gar nicht miteinander unterhalten.

Kann man so nicht sagen. Auf dich trifft das zu, du bist ein ziemlicher Eigenbrötler. Aber wir anderen, wir haben uns schon häufiger ausgetauscht.

Seltsam! Und, wie lautet mein Spitzname, wenn ich fragen darf?

Fitzcarraldo!

Ach ja? Ich kenne bloß einen Film, der so heißt. Von Werner Herzog, nicht wahr? Fand ich ganz gut, glaube ich. Bloß etwas übertrieben. Ein Wahnsinniger, der ein Opernhaus im Dschungel bauen wollte und mal eben ein Schiff über einen Hügel im Regenwald schleppen lässt.

Sie musste lachen. Du bist echt lustig. Jedenfalls so haben wir dich genannt. Du warst unser Fitzcarraldo. Mit deinem weißen Anzug in den Tropen.

Ach deshalb? Ist mir recht. Ich bin jedenfalls Harald.

Ruth, entgegnete sie. Erst jetzt bemerkte er, wie makellos weiß ihre Zähne waren.

In dem Augenblick tauchte Ingeborg Wittmer auf. Er sah sie aus den Augenwinkeln auf sich zukommen. Was würde sie wohl sagen, wenn sie ihn hier mit Ruth sitzen sah?

Guten Tag, Herr Steen, sagte sie und setzte ihren Weg ohne ein weiteres Wort fort. Als wäre Ruth an seiner Seite bloß eine Fata Morgana.

Ist dir eigentlich aufgefallen, wie seltsam diese Insulaner sind?, fragte er Ruth.

Bislang noch nicht, nein. Ich bin aber auch erst vor drei Tagen angekommen. Sie schien überrascht von der Frage.

Das war Ingeborg Wittmer, aus dem Hause der berühmten Familie Wittmer – ich hab sie mal nach einer Frau gefragt … also einer, die hier lebt. Und, nun ja, wie es aussieht, hat die wohl eine gewisse Ähnlichkeit mit dir. Und jetzt dachte sie wohl gerade, du wärst sie, also diese andere Frau. Die sind echt seltsam, die Leutchen von Floreana. Und die Wittmers ganz besonders. Also sie da eben, ihr Bruder und die Mutter, vor denen solltest du dich in Acht nehmen.

Bist du von Guayaquil direkt hierhergeflogen? Oder warst du vorher noch auf den anderen Inseln?, sagte Ruth. Auf so gut wie allen, hörte er sich antworten. Und du? Ich wollte eigentlich runter durch Peru und Bolivien nach Mato Grosso. Brasilien, fügte sie hinzu. Dann kam was dazwischen und jetzt bin ich hier, aber hoffentlich nicht für lange. Mal sehen. Was machst du denn hier auf Floreana?

Ich bin Schriftsteller, sagte er. Sie wendete sich ihm abrupt zu, mit einem erstaunten Gesichtsausdruck. Das ist ja interessant, sagte sie. Ich liebe Literatur, weißt du das? Ich liebe überhaupt alles, was mit Kunst zu tun hat.

Auch Musik?, fragte er, nicht frei von Hintergedanken. Ich sterbe für klassische Musik. Keine unerwartete Antwort. Weißt du was? Ich habe in Guayaquil, kurz nach unserer Ankunft, doch tatsächlich Gustavo Dudamel mit dem Jugendorchester Simón Bolívar gehört.

Mahlers Fünfte, sagte er. Ein Strahlen trat in ihre Augen. Sag mir nicht, dass du auch dort warst. Und ob, sagte er. Und wieso sind wir uns nicht begegnet? So groß war das Haus doch nicht. Wäre toll gewesen, sagte er.

Du musst mir erzählen, an was du arbeitest, sagte sie.

Das Gespräch hatte eine interessante Wendung genommen. Ruth wirkte regelrecht erregt, seit sie ihn für einen Schriftsteller hielt. Anders war nicht zu erklären, dass sie ihm bei der Aufforderung, von seinem Roman zu erzählen, die Hand aufs Bein gelegt hatte. Zurückhaltung schien ihre Sache nicht zu sein.

Klar, warum nicht? Hoffentlich haben wir dazu noch Gelegenheit, bevor du wieder abreist. Es ist ein Roman über ein oder gar *die* Enden der Welt. Als Metapher, aber auch ganz im eigentlichen Wortsinn gemeint.

Erde versus Kosmos, hauchte sie. Vergänglichkeit gegen Ewigkeit.

Na ja, eher schon Ewige Wiederkehr.

Nietzsche!

Und du?, beeilte er sich das Thema zu wechseln.

Ich bin Bildhauerin, jedenfalls, wenn ich zu Hause bin, was eher selten der Fall ist. Mein Zuhause ist die Welt. Ich bin seit über zwei Jahrzehnten eine Reisende. Einfach so? Sie warf den Kopf in den Nacken und lachte. Niemals einfach so, sagte sie. Ich mache keine Ferien oder so, ich reise.

Mit allen Sinnen. Es geht um Erfahrungen. Das ist niemals einfach so. Was geschieht überhaupt einfach so? Dass wir uns hier treffen, hältst du das für einen Zufall?

Wenn schon, dann ist es ein kosmischer Zufall, sagte er. Und dachte im selben Augenblick, dass solche Sätze seinen Mund nicht verlassen sollten. Bei Ruth traf er damit allerdings einen Nerv.

Sie sprang auf und warf die Arme in die Luft. Ein Bruder im Geiste, rief sie aus, eine verwandte Seele. Auf diesem Eiland. Bis eben dachte ich noch, ich wäre bloß wegen dieser blöden Familiensache hier. Jetzt aber weiß ich, dass es Fügung ist. Wir mussten uns treffen, alles musste sein, wie es gekommen ist. Auch, dass wir auf dem Schiff nicht zueinandergefunden haben, kosmische Fügung. Das ist so groß, so groß, Harald, mir bleibt die Luft weg.

Er begann sich etwas unwohl zu fühlen. Dass die Begegnung zwischen ihnen gerade tatsächlich stattfand, war schon ein dickes Ding. Und gerade für einen rationalen Zeitgenossen wie ihn schwer zu akzeptieren. Der Glaube an das Universum als großen Lenker menschlicher Geschicke oder, noch größer, an eine alles leitende Macht, eine Art Gott – alles purer Aberglaube. *Ist der Mensch nur ein Fehler Gottes? Oder Gott nur ein Fehler des Menschen?*

Sag mir, mein neuer Freund, wann ich etwas von dir lesen darf. Er sah verwirrt zu ihr rüber, fuhr sich durchs Haar. Ich brenne darauf!, ergänzte sie. Fertige Bücher sind großartig, aber noch spannender finde ich deren Entstehung. Überhaupt die Entstehung von Kunst. Der Prozess zählt, das Ergebnis … Sie machte eine wegwerfende Handbewegung. Jetzt muss ich aber wirklich los. Wir sehen uns.

Wann?, wollte Steen wissen.

Die Frage schien sie sehr zu erheitern.

Sie umarmte ihn zum Abschied, drückte sich ganz fest an ihn und verschwand, wie sie aufgetaucht war, in einem Rausch aus Farben. Steen setzte seine Brille auf und machte sich auf den Weg in Richtung Hostal.

Das nächste Aufeinandertreffen mit Jan Kok war kurz.

Am Doctor's Day, wie die Einheimischen den Tag nannten, an dem Doktor Tibón seine Sprechstunde auf der Insel abhielt, wartete Steen am Morgen in einem Pulk weiterer Patienten vor der Praxis, als der Holländer auf die Hauptstraße einbog. Mit mürrischem Gesichtsausdruck, nichts und niemanden weiter beachtend, stapfte er mehr, als dass er ging, in Richtung Wasser.

In die Konfrontation zu gehen, entsprach eigentlich nicht Steens Wesen. Aber was entsprach schon noch seinem Wesen? Seit seinem Eintreffen auf der Insel war er selbst Zeuge davon, dass das, was er über sechzig Jahre lang als sein Wesen angesehen hatte, einer Transformation unterlag oder sich gar als Täuschung erwies. Er empfand sich allenfalls noch als staunender Beobachter dieses Prozesses. Als er neulich nachts, während er durch die Straßen von Puerto Velasco Ibarra gestrichen war, darüber nachgedacht hatte, welches Selbst ihm besser gefiel, war er zu keinem eindeutigen Ergebnis gelangt. Seine derzeitigen Lebensumstände empfand er jedenfalls als deutlich freier. Insofern war er geneigt, den neuen Harald etwas mehr zu schätzen als den alten.

Kurz schloss er die Augen, beruhigte seine Atmung, konzentrierte sich und schritt auch schon in Richtung Straßenmitte. Kok schien nach wie vor keinerlei Augen für seine Umgebung zu haben, also auch nicht für den langen, seltsam gekleideten Mann, der ihm hoch aufgerichtet entgegenkam. Kurz bevor sich ihre Wege kreuzten, hustete Steen. Schau an, sagte er nur eben so laut, dass Kok es nicht überhören konnte. Der Hundeschlächter und Laufbursche der Hexe. Keine zwei Schritte trennten sie mehr voneinander.

Kok hob den Blick, seine Pupillen zuckten unruhig. Als er erkannte, wer sich ihm in den Weg stellte, trat eine Art Kampfbereitschaft in seine Augen. Alkoholisiert war er an diesem Morgen wohl nicht.

Sieh an, der Deutsche, nuschelte er und ließ es verächtlich klingen. Wieder nüchtern? Während er sprach, tat er den letzten noch verbleibenden Schritt auf Steen zu. Wären sie von gleicher Körpergröße gewesen, hätten sich ihre Nasenspitzen berührt. So aber gaben sie ein merkwürdiges Bild ab. Man hätte denken können, der Kleinere lehne seinen Kopf an die Brust des Größeren. In Wahrheit aber machte der Holländer gerade eine Kampfansage.

Pass mal auf, du eingebildeter Mof, zischte er. Dabei hob er den Kopf um keinen Zentimeter. Wenn du nicht aufhörst, mich zu beleidigen, wird dir das schlecht bekommen. Er tippte Steen mit dem Zeigefinger gegen die Brust. Du kannst mich mit deiner angeblichen Tierliebe am Arsch lecken, weißt du das? Wenn ich mit einem Hund was zu klären habe, dann kommt mir dabei niemand in die Quere. Und du schon gar nicht! Und, wo wir gerade dabei sind: Solltest du noch mal um mein Haus schleichen oder ich dich in meinem Garten erwischen, bist du tot. Kapiert? Ich weiß, wo ich dich finde.

Seine Gesichtszüge entspannten sich – als wäre er nun, da er gesagt hatte, was gesagt werden musste, Steen gegenüber vollkommen freundlich und zugewandt. Ihm gelang sogar ein Grinsen, das nicht zur Fratze geriet. Er trat einen Schritt zurück, hob endlich den Kopf, bis sich ihre Blicke trafen. Seine Hand berührte den Schirm der Basecap. Ik ben je spelletjes strontzat, sagte er und spuckte in den schwarzen Staub zu Steens Füßen. Erst dann trat er zur Seite, um seinen Weg fortzusetzen.

Steen blieb allein zurück, stocksteif in der Hitze des noch jungen Tages. Er sah dem enteilenden Holländer hinterher, bis der in Richtung Kirche abbog. Erst noch zögerlich, dann aber sehr entschlossen folgte er ihm. Schon nach wenigen Minuten erreichte er einen Würfel aus Beton, graublau gestrichen. Die Eingangstür stand offen. Er warf einen Blick hinein. Drinnen stand der Holländer vor einem brusthohen Tresen und redete auf den schmächtigen Mann ein, der dahinter Dienst tat. In der Hand hielt er ein Schriftstück.

Ein Schild aus glänzendem Messing, rechts neben dem Eingang ins Holz geschraubt, wies das Gebäude als die lokale Poststation aus.

Steen war nicht einmal bewusst gewesen, dass es etwas Ähnliches auf Floreana überhaupt gab. Aber klar, wie anders sollten die Einheimischen mit der Welt kommunizieren? Schließlich mussten die großen Satellitenschüsseln neben dem Haus zu etwas nutze sein. Kok stand wohl doch noch mit Menschen außerhalb dieser geschlossenen Welt in Verbindung.

In übler Stimmung trabte Steen zum Hafen.

Das Schnellboot traf ein. Schnell war es, mit der Pünktlichkeit hingegen hatte die Besatzung so ihre Probleme. Vor der Praxis von Doktor Tibón hatten die anderen Patienten ihn schon auf die Verspätung vorbereitet. Im Gegensatz zu ihm waren sie aber vor der Tür stehen geblieben. Wahrscheinlich ergab sich aus ihrem Eintreffen vor der Praxis bereits die Reihenfolge, in der sie später aufgerufen würden. Folglich wollte niemand seinen einmal eingenommenen Platz verlassen. Die Einheimischen hatten sich untereinander einiges zu erzählen. Ihr Geschnatter war ihm schon nach kurzer Zeit auf die Nerven gegangen.

Der kleine Medizinball hüpfte als Erster von Bord. Drei Passagiere, zwei Männer und eine Frau, folgten ihm nach. Sie sahen ziemlich mitgenommen aus. Tibón hingegen schien die Überfahrt gut überstanden zu haben. Mayra erwartete ihn bereits. Hilfsbereit sprang sie hinzu, kaum dass der Doktor Land unter den Füßen hatte. Sie befreite ihn von einem guten Teil der Waren, die er mit sich führte. Nachschub an Medikamenten und medizinisches Material, vermutete Steen.

Trotz der Lasten schaffte es Mayra, ihm mit dem Ellenbogen eine Art Gruß zuzuwinken, als die beiden der Praxis entgegenstrebten. Ein strahlendes Lächeln legte sie ihm obendrauf. Steen setzte sich aufrecht. Er hob die Hand und winkte. Bis gleich, formten seine Lippen. Sie nickte, als habe sie verstanden. Gutierre, wie sie ihn nannte, blieb die nonverbale Konversation nicht verborgen. Wie er sich dazu seiner Assistentin gegenüber äußerte, hörte Steen nicht. Er meinte allerdings erkennen zu können, dass Mayra daraufhin errötete. Vielleicht aber bildete er sich das auch nur ein.

Mayra

Steens Rücken schmerzte. Er drückte die Wirbelsäule durch, sah hinauf zu den mächtigen Kronen der Scalesiabäume. Das ständige Arbeiten in gebückter Haltung strengte ihn an. Er gönnte sich ein paar tiefe Atemzüge, bevor er fortfuhr, mit dem Palmwedel den Weg zu fegen.

Zuvor hatte er den Pfad freigehackt und alle abgeschnittenen Zweige entfernt, wie er es jede Woche tat. Die feineren Reste wedelte er nun zur Seite. Der Weg nach *Stela, Steens Land,* war somit wieder, wie er zu sein hatte. Vorzeigbar, hätte seine Mutter es genannt. Ebenso wie der Garten selbst. In den kühnsten Träumen hätte er sich nicht vorstellen können, dass alles, was er ausgesät hatte, derart gut und vor allem schnell angehen würde. In den Aufzeichnungen der Auswanderer war es zwar genau so beschrieben, trotzdem waren ihm während der Aussaat Zweifel gekommen, die auch und vor allem in seinen eigenen gärtnerischen Fähigkeiten begründet lagen. Es schien tatsächlich, als müsse man nur ein Korn auf die Erde fallen lassen, sich zweimal um die eigene Achse drehen und schon hatte man, was man zum Leben brauchte.

Beim Anblick der in ordentlichen Reihen angeordneten Schösslinge breitete sich ein unbeschreiblich warmes Gefühl in seiner Brust aus. Maniok, Mais, verschiedene Hülsenfrüchte, Tomaten, Zwiebeln, Kartoffeln, Malanga und

Weißkohl. Jede einzelne der Jungpflanzen war ihm mit der Zeit ans Herz gewachsen, war zu einem Teil seiner Familie herangereift. Brüder und Schwestern auf *Stela,* seinem ganz persönlichen Paradiesgarten am Ende der Welt. Vergessen waren die Wochen harter Arbeit. Das Roden und Holzmachen. Vergessen auch die nochmals größere Mühe, den Boden von ungezählten scharfkantigen Steinen zu befreien, kleine, große und riesige Wacker, um anschließend die hölzerne Egge hindurchzuziehen. Vergessen aber nicht, weshalb er sich der Mühe unterzogen hatte.

Auf den Namen *Stela* war er verfallen, als er eines Abends mit dem Hund am Feuer gesessen und darüber nachgedacht hatte, wie er den Garten und das Gelände rund um die Höhlen wohl nennen könnte. Er hatte sich an allem Möglichen versucht. Träumerischen Begriffen und Wortschöpfungen. Erst bei *Stela* hatte sich der Hund aufgerappelt und ein leises Brummen von sich gegeben. Selbst wenn die Reaktion nicht dem Namen gegolten haben sollte, so nahm Steen es doch als Zustimmung. Die Meinung seines Bruders war ihm wichtig. Ein paar Tage ließ er anschließend trotzdem noch ins Land gehen, um herauszufinden, wie er sich mit dem Namen fühlte. Das Ergebnis hatte er eine Woche später mit einem angekokelten Zweig auf eine Holztafel gemalt.

Stela
Propiedad privada – Acceso prohibido.
Private property – stay out!

Das Schild hatte er mitten auf dem als solchen kaum erkennbaren Pfad, der von der Quelle über die Piratenhöhlen zu ihm heraufführte, in die Erde gerammt. Für Kok. Besonders für Kok. Mein Grund, meine Regeln. Mit dem Schild nahm er das Land offiziell in Besitz und würde jedes Recht haben, es zu verteidigen.

Mit weiteren Eindringlingen rechnete er nicht. Die Einheimischen kamen so gut wie nie auf den Asilo. Höchstens, wenn etwas mit der Quelle nicht stimmte, und die lag gute einhundert Meter tiefer. Diejenigen von ihnen, die im Hochland Landwirtschaft betrieben, die auf den Feldern der Pampa arbeiteten, nahmen unten von der Straße aus einen anderen Weg. Eine reale Gefahr, gestört zu werden, sah er nach über drei Monaten auf Floreana nicht mehr. Selbst die argwöhnische Beobachtung seiner Aktivitäten durch die Wittmers war einer nahezu absoluten Gleichgültigkeit gewichen. Sie hatten sich an seine Unregelmäßigkeiten gewöhnt. Auch deshalb, weil er seine Miete pünktlich bezahlte und alle acht bis zehn Tage für mindestens eine Übernachtung herabstieg und sich dann äußerst zugänglich zeigte. Inzwischen erzählte er ihnen sogar von den Fortschritten beim Schreiben des Romans. Dabei stellte er sich so geschickt an, dass er schon überlegte, tatsächlich etwas zu Papier zu bringen. Margret Wittmer allerdings hatte er seit dem Morgen nach dem Fest nicht mehr gesehen.

Auch Mayra sah er eher selten. Zweimal hatten sie einen gemeinsamen Spaziergang unternommen. Ihre Versuche, ihn über sein Tun auszufragen, hatte er jedes Mal im Keim erstickt. Ruth hatte er nicht mehr gesehen und doch lebte auch sie in seinen Gedanken fort. Wichtiger aber war ihm Mayra. Es bedurfte alsbald eines Neuanfangs dieser noch nicht existierenden Beziehung.

Neben der Arbeit in seinem eigenen Garten, aus dem er Anfang des kommenden Jahres würde ernten können, hatte er in den zurückliegenden Wochen in jeder freien Minute Expeditionen in die nähere und fernere Umgebung seines Heims unternommen. Dabei war er auf zahlreiche Stellen gestoßen, an denen essbare Pflanzen oder Bäume mit essbaren Früchten wuchsen. Aber spätestens seit er auf der Pampa gewesen war – sein bislang weitester Ausflug –, wusste er, dass, wie auch immer sich die Pflanzen in seinem eigenen Garten entwickeln mochten, er hier oben niemals verhungern würde. Auf der weiten Ebene mit ihren fantastischen Blicken runter zur Küste wuchs alles, was man zum Leben brauchte.

Einheimische Bäume waren hingegen selten, darüber hatte er sich gewundert. Einige vereinzelt stehende Chinarindenbäume hatte er gefunden. Ob daraus noch immer Chinin gewonnen wurde, wusste er nicht. Auch sein Pflanzenbestimmungsbuch, ohne dass er die Höhlen nicht mehr verließ, gab ihm darauf keine Antwort. Die Vegetation der Pampa bestand im Wesentlichen aus Gräsern, Farnen und Moosen. Neben den angelegten Feldern, auf denen alles wuchs, was unten im Dorf konsumiert oder verkauft wurde, gab es große, ebenfalls von den Insulanern angelegte Zitronen- und Orangenhaine. Außerdem graste hier oben eine Kuhherde, bestehend aus braunen und schwarz-weißen Tieren. Auf dem Weg hinüber zur Pampa war er an einigen Nisperobäumen vorbeigekommen. Ihre reifen Früchte waren zu so etwas wie seiner Lieblingsfrucht geworden. Im Aussehen stark an Äpfel erinnernd, war ihr Inneres weich wie Aprikosenfleisch und von süßsäuerlichem Geschmack. Gefahrlos konnte man sie vom Baum pflücken und sich direkt in den Mund stecken. Oder sie sammeln und später zu einem Brei zerkochen, was besonders der Hund sehr mochte. Ab und zu ließ Steen den Brei erkalten und verdünnte ihn dann mit Wasser von der Quelle. Er bezeichnete den Drink als *Stela-Limonade.*

Eine der Höhlen hatte er inzwischen als Vorratskammer hergerichtet. Auf grob zusammengezimmerten Regalen lagerten ausreichend Früchte und Knollen, um einfache, aber nahrhafte Mahlzeiten zuzubereiten. Seinen Körper verlangte es vor allem nach Kohlehydraten. Die Arbeit war schwer und dauerte von Sonnenaufgang bis zum Anbruch der Dunkelheit. Ruhetage konnte er sich nicht leisten. Ohnehin rannte er seinen Plänen ständig hinterher und die Natur unterstützte ihn keineswegs bei all seinen Vorhaben. Er hatte inzwischen allerdings deutlich an Muskelkraft zugelegt. Und seit er die Salben von Mayra benutzte und sich insbesondere jeden Morgen von Kopf bis Fuß mit reinem Kokosöl einrieb, befand sich sein Körper in einem deutlich besseren Zustand, weil die Sandflöhe und Mücken ihm weniger zusetzten.

Sicher auch ein Grund dafür, dass die Wittmers ihn inzwischen in Ruhe ließen. Er sah einfach nicht mehr so schlimm aus, wenn er vom Berg herabgestiegen kam. Seit den Ereignissen rund um das Fest war er nicht wieder auffällig geworden.

Eine weitere Expedition stand an. Hinein ins unerforschte Herz der Insel. In das Gebiet, für das sich die Einheimischen nicht interessierten, wie Rolf Wittmer es einmal gesagt hatte. Da es durchaus möglich war, dass er eine oder zwei Nächte in der Wildnis verbringen würde, hatte er den Rucksack mit allem Notwendigen gepackt. Inzwischen war er auch darin geübt.

Der Hund lief schon seit dem Morgengrauen aufgeregt zwischen der Höhle und seinem Schlafplatz unter dem Obstbaum hin und her. Er mochte die täglichen Routinen deutlich lieber als die Aufregung, die eine Expedition mit sich brachte.

Okay, Herr Hund! Bist du so weit?, fragte Steen. Er war gut gelaunt und anders als sein Freund vor jedem Ausflug in die Umgebung freudig erregt. Den Rucksack auf den Schultern spürte er inzwischen kaum noch. Die zwanzig Kilo schwere Last zu tragen, war ihm zur Routine geworden.

Dann lass uns aufbrechen, sagte er vor dem Hund kniend. Wollen wir doch mal sehen, was den Einheimischen so eine Angst bereitet, dass sie nie tiefer in den Wald vorgedrungen sind. Er setzte sich in Marsch. In der rechten Hand die geschärfte Machete, das Gewehr, das ihm der Chinese ohne Nachfragen verkauft hatte, in der linken. Kaum dass sie den Felsen umrundet hatten, stoppte er auch schon wieder.

Mist!, fluchte er. Hab was vergessen. Warte hier auf mich, ich bin gleich zurück. Er stellte den Rucksack ab und lief zurück zur Höhle. Der Hund blieb nie weiter als einen halben Meter hinter ihm. Neben seinem Nachtlager, auf dem natürlichen Sims einer Nische, lagen seine Medikamente, das Verbandsmaterial und die Kompressen. Er griff nach den letzten beiden Fläschchen mit den gelben Pillen und stopfte sie sich in die Taschen.

Seine bislang letzte Tablette hatte er nach dem Zusammentreffen mit Kok geschluckt. Kurz darauf hatte er entschieden, das Medikament endgültig abzusetzen. Selbst in Zuständen, in denen er früher die Pillen genommen hatte, ließ er nun die Finger davon. Auch wenn die Angst kam oder die Wut in ihm aufstieg, die innere Unruhe von ihm Besitz ergriff und die Gedanken in seinem Kopf Polka tanzten.

Er war nicht mehr der Hamburger Steen, nicht länger der kleine Bankangestellte mit dem geordneten Leben. Er war der neue Steen, der Mann des Waldes, der selbstbewusst und selbstbestimmt leben wollte und das auch schaffte. Er hatte beschlossen, das Medikament abzusetzen. Was hochkommt, kommt eben hoch, so lautete seine neue Devise. Was diese Entscheidung aus oder mit ihm auch machen würde, das gehörte dann eben ab sofort zu diesem neuen Steen dazu. Was geschieht, geschieht. Inschallah – wie Gott will.

Gegen Mittag hatten sie die Ostseite des Asilo erreicht. Bis hierher war der Weg nicht besonders beschwerlich gewesen. Bäumen, dichter Vegetation oder monolithischen Felsformationen waren sie ausgewichen und auch sonst waren sie auf keine unüberwindbaren Hindernisse gestoßen.

Am Stand der Sonne konnte Steen in etwa ermessen, wo sie sich befanden. Hatten sie jetzt den Berg im Rücken, sahen sie direkt nach Osten. Zu sehen im eigentlichen Sinne war allerdings nur undurchdringliches Grün. Er hatte keine Ahnung, wie lange sie sich auf dem Plateau bewegen würden, bevor das Land zur jenseitigen Küste hin abfiel.

Die nächsten Stunden schlugen sie sich durchs Dickicht. Meist war es mannshoch und stellenweise dornig. Doch inzwischen war er mit der Machete vertraut und an das Gelände gewöhnt. Seine Handflächen waren nicht länger die eines Bankangestellten, stundenlange körperliche Arbeit war ihm zur Normalität geworden. Auf Lichtungen stießen sie nur zweimal, die einzigen Momente, in denen man den Himmel sehen konnte. Es hatte angefangen zu regnen, was, solange sie im Wald waren, nicht weiter störte. Man hörte den Regen mehr, als dass die Tropfen sie erreichten.

Mit dem letzten Licht des Tages stießen sie auf die erste, jedoch sogleich unüberwindlich scheinende Hürde. Der Wald endete kurz vor einer steil abfallenden Felswand. Vorsichtig trat Steen bis zur Kante vor. Der Hund blieb zurück. Ein kurzes trockenes Bellen zeigte an, was er davon hielt, dass Steen sich in Gefahr brachte.

Es war, als habe der Schöpfer ein gewaltiges Loch in den Regenwald gerissen. Einen Krater, der alles verschluckte. Die Unendlichkeit des Himmels und des Meeres lag nun vor Steen. Wie von Zauberhand wogten die Kronen der Baumriesen nun nicht mehr schützend über ihnen, sondern lagen unter ihm, blickte er von oben auf sie herab. Auf sie und den undurchdringlich erscheinenden Regenwald in etwa zweihundert Metern Tiefe. Der unerwartete Perspektivwechsel löste ein sonderbares Gefühl in ihm aus. Er wurde sich seiner Winzigkeit bewusst. Die Tiefe des Kraters war beeindruckend und angsteinflößend zugleich.

Es hatte aufgehört zu regnen. Der Wind trieb die Wolkenfetzen zu immer neuen Formationen zusammen, um sie Sekunden darauf wieder aufzulösen. Die späte Sonne färbte die Wolkentürme in zartrosa Tönen. Am Horizont dräute es blauschwarz.

Er fragte sich, ob es einen Weg gab, diese Klippe zu umgehen, um tiefer liegendes Gebiet zu erreichen. Allein die Möglichkeit eines Abstiegs zu erkunden, könnte Tage dauern. Sicher war nur, dass dies der Weg zur Ostküste der Insel war. Vielleicht waren schon andere vor ihm bis hierher gelangt und hatten sich das Gleiche gefragt, was ihm gerade durch den Kopf ging: Gibt es einen sicheren Weg hinunter, was würde ihn dort erwarten und lohnte es die Mühe?

Welche Entscheidung er auch treffen würde, für heute war es zu spät für deren Ausführung. Sie würden sich erst einmal einen Platz zum Schlafen suchen und am kommenden Morgen überlegen, ob und, wenn ja, wie es weitergehen würde.

Sie schlugen das Lager unter dichten Baumkronen etwa einhundert Meter von der Abbruchkante entfernt auf. Steen fand etwas Brennholz und schon bald loderte ein wärmendes Feuer.

In den vergangenen Wochen hatte er immer wieder an den Moment zurückdenken müssen, an dem zum ersten

Mal der Wunsch aufgekommen war, das Band zu seiner leiblichen Mutter zu knüpfen. Davon erzählte er Herrn Hund jetzt, während der gemütlich zusammengerollt und bereits schläfrig neben ihm lag.

Tatsächlich war es in seinen Zwanzigern gewesen. Er erinnerte sich noch genau an die eine Woche Wanderferien im Elbsandsteingebirge. Mithilfe seines Ziehvaters und dessen Verwandten in der DDR war es ihm möglich gewesen, einzureisen. Vorgeblich besuchte er die Familie bei Dresden, wo er dann nicht einmal vorbeischaute. Stattdessen bestieg er in Dresden den Zug Richtung Pirna. Immer an der Elbe entlang, allein schon die Fahrt machte die Ferien zu etwas ganz Besonderem. Über Rathen ging es bis Bad Schandau. Von dort brach er mit dem Fahrrad in die Wildnis auf. Im Gepäck ein winziges Zelt und eine gehobene Kletterausrüstung. Vier Tage verbrachte er mutterseelenallein im Gebiet rund um die Affensteine. Tagsüber stieg er in die Wände und genoss die fantastischen Aussichten von den Bergkuppen. Am Abend machte er verbotenerweise Feuer und las in Margret Wittmers gerade erschienener Biografie. Die ersten Male las er ihren Bericht eher wie einen Abenteuerroman – schon seit der Jugend war er ein großer Jack-London-Fan – und war besessen von den Passagen über das Leben in der Wildnis. Die Woche in der Sächsischen Schweiz war nur der Anfang gewesen, die erste von vielen ähnlichen Touren, die ihn sogar bis nach Kanada und Alaska gebracht hatten, wo er seine Liebe zur Wildnis mit der zum Kanusport verbunden hatte.

Schon im Zelt unter den Kalksandsteinfelsen war die

Idee, eines Tages nach Floreana zu reisen, erstmals aufgelodert. Neben der Nähe zur Mutter gab es noch einen weiteren Grund für das Suchen nach Einsamkeit: In der Wildnis brauchte er seine Pillen nicht. Weil er ganz bei sich war, weil er Kontakt zu seiner eigenen Vergangenheit hatte. Erst unter Menschen nahmen die Beschwerden wieder zu.

Der Hund war eingeschlafen. Mein Bruder, flüsterte Steen. Er legte ihm die Hand auf die Flanke. Seine Wärme zu spüren, tat ihm gut. Nach einer Weile griff er nach den Pillenfläschchen. Einen Augenblick zögerte er noch, dann erhob er sich, schnappte sich die Taschenlampe und lief vor bis zur Abbruchkante. Er sah hinab auf den Regenwald, dann hinauf zum Firmament. Zwischen den Wolken immer wieder Flecken dunklen Himmels, übersät mit Sternen. Einen Urschrei ausstoßend, schmiss er die beiden Fläschchen im hohen Bogen in die Nacht. Ein freudigfiebriger Glanz lag auf seinen Wangen. Er streichelte den Hund, der, durch den Schrei aufgeschreckt, zitternd an seiner Seite stand. Er richtete sich erneut zu voller Größe auf und brüllte so laut er konnte in die Nacht hinein. So lange, bis er einem Hustenkrampf erlag. Scheiße, sagte er erleichtert und schlug sich mit beiden Händen gleichzeitig auf die Wangen.

Wach wurde er von einem höllisch stechenden Schmerz. Weshalb er nicht schon vorher von dem tobenden Gewitter, dem Donnerkrachen oder den Blitzen geweckt worden war, blieb ihm auch später noch unbegreiflich. Als die Welle des Schmerzes in seinem Kleinhirn explodierte, riss er die Augen auf, sprang im selben Augenblick hoch und brach unmittelbar wieder zusammen. Der Schmerz war schier unerträglich. Bis er verstand, dass ein Holzpflock in seiner Wade steckte, verging ein Moment.

Die Nacht war dunkel und nun, da das Gewitter, das offenbar kurz, aber sehr heftig über ihm getobt hatte, abzog, spendeten nicht einmal mehr die Blitze Licht. Er suchte nach seinem Rucksack, ertastete jedoch nur Äste, Laub und Waldboden. Er sah nach oben in Richtung der Baumkronen. Wahrscheinlich hatte ein Blitz einen Ast gespalten, der dann auf ihn herabgestürzt war.

Herr Hund!, brüllte er. Herr Hund, wo bist du?

Der eigene Schmerz trat in den Hintergrund. War das Tier ebenso verletzt? Erneut suchte er nach dem Rucksack, der direkt neben dem Schlafsack gestanden hatte. Es dauerte viel zu lange, ehe er ihn in dem ganzen Chaos zu greifen bekam. Sekunden später erleuchtete der Kegel seiner Taschenlampe die Szenerie. Hell genug, um seine Vermutung bestätigt zu sehen. Der Blitz musste tatsächlich in den Baum über ihm eingeschlagen haben. Ein mächtiger Ast war abgetrennt worden und zu Boden gestürzt. Dicker als mancher Stamm. Wäre dieses monströse Teil auf ihn gefallen und nicht nur das deutlich schmalere Ende eines dünneren Astes, wäre er jetzt tot.

Er ließ den Strahl der Lampe über seinen Körper gleiten. Es sah aus, als sei der niederstürzende Ast auf dem Weg zur Erde nochmals in viele Teile zerborsten. Eines der kleineren Geschosse hatte sich in seine Wade gebohrt.

Herr Hund, wo bist du? Erst jetzt hörte er dessen Winseln, gepaart mit lautem Gebell. Steen drückte sich mit dem Rücken gegen den Stamm und mit dem gesunden Bein etwas in die Höhe. Aus dieser Position konnte er über das Gewirr aus Ästen und Laub hinwegsehen.

Der Hund versuchte sich einen Weg zu ihm zu bahnen. Es ging ihm gut. Als er sein Herrchen jetzt sah, bellte er noch lauter, lang anhaltend, aber auch irgendwie erleichtert, wie es Steen schien. Erreichen konnte er ihn vorerst noch nicht.

Ich bin okay, Junge. Mach dir keine Sorgen, rief er ihm zu. Es ist nur ein Kratzer. Während er sprach, raubte ihm der Schmerz, den er jetzt wieder intensiver wahrnahm, beinahe den Verstand.

Er hatte genau zwei Optionen. Er konnte sich einen Stock schneiden und versuchen, damit zurück zur Höhle und anschließend runter zur Küste zu humpeln. Mit dem Pflock im Bein. Oder er versuchte, diesen an Ort und Stelle herauszuziehen und die Wunde anschließend selbst zu versorgen.

In der Höhle hatte er ausreichend Sangre de Drago, aber auch im Rucksack befand sich ein kleines Fläschchen. Das Harz des Drachenbaums wirkte sowohl antiseptisch als auch wundheilend. Er verwendete es oft und vertraute der Heilkraft des pflanzlichen Mittels inzwischen sehr. Verbandsmaterial führte er ebenfalls mit sich.

Möglichkeit eins erschien ihm nicht realistisch, weshalb er kurz nach Sonnenaufgang auf dem Hintern sitzend, die Beine angezogen, im Dreck hockte und versuchte, seine

Atmung zu beruhigen. Der Hund winselte neben ihm. Gemeinsam war es ihnen zuvor gelungen, die Äste so zu verschieben, dass das Tier zu ihm durchdringen konnte. Immer wieder stieß er ihn nervös mit der Nase an.

Theoretisch wusste er, was zu tun war. Er stopfte sich den Ärmel seiner Jacke in den Mund. Mit dem Knebel gegen den Schmerz gerüstet, griff er mit beiden Händen um den Holzpflock. Ein letzter Blick auf den Freund, dann riss er den Ast mit einem kräftigen Ruck aus dem Bein.

Vermutlich war er nur kurz ohnmächtig geworden. Das Blut rann aus der Wunde auf den Waldboden. Weniger stark, als er vermutet hatte. Wie es aussah, war keine Arterie verletzt. Benommen vom Schmerz, richtete er sich auf. Er goss Wasser über die Wunde und wischte sie sauber. Zweimal wurde ihm dabei so schwindelig, dass er sich abstützen musste, um nicht zu Boden zu sinken. Die Wunde brannte wie Feuer und in seinem Bein pochte es im Rhythmus seines Herzens. Er griff zum Drachenblut, öffnete den Verschluss und träufelte das flüssige Harz in die Wunde. Er brüllte und heulte gleichzeitig. Seine Kiefer verbissen sich in den Stofffetzen. Er gab weiteres Drachenblut in den klaffenden Riss. Unter Aufbietung all seiner Kräfte legte er sich einen Druckverband an.

Danach lehnte er sich gegen den Baum und beobachtete mit Sorge den noch weißen Verband. Er wusste, er konnte nicht einfach sitzen bleiben, obwohl es das war, was er am liebsten getan hätte. Trotz aller Schmerzen war es wichtig, die Zeit im Auge zu behalten. Er musste so schnell wie möglich zurück zur Höhle, möglichst bevor die Dämmerung hereinbrach. Immerhin würde er den Weg leicht finden, er hatte ihn gestern ganz passabel freigeschlagen. Er konnte sich also ganz auf sich selbst konzentrieren.

Mithilfe des Gewehrs drückte er sich hoch, wurde der Schmerz zu arg, schrie er ihn raus. Wir müssen los, mein Kleiner, sagte er zum Hund. Er schulterte den Rucksack, trank das restliche Wasser – nicht zuletzt, um weniger Gewicht zu haben – und machte sich auf den langen Weg zurück.

Er schaffte es. Um die Mittagszeit des nächsten Tages humpelte er um die letzte Kehre des Felsens und stand endlich wieder vor seinem Zuhause. Er sackte auf die Knie. Seine Stirn berührte die Erde. Mit den letzten Kraftreserven schleppte er sich in die Höhle. Im Kanister war noch etwas Wasser. Er schnitt sich den blutverkrusteten Verband vom Bein, säuberte die Wunde und gab noch mehr Sangre de Drago darauf. Er wickelte sich einen neuen, sehr festen Verband, gab dem Hund zu trinken, nahm selbst, was noch übrig geblieben war, und sackte weg.

Zwei Tage später ging es ihm besser. Die Wunde hatte sich nicht entzündet. Es schmerzte weiterhin und es pochte stark. Besonders wenn er das Bein belastete, aber das Schlimmste, das spürte er genau, war vorüber. Ein unglaubliches Gefühl breitete sich in seiner Brust aus. Ein Gefühl von Stärke. Es hatte ihn übel erwischt, aber er hatte sich durchgebissen. Allen Widrigkeiten getrotzt. War ohne fremde Hilfe zurückgekommen, hatte sich selbst versorgt und befand sich nun auf dem Weg der Besserung. Wenn es eines Beweises bedurft hätte, dass durchstandenes Leid einen Menschen stärker machte, dann war der hiermit erbracht.

In euphorischer Stimmung machte er sich auf den Weg zur Quelle. Er ging am Stock und achtete bei jedem Schritt darauf, das verletzte Bein nicht zu belasten. Der Weg war beschwerlich, aber es musste sein und folglich würde er es schaffen.

An der Quelle angekommen, entkleidete er sich. Vorsichtig wickelte er den Verband ab. Das Drachenblut hatte wahre Wunder bewirkt und die Blutung gestoppt. Die Wundränder waren klar und nicht entzündet. Trotzdem blutete es leicht, als er die Kompresse jetzt von der Wunde zog. Er würde noch einige Tage nicht arbeiten können. Mit einem lauten Stöhnen ließ er sich ins eiskalte Wasser gleiten. Dort verharrte er lange, wusch sich und anschließend die Wunde.

Als er aus dem Becken stieg, waren seine Brustwarzen hart wie Stahl, sein Geschlechtsteil dafür auf Stecknadelgröße geschrumpft. Das amüsierte ihn sehr. Er bog sich vor Lachen. Der Hund erschrak, bellte und drehte sich dabei auf den Hinterpfoten im Kreis. Steen stimmte mit ein, jaulte lauter, als der Hund bellte. Lang anhaltend, den Kopf im Nacken. Er griff nach der Machete und hackte in einer Art Übersprungshandlung unter wildem Geschrei auf einen Baum ein. Einmal, zweimal, so lange, bis die Rinde aufplatzte und ein milchig weißer Saft austrat. Er hielt inne und sah der Flüssigkeit zu, wie sie den Stamm hinunterrann und auf seine darunterliegende Hose tropfte. Der Saft fraß ein Loch ins Gewebe, als habe jemand Salzsäure darauf vergossen. Steen ließ die Machete sinken, sah an dem Stamm empor, betrachtete die apfelartigen Früchte, die äußerlich denen der Nisperobäume glichen. Sein Blick wanderte von der ausladenden Krone über die graubräunliche rissige Rinde. Er betrachtete die Mittelvene der ledrigen und stark glänzenden Blätter, bis sein Blick wieder auf dem Loch in seiner Hose ruhte. Dann stopfte er seine Sachen zusammen mit den gefüllten Wasserkanistern in den Rucksack und humpelte nackt zurück.

Nach einem letzten Blick in die Höhlen schulterte er den leeren Rucksack, trat hinaus auf die Lichtung und machte sich auf den Weg. Er humpelte kaum noch. Schmerzen bereitete ihm das Gehen nicht mehr. Na komm schon, sagte er, als er neben dem Hund stand. Dessen Körpersprache, er lag zusammengerollt in der Sonne und stieß von Zeit zu Zeit wohlige Laute aus, ließ nicht darauf schließen, dass er allzu scharf auf den langen Weg runter zur Küste war.

Die Regenzeit hatte früher eingesetzt als üblich. Normalerweise begann sie im Januar und nicht wie in diesem Jahr bereits im Dezember. Auf Galapagos war alles falsch herum: Sprach man von Trockenzeit, war es hier oben kühl und es regnete viel. Dazu kam der ständige Nebel. An der Küste war es derweil trocken und warm. Während es in der Regenzeit dort brütend heiß war. Mindestens einmal am Tag zog ein Gewitter auf, das biblische Ausmaße erreichen konnte. Auf dem Asilo de la Paz war es dann etwas trockener, weniger neblig und deutlich wärmer.

Vor einiger Zeit hatte er damit begonnen, einen Kalender zu führen. Dafür ritzte er hinter den Monatsnamen, den er mit Asche an die Höhlenwand geschrieben hatte, entweder exakt sechs Fünferpäckchen oder sechs und einen Strich. Wenn er sich nicht vertan oder einen Strich vergessen hatte, war heute der 23. Dezember 1999.

Wie eine Leuchtschrift war ihm die Zahl am Morgen ins Auge gesprungen. Heiligabend stand vor der Tür. Ihn interessierte das Fest der Liebe nicht. Zu Lebzeiten seiner Eltern hatte er die Feiertage bei ihnen verbracht. Insofern hatte er daran eine gewisse warme Erinnerung. Harmonische und gemütliche Tage waren das stets gewesen. Seine Mutter kochte den lieben langen Tag. Am Heiligen Abend aß man im Hause Steen traditionell Ragout fin, gefüllt in herrlich nach Butter duftende Blätterteigpastetchen. Dazu einen grünen Salat, die Sauce immer ein wenig zu sauer, aber so hatte sie es gemocht. Zur Vorspeise eine Rinderkraftbrühe, zum Nachtisch ein Schokoladenpudding mit sehr süßer Schlagsahne. Am Weihnachtstag schlief man lange, er in seinem alten Zimmer, in dem seit seinem Auszug nie etwas verändert worden war. Danach Frühstück im Schlafanzug, ein langer Spaziergang bei jedem Wetter, ein üppiges Mittagessen, bestehend aus Rinderbraten, Nudeln und Apfelmus. Nach dem Essen ein Schläfchen im Sessel, gefolgt von Kaffee und Kuchen. Schließlich wurde der Fernseher eingeschaltet. Und das blieb er, bis es Zeit war, ins Bett zu gehen. Auch das Abendbrot – klassisch mit Graubrot, Butter, Aufschnitt und einer Flasche Bier für ihn und seinen Vater, während Mutter beim Tee blieb – fand vor der Flimmerkiste statt.

Ein geschmückter Tannenbaum, das Christkind, Pilger aus dem Morgenland an einer Krippe in Bethlehem, all das interessierte in der Familie Steen niemanden. Der Kirchgang war ebenso tabu wie der traditionelle Weihnachtsbaum. Seine Eltern hatten nichts für die Kirche übriggehabt, zu deren Kritikern gehörten sie allerdings auch nicht. Sie erlaubten sich keine Meinung zum jeweils amtierenden Papst, ebenso wenig zu den Enzykliken oder irgendwelchen Verfehlungen ihrer Diener. Die Kirche war für sie schlicht bedeutungslos, weshalb sie auch nicht an christlichen Bräuchen teilnahmen. Weihnachten war ein Familienfest und nichts darüber hinaus. Eine Haltung, die er sich zu eigen gemacht hatte.

Mit dem Tod seiner Pflegeeltern hatte sich das Thema Weihnachten für ihn ohnehin erledigt. Darüber, warum er das Datum dennoch als Aufforderung, sich aufzumachen, verstanden hatte, konnte er nur mutmaßen. Es war ohnehin Zeit für einen Abstieg und die Wittmers würden vielleicht seltsam reagieren, wenn er die Feiertage in der Wildnis verbrachte, sofern sie sein Fehlen überhaupt noch bemerkten. Seine Abwesenheit war längst zur Normalität geworden.

Ohne den Schutz der Schatten spendenden Scalesiabäume war die Hitze kaum zu ertragen. Er führte kein Wasser mit sich. Ihren Durst hatten sie zum letzten Mal an der Quelle gestillt. Bei den bisherigen Abstiegen hatte das ausgereicht, schließlich ging es die ganze Strecke nur bergab. In der Regenzeit aber entpuppte sich diese Gewohnheit als problematisch. Er hatte die Situation falsch eingeschätzt. Herrn Hund hing die Zunge bis auf den Boden, das altersschwache Tier kam kaum noch hinterher. Auch er selbst fühlte sich ausgetrocknet und verspürte leichten Schwindel.

In der Ferne kam der Zaun, der das Grundstück von Eliecer Cruz umgrenzte, in Sicht. Er überlegte gerade, ob er dort nach Wasser fragen könne, als ihm einfiel, dass die sogenannte *Hacienda Paradiso* ziemlich genau zwischen dem Asilo und *Frido* gelegen hatte, also nicht weit von seinem aktuellen Standort entfernt. Bislang war er noch nicht dort gewesen, aber er hatte eine Ahnung, wie er zu gehen hatte, weil ihm die Topografie der Insel, jedenfalls dieses Teils der Insel, inzwischen vertraut war. Dort gab es Wasser. Wahrscheinlich stammte es sogar von *seiner* Quelle. Oder aber es existierte dort noch eine dritte Quelle. In den Büchern war mal von einer, mal von zwei oder sogar von drei Quellen auf Floreana die Rede.

Er schlug sich in die Büsche, die hier zwar dicht an dicht standen und von denen einige mit Dornen überzogen waren, aber mit dem undurchdringlichen Unterholz hinter seiner Höhle ansonsten nichts gemein hatten. Hier wuchs nur, was sich mit wenig Wasser zufriedengab, dem Wind zu trotzen vermochte und salzhaltige Luft vertrug.

Um die Weihnachtszeit 1933 war die *Hacienda Paradiso* einzugsbereit gewesen, nachdem die Baronin zuvor die strategisch wichtige Casa Matrix auf der Post Office Bay besetzt gehalten hatte. Schon ihr Eintreffen auf Floreana ließ die damaligen Bewohner erahnen, dass es kein gutes Ende mit ihr nehmen würde. Dore Strauch hatte später, in Erinnerung an die Ankunft der Reisegruppe Wagner de Bousquet, ihren Erinnerungen den Titel *Satan came to Eden* gegeben. Ob sie tatsächlich das personifizierte Böse war oder sich nur als Projektionsfläche anbot, gehörte wie so vieles an Floreanas Tragödie ins Reich der Spekulation.

In Begleitung der mittelgroßen, platinblonden Baronin Wagner de Bousquet befanden sich zum einen Rudolf

Lorenz, den man auf ein Alter von knapp über zwanzig schätzte, der in Wirklichkeit aber bereits dreißig war. Ein hübscher junger Mann, aus einer kleinbürgerlich katholischen Familie stammend. Er hatte die Bousquet in Paris kennengelernt und sich auf der Stelle in sie verliebt. Das herrisch laszive Auftreten der stets auffällig geschminkten Baronin ihm gegenüber erinnerte die übrigen Bewohner der Insel stark an die Art und Weise, wie weiße Plantagenbesitzer mit ihren Sklaven umsprangen. Die Gefälligkeiten, die sie forderte, kamen Erniedrigungen gleich. So musste Rudi seine Herrin vom Esel zur Hängematte tragen, ihr die Füße waschen oder die Brille von der Nase nehmen.

Der zweite Mann im Leben der Baronin war Robert Philippson. Anders als Lorenz war er der favorisierte Liebhaber der Baronin. Eine Zeit lang gab sie ihn gar als ihren Ehemann aus.

Über die tatsächliche Herkunft der Baronin war wenig bekannt. Sie selbst erzählte bei jeder Gelegenheit eine andere Geschichte. Einmal war sie während des Krieges als Agentin tätig gewesen, um danach in Konstantinopel als Tänzerin aufzutreten. Sie entstamme einer österreichischen Familie und habe in Konstantinopel einen gewissen Bousquet kennengelernt und geheiratet. Ein andermal war sie die Tochter eines österreichischen Beamten, den man nach Bagdad geschickt hatte, um den Eisenbahnbau zu überwachen. Dort habe die junge Eloise einen Offizier der französischen Luftwaffe kennengelernt, den sie heiratete und der sie später in die feine Pariser Gesellschaft eingeführt habe. In Paris wollte sie ein Modegeschäft geführt haben, dessen Teilhaber Lorenz gewesen sei.

Bei ihrer Landung hatte die Baronin nicht nur Männer im Gepäck, sondern auch einen enormen Vorrat an Baumaterial. Achtzig Zentner Zement und eine ordentliche Menge Wellblech sollen es gewesen sein. Dazu Tiere aller Art: Kühe, ein Kalb, Esel, eine Schar Enten, Hühner, Hasen und Tauben. Sie kam nicht mit dem Vorsatz, weiterzureisen, das stand schnell fest. Und auch nicht, sich der Insel anzupassen, sondern das Eiland sowie seine Bewohner für ihr geschäftliches Interesse auszubeuten. Ein Luxushotel wollte sie bauen, amerikanische Millionäre anlocken und diese dazu ermuntern, dort eine Zeit ihres Lebens zu verbringen.

Kaum auf der Insel, hatten sich die Männer in ihrer Begleitung darangemacht, das Material ins Landesinnere zu schaffen. Hin zu diesem Platz, an dem Steen und Herr Hund sich nun befanden und den Friedrich Ritter, drei Jahre bevor die Baronin auf die Insel kam, als nicht gut genug zum Siedeln erachtet hatte. Weshalb, das sollten die Baronin und die Männer alsbald am eigenen Leib erfahren. Doch zunächst errichteten sie in einer Geschwindigkeit, die keiner der übrigen Siedler für möglich gehalten hatte, die *Hacienda Paradiso.*

All das hatte Steen den unterschiedlichen Lektüren entnommen. Denn was die Baronin anging, da waren die ansonsten sehr unterschiedlichen Erinnerungen seiner Mutter und die der Wittmer annähernd deckungsgleich.

Steen sah sich in dem engen Tal um, während der Hund immer wieder aus dem nur spärlich fließenden Quelltopf trank und sich zwischendurch in den Schatten eines Kaktus verkroch. Die Hitze war wirklich außergewöhnlich.

Das Luxushotel, von dem nicht einmal mehr die Grundfesten zu sehen waren, war äußerlich wenig luxuriös gewesen. Zumindest den Berichten nach. Im Inneren musste die Sache anders ausgesehen haben. Der Garten war als Blumenmeer beschrieben worden, was sich als verhängnisvoll herausstellen sollte. Nahrungsmittel ließ die Baronin nicht anpflanzen.

Von Beginn an beäugten die übrigen Insulaner ihr Tun äußerst kritisch. Die Spannungen zwischen den Parteien nahmen von Tag zu Tag zu. Aus seiner Lektüre wusste Steen, dass es nur einen einzigen Tag gegeben hatte, an dem scheinbar Frieden zwischen den Gruppen herrschte, und das war zur Jahreswende gewesen, als das erste Kind auf Floreana geboren wurde: Rolf Wittmer.

Wie sieht's aus, mein Freund, bist du erholt? Wollen wir weiterlaufen? Der Hund rappelte sich eher lustlos auf, trabte auf Steen zu und gab ein kurzes Bellen von sich. Na dann mal los!

Sie passierten die zum Anlass von Rolfs Geburt gepflanzte Dattelpalme und erreichten nach etwa einer Stunde die ersten Häuser von Puerto Velasco Ibarra.

Weihnachten auf Galapagos unterschied sich zumindest aus Sicht des Fremden in nichts von den übrigen Tagen des Jahres. Dabei lebten auf der Insel fast ausnahmslos Christen.

Steen war frisch geduscht, glatt rasiert und fragte sich nun, wo sich die Bewohner von Puerto Velasco Ibarra wohl die Haare schneiden ließen. Inzwischen strich er sich die langen Locken mit nervender Regelmäßigkeit hinter die Ohren, wo sie für etwa zehn Sekunden blieben, bevor sie ihm erneut ins Gesicht fielen.

Er trug seinen weißen, nicht sonderlich gut aufgebügelten Anzug und die frisch polierten Schuhe. In den vergangenen Wochen hatte er fast vergessen, was Kleidung aus und auch mit einem Menschen machen konnte. Seine Haltung war aufrechter, die Schultern hingen weniger nach vorn, er trug den Kopf höher und sein Gang war weniger schlurfend. Er fühlte sich prächtig, war sich seiner selbst sicher und nahm sich vor, den Tag zu genießen.

Nach dem Frühstück spazierte er parallel zum Strand in Richtung Ortsmitte. Drei Häuser neben der Arztpraxis stand eine Tür offen. Bevor er eintrat, vergewisserte er sich, dass die Hausnummer mit der auf seinem Zettel übereinstimmte. Durch einen steinernen Tunnel gelangte er auf einen Innenhof. Ein gemauerter Brunnen thronte mitten auf einem Rechteck aus Staub. Ein Spleen des Besitzers? Er griente. Oder sprudelte in den Tiefen vielleicht die berüchtigte dritte Quelle von Floreana?

Vor einer Wand aus Holzschindeln stand einsam und leicht erhöht, an einen elektrischen Stuhl erinnernd, ein Friseurstuhl aus alter Zeit. Ein leicht verstörender Anblick. Ein solcher Stuhl gehörte noch weniger in diesen Innenhof als der Brunnen. Von einem Friseur war weit und breit nichts zu sehen.

Da es weder Hausklingel noch Handglocke gab, machte Steen sich durch ein lautes Hola! bemerkbar. Er wiederholte den Ruf mehrere Male und wandte sich, als niemand antwortete, zum Gehen. Zurück auf der Straße, sah er Mayra auf den Friseursalon zulaufen. Schnell drückte er sich in den nächstbesten Hauseingang, bis sie im Steintunnel verschwunden war. Mayra! Unmöglich, dass sie neben ihrer Assistenz für den Doktor auch noch die örtliche Friseurin war. Aber wusste man es? Er sammelte sich einen Augenblick lang, bevor er erneut den Innenhof betrat.

Mayra war gerade dabei, sich eine Plastikschürze umzubinden, als sie ihn in ihrem Rücken bemerkte. Sie drehte sich um. Bei ihrem Anblick konnte er sich ein Lachen nicht verkneifen.

Du?, entgegnete sie sichtlich erfreut. Sieht man dich auch mal wieder?

Hallo Mayra, ich freue mich, dich zu sehen. Herr Hund bellte einmal kurz und legte sich zu Füßen des Friseurstuhls in den Staub.

Wieso hast du dich nicht mal gemeldet, du warst ja ewig nicht mehr hier?

Steen schilderte ihr seine Fortschritte, vor allem aber die Schwierigkeiten mit seinem Romanprojekt. Tut mir echt leid, sagte er abschließend. Ich hätte mich früher melden sollen. Du bist also auch die Friseurin von Floreana? Was dagegen? Ganz im Gegenteil. Und warum hast du dann eben so gelacht?

Er zupfte an der milchigen Plastikschürze, die ihren Körper vollständig verhüllte. Der gleiche Kittel wie damals bei Doktor Tibón, sagte er. Sie verstand den Witz nicht und er musste zugeben, dass seine Abneigung gegen ihre Kittel noch aus der Zeit herrührte, in der sie sich fremd gewesen waren. Tut mir leid, sagte er. Dir tut 'ne Menge leid, kann das sein? Eigentlich nicht, hätte er antworten wollen, schwieg aber lieber. Was möchtest du? Haare schneiden. Die Zusatzfrage: Kannst du das?, verkniff er sich. Sagte stattdessen: Die haben es nötig. Sentarse! Da war sie wieder, die militärische Seite dieses an sich liebenswürdigen Lebewesens. Er schmunzelte, tat aber wie geheißen. Er hockte sich auf den Stuhl und vertraute nun auch noch sein geliebtes Haupthaar der Friseurin von Floreana an.

Die leichte Spannung zwischen ihnen verlor sich erst wieder, als er Mayra in der Frage nach der gewünschten Frisur freie Hand ließ. Sie taute sogleich merklich auf, schlug ihm verschiedene Varianten vor und hatte, wie das Ergebnis zeigte, auch in ihrem Zweitberuf Talent.

Den ollen Drehstuhl mit dem grünen rissigen Lederpolster hatte sie, wie sie erzählte, auf San Cristóbal entdeckt und ihn zunächst auf gut Glück gekauft und nach Floreana schiffen lassen. Bis zu diesem Zeitpunkt hielt man es auf der Insel, wie man es seit Urzeiten gehalten hatte. In jeder Familie gab es eine, die sich der Haare der anderen annahm. Mayra hatte ihren Eltern, den vier Brüdern und, da sie sich geschickt anstellte, auch der näheren Verwandtschaft die Haare gemacht und damals sogar mit einer Lehre geliebäugelt. In Puerto Baquerizo Moreno, wo sie geboren, zur Schule gegangen und auch ihren späteren Mann kennengelernt hatte, gab es zu jener Zeit drei Friseure. Das Problem war nur, dass es sich bei allen dreien um reine Herrenbetriebe handelte. Frauen wurden bedient und stellten auch die vorrangige Klientel, hinter den Stühlen aber herrschten die Männer.

Dass Mayra einen eigenen Friseurstuhl besaß, hatte sich auf Floreana rasch herumgesprochen, der Umstand allein ihr allerdings noch keine Kunden beschert. Bis zum heutigen Tag waren es nicht genug, um sich damit den Lebensunterhalt verdienen zu können. Aber, wie sie Steen, während sie konzentriert an seinen Haaren arbeitete, erklärte, es machte ihr so viel Spaß, dass sie den Freiluftbetrieb trotzdem jeden Samstag für ein paar Stunden öffnete. Und an Feiertagen wie heute. Das Haus, in dessen Mitte der Hof lag, gehöre einer Freundin, der Stuhl störe dort niemanden und so entstünden ihr keine Kosten. Und ein paar Menschen kämen immer. Ihr letzter Tourist liege allerdings schon Jahre zurück.

Fertig!, sagte sie und hielt ihm einen kleinen Frisierspiegel vor die Nase. Steen umfasste den Griff und berührte dabei versehentlich ihre Hand. Ein wohliger Schauer durchfuhr ihn. Er betrachtete sich. Die Seiten hatte sie sehr kurz geschnitten, das Deckhaar aber lang gelassen und zurückgekämmt, sodass sich die natürlichen Locken an seinen Kopf anschmiegten. Im Nacken waren die Haare wieder kurz. Das musste er ihr glauben, denn es fehlte ein zweiter Spiegel zur Überprüfung. Sie hatte ihm den Nacken sogar nass ausrasiert, was ihn erregt hatte.

Er setzte seine Hornbrille auf und warf erneut einen Blick auf sein Spiegelbild. Brille und Haare gehörten für ihn zusammen. So war es schon immer gewesen. Als junger Mann war er in Andy Warhol richtiggehend verliebt gewesen. Dessen Look, Brille und Haar fand er unwiderstehlich. Als er sich jetzt betrachtete, musste er kurz an ihn denken und war mit einem Mal sehr zufrieden mit dem, der ihn aus dem Spiegel anblickte.

Du bist ja eine richtig tolle Friseurin, sagte er.

Sie nahm den Spiegel wieder an sich. Erneut berührten sich ihre Hände. Dieses Mal zog keiner von ihnen schnell zurück.

Und du sogar ein wenig eitel, entgegnete sie. Hätte ich gar nicht gedacht. Ich achte auf mein Äußeres, sagte er. Ist das eitel? Ja, wahrscheinlich schon, beantwortete er sich die Frage selbst.

Dein Haar ist sehr dicht und du hast überhaupt keine grauen Stellen. Das ist ungewöhnlich für einen alten Mann. Er schloss die Augen. Hatte ihn vorher schon einmal jemand so bezeichnet, als alten Mann? Ganz sicher nicht. Daran würde er sich erinnern. Es schmerzte, das ausgerechnet von Mayra zu hören.

Offenbar entging ihr nicht, was sie angerichtet hatte. Tut mir leid, sagte sie, dabei ruhte ihre Hand auf seiner Schulter. Ich wollte dich nicht beleidigen. Aber es stimmt doch, du bist über sechzig. Hier bei uns ist man damit ein alter Mann. Du bist allerdings einer, der sich toll gehalten hat. Ich habe dir doch bloß ein Kompliment für deine Haare machen wollen.

Tut dir also auch mal etwas leid?, sagte er. Nicht allzu oft, entgegnete sie keck. Sag mal, Mayra, erwartest du heute noch viele Kundinnen? Keine Ahnung, so was wie Anmeldungen gibt es hier nicht. Ich bin da und warte. Wenn ich keine Lust mehr habe, gehe ich nach Hause. Weshalb fragst du? Ich würde gerne zahlen und dann mit dir spazieren gehen. Es ist zwar viel zu heiß, aber bevor es nachher wieder wie aus Kübeln schüttet … Ich würde dich auch zum Essen einladen, aber außer dem Hostal Wittmer gibt es hier ja keine Restaurants und die Wittmers bieten kein Mittagessen an.

Sie schien über sein Angebot nachzudenken. Ich kenne ein paar Leute, sagte sie, die wohnen ein Stück den Strand rauf, vielleicht hast du das Haus mal gesehen? Steht vor zwei anderen neben einem Tamarindenbaum, direkt hinter den roten Mangroven. Man kann es von See aus sehen. Kenne ich nicht, nein, was ist mit denen? Sie vermieten Zimmer, sehr einfache Zimmer. Da wohnen eigentlich nur Leute von den Inseln. Der Doktor zum Beispiel, wenn er über Nacht bleibt. Das Hostal Wittmer kann sich von uns niemand leisten. Steen schwieg. Worauf wollte sie hinaus? Sollen wir dorthin gehen? Ich hätte Lust.

Du meinst …, unterbrach er sie etwas verwirrt.

Mittagessen, sagte sie, das wolltest du doch.

Bislang hast du nur von Zimmern geredet, also kann man dort auch essen? Na klar. Einfach, aber superlecker.

Fisch vom Grill, Maniokpüree, Süßkartoffeln, Quinoasalat. Manchmal auch ein Huhn. Was meinst du?

Ich würde mich wahnsinnig freuen, wenn ich dich dorthin einladen dürfte. Sind Sie bereit, Madame? Er hielt ihr seinen Arm hin, damit sie sich bei ihm einhaken konnte.

Zuerst flanierten sie durch Puerto Velasco Ibarra, darauf hatte Steen bestanden und Mayra, nach einem kurzen Zögern, eingewilligt. Das in jeder Hinsicht ungleiche Paar zog die Aufmerksamkeit der Insulaner auf sich. Die Leute blieben stehen, stierten ihnen hinterher und tuschelten unverhohlen über Mayras neue Bekanntschaft, el delgado alemán, den dürren Deutschen. Herr Hund trabte mit gehörigem Abstand hinterher.

Mayra war klar, was Steen nur vermutete: In weniger als einer Stunde würden die Insulaner sich über das neue Paar das Maul zerreißen. Es würde nicht einen geben, den die Neuigkeit nicht noch vor dem Nachtmahl am Heiligen Abend erreichte.

Steen dämmerte, dass dieser Spaziergang auch ein Versprechen an Mayra war. Ihr war ohnehin klar, worauf sie sich mit ihrem Jawort eingelassen hatte. Ob sie nun wollte oder nicht – jeder würde ihr ab sofort ein Verhältnis mit Harald Steen nachsagen. Sie verstärkte ihren Griff, lief ein wenig auf den Fußspitzen und wich keinem Blick aus. Ja, ich bin die Frau von Pablo, aber er ist lange tot und ich bin eben auch eine selbstständige Frau, schien sie ausdrücken zu wollen.

Sie schritten durch die Straßen, lachten viel miteinander und grüßten alle, die vor ihren Häusern aufräumten oder einfach mal neugierig heraustraten, um dem Paar hinterherzuschauen. Durch die Calle Ignacio Hernández schlenderten sie häufiger als durch die anderen Straßen. In deren Mitte lag das Haus von Jan Kok. Steen verlangsamte seine Schritte, blieb einmal sogar stehen, um sich die Nase zu putzen, ein anderes Mal, um sich den Schuh zu binden. Bei der dritten Passage stand Kok vor seinem Haus und klaubte Wäschestücke von der Leine. Wenn Blicke töten könnten, dachte Steen und zwang sich ein überlegenes Lächeln aufs Gesicht. Mayra grüßte ihn, obwohl oder gerade weil sie ihn nicht leiden konnte.

Wir kommen schon zum dritten Mal hier vorbei, sagte sie einige Meter die Straße rauf. Ist mir gar nicht aufgefallen, entgegnete er kalt. Bei all den Straßen hier soll sich einer zurechtfinden. Mayra knuffte ihn in die Seite. Er sah zu ihr rüber, seine Kopfhaut kribbelte.

Sie ergriff seine Hand. Wollen wir dann mal zum Essen, fragte sie? Oder wolltest du bloß mit 'ner jungen Frau im Ort angeben? Beides, sagte Steen. Mein Magen knurrt, kannst du es hören?

Hinter ihnen erklang Gebell. Den Hund hatten sie vollkommen vergessen. Bei dem Wort Essen schlug er an.

Gehen wir. Na los, Herr Hund, für dich wird auch was abfallen.

Der Weg war nicht weit und Mayras Freunde für Steen keine Unbekannten. Zumindest die beiden, die sie jetzt mit einem Bier in der Hand begrüßten. Ebenso bekannt war ihm ein Einrichtungsgegenstand der Strandbude, der frisch gestrichene Kühlschrank in der Ecke der kleinen Küche.

Hinter der Bude standen ein Holzhaus, ein Wellblechschuppen und ein winziges Steinhaus anscheinend planlos über das leicht ansteigende Gelände verteilt. Auf dem Strand lag das Boot, mit dem die beiden den Kühlschrank transportiert hatten. Daneben ein Haufen Netze, Bojen, Reusen und anderes Material, das vermutlich ebenfalls für den Fischfang gebraucht wurde. Zwischen Boot und Bude wuchs der von Mayra erwähnte Tamarindenbaum.

Mayra deutete auf das Steinhaus mit den roten Dachziegeln. Dahinten sind die beiden Fremdenzimmer. Im Holzhaus wohnen die Familien. Die Jungs und ihre beiden Frauen mit den Kindern. Das hier, sie deutete auf die Bretterbude, ist das Restaurant, aber auch ihre private Küche.

Wie auf ein Stichwort kam eine Schar Kinder schreiend um die Ecke gerannt. Sie trieben einen Ball vor sich her und tackelten sich wie Rugbyspieler. Zwei kleine, die gerade einmal laufen konnten, mit freiem Oberkörper, den Unterleib in Windeln verpackt, kamen Sekunden später weinend hinterhergestolpert. Unter den größeren war auch Mayras Tochter Gabriela.

David und Jo, sagte Mayra und deutete zuerst auf einen bärtigen Mann mit spitzer Nase und schmalen Lippen, auf dem Kopf trug er eine Basecap der New York Mets. Jo war kleinwüchsig, was Steen am Hafen nicht aufgefallen war. Jetzt, wo er ihn besser sah, erinnerte er ihn an Oskar Matzerath, den Winzling mit dem gewaltigen Organ aus der *Blechtrommel*, den Film hatte er zusammen mit seinen Eltern mindestens drei Mal gesehen. Die schräg stehenden Augen im ovalen Gesicht, das blonde Haar. Allerdings hatte Oskar nicht geraucht, soweit er sich erinnerte. Jo hingegen war Kettenraucher.

Die beiden Frauen sind wahrscheinlich in der Küche, sagte Mayra. Lass uns nachsehen, was auf dem Herd steht. Steen spürte den Blick der beiden Fischer in seinem Rücken, als er die Stufen zur Küche hochstieg. In dieser Kaschemme am Strand war ein langer, dürrer, gut frisierter Mann mit Hornbrille in einem weißen Anzug und Lederschuhen nicht die Regel, wahrscheinlich noch nicht einmal die Ausnahme. Insofern machte er sich nichts daraus, für Gesprächsstoff zu sorgen.

Juliana, Davids Frau, stellte Mayra ihm die erste der Frauen vor. Nicht größer als Mayra selbst, etwas über dreißig, breit um die Hüften, weizenblondes Haar, grüne Augen und eine winzige Narbe auf dem rechten Wangenknochen. Ihr fehlten ein paar Zähne, wie Steen bemerkte, als sie ihm zur Begrüßung lächelnd die Hand gab.

Jos Frau hieß Ceci. Sie war fast so groß und dünn wie er selbst. Die Lippen rissig, ihr Blick nicht ganz geradeaus. Das linke Ohrläppchen fehlte. Während Juliana beim Lächeln verlor, gewann Ceci enorm. Ihr Lachen hatte etwas Ansteckendes.

Ich glaube, ich ziehe mir mein Hochzeitskleid an. Neben dem feinen Herrn komme ich mir sonst unpassend gekleidet vor, rief sie in die Runde. Dabei stieß sie Steen kameradschaftlich mit dem Ellenbogen in die Seite. Da bist du doch längst rausgewachsen, konterte ihre Freundin. Die beiden amüsierten sich köstlich.

Steen zog das Jackett aus. Die Krawatte rührte er nicht an. Die breiten Hosenträger, die die inzwischen viel zu weite Hose hielten, führten nochmals zu einem Schlagabtausch zwischen den beiden Freundinnen.

Mayra klärte ihn auf, als sie endlich am Tisch unter freiem Himmel saßen. Wie alle Außenmöbel war auch dieser aus Strandgut zusammengenagelt. Zwei beste Freundinnen haben zwei beste Freunde geheiratet, sagte sie. Alle auf Floreana geboren, die Auswahl in ihrer Altersklasse war also eh nicht sonderlich groß.

The only problem on the island is, that everybody is family. An diesen Satz aus einer Dokumentation über die Osterinseln fühlte Steen sich dabei erinnert. Ein junges Mädchen im heiratsfähigen Alter hatte ihn in die Kamera gesprochen. Was ihn damals sehr amüsiert hatte.

Nach den beiden Hochzeiten, die selbstverständlich am selben Tag stattgefunden haben, sind sie zusammen in dieses Haus gezogen, fuhr Mayra fort. Die Jungs haben es vorher in aller Eile zusammengeschustert, schließlich waren die ersten Babys schon unterwegs. Auf diesem Stück Land haben beide Frauen ihre Kinder geboren, immer alles im Gleichschritt. Kinder, die später das gleiche Family-Problem haben werden, vervollständigte Steen in Gedanken.

Sie leben ihr einfaches Leben, sagte Mayra, und sie sind glücklich. Hoffentlich kommen ihre beiden Männer jeden Tag gesund wieder heim. Das Meer ist nur für euch Touristen ein nettes Urlaubsvergnügen. Wir leben mit der Angst um unsere Männer. Jeden Morgen, wenn sie rausfahren.

Das Essen war, wie Mayra es angedeutet hatte, einfach. Man servierte ihnen gegrillten Fisch, dazu Süßkartoffeln und Salat. Die Männer standen mit Bierflasche in der Hand am Grill, die Frauen brachten alles Weitere aus der Küche. Zum Abschluss des Mahls bekamen sie ein undefinierbares, aber gut schmeckendes Kompott vorgesetzt. Bei den Getränken konnte man zwischen Bier und Wasser wählen. Steen hielt sich seit seinem Ausrutscher vom Alkohol fern. Mayra mochte Bier ohnehin nicht. Sie stießen mit klarem Wasser an. Jedes Transportschiff, das die Insel anlief, brachte riesige Mengen an Wasserpaletten vom Festland. Nicht jeder hatte einen Zugang zur Wittmer-Quelle und viele mochten das Wasser zum Kochen und Duschen hernehmen, es aber nicht trinken.

Während des Essens vergaßen Steen und Mayra die Gastgeber völlig. Und auch die drei später eintreffenden Gäste vermochten ihre Faszination füreinander nicht zu stören. Sie saßen sich gegenüber und blickten sich in die Augen, während sie über Gott und die Welt sprachen. Er erfuhr in den zwei Stunden mehr über die Inseln und ihre Bewohner als in der ganzen Zeit zuvor. Vor allem aber erfuhr er, wie aus dem kleinen Mädchen, das Friseurin werden wollte, eine alleinerziehende Mutter geworden war. Wie sie ihren Mann kennengelernt hatte, der sie aus der Enge ihres Elternhauses holte. Wie sie dieses Heim gegen ein eigenes auf einer beschissenen Insel – ihre Worte – eintauschte und anfangs doch glaubte, den großen Wurf gelandet zu haben. Die Schwierigkeiten ihrer Ehe schilderte sie mit großem Ernst und dabei so gewissenhaft, als habe er ein Anrecht darauf, alles von ihr zu erfahren. Ihr wahres Glück war nun Gabriela.

Mayra schien eine von Geburt an positive, dem Leben

zugewandte, fröhliche Person zu sein, der die Umstände es schwer gemacht hatten, sich ihre Grunddisposition zu erhalten. Inzwischen fühlte sie sich oft einsam und auch ein wenig vom Leben enttäuscht. Aber sie war eine Kämpferin geblieben.

Als Mayra, lange nachdem der Kaffee gebracht worden war, damit begann, Steen Fragen nach dessen Herkunft und Leben zu stellen, bezahlte er und bat sie an einen ruhigeren Ort.

Am Strand, umgeben von Leguanen, Blaufußtölpeln und einer Kolonie Seelöwen, hockten sie sich in den feuchten Sand. Nach einigen Anlaufschwierigkeiten begann er, ihr von seiner Kindheit im Heim, seiner Adoption, der Schulzeit, dem frühen Tod des Freundes und seiner ersten Freundin zu erzählen.

Die Sonne hatte ihren Abstieg begonnen und ein paar Haie zogen durch die Bucht, als er an dem Punkt anlangte, den er noch nie überschritten hatte. In der Ferne kündigte sich ein Gewitter an.

Mayra, die sein Zögern bemerkte, nahm seine Hand und streichelte mit ihrem Daumen über seinen Handrücken. Du musst nicht, sagte sie, aber es ist bei mir sicher, signalisierte sie ihm damit.

Weißt du, als die Sache mit Nele zu Ende ging, hob er an, und dann auch noch Hannes starb, zerbrach etwas in mir. Ich habe es ganz genau gespürt. Es ging etwas kaputt. Ich fühlte mich seltsam taub. Wahrscheinlich durch die Trauer und den Schmerz. Aber es hörte nicht wieder auf. Auch als ich längst schon nicht mehr an Nele dachte, waren da immer noch diese Mäuse in meinem Kopf. Ich kann es nicht besser beschreiben. Es waren nicht die Schicksalsschläge, mit denen ich nicht fertigwurde, irgendwas in meinem Kopf stimmte schon lange nicht. Ich schlief nicht, litt ständig unter Kopfschmerzen und konnte mich nicht gut konzentrieren. Das ging so weit, dass ich in einem Jahr nicht versetzt wurde. Dabei war ich immer ein guter Schüler gewesen. Meine Stiefeltern waren mir auch keine große Hilfe. Das konnten sie vielleicht auch nicht sein. Vielleicht hofften sie einfach, dass ich nicht nach meiner Mutter kommen und ebenfalls verrückt werden würde. Wer weiß. Damals habe ich angefangen, Tabletten zu nehmen. Zuerst nur Schmerzmittel, dann haben sie mir etwas gegen die Mäuse verschrieben. Die Ärzte waren sehr nett zu mir, sehr verständnisvoll. Ich habe 'ne Menge von denen gesehen, über die Jahre. Jeder von ihnen mit einer anderen Idee, wie mit den Mäusen umzugehen sei. Dabei hatte ich mich längst selbst geheilt, indem ich den Viechern Namen gegeben habe. Eines Tages habe ich einfach angefangen, mit ihnen zu reden. Das muss die kleinen Biester so geschockt haben, dass ich sie dadurch unter Kontrolle bringen konnte.

Er lachte, als erinnere er sich in diesem Augenblick zum ersten Mal seit langer Zeit wieder daran. Und das hat niemand bemerkt?, sagte Mayra. Den Ärzten hab ich nichts davon erzählt. Sollen sie doch weiter an mir rumdoktern, dachte ich mir, hab den Mund geöffnet und brav geschluckt. Später habe ich gemerkt, dass es besser ist, den letzten Teil wegzulassen. Mund öffnen ja. Aber schlucken? Nicht mehr jedes Mal. An manchen Tagen sammelte ich die Pillen unter meiner Zunge und spuckte sie später ins Klo.

Sein Redefluss versiegte. Er legte den Kopf in den Nacken, sein Atem ging schwer. Er öffnete den Mund, um mehr Luft zu bekommen. Mayra bohrte mit der Ferse im Sand herum. Wie ging's dann weiter?, fragte sie leise. Er ließ den Blick wieder sinken, nickte zwei-, dreimal beinahe unmerklich, bevor er bereit war fortzufahren. Wohl wissend, dass der Teil, der nun kam, Mayra vollkommen unvorbereitet treffen würde.

Als ich alt genug war, zog ich von zu Hause aus. Ich hatte einen Plan. Ich wollte meine wahre Mutter suchen. Er sah zu ihr rüber, Mayra hatte die Stirn in Falten gelegt. Offensichtlich hing sie gedanklich noch an den Mäusen und Pillen. Meine Mutter …, fuhr er fort. Du musst wissen … Also, meine richtige Mutter ist Dore Strauch. Bei der Nennung ihres Namens versagte ihm beinahe die Stimme.

Mayra starrte ihn entgeistert an. Vor lauter Überraschung blieb sie stumm. Zaghaft fuhr er mit der Geschichte fort.

Die Familie ihres Mannes, den sie in Deutschland zurückgelassen hatte, die Körwins, konnte ich ausfindig machen. Sehr hilfsbereit waren sie allerdings nicht. Na ja, ich hab's verstehen können. Immerhin hat sich meine Mutter einfach so mit diesem Arzt auf und davon gemacht. Man kann sich vorstellen, was die Leute damals von einer solchen Frau gehalten haben. Jedenfalls, wie sehr ich mich auch bemühte, ich konnte nichts über sie herausfinden. Alle Informationen, die ich habe, bis zum heutigen Tag, stammen aus Büchern und Zeitungsartikeln. Ich habe versucht, mit ihrem amerikanischen Koautor, einem gewissen Walter Brockmann, in Kontakt zu kommen, leider ohne Erfolg. Sie ist nämlich von Galapagos aus zunächst nach Amerika gereist. Vermutlich hat dieser Milliardär, mit dem sie die Insel verlassen hat, ihr auch die Passage ermöglicht. Im Dezember 1934 war das, nachdem sie Ende November Friedrich Ritter vergiftet oder dessen Tod zumindest nicht aktiv verhindert hat.

Mayra wechselte ihre Position. Sie hockte sich vor ihn in den Sand, fasste ihn bei den Unterarmen und suchte Blickkontakt. Die Geste schien wiederholen zu wollen, was sie ihm bereits zu Beginn seiner Erzählung zu verstehen gegeben hatte: Du musst nicht, wenn es dir schwerfällt.

Ist schon okay, sagte er. Er atmete einmal tief durch und wartete, bis Mayra wieder neben ihm im Sand saß.

Echte Beweise für eine Schuld meiner Mutter, fuhr er noch ein wenig stockend fort, gibt es nicht, aber ich denke, dass es der Wahrheit entspricht. Für mich ist es trotzdem kein Mord, sondern reine Notwehr. Er hat sie schlecht behandelt, mehr als das, er hat sie erniedrigt, Tag für Tag. Kurz bevor er starb, so heißt es, haben beide aus demselben Einmachglas gegessen. Huhn! Kein Witz. Ritter hat sich gerne mal Fleisch gegönnt. Von wegen reiner Vegetarier. Er ist daran verreckt. Mutter hat es überlebt. Sie wird es ihm verabreicht und selbst einen Weg gefunden haben, das Zeug wieder rauszuwürgen. Vor ihrer Abreise ist sie noch von den ecuadorianischen Behörden vernommen worden. Halbherzig, glaubt man den Erzählungen. Sie haben noch nicht einmal einen amtlich bestellten Dolmetscher hinzugezogen und Mutter sprach ja kaum Spanisch.

Wieder trat Stille ein. Steen holte seine Brille aus dem Etui, setzte sie auf und nahm sie einen Wimpernschlag später auch schon wieder ab. Dein Tick mit der Brille …, hob Mayra an. Er hob die Hand, um die Frage im Keim zu ersticken. Darf ich dich etwas anderes fragen?, sagte sie. Er nickte. Dein Vater, Friedrich … Wieder unterbrach er sie. Er ist nicht mein Vater. Er war ein möglicher Kandidat auf meiner Liste, aber eigentlich kommt er nicht infrage. Ein Kandidat?, fragte Mayra. Das hört sich seltsam an. Er betrachtete sie aus den Augenwinkeln. Sie war blass geworden, wirkte verunsichert.

Mayra, er kann unmöglich mein leiblicher Vater sein. Die beiden hatten keinen Sex mehr, seit sie auf der Insel angekommen waren. Er hat sie missachtet. Er soll Dore sogar auf dem Sterbebett verdammt haben. Zumindest, wenn man Margret Wittmer Glauben schenken möchte, was ich, nebenbei gesagt, nicht oft tue. Aber wenn es der Doktor nicht ist, wer ist dann dein Vater?, sagte sie. Ich weiß es doch selbst nicht. Alles, was ich weiß, ist, dass ich am 16. Juni 1935 in New York geboren worden bin. Und selbst das … Dann bist du Amerikaner?, unterbrach sie ihn. Sieht wohl so aus. Amerikaner zu sein, hatte für mich allerdings nie einen Reiz.

Aber dann … Mayra kniete inzwischen wieder, weil es sie vor Aufregung nicht mehr auf ihrem Platz hielt. Muss deine Zeugung doch auf Floreana stattgefunden haben. Genau! Und deshalb stellt sich die Frage: Welcher potenzielle Vater war sonst noch auf der Insel? Neben

Heinz Wittmer und Friedrich Ritter kommen nur noch die beiden Gespielen der Baronin infrage: Rudolf Lorenz und Robert Philippson. Im Grunde genommen kann es nur einer dieser beiden sein. Seine Augen suchten erneut die ihren. Das Schrecklichste wäre, sagte er tonlos, meine Mutter hätte tatsächlich was mit Wittmer gehabt.

Er unterbrach sich. Die Gewitterfront war ein ganzes Stück näher gekommen. Es stürmte bereits heftig. Mayra suchte Schutz in seinem Windschatten.

Als letzte, zumindest theoretische Möglichkeit kommen auch noch die Besucher in jenen Tagen infrage, hob er erneut an. Er wollte die Geschichte zu ihrem Ende bringen. Die reichen Jachtbesitzer oder einer aus deren Crew. Ich werde es wohl niemals herausfinden, seufzte er. Margret Wittmer ist die Einzige, die über Informationen verfügen könnte, die mir weiterhelfen würden. Aber die Alte kocht ihr eigenes Süppchen. Ich vermute, sie weiß inzwischen, wer ich bin.

Du meinst, sie weiß, dass du Dore Strauchs Sohn bist? Wie kommst du darauf?

Er erzählte Mayra von den beiden Unterhaltungen, die er mit ihr gehabt hatte. Dann erst fuhr er mit der Geschichte seines eigenen Lebens fort.

Von Amerika aus sind meine Mutter und ich dann vermutlich sehr schnell rüber nach Europa. Ich nehme an, dass meine Mutter vor ihrer Niederkunft diesem Brockmann noch ihre Geschichte erzählt hat. Sie brauchte Geld und die Amerikaner sind immer an filmreifen Storys interessiert. Jedenfalls kam das Buch noch im selben Jahr auf den amerikanischen Markt. *Satan came to Eden.* Schon mal davon gehört? Nein, sagte Mayra, leider nicht. Nicht schlimm! Es unterscheidet sich wesentlich von Margret Wittmers Erinnerungen, weißt du? Man könnte meinen, dass die beiden an unterschiedlichen Orten gelebt haben, so widersprüchlich sind ihre Berichte.

Zurück in Deutschland, muss es meiner Mutter tatsächlich sehr schlecht gegangen sein. Weniger physisch als psychisch. Sie kam in eine Nervenheilanstalt und ich ins Heim. Schon in dem Alter hatte ich häufiger diese Mäuse im Schädel, bloß, dass mir zu der Zeit das Bild dafür noch fehlte. Ich hatte hämmernde Kopfschmerzen und sogar Schwindelanfälle.

Kannst du dich an sie erinnern?, fragte Mayra.

Dore? Nein. Nada! Keine Bilder, keine Erinnerung. Gar nichts. Ich glaube, sie ist an gebrochenem Herzen gestorben, ihr Lebenstraum hat sich nicht erfüllt. Jedenfalls war es ein Infarkt, an dem sie verstorben ist.

Ach ja? Hier erzählt man sich, sie wäre – bitte entschuldige …

… im Irrenhaus gestorben, hätte sich dort umgebracht, ich weiß, brachte er den Satz zu Ende. Sicher bin ich natürlich auch nicht, aber ich bevorzuge die Version mit dem Herzinfarkt. Das verstehe ich gut, sagte Mayra. Danach hatte ich das Glück, dass mich die Steens adoptiert haben.

Es hatte gedonnert, geblitzt und ein Wolkenbruch war niedergegangen. Sie hatten sich nicht vom Fleck gerührt. Jetzt fiel der Regen in dichten Fäden. Er hatte das völlig durchnässte Jackett ausgezogen und um Mayras Schultern gelegt.

Seine Lebensbeichte hatte sich wie Mehltau auf sie gelegt. Mayra suchte nach Worten, das sah Steen deutlich. Und er ahnte, was in ihrem Kopf vorging. Er sah ihr an, dass sie versuchte, die Geschichte zu durchdringen und ihre Auswirkungen auf das Leben des Mannes zu erfassen, der gerade neben ihr hockte. Der Sohn von Dore Strauch. Ein Fakt, der niemandem auf der Insel bewusst war. Eine direkte Verbindung zu den Ereignissen von 1934. Seit wenigen Minuten war sie die einzig Eingeweihte. Sie wusste nun, dass er keineswegs nach Floreana gekommen war, um einen Roman zu schreiben.

Das alles tut mir so leid für dich, sagte Mayra, eine Hand auf seinem Unterarm. In so jungen Jahren Waise zu werden und in eine Pflegefamilie zu kommen, muss eine schreckliche Erfahrung gewesen sein. Und dann ist deine leibliche Mutter auch noch Teil eines ungelösten Mordpuzzles, von dem die gesamte Welt Kenntnis hatte. Hast du das alles immer für dich behalten, all die langen Jahre? Er nickte. Auch vor deinen Pflegeeltern? Wieder nickte er. Dann bin ich jetzt … Sie brach ab, er wirkte wie erstarrt. Das ist ja schrecklich, hauchte Mayra. Wie kann man mit so einem Geheimnis bloß leben? Ich wünschte, ich könnte irgendwas für dich tun.

Mir kann niemand helfen, flüsterte er. Und es ist auch okay. Ich lebe schon so lange damit. Und ob ich wirklich, ich meine, tief in meinem Inneren, daran geglaubt habe, auf Floreana die Wahrheit herauszufinden, das weiß ich inzwischen auch nicht mehr so genau.

Mayra richtete sich auf. Vielleicht kann ich mit La Bruja reden, rief sie. Wenn ich ihr deine wahre Geschichte erzähle, vielleicht wird sie dann weich und ist bereit, dir die Wahrheit mitzuteilen. Sie ist so alt, sie wird bald sterben. Was hat sie noch zu verlieren?

Glaubst du daran?, fragte er.

Nein, hauchte sie.

Wahrscheinlich würde dir die Alte bloß ihr Buch in die Hand drücken und in ihrem seltsamen Akzent sagen: Lies dat hier, Kindchen, mehr jibt et nit zu wissen. Wahrscheinlich kennen nicht einmal ihre eigenen Kinder die Wahrheit. Heinz hat seinen Teil der Geschichte mit ins Grab genommen und sie wird ihm bald folgen, wie du richtig sagst. Eine Frau in diesem biblischen Alter bedrängt man nicht.

Das ist wahr, sagte Mayra. Inzwischen ist sie so etwas wie eine Heilige geworden, zumindest für die Touristen, die ihretwegen die Insel besuchen. Die Urmutter von Floreana, die Brücke in eine längst nicht mehr aufzuarbeitende Zeit. Sag mal, nimmst du eigentlich deine Tabletten noch, gegen diese Mäuse?

Die Frage riss Steen aus seinen Gedanken. Eine Antwort blieb er schuldig.

Den Weihnachtsabend verbrachte er allein im Speisesaal des Hotels. Nebenan feierte die Familie. Deutsche Weihnachtslieder drangen an sein Ohr, ein Blockflötenkonzert, eine Kakofonie heiter erregter Stimmen. Und immer wieder der kölsche Dialekt. Erkannte man im Ausland die eigene Muttersprache, hörte man automatisch genauer hin. Beim hier gepflegten rheinischen Idiom überfiel ihn allerdings weder Freude noch Heimweh, eher schon eine gewisse Scham.

Natürlich hatten die Wittmers ihn als wieder einmal einzigen Gast des Hotels an ihren Tisch gebeten. Doch er hätte sich als Eindringling gefühlt und deshalb freundlich abgelehnt. Auch wenn er damit eine Gelegenheit, mit Margret Wittmer am selben Tisch zu sitzen, ausließ. Ihre Stimme war trotz ihres Alters noch kräftig und aus dem Sprachgewirr herauszuhören.

Die einzig anwesende Angestellte an diesem Abend war Sofia, eine Frau Mitte sechzig, die schon seit der Hoteleröffnung in den Fünfzigerjahren für die Wittmers arbeitete, wie sie ihm eines Morgens erzählt hatte. Ihre Kinder studierten auf dem Festland und kamen höchstens einmal im Jahr zu Besuch. Weihnachten schien dafür nicht der geeignete Anlass zu sein. Seit dem Tod ihres Mannes lebte Sofia im Hotel und war dadurch versorgt, aber auch ständig verfügbar. Sie feierte zusammen mit den Wittmers, servierte ihm aber zwischendurch das Essen. Es kam im Wesentlichen aus den Töpfen und Schüsseln der familiären Festtafel. Zur Feier des Tages hatten ihm die Wittmers eine Flasche chilenischen Weins spendiert, der vorzüglich schmeckte.

Steen sah sich nach allen Seiten hin um, bevor er mit Mayra anstieß. Sie unterhielten sich angeregt. In besonders innigen Momenten suchten sich ihre Hände über den Tisch hinweg. Es war ein wunderbarer Abend. Umso mehr, da niemand außer ihm Mayras Anwesenheit zu bemerken schien. Das Getöse aus dem Nachbarzimmer prallte an ihnen ab. Mayra war überrascht über das traditionelle Essen der Deutschen. Bei den Frankfurter Würstchen mit Kartoffelsalat und Mayonnaise kicherte sie wie ein kleines Mädchen. Den Gänsebraten mit Kartoffeln und Rotkraut hielt sie angesichts der vorherrschenden Temperaturen von annähernd vierzig Grad für etwas üppig. Aber sie aß die Portion tapfer auf, während er seinen Teller am Ende sogar noch mit Brot auswischte.

Zu vorgerückter Stunde machte ihm Rolf Wittmer seine Aufwartung, zwischen den Lippen eine glimmende Zigarre. Steen folgte ihm nach draußen in die sternenklare Nacht. Es hatte sich kaum abgekühlt und es war windstill.

Du hättest wirklich sehr gerne mit uns zusammen feiern können, anstatt mutterseelenallein im Speisesaal zu hocken, sagte Rolf mit dem Rücken gegen die Hauswand gelehnt. Den Blick hielt er dabei fest auf den Horizont gerichtet.

Vielen Dank, sagte Steen. Ich weiß eure Gastfreundschaft wirklich zu schätzen, aber Weihnachten sollte jeder … Ehrlich, unterbrach Wittmer, wir sind zwar eine Familie, die eng zusammenhält, aber deshalb ist es hier noch lange nicht wie bei euch in Deutschland. Alle unter diesem Dach sind Familie, wenn auch manchmal nur für eine Nacht.

An der Art, wie er an der Zigarre paffte, erkannte Steen, dass es sich eher um ein weihnachtliches Ritual handelte. Mehrmals entging Rolf nur knapp einem Hustenanfall. Steen konnte dabei den Blick nicht von dem tanzenden Schnauzbart abwenden. Schnörres! Er hätte fast laut aufgelacht. Das rheinische Wort für Schnauzbart, er hatte es seinerzeit bei seinem Chef in der Bank aufgeschnappt.

Hier macht jeder, was er will, presste Wittmer hervor, kein Problem. Aber weißt du was? Eigentlich kannst du dich sogar glücklich schätzen, allein gegessen zu haben, so brauchtest du dir wenigstens nicht das Geflöte meiner Neffen und Nichten anzuhören. Wir Wittmers können eine ganze Menge, aber Musiker sind wir ganz sicher nicht, sagte er, bevor sich auch schon der nächste Hustenkrampf ankündigte. Wittmer klopfte ihm auf die Schulter, als sei Steen es, der die Zigarre nicht vertrug. Dazu musste Rolf auf die Zehenspitzen steigen. So aufgekratzt hatte Steen den Kapitän noch nicht erlebt. Er schrieb es dem Alkoholkonsum zu und der gelösten Stimmung nach dem Fest.

Gehen wir ein paar Schritte runter ans Meer?, fragte Wittmer in diesem Augenblick. Oder noch besser: Lass uns auf der Jacht noch was trinken. Ohne eine Antwort abzuwarten, stiefelte er los. Gern, sagte Steen mehr an den Mond gerichtet und setzte sich in Bewegung.

Alle paar Meter stoppte Wittmer, deutete auf ein Tier im Sand, ein Haus, an dem sie vorbeikamen, oder einfach mit weit ausholender Geste übers Meer. Und immer erzählte er eine Geschichte, die nicht notwendigerweise zu dem Objekt passte, das zu dem Stopp geführt hatte.

An Bord der Jacht hieß Wittmer seinen deutschen Gast, es sich auf einem der Deckchairs gemütlich zu machen. Zumindest deutete Steen seine Geste in diese Richtung. Ich besorg uns mal was Anständiges zu trinken, sagte er. Minuten später tauchte er mit einer Flasche Champagner im Eiskühler und zwei Gläsern aus dem Bauch des Schiffs wieder auf.

Frohe Weihnachten. Er streckte ihm eine der Sektflöten entgegen. Sie stießen an. Steen nippte. Von Champagner bekam er Sodbrennen.

Und, was hast du heute so alles getrieben?, fragte Wittmer. Er versuchte es beiläufig klingen zu lassen. Wie man eben einen belanglosen Plausch eröffnete. Steens Augenlider begannen zu zucken. Natürlich weiß er es, schoss es ihm durch den Kopf. Alle wissen es.

Nichts, sagte er. Zurückgelehnt, die Arme vor der Brust verschränkt. Was soll man hier schon groß treiben? Ihr habt weder einen Zoo noch ein Kino und ein Opernhaus versteckt sich auch nicht im Urwald. Wittmer hob eine Augenbraue. Na schön, sagte Steen. Ich weiß, worauf du anspielst. Und ich kann dich exklusiv informieren, dass an den Gerüchten nicht das Geringste dran ist.

Wittmers Lippen vibrierten, es war klar, was bevorstand. Nachdem der Kapitän sich wieder abgeregt hatte, stürzte er den Rest aus seinem Glas mit einem Schluck hinunter und wischte sich mit seinem behaarten Handrücken über die Lippen.

Es ist also nichts dran an der Sache mit Mayra?, nuschelte er. Er war hörbar um einen sachlichen Ton bemüht. Du bist also nicht wie ein Pfau mit ihr durch den ganzen Ort stolziert? Und warst anschließend auch nicht mit ihr drüben bei Juli und Ceci zum Essen? Und ihr habt danach auch nicht dicht an dicht im strömenden Regen am Strand gesessen? Soweit ich mich erinnere, machen sich vernünftige Menschen bei einem aufziehenden Gewitter rechtzeitig aus dem Staub. Bleiben sie allerdings einfach hocken und ignorieren alles, was um sie herum vorgeht, dann nennt man das, soweit ich weiß: verliebt sein.

So ein Quatsch!, rief Steen.

Rolf bog sich erneut vor Lachen. Quatsch!, rief er. Das soll Quatsch sein? Ich lach mich scheckig. Mich alleine haben heute an die dreißig Leute auf euch Turteltäubchen angesprochen. Ihr seid *das* Gesprächsthema unter jedem nicht vorhandenen Weihnachtsbaum auf Floreana. Es ist ja nicht so, als ob du nicht ohnehin bereits höchste Aufmerksamkeit genießen würdest, aber jetzt bist du die absolute, uneingeschränkte Number one. Völlig außer Konkurrenz. Ich will dir mal was erzählen, Harald Steen aus Hamburg, Mayra ist das begehrteste Mädchen der Insel. Übrigens nicht erst, seit du hier aufgetaucht bist. Hätten wir so was wie 'ne Misswahl, die Kleine würde sie jedes Jahr gewinnen. Allerdings! Er hob den Zeigefinger, während der aufsteigende Rauch der Zigarre seine Augen tränen ließ. Über eine Sache muss ich dich informieren. Schon allein deshalb, damit du hinterher nicht rumerzählst, der alte Wittmer hätte dich nicht gewarnt. Dramaturgische Pause. Überlang. Zug an der Zigarre. Rauch verschlucken. Champagner hinterherkippen. Man munkelt, Mayra sei irgendwie … prüde. Beide Hände zum Zeichen der Unschuld erhoben, fügte er an: Also, das ist nicht meine Meinung, wie könnte ich das auch wissen. Ich gebe nur wieder, was man sich hier so erzählt. Er ließ die Hände wieder sinken. Mal ehrlich: So lange bleibt doch keine gesunde Frau allein. Wie lange ist Pablo jetzt tot? Ich kann mich schon gar nicht mehr an ihn erinnern. Fünf Jahre? Wahrscheinlich sogar noch länger. Ich würde ja verstehen, wenn sie so lange um einen geliebten Mann trauern würde, um ein Prachtexemplar von Kerl, aber um einen Mistsack wie Pablo? Hat sie dir erzählt, dass er sie geschlagen hat? Hat sie?

Steen schüttelte den Kopf. Eigentlich hätte er den betrunkenen Rolf Wittmer in diesem Moment gerne über Bord geworfen.

Doch, doch. Das Mädchen sah an manchen Tagen aus, als wäre sie mit dem Gesicht in eine Schiffsschraube geraten. Ein cholerischer Mistkerl, das war Pablo, ein cholerischer Mistkerl. Ihre Kleine … also, dass die traurig ist, das verstehe ich ja sogar noch. Bei ihr war er ein anderer Mensch. Richtig liebenswürdig. Konnte er auch sein. Konnte er auch sein, wiederholte er, als ob er sich gerade an schöne Momente mit Pablo erinnerte. Hatte immer Zeit für sie. Na ja, die Insel ist voll mit solchen Gestalten und deren Geschichten.

Geprügelt wird hier ja gerne, wie es scheint, sagte Steen. Ist ziemlich auffällig, wenn wir hier schon so offen reden, aber vielleicht sehen das nur Außenstehende so. Sogar totgeprügelt kann man hier werden, wenn es bislang auch bloß einen Hund getroffen hat. Zumindest soviel ich weiß …

Ha! Kok! Schon war Wittmer wieder in der Spur. Dein holländischer Freund war auch mal hinter Mayra her, ist er, glaube ich, immer noch. Ja, da schaust du. Sogar Kok, der außer seiner Schnapsflasche nichts und niemanden anguckt. Bei Mayra werden sie alle verrückt. Und du verdammter Hund schlenderst mit ihr so mir nichts, dir nichts durch den Ort. Du hast ja vorher schon dolle Dinger gebracht, aber das ist die absolute Number one.

Wittmer goss sich das Glas randvoll und kippte die prickelnde Flüssigkeit erneut in einem Schluck herunter. Ja, Kok hat es bei ihr versucht, das hat sie mir erzählt, sagte Steen. Sie findet ihn widerlich. Damit ist sie nicht allein, sagte Wittmer. Und du hast es ihn auf unserem Fest ja auch deutlich spüren lassen. Würde ich jederzeit wieder tun, sagte Steen. Jetzt mal ehrlich, Harald. Niemand kann Jan leiden. Obwohl ihn keiner von uns so wirklich kennt. Er ist ja immer für sich. Aber ein Mörder ist er ganz sicher nicht. Wir fanden es auf eine Art okay, dass er sich für Mayra interessiert. Ist das erste Mal, dass er überhaupt versucht, Kontakt zu jemandem auf der Insel herzustellen. Steen griff sich in die frisch geschnittenen Haare. So nennt ihr das hier, wenn ein Mann einer Witwe hinterhersteigt, die ganz klar signalisiert hat, kein Interesse zu haben? So was gilt bei euch als Kontaktaufnahme?

Mein Gott, Harald Steen. Hast du es noch immer nicht begriffen? Das hier ist eine Insel im Nirgendwo, ein verdammt rauer Ort. Hier fällt dir nichts in den Schoß. Man kämpft um die Dinge, die man haben möchte. Jetzt mal nicht so zimperlich, ja. Das mag in Deutschland alles anders laufen, aber die Wildnis hat ihre eigenen Gesetze.

Die Wildnis hat ihre eigenen Gesetze, einer dieser Gähn-Sätze. Einer, den Steen aus jedem Manuskript herausstreichen würde, wäre er Lektor. Die Wildnis hat ihre eigenen Gesetze. Ein Fußballspiel dauert neunzig Minuten. Eine Schwalbe macht noch keinen Sommer. Eigentlich könnte man aus diesen Sentenzen mal ein Buch zusammenstellen, dachte er sich. Die gesammelten Binsenweisheiten einfach kommentarlos aneinandergereiht, das könnte was werden.

Als er seine Aufmerksamkeit erneut auf Wittmer lenkte, trat der, was die Erzählung anging, noch immer auf der Stelle. Aber jetzt mal davon abgesehen, sagte er gerade. Wie bist du denn bei der Schwarzen Witwe gelandet?

Schwarze Witwe? Steen stellte die Augenbrauen auf.

Ist 'ne Spinnenart. Wittmer deutete mit beiden Händen den Umfang der Spinne an. Groß wie ein Oktopus, dachte Steen. Nicht aggressiv, aber sehr, sehr giftig, fuhr Wittmer fort. Gib es zu, das trifft es nicht schlecht, oder? Also, lenk nicht ab. Wie konntest du das Wildpferd zähmen?

Ich zähme niemanden und Mayra ist weder ein Wildpferd noch eine Spinne oder ein anderes Tier. Mayra ist eine wunderbare Frau. Ich hoffe, ich darf sagen, dass wir uns gut verstehen.

Das ganze Deck erbebte unter Wittmers dröhnendem Bass. *Gut verstehen,* wiederholte er ein ums andere Mal, als habe er diesen besten Witz aller Zeiten zum ersten Mal gehört und überlege schon, wem er ihn weitererzählen könne. *Gut verstehen.* Ich sag dir mal was, mein guter Versteher, rief er, nachdem er sich halbwegs wieder im Griff hatte. Alkohol, dachte Steen, tat dem Kölner, der die Domstadt nie gesehen hatte, wirklich nicht gut. Wenn Mayra mit dir, untergehakt, in aller Ruhe und erhobenen Hauptes durch ganz Puerto Velasco flaniert, durch einige Straßen sogar mehrmals, dann hat das Gewicht. Mehr noch, es ist eine Art Statement. Vielleicht nicht in deine Richtung, aber in unser aller, die wir hier leben. Seht alle her, das hier ist mein neuer Mann! Das ist es, was sie damit gesagt hat. Claro?

Steen hatte ausgerechnet in diesem Augenblick das Glas noch einmal an die Lippen geführt und auch bereits daran genippt. Er prustete den Champagner in Wittmers Richtung. Der sprang auf und bekam den nächsten Lachanfall. Steen war sich sicher, dass der kleine Mann mit dem Riesenschnauzer den lustigsten Heiligabend seit Jahrzehnten, wenn nicht seines Lebens, gerade mit ihm verbrachte.

Ihr neuer Mann?, stammelte er ernsthaft erschrocken. Ich schwöre …

Wittmer kollabierte, bat inständig, ihn nicht weiter zum Lachen zu bringen, weil er sonst platzen würde.

Steen beschloss, das Thema zu wechseln. Vielleicht war er ja naiv. Sicherlich war ihm bewusst gewesen, dass Mayras Spaziergang mit ihm durch den Ort die Leute zum Schwätzen ermutigen würde. Aber seiner Meinung nach machte das aus ihm noch nicht ihren nächsten Ehemann.

Na dann, seufzte er und lehnte sich zurück. Mal was ganz anderes, was sind das eigentlich für Ruinen drüben in der Post Office Bay? Was denn für Ruinen?, sagte Wittmer, der den Themenwechsel ohne Verwunderung mitmachte. Vielleicht auch eine Folge des Alkohols. Von der Casa Matrix ist nichts mehr übrig, sagte er. Völlig abgetragen. Auf der gegenüberliegenden Seite der Bucht gibt es noch ein paar Steine, meinst du die?, fragte er mit einem breiten Grinsen im Gesicht. Steen nickte. Die Grundrisse waren ihm an jenem Morgen, als er den Sänger gesucht hatte, aufgefallen. Was ist daran so lustig?, fragte er jetzt.

In den Trümmern von dieser Hütte haben sie damals den Film mit der bekloppten Baronin gedreht. Steen tat, als wisse er nicht genau, wovon Wittmer sprach. Die Baronin?, fragte er. Ja, von der habe ich gehört. Wie hieß sie doch gleich? Wagner de Bousquet, Eloise, erwiderte der Kapitän. Ein echtes Miststück, das sag ich dir. Wenn die nicht gekommen wäre, würden heute wahrscheinlich die Nachkommen von Ritter und Strauch ein Hotel neben dem unseren betreiben. Steen lächelte, wenn auch mehr in sich hinein. Er selbst wäre dann wohl der gegenwärtige Hoteldirektor und das hier so was wie ein Gipfeltreffen. Vielleicht würden sie sich streiten, vielleicht versöhnen oder gar eine Elefantenhochzeit planen.

Mit der Baronin kam der Teufel nach Floreana, das sagt meine Mutter, fuhr Wittmer fort. Er bemerkte nicht, dass Steen in Gedanken gerade abschweifte. Kaum war die Bousquet gelandet, da ernannte sie sich selbst zur Kaiserin von Floreana. Ehrlich wahr, Kaiserin von Floreana. Direkt nach der Landung. Und was die alles dabeihatte. Dabei gab es doch ohnehin schon zu viele Rinder. Er ließ seinen Blick über die Uferlandschaft gleiten, als erwarte er, dort eine Herde zu sehen. Sie schleppte noch mehr an, fuhr er wieder an Steen gewandt fort. Baumaterial, im Wesentlichen Wellblech, um ihr Hotel zu bauen. Sie wollte ein Luxushotel bauen. Musste ja Ärger geben! Kannst du dir ja wohl vorstellen. *Hacienda Paradiso* hat der Schuppen geheißen. Ein Luxushotel für superreiche Amerikaner. Ein Luxushotel aus Wellblech! Hat man so was schon mal gehört? Aber das Dollste waren die zwei Knilche, die sie im Schlepptau hatte. Willst du wissen, was ich denke? Die waren beide nichts weiter als ihre Sklaven. Meine Mutter hat die gesamte Truppe irgendwann mal auf *Paradiso* besucht. Drinnen war wohl alles mit Plüsch ausgeschlagen. Echte Teppiche lagen auf der Erde und sogar ein Tanzparkett mit Grammofon gab es. Das Holz dafür haben ihre Loverboys aus der Casa Matrix geklaut. Und es gab genau zwei Betten … vielmehr zwei Diwane, die mit Seide bezogen waren. Fällt dir was auf?

Steen zuckte mit den Achseln. Nichts sagen, dachte er, Wittmer hatte gerade einen Lauf.

Zwei Betten für drei Personen? Wittmer tippte sich gegen die Stirn. Zwei, wiederholte er, für drei. Steen unterdrückte ein Gähnen nur mit Mühe. Unsittlich ist das Wort, das meine Mutter dafür gebraucht hat. Na ja, wenn's nur das gewesen wäre.

Wieso?, fragte Steen.

Pass mal auf, was ich dir jetzt erzähle: Damals wurde alles, was man bestellte, in die Post Office Bay geliefert und in der Casa Matrix so lange deponiert, bis die Empfänger es von dort abholten. Das konnte Wochen, manchmal sogar Monate dauern. Die Briefe kamen ins Fass. Die Baronin hat jede Menge Sachen, die nicht für sie bestimmt waren, gestohlen. Und sie hat die Post aus der Tonne geöffnet und gelesen. Das hat für mächtig Streit zwischen meinen Eltern und den Ritters gesorgt. Die Baronin, das scheinheilige Luder, hat eines Tages zwei Pakete Post zu Mutter hochgebracht. Eins davon war für uns, die Briefe waren unversehrt. Das andere war für die Ritters. Das hat mein Vater dann sozusagen zugestellt. Ritter hat bemerkt, dass die Briefe gelesen waren. Kannst du dir vorstellen, dass der geglaubt hat, meine Eltern hätten das getan? Das war ihre Taktik. Sie hat von Anfang an versucht, die Ritters gegen uns Wittmers aufzubringen.

Gab es denn so viel zu klauen?, wollte Steen wissen. Und ob! Ich wäre deshalb beinahe gestorben. Jetzt war Steen wirklich überrascht. Die meisten Dinge, die Wittmer erzählte, waren ihm nicht neu, wenn auch durch die Brille seiner Eltern gefärbt.

Gestorben?, sagte er. Spätestens mit der Ankunft der Baronin wurde Floreana so was wie heute … sagen wir, Nassau. Ein Treffpunkt des Jetsets. Ständig lagen irgendwelche Superjachten vor der Küste. Alle statteten sie den Insulanern ihren Besuch ab. Meine Eltern haben Besucher immer sehr herzlich willkommen geheißen. Die haben sich dann erkenntlich gezeigt und entweder beim nächsten Mal selbst dringend benötigte Dinge mitgebracht oder sie haben es einem ihrer reichen Freunde aufgetragen, die die Insel anzulaufen gedachten. Eigentlich konnte man von dem Zeitpunkt an bis zur Katastrophe alles bekommen, was man eben so brauchte oder auch ganz einfach nur haben wollte.

Klingt nicht nach Umständen, die einen Neugeborenen umbringen würden.

Hat es ja auch nicht, wie du siehst. Aber einmal hat einer der Superreichen Büchsenmilch, die meine Eltern kurz nach meiner Geburt bestellt hatten, für uns unten am Strand deponiert. Fünfzig Dosen oder so. Zur Unterstützung meiner Ernährung sozusagen. Ich war noch nicht mal ein Jahr alt. Und dann?, fragte Steen.

Dann hat die Baronin eine Büchse hoch auf den Asilo de la Paz gebracht und den Rest für sich behalten. So was machte die dauernd.

Auch bei den Ritters?

Schätze mal, da war sie nicht viel anders. Die haben ja noch viel mehr Zeug bestellt und auch bekommen als meine Eltern. Friedrich Ritter, da beißt die Maus keinen Faden ab, war so was wie der Superstar hier. Das musst du immer im Hinterkopf haben. Mit ihm hat der Hype ja schließlich angefangen. Von ihm wurden mindestens drei Artikel in amerikanischen Zeitungen gedruckt. Schreibt das jemand, der der Welt den Rücken gekehrt hat? Von wegen suchte der die Einsamkeit. Er war eine Berühmtheit. Allerdings nur so lange unangefochten, bis die Baronin aufgetaucht ist. Die hat ihn in Sachen Eigenvermarktung um Längen übertroffen. Fast jeder der berühmten Gäste von damals hat im Anschluss an seinen Besuch etwas über seine Tage mit den Wilden von Floreana veröffentlicht. Es gab sogar Filmaufnahmen von einem Milliardär namens Hancock. Auf *Frido* hat er gefilmt. Ritter war ein Heuchler. Angeblich waren ihm die vielen Leute ja ein Gräuel. Ausgenutzt hat er die Beziehungen dann aber schon. Er hat sogar Vorträge gehalten.

Wie denn das?

Kann ich dir sagen: Irgendwann mal lagen gleichzeitig zwei Jachten in der Bucht, als ein drittes Schiff, ein Kreuzfahrer, hinzukam. Ein riesiger Kahn mit zweihundert Passagieren an Bord. Dazu musst du wissen, dass damals die Gazetten in Amerika voll mit Geschichten von Floreana waren. Hab ich das schon erwähnt? Gerade erst, dachte Steen, blieb aber stumm. Die meisten waren erstunken und erlogen. Aber sie zogen Publikum. Und die Vorträge?, sagte Steen.

Mutter hat nur von einem erzählt, aber der stand im gedruckten Programm dieses Luxusdampfers als ein Highlight der Reise: *Treffen mit Dr. Ritter und Dore Strauch.* Wortwörtlich!

Du meinst, die beiden haben sich richtiggehend vermarktet?

Ich halte nicht viel von den beiden, das weiß jeder, aber so weit würde ich nicht gehen. Ich denke, die Reederei hat den Punkt einfach ins Programm genommen und darauf gehofft, die beiden vor Ort von einem Auftritt überzeugen zu können. Das hat dann allerdings auch geklappt.

Kann ich mir nicht vorstellen, sagte Steen. Seine Überraschung war keineswegs gespielt.

Stimmt aber wohl! Dieser Multimilliardär, Hancock, der zigmal die Insel anlief, hat die beiden tatsächlich überredet, an Bord der *Stella Polaris* zu gehen.

Jetzt ist er schon Multimilliardär, dachte Steen. Mal sehen, wo er noch endet.

Das Ganze geriet zum Triumphzug, soviel man weiß, fuhr Wittmer fort. Die Baronin war übrigens auch an Bord, soll aber ausnahmsweise mal nicht den Ton angegeben haben. Irre Sache, findest du nicht?

Ich denke gerade darüber nach, was ich getan hätte.

Du hättest sie umgebracht, ich hätte sie umgebracht. Jeder vernünftige Mensch hätte die Bousquet um die Ecke gebracht. Ist doch klar.

Steen setzte sich gerade auf. Er hatte eigentlich darüber nachgedacht, warum Friedrich und Dore auf das Kreuzfahrtschiff gegangen waren, nicht über die Baronin. Und?, sagte er.

Na ja, sie ist tot, nach allem, was man weiß. Bemerkenswert aber ist eine Sache: Während die Baronin ihr Unwesen trieb, sind die älteren Neusiedler näher zusammengerückt. Meine Familie hat sich einmal die Woche mit den Ritters getroffen, um sich zu beratschlagen, was man gegen Madame und die beiden Luschen tun könnte. Am Ende haben sie allerdings bloß eine Eingabe beim Gouverneur der Inseln gemacht. Nein!, rief Steen. Aber wenn ich es dir doch sage. Der ist auch tatsächlich irgendwann hier aufgetaucht, mitsamt Entourage, und es wurde eine Art Tribunal auf *Paradiso* abgehalten.

Und, ist sie … verurteilt worden?

Im Gegenteil. Die Anhörung fand wohl in geselliger Runde statt. Sie hat dem Gouverneur mächtig aufgetragen. Essen, Trinken und … man behauptet, dass sie ihm auch sonstige Dienste erwiesen habe. Weißt schon … Das Ende vom Lied: Er hat ihr eine große Menge Land zugesprochen. Und das, wo man hier doch keinen Besitz erwerben kann. Man darf das Terrain für sich nutzen, aber es gehört einem nicht. Aus irgendwelchen Gründen hat er später noch uns und die Ritters besucht und den beiden Parteien ebenfalls ein Stück Land übertragen, was allerdings wesentlich kleiner war als das der Gräfin. Aber pass auf, jetzt kommt das Schlimmste an dieser Posse. Allen drei Parteien auf Floreana wurde das gleiche Recht an *unserer* Quelle eingeräumt. Ist wie bei den Betten. Steen sah ihn fragend an. Zwei Betten, drei Personen, erinnerst du dich nicht? Hier jetzt: eine Quelle, drei Parteien. Nur dass die nicht miteinander ins Bett hüpften. Obwohl, bei der Strauch und vielleicht sogar bei Ritter ist man sich da nicht so sicher.

Moment, Moment, Moment. Für Steen konnte sich das hier als der Glücksfall erweisen, auf den er nicht mehr gehofft hatte. Er durfte es jetzt nicht vermasseln. Eine weniger wichtige Frage zuerst, sagte er. Es gibt doch zwei Quellen auf der Insel. Mindestens.

Unsinn! Wittmer winkte ab. Es gibt nur unsere Quelle. Das Wasser fließt aber den Berg hinab, verschwindet auf dem Weg noch mal unter der Erde und tritt auf *Paradiso* wie auch auf *Frido* wieder zutage. Die Ritters haben es sich auf ihrem Land einfach nutzbar gemacht. Wir siedelten oben, direkt an der Quelle. *Paradiso* lag genau in der Mitte, aber an der Stelle war sie eher ein Rinnsal. Einmal hat die Baronin trotzdem darin gebadet. Mit voller Absicht selbstverständlich. Hat riesigen Ärger gegeben.

Und die dritte Quelle?

Ist die zweite Quelle und wurde nie gefunden. Laut einem Forscher soll sie auf der Ostseite der Insel liegen. Mein Vater hatte geplant, dorthin umzusiedeln, um aus dem ganzen Schlamassel mit der Baronin rauszukommen.

Aber wie du weißt, existiert kein Landweg. Man hätte ihn mühsam freischlagen müssen. Deshalb hat er einen der reichen Jachtbesitzer gebeten, mit ihm nach der Quelle zu suchen. Sie sind dann mit dem Schiff die gesamte Küste abgefahren, haben aber letztlich nichts gefunden. Also musste er bleiben, wo er war. Sonst wäre vielleicht alles anders ausgegangen, wer weiß.

Ihr seid die Einzigen, von denen alle überlebt haben, sagte Steen.

Gott sei Dank, ja. Meine Eltern haben sich ja auch so weit es ging aus allem rausgehalten. Vor allem waren sie weniger dogmatisch als Ritter. Für den war alles immer gleich so wichtig, so existenziell.

Muss ein seltsamer Vogel gewesen sein. Apropos, wie hast du das eben mit Dore Strauch und ihm gemeint?

Die Sexgeschichte meinst du?

Ja.

Na ja, es gibt Gerüchte, dass Madame, weil Ritter sie nicht mehr angefasst hat, etwas mit Philippson angefangen hat. Die Baronin hätte sicher nichts dagegen gehabt. Die war so eine. Und dass die Strauch Philippson attraktiv fand, das wusste laut meiner Mutter sogar Ritter. Hat wohl deswegen mal mächtig Streit gegeben.

Philippson, sagte Steen. Seine Gedanken drifteten ab. Robert, genannt Bubi, Philippson. Er hatte Fotos von dem Mann gesehen, eine Ähnlichkeit zwischen ihnen war ihm dabei nicht aufgefallen. Groß war er gewesen, das schon. Seine Mutter eher klein. Steens eigene Körpergröße musste irgendwo ihren genetischen Ursprung haben. Philippson war jüdischer Herkunft und knapp unter dreißig. Altersmäßig hätten die beiden besser zusammengepasst als Dore und Friedrich. Viel mehr wusste er allerdings nicht über den Bousquet-Gespielen. Anders als Margret Wittmer, die hatte ihn persönlich gekannt.

Und Ritter?, fragte er laut.

Ritter? Pah! Der soll was mit der Baronin gehabt haben. Laut meiner Mutter hat sie ihn umgarnt, dass es ungehörig war.

Ritter hat mit der Baronin …?

Und Dore hat das nicht gesehen beziehungsweise es nicht sehen wollen. Die hat sich von ihrem schlauen Doktor doch alles gefallen lassen. Hat sich alles immer schöngeredet.

Sagt das auch deine Mutter?

Wer denn sonst, ich war mit meiner Büchsenmilch beschäftigt. Er grinste und sah Steen herausfordernd an. Der grinste zurück.

Sag mal, spielt dieser Philippson nicht sogar in dem Stummfilm mit?, sagte er. Haha, davon wollte ich dir doch eigentlich erzählt haben. Du hast doch nach den Trümmern gefragt. Dahinten haben sie den Film gedreht. Sagtest du bereits. Hab ich die ganze Geschichte schon erzählt? Nein, nur dass dort der Film gedreht wurde. Ja, Bubi hat den Liebhaber einer Piratin gespielt. Natürlich wurde die von Madame höchstpersönlich gegeben. Er nur mit Lendenschurz bekleidet, sie in einem durchsichtigen Leibchen. Laut meiner Mutter konnte man sie bei Besuchen übrigens gerne mal halb bekleidet antreffen. Im Mieder. Kein Wunder also, dass unser Philosoph etwas die Steifheit abgelegt hat.

Und dein Vater?, wollte Steen fragen, war sich aber bewusst, dass das lockere Geplauder dadurch ein jähes Ende finden könnte. Wie kam es überhaupt zu dem Film?, fragte er stattdessen.

Auf der Hancock-Jacht, die hieß, wenn ich mich richtig erinnere, *Velero III.*, hielt sich unter anderem auch ein reicher Hollywoodboss auf. John oder so ähnlich. Hab den Namen vergessen.

Emory Johnson. Steen hatte von ihm gelesen, sagte aber nichts. Der Mann war tatsächlich Produzent gewesen und spielte in dem kurzen Streifen sogar persönlich mit. Die Baronin selbst hatte am Drehbuch mitgewirkt. Der Film sollte natürlich *Die Kaiserin von Floreana* heißen. Man konnte ihn heute noch als Dokument jener Tage im Archiv des amerikanischen Smithsonian Museum finden.

Die Handlung, fuhr Wittmer fort, ist ziemlich nebensächlich. Er skizzierte sie kurz. Man wollte wohl den Tiger weiterreiten. Die amerikanische Öffentlichkeit war so wild auf die Geschichten von Floreana. Den ganzen Streifen haben sie dahinten im Haus von den Norwegern gedreht. Er klatschte in die Hände. So, nun weißt du alles. Schluss mit den alten Geschichten. Ich muss ins Bett. Du kannst gerne noch hier sitzen bleiben, ich mach mich vom Acker.

Ich weiß nun *fast* alles, sagte Steen, während sie von Bord kletterten. Wittmer, der den Champagner nahezu allein ausgetrunken hatte, hatte nun deutlich Schlagseite. Auf dem Pier stehend, wandte er sich Steen noch mal zu. Was denn noch?, fragte er und trabte los in Richtung Hostal.

Was alle wissen wollen, rief Steen ihm hinterher. Zeit, aufs Ganze zu gehen. Wer hat wen umgebracht?

Wittmer stoppte etwas zu abrupt. Er brauchte einen Moment, um sich einzupendeln. Ist doch klar, mein Gott, stöhnt er. Er war kaum noch zu verstehen. Immer wieder dieser Mist. Scheiße! Sind doch alle tot.

Alle tot, sagte Steen. Bis auf euch, die Wittmers. Ihr habt euch aus allem rausgehalten.

Gibt eben doch noch Gerechtigkeit auf der Welt. Rolf schlug die Hacken zusammen und richtete sich so gut es noch ging auf. Beinahe wäre er gestürzt. Das ist die Weihnachtsbotschaft, mein Lieber, rief er. Es gibt noch Gerechtigkeit!

Steen kickte die Lederschuhe von den Füßen. Legte den Anzug ab und ließ ihn auf den Sand fallen. Mit Hemd, Krawatte und Unterhose hielt er es ebenso. Nackt stieg er ins Wasser.

Er wusste, dass Haie in der Nähe sein könnten und dass er ihre Schwanzflossen in dieser mondlosen Heiligen Nacht nicht rechtzeitig sehen würde, aber es scherte ihn nicht. Er kraulte, als wolle er schnell eine möglichst große Distanz zwischen sich und die Insel legen. Und mit derart kräftigen Armzügen, als wolle er die Bestien gezielt auf sich aufmerksam machen. Drei Schläge, atmen backbord. Drei Schläge, atmen steuerbord. Die Erschöpfung kam schneller als erwartet. Das Kraulen forderte andere Muskelgruppen als die schwere Arbeit im Regenwald.

Er stoppte, drehte sich auf den Rücken. Sein Brustkorb hob und senkte sich in Maximalgeschwindigkeit. Er durchsuchte den Himmel nach ihm bekannten Sternbildern, bis ihm aufging, dass er sich auf der Südhalbkugel der Erde befand. Danach formte seine Fantasie eigene Bilder aus den Trilliarden leuchtender Himmelskörper. Darüber beruhigte sich sein Atem. Frieden fand er nicht.

Seine Fäuste knallten auf die Wasseroberfläche. Er erschrak über das laute Geräusch, drehte sich auf den Bauch und schwamm zurück an Land. Lange saß er danach im Sand und starrte übers Wasser. Haie, brummelte er vor sich hin. Er zog sich wieder an, stopfte die Krawatte in die Jacketttasche und lief rüber zum Hafen.

Auf der vertrauten Bank sitzend und über die letzten Stunden nachgrübelnd, kamen ihm keine neuen Erkenntnisse. Sein Kopf war randvoll und ihm fehlten die Schubladen, das ganze Zeug wegzupacken.

Nicht alles von dem, was Wittmer in seinem Redeschwall erwähnt hatte, war ihm bekannt gewesen, das Wesentliche hatte er ohnehin nicht ausgesprochen. Zu den Todesfällen existierten so viele Theorien, wie es damals Bewohner auf Floreana gegeben hatte. Die Wittmers hatten sich der Welt gegenüber immer so präsentiert, als hätten sie sich stets aus allem rausgehalten. Stimmen, die das Gegenteil behaupteten, fanden sich dennoch zahlreiche. Jene, die Heinz ein Verhältnis mit der Baronin oder zumindest einen Seitensprung nachsagten, waren auch Jahrzehnte später noch nicht verstummt. Und diejenigen, die Margret Wittmer verdächtigten, auf den Ausrutscher ihres Ehemanns extrem hart reagiert zu haben, auch nicht. Ihr sei einfach der Geduldsfaden gerissen, wurde gemutmaßt. Leichen zu entsorgen, das war auf Floreana nie ein Problem gewesen.

Auch Ritter hatte zu den Anhängern dieser Theorie gehört, sie allerdings anders formuliert. Ihm zufolge könnte Wittmers Ehefrau ihren Mann dazu gezwungen, zumindest aber angestiftet haben, sich der Baronin zu entledigen. Eine ähnliche Vermutung hatte er sogar kurz nach dem Verschwinden der Baronin in einem Artikel veröffentlicht.

Ein Alibi verschaffte Wittmer seine Frau Margret höchstpersönlich. In ihren Memoiren schrieb sie, die Baronin habe sie am Vortag ihres Verschwindens aufgesucht und von der Absicht gesprochen, am darauffolgenden Tag die Insel zu verlassen. Zusammen mit Bubi wolle sie eine Segeljacht mit Ziel Südsee besteigen. Dort sähe sie bessere Chancen, ihren Plan von einem Luxushotel zu verwirklichen.

Eine Abreise anstelle eines Doppelmordes also?

Einen Pferdefuß hatte auch diese Theorie: Ritter versicherte später, in jenen Tagen keine Jacht vor Floreana kreuzen gesehen zu haben. Von *Frido* aus bemerkte man jedes sich der Insel nähernde Schiff. Und nach dem Medienecho, das die Galapagos-Affäre bald schon erfuhr, meldete sich auch kein Schiffseigner, um den friedlichen Abgang der beiden zu bestätigen.

Die bei Weitem gängigste Theorie war, dass der ins Abseits geratene Rudolf Lorenz die Baronin Wagner de Bousquet und ihren angeblichen Ehemann Robert Philippson umgebracht und den Haien zum Fraß vorgeworfen habe. Lorenz soll direkt nach der Tat zu den Wittmers geeilt sein, um ihnen mitzuteilen, dass die beiden die Insel mit einem Schiff in Richtung Südsee verlassen hätten. Ob er wusste, dass er damit das Alibi, dass Margret ihrem Heinz verschafft hatte, untermauerte? Oder steckten die drei am Ende gar unter einer Decke? Sonderbar blieb, dass die Baronin bei der angeblich geplanten Abreise nichts mitgenommen hatte außer der Kleidung, die sie am Leibe trug. Auch ihren heiß geliebten Talisman nicht. Die Erstausgabe von Oscar Wildes *Das Bildnis des Dorian Gray* lag noch neben ihrem Diwan.

Eine Fotografie, auf der Dr. Ritter den Arm um die Baronin gelegt hält und sich in ihrer Gesellschaft sichtlich wohlfühlt, gab ebenfalls Anlass zu Spekulationen. War der große Philosoph am Ende doch kein Asket? War auch er der sexbesessenen Bousquet verfallen. Dass diese auf dem Gebiet körperlicher Lust durchaus olympische Ambitionen hegte, wurde vielfach beschrieben. Jedenfalls machte keiner der Überlebenden nach ihrem Verschwinden allzu lange Anstalten, Pietät zu wahren. Lorenz verkaufte das Eigentum der Baronin, das sie ihm angeblich vor der Abreise mündlich vermacht hatte, an die Wittmers und die Ritters. Kurz darauf machte er sich mit dem norwegischen Kapitän Nuggerud auf den Weg zurück nach Europa. Dessen Schiff soll in Seenot geraten sein – die Abreise fand an einem Freitag, dem Dreizehnten statt –, die beiden Männer strandeten auf der unbewohnten Wüsteninsel Marchena, wo sie schließlich wahlweise verhungerten oder verdursteten und erst Monate später von Kapitän Hancock, bereits weitgehend mumifiziert, gefunden wurden. So hat das Schicksal den Doppelmörder einer gerechten Strafe zugeführt – sagte man. Für die Behörden war der Fall damit erledigt. Als Galapagos-Affäre wurde er zum Nährboden für wildeste Geschichten, Spekulationen und allerlei

Theorien. Und das war bei Weitem noch nicht alles. Was geschah mit Friedrich Ritter?

Nicht wenige sprachen von einem tragischen Unfall. Es galt als sicher, dass sein Vegetarismus mehr Lippenbekenntnis oder frommer Wunsch denn innerste Überzeugung gewesen war. Einmal hatte er die Wittmers sogar gebeten, ihm im Tausch gegen Gemüse von einem geschlachteten Schwein Schinken und Kopf zu überlassen, um sie einzuwecken. Nach dem Genuss einer dieser Fleischkonserven wurde ihm zunächst schlecht, dann kam das Fieber und schließlich alle Hilfe zu spät. Er starb an einer Fleischvergiftung. Es gab Stimmen, die Dore unterstellten, mit dem Ersuchen nach Hilfe absichtlich zu lange gewartet zu haben. Als Margret endlich am Sterbebett eintraf, will sie dort einen an Dore gerichteten Zettel gesehen haben, auf dem in Ritters winziger Schrift der Satz gestanden haben soll: *Ich verfluche dich im letzten Augenblick.* Jedenfalls erzählte sie es so in ihren Memoiren. Der Zettel selbst wurde nie gefunden.

Von welcher Seite man sich der Geschichte auch näherte, es gab für jede Theorie Argumente, doch keine Beweise. Genaues wusste nur die alte Dame, die man auf der Insel »Die Hexe« nannte.

Die dritte Quelle

Sie hatten sich mehrfach verabredet, Spaziergänge unternommen, gemeinsam gegessen, sogar Alkohol getrunken. Und viel miteinander gelacht. Das meiste davon geschah unter den Augen einer sehr interessierten Öffentlichkeit. Mayra genoss die Aufmerksamkeit, Steen war sie gleichgültig. Intim waren sie noch nicht miteinander gewesen, aber das hatte auch keine Eile, jedenfalls nicht für ihn.

Stundenlang hockten sie an einem menschenleeren Strand, machten Feuer, als die Luft frisch wurde und sie Hunger bekamen. Fisch und fette Würstchen brieten sie und rösteten selbst gebackenes Brot. Gabriela war häufig mit dabei. Offenbar sah sie in ihm doch nicht den furchteinflößenden Riesen vom Asilo de la Paz. Seine Körpergröße amüsierte sie eher. Besonders wenn sie sich neben ihn stellen durfte und ihre Mutter dazu aufforderte, sich den enormen Größenunterschied anzusehen. Ein wenig kam er sich dabei wie in einer Freakshow vor, aber die Kleine konnte von dieser Art Spielchen nicht genug bekommen. Deshalb ließ er es geduldig geschehen.

Er mochte das aufgeweckte Mädchen. An zwei aufeinanderfolgenden Nachmittagen half er ihr bei den Hausaufgaben – was er als einen ziemlich intimen Moment wahrgenommen hatte. Solche Aufgaben übernahmen normalerweise Familienmitglieder oder professionelle

Nachhilfelehrer. Gabriela hatte Schwierigkeiten in Geschichte und Mathematik. Der Vorteil von Zahlen lag in ihrer Internationalität, deshalb fiel beim Rechnen das zwischen ihnen bestehende Sprachproblem etwas weniger gravierend aus. In Geschichte tat er sich dafür deutlich schwerer. Zwar verfügte er über ein solides Grundwissen, ein Experte für die südamerikanische Vergangenheit war er allerdings nicht. Die aber wurde in der Dorfschule vorrangig unterrichtet.

Gabriela interessierte sich während der gemeinsamen Zeit ohnehin mehr für Geschichten aus Steens Heimat. So erklärte er ihr, was Schnee ist, wie kalt es im Winter werden konnte und wie sich die Leute gegen den Frost schützten. Bei diesen Berichten aus einer ihr fremden Welt saß sie ihm atemlos gegenüber und kaute an ihren Fingernägeln. Endete eine Geschichte, wechselte sie schnell das Thema, damit Steen bloß nicht wieder mit den ihr verhassten Zahlen um die Ecke kam. Sie wollte viel lieber wissen, wie die Tiere mit so seltsamen Namen wie Eichhörnchen, Igel oder Stachelschwein, Hase und Braunbär aussahen. Was sie fraßen, ob man sie in freier Wildbahn antraf und welche von ihnen man als Haustiere halten konnte. Tiere waren Gabrielas Leidenschaft. Bei Steen, der als Kind stolzer Besitzer einer Dauerkarte für den Tierpark Hagenbeck gewesen war, rannte sie damit offene Türen ein.

Trotz der netten Stunden, die er mit Gabriela verbrachte, war er stets froh, wenn Mayra und er gemeinsame Zeit ohne das Mädchen genießen konnten. Er hatte noch nie eine so unaufgeregte und uneitle Frau kennengelernt. Wert auf Äußerlichkeiten zu legen, war ihr fremd. Sich zu verstellen, bloß um irgendwo dazuzugehören, wäre ihr nicht in den Sinn gekommen. Sie war stark und hatte eine eigene Meinung zu den Dingen, die sie konsequent verfechten konnte. Und dann war da noch der beglückende Umstand, dass ihr der immense Altersunterschied, der zwischen ihnen bestand, kein Wort wert war.

Auf der anderen Seite hatte sie auch etwas liebenswert Unlogisches, rein auf einem Gefühl Basierendes. Eine wirkliche Antagonistin zu ihm und seiner vernunftgesteuerten Sicht auf die Welt. Manche Fakten waren für sie ohne jede Bedeutung. Selbst eindeutige Messungen überließ sie bisweilen ihrer Empfindung. Sie empfand die Tagestemperaturen als warm oder kalt, die Anzeige des Thermometers beeindruckte sie nicht im Geringsten. Der Weg hinauf zum Asilo war an einem Tag leicht und gut zu bewältigen, am nächsten unendlich lang und unzumutbar anstrengend. Sie fühlte sich fiebrig, auch wenn das Thermostat unter ihrer Zunge etwas anderes besagte. Einmal war ihr der Fisch, den Steen auf dem offenen Feuer gebraten hatte, zu salzig, obwohl er kein Gramm Salz hinzugegeben hatte. Steen amüsierte sich über die völlige Ignoranz gegenüber wissenschaftlich Nachweisbarem, auch wenn er sie nicht nachvollziehen konnte. Er schüttelte dann bloß den Kopf und sah sie mit einem Lächeln und schief gelegtem Kopf an. Was?, rief sie in solchen Momenten, stampfte mit dem Fuß auf den Boden und stemmte die Hände in die Hüften.

In den vergangenen beiden Monaten hatten sie sich aufeinander zubewegt. Er hatte längere Zeiten an der Küste verbracht als zuvor und sich jedes Mal, wenn er hinabstieg, sogleich bei ihr gemeldet.

Als eigentlichen Durchbruch in ihrer Beziehung betrachtete er den Tag, an dem er sie mit hinauf zu seinen Höhlen genommen und ihr dort alles gezeigt hatte. Beim Anblick seines Gartens hatte sie begriffen, dass es ihm ernst war. Ernst damit, sich in der Wildnis auszuprobieren, ganz so, wie es seine Vorfahren getan hatten. Warum er das Leben seiner Mutter nachstelle, hatte sie ihn mehr als einmal gefragt. Er war immer ausgewichen, mal mehr, mal weniger geschickt. Wurden Mayras Fragen allzu dringlich, empfand er sie als penetrant und konnte wütend und aufbrausend werden. Zweimal schon hatte ein solcher Ausbruch ihre noch zarten Bande ernsthaft gefährdet. Nach beiden Auseinandersetzungen hatte er sich für längere Zeit nicht an der Küste blicken lassen.

Mayra war allerdings nicht die Frau, die etwas auf sich beruhen ließ. Schon das nächste Treffen nahm sie zum Anlass, ihn auf sein mangelndes Vertrauen ihr gegenüber anzusprechen, was ihn bloß noch mehr erzürnte.

Sah sie denn nicht, welch überragender Vertrauensbeweis allein ihre Anwesenheit auf *Stela* darstellte? Er hatte so sehr mit sich gerungen und den Moment, an dem er sie mit auf den Berg nehmen wollte, immer wieder hinausgezögert. Als er es endlich wagte, wollte sie bloß noch mehr. Wie hätte er ihr Fragen beantworten können, auf die er selbst keine eindeutigen Antworten hatte? Warum verlangten Menschen überhaupt immerzu Antworten, warum ließ man die Dinge nicht einfach geschehen?

Was er ihr unter Eid abverlangt hatte, war, den anderen Dorfbewohnern gegenüber völliges Stillschweigen über den Ort zu bewahren, an dem er sich aufhielt. Sie gab ihm das Versprechen und er vertraute ihr. Allerdings, so gab sie zu bedenken, wissen eh alle, dass du hier oben irgendwas veranstaltest. Wenn es sie wirklich interessieren würde, kämen sie nachsehen. Und jeder von uns würde dich finden. Wenn ich ehrlich sein darf, das Versteckspiel kannst du dir eigentlich sparen. Eins muss man dir allerdings lassen, du hast dich weiter in den Dschungel vorgearbeitet als alle Leute vor dir. Aber wie du es auch drehst oder wendest, du kannst von hier aus nur in eine Richtung. Bist du also nicht auf der Pampa und nicht bei den Piratenhöhlen, dann kannst du nur irgendwo hinter der Quelle sein. Eine andere Möglichkeit gibt es nicht. Also würden sie dich jederzeit finden.

Von dieser Seite hatte er die Dinge noch nicht betrachtet, musste allerdings zugeben, dass es naheliegend war. Du meinst also, hatte er gesagt, die Leute interessieren sich nicht für mich? Ist es das, was du damit sagen willst?

Doch schon. Wenn du durch Puerto Velasco läufst, dann denken sie so was wie: Ach schau, der dürre Deutsche ist auch mal wieder da. Wo hat er bloß die ganze Zeit gesteckt? Meinst du, er will für immer hierbleiben? So in der Art, verstehst du? Und dann bist du wieder weg und sie denken nicht mehr an dich. Solange du keinen ernsthaften Schaden anrichtest oder einer der Unsrigen wirst, so lange bist du ein Tourist. Und die kommen und gehen. Kein Grund, sich länger mit denen zu beschäftigen.

Einer von euch, wie soll das gehen?, hatte er gefragt. Da wüsste ich schon was, hatte sie geantwortet und ihn mit einem vielsagenden Augenaufschlag bedacht.

An der Stelle hatte er das Thema gewechselt.

Jedenfalls war es seither nicht mehr nur er, der Mayra in Puerto Velasco besuchte, wenn ihm danach war. Auch Mayra nahm den weiten und mühsamen Weg hinauf zu ihm auf sich, um Zeit mit ihm zu verbringen. Bis zur Gabelung des Weges nahm sie allerdings die Chiva. Einen Weg zu Fuß zurückzulegen, den man genauso gut mit dem Pritschenwagen bewerkstelligen konnte, darin sah Mayra keinen Sinn. An diesen Tagen ließ sie Gabriela allein zurück. Sie sei versorgt, antwortete sie auf Steens Frage nach dem Verbleib des Mädchens. Einmal hatte sie den ganzen Tag über Schule, ein andermal eine Verabredung mit ihren Freundinnen.

An diesem frühen Morgen beluden sie in Puerto Velasco Ibarra das Kanu. Steens Kajak war zu klein für drei Personen. Jos Kanu war hingegen ideal für einen Tagesausflug. Er hatte es Mayra gerne geliehen. Eine Tasche mit Proviant, Trinkwasser und große Handtücher waren bereits sicher verstaut. Steen bemerkte an Mayra eine gewisse Nervosität und auch Gabriela kaute mehr als sonst an ihren Nägeln herum. Die beiden waren auch schon mit Pablo aufs Meer hinausgefahren, aber in einem Kanu hatten sie noch nicht gesessen. Ihre Nervosität steckte ihn an. Zumal er keine Schwimmwesten für die Frauen hatte auftreiben können. Er nahm sich vor, trotz ruhiger See, während der kommenden Stunden die Uferlinie niemals aus den Augen zu verlieren. Obwohl Mutter und Tochter den Wunsch geäußert hatten, so weit hinauszurudern, bis sich die gesamte Insel mit einem Blick erfassen ließe. Er verstand die Idee dahinter. Von See aus sah man die Trockenheit der Uferregion nicht. Was man sah, war ein nahezu unbesiedeltes Eiland mit intakter Natur. Ihre Heimat eben.

Gabriela liebte Floreana in all seiner Schlichtheit und Begrenzung. Sie kannte nichts anderes, war hier geboren – von Dr. Tibón zur Welt gebracht – und nie von der Insel runtergekommen. Die Überfahrt auf eine der anderen Inseln war zu kostspielig und wie sie ihm gegenüber mehrfach versichert hatte, habe sie auch keine Sehnsucht nach anderen Orten. Sicher spielte der Tod ihres Vaters dabei eine nicht zu unterschätzende Rolle. Für das Mädchen war das Meer ein angstbesetzter Raum und daher ohne die übliche Verheißung.

Die ungewöhnliche Reisegruppe rief auch andere Bewohner der Siedlung auf den Plan. Die Bank am Hafen war, als Steen zu früher Stunde dort anlandete, um seine Reisebegleiterinnen einzusammeln, voll besetzt. Die Einheimischen hielten sich mit Spott und beißenden Kommentaren nicht zurück. Bisschen groß für dich, der Deutsche, rief einer der Alten in Mayras Richtung. Kommst du ja gar nicht ran. Und alt ist er auch, keifte eine sicher Siebzigjährige. Andere zielten auf seine Herkunft ab. Sie mussten nicht laut aussprechen, was alle sofort dachten: Ein Deutscher stand für sie automatisch in einer Linie mit den Wittmers und die waren nun einmal nicht besonders gut gelitten. Selbst wenn dieser hier sie mit einem aufsehenerregenden Tanz positiv überrascht hatte. Steen besah sich die Leute der Reihe nach. Trotz ihrer Ressentiments gegen die Wittmers hatte er jede und jeden neulich Abend auf dem Fest gesehen. Aufrichtiger als anderswo waren die Menschen auf Floreana auch nicht.

Steen hockte mit dem Stechpaddel in Händen hinten im Boot, in der Mitte Mayra und Gabriela ganz vorne im Bug. Die beiden Frauen hielten während der ersten Meter raus aus dem Hafen die Außenwand des Kanus fest umklammert.

Nach einer weitestgehend schweigsam verbrachten ersten halben Stunde löste sich die Verkrampfung allmählich und Mutter und Tochter begannen sich zu unterhalten. Sie wiesen sich gegenseitig auf Orte am Ufer hin, die für sie mit alten Geschichten verbunden waren. Wenn sie etwas davon für wichtig genug erachteten, teilten sie ihre Erinnerungen mit ihm.

Ein Schwarm Rochen zog nahe am Boot vorbei. Nur mit Mühe war Gabriela davon abzuhalten, aufzuspringen. Ihre Augen leuchteten, als sie ihre Mutter darauf aufmerksam machte.

Nachdem sie die Südspitze der Insel passiert hatten, deutete Mayra in Richtung eines kleinen Strandes, auf dem sich eine Kolonie Seelöwen in der Sonne rekelte. Stören wir die Tiere nicht?, fragte er. Vermutlich schon, sagte Mayra, aber wir bleiben ja nicht lange. Und tatsächlich schienen die Seelöwen nicht eben erfreut über den Besuch, stießen Laute des Unbehagens aus – zumindest interpretierte er sie als solche –, robbten dann aber doch etwas zusammen und überließen so den Neuankömmlingen einen ausreichend großen Platz fürs Picknick. In ihrer Paarungszeit hätten sie das Terrain vermutlich nicht kampflos geräumt.

Mayra breitete ein Tischtuch auf dem Sand aus, Steen schleppte zwei Lavabrocken herbei, während Gabriela die

Seelöwen neckte. Die Steine erwiesen sich als zu scharfkantig, um darauf bequem sitzen zu können. Also hockten sie sich in den Sand und machten sich über die Sandwiches her, die Mayra am Morgen zubereitet hatte.

Hast du Kinder?, fragte Gabriela, nachdem sie alles aufgegessen hatten. Steen hatte kein Brot mehr im Mund, sonst hätte er sich bei dieser Frage daran verschluckt. Nein, sagte er und schaute betont geradeaus aufs Meer. Auch keine Frau? Gabi, so was fragt man nicht, sagte Mayra. Nein, auch keine Frau, sagte er. Ist sie schon tot? Er lächelte gequält. Wie kommst du denn darauf? Weil du schon so alt bist. Gabriela! Mayras Ton wurde schärfer. Das Mädchen sah ihre Mutter aus großen Augen an. Sie war sich keiner Schuld bewusst. Darf man das einen Erwachsenen etwa nicht fragen?, schien ihr Blick zu sagen. Lass nur, ist schon okay, sagte Steen, der aus den Augenwinkeln sah, wie Mayra ihrer Tochter deutliche Zeichen gab, diese Befragung sofort zu beenden. Ich habe keine Frau. Nicht weil sie schon gestorben wäre, sondern weil ich nie geheiratet habe. Wieso das denn nicht? Gabriela lachte wie über einen gelungenen Witz. Ich habe nie die Richtige gefunden. Was haben denn deine Eltern dazu gesagt? Nun war es an Steen, überrascht zu sein. Du kannst doch nicht dein Leben lang bei denen wohnen.

Sie sind tot.

Und vorher?

Habe ich in meiner eigenen Wohnung gelebt.

Ohne Frau?

Ja! Stell dir vor, ohne Frau.

Mama? Sie zuckte verzweifelt mit den Schultern. Doch

Mayra konnte und wollte ihr nicht aus der Patsche helfen. Sagte nur: So was gibt es, Gabi.

Ihr seid ein seltsames Volk!, stellte das Mädchen fest. Er fand die Kleine jetzt doch ein wenig altklug.

Mal ehrlich, wohnen hier alle so lange bei ihren Eltern, bis sie heiraten? Mutter und Tochter sahen ihn mit dem gleichen Gesichtsausdruck an. *Ihr* seid das seltsame Volk, stellte Steen daraufhin amüsiert fest. Also, Gabriela, dann hast du hier einen fundamentalen Unterschied zwischen Europa und Südamerika erkannt.

Einen Unterschied zwischen Europa, Amerika, Südamerika und Floreana, sagte Mayra leise. Ich denke, dass es auf dem Festland durchaus mit Europa vergleichbare Lebensweisen gibt. Ist wohl eher eine Frage von Stadt und Land. Und wir hier sind eben Land hoch zwei.

Steen, der hoffte, dass damit alles gesagt wäre, wollte eben zum Aufbruch mahnen, als Gabriela erneut einen Satz abfeuerte, der einem Knock-out gleichkam.

Heiratest du meine Mama?

Er drückte sich unter Ächzen aus dem Sand. Sein rechter Fuß war eingeschlafen. Etwas umständlich machte er sich am Boot zu schaffen. Er hoffte, dass Mayra das Kind zurechtweisen würde. Die Hoffnung war vergebens. Als er sich nach ihr umdrehte, lächelte sie verschämt, sah ihn aber mit großen Augen an.

Wir kennen uns noch zu wenig, sagte er. Es klang harscher, als er beabsichtigt hatte, aber im Grunde meinte er, was er sagte. Das Lächeln auf Mayras Gesicht erstarb. Gabriela stiegen die Tränen in die Augen.

Was ist das denn jetzt hier?, fragte er. Bitte! Das ist weder der richtige Ort noch die beste Gelegenheit. Und außerdem müssen wir zusammenpacken und zurück nach Puerto Velasco, bevor die Dunkelheit anbricht. Bitte beeilt euch.

Wortlos verstauten sie die Sachen im Kanu, die Stimmung war dahin. Gabriela kletterte als Erste ins Boot, Mayra folgte, sobald das Mädchen saß. Steen stieß das Kanu in tieferes Wasser und sprang hinein. Dabei wackelte es bedenklich, auch weil sich die Frauen, aus Furcht umzuschlagen, falsch bewegten. Steen war immer weniger davon überzeugt, mit diesem Ausflug eine gute Idee gehabt zu haben.

Ich wollte nicht, dass du dich ärgerst, sagte Gabriela, als sie eine Weile unterwegs waren. Die Stimmung an Bord blieb auch weiterhin gedrückt.

Steen hörte das Mädchen nicht einmal, so sehr war er in Gedanken bei der Entwicklung des Gesprächs. Heiraten? Er?

Haie! Haie! Der Schrei riss ihn aus seinen Gedanken. Er war deutlich von der Ideallinie abgekommen und wesentlich weiter auf die offene See hinausgetrieben, als er es vorgehabt hatte. Das allein war noch kein Problem. Doch das Mädchen tat nun genau das, wovon Mayra es bei den Rochen noch hatte abhalten können. Gabriela sprang auf und deutete in Richtung der Raubfische. Tatsächlich entdeckte nun auch er die Rückenflossen der Tiere in einem Abstand von etwa einhundert Metern. Es mochte auch weniger sein. Erneut schrie das Mädchen. Sie hatte keine Angst, verlieh vielmehr ihrer Begeisterung Ausdruck, so nah bei den Tieren zu sein.

Ganz anders ihre Mutter. Mayra unternahm den Versuch, ihre Tochter am T-Shirt zu packen, sie dazu zu bringen, sich wieder ruhig ins Kanu zu setzen. Doch all die asynchronen Bewegungen führten dazu, dass das Boot umschlug. Von einer Sekunde auf die nächste fand Steen sich unter dem Kanu wieder.

Sein Schock währte nur kurz, er hatte das Kanufahren ordentlich erlernt und ausführlich trainiert, wie man sich in einem solchen Fall zu verhalten hatte. Mit beiden Händen fasste er nach den Seitenwänden des Kanus, erlangte so die Orientierung zurück. Er drückte das Boot zur Seite weg und schoss zurück an die Oberfläche. Dort schnappte er nach Luft, bevor er das Kanu umzudrehen versuchte, was ihm nach einigen Fehlversuchen unter Aufbietung all seiner Kraft auch gelang. Mit Mühe zog er sich zurück ins Boot.

Erst wenige tiefe Atemzüge später begriff er, dass er allein war. Und erst jetzt hörte er die angsterfüllten Schreie von Gabriela, die nach ihrer Mutter rief. Mayra war nirgendwo zu sehen. Er spähte über das Wasser. Als er Gabriela zwischen zwei höheren Wellenkämmen ausmachte, war das Mädchen gerade im Begriff unterzutauchen. Was ist?, brüllte er so laut er konnte. Kommt sofort zurück zum Boot!

Der Kreis, den die Haie um sie zogen, wurde enger.

Gabriela durchstieß die Oberfläche. Hilfe!, schrie sie aus Leibeskräften. Hilfe!

Steen zog sich die Schuhe von den Füßen, stieg aus der Hose und riss sich das Hemd vom Leib, bevor er mit einem weiten Satz ins Meer sprang. Mit wenigen Kraulschlägen erreichte er das Mädchen.

Mama!, stieß sie aus. Sie schluckte Wasser. Hustete und fuchtelte gleichzeitig mit den Armen. Sie ist weg, brachte sie schließlich raus.

Mayra?, japste Steen. Sie kann nicht schwimmen, rief das Mädchen. Steen sah die Todesangst in ihren Augen und handelte. Er tauchte unter. Die Sicht war nicht besonders. Er musste noch einmal auftauchen, um seine Lungen mit Luft zu füllen. Beim zweiten Versuch sah er Mayras schlaffen Körper nur wenige Meter links von sich dem Meeresgrund entgegensinken. Er stieg wieder zur Oberfläche auf, nahm einen tiefen Atemzug, bevor er mit kräftigen Zügen zu ihr hinabtauchte. Er bekam sie zu fassen und zog sie, während er die Luft aus seinen Lungen entweichen ließ, zurück an die Oberfläche.

Als sie ihre leblose Mutter erblickte, wurde Gabriela panisch. Schrie und heulte gleichzeitig. Schlug wild mit den Armen um sich.

Wenn er das Mädchen nicht beruhigt bekam, würde auch sie in Lebensgefahr geraten. Außerdem war zu viel Bewegung an der Oberfläche. Nicht gut, wenn sich Haie in der Nähe befanden. Zu viele Baustellen.

Zurück zum Kanu!, brüllte er. Auf dem Rücken, die Hände unter Mayras Kinn, schwamm er los. Er vertraute darauf, dass Gabriela folgte, ihm blieb nichts anderes übrig.

Die bewusstlose Mayra ins Boot zu bekommen, war Schwerstarbeit. Dem Mädchen verlieh die dramatische Lage Kräfte, die sie unter normalen Umständen nicht hätte abrufen können. Sie schaffte es ohne seine Hilfe zurück ins Kanu.

Steen entdeckte das Paddel, das wie auf Bestellung in diesem Augenblick steuerbords an ihnen vorbeischwamm.

Mit aller Kraft, die er noch zur Verfügung hatte, ruderte er an Land. Er setzte das Boot direkt auf den Strand inmitten der Felsen, legte Mayras leblosen Körper auf den Sand und begann sofort mit der Reanimation. Presste Luft in ihren Mund, während er ihr gleichzeitig die Nase zuhielt. In schnellem Takt drückte er seine Handflächen gegen ihre Brust. Die Maßnahmen wiederholte er in stetem Wechsel. Gabriela kreischte, riss und zog an ihrer Mutter und schrie immer wieder verzweifelt um Hilfe, flehte sie an, die Augen aufzuschlagen, trommelte mit den Fäusten auf ihre Brust.

Komm schon, schrie nun auch Steen Mayra an. Du hast eine Tochter, lass sie nicht allein. Los, Mayra, atme! Atme! Na los, verdammt noch mal, atme! Die Worte verließen im Rhythmus der Wiederbelebungsversuche seinen Mund.

Als er sie schon aufgeben wollte, kam endlich doch noch ein Schwall Wasser aus ihrem Mund. Ihr Oberkörper richtete sich auf. Sie hustete, röchelte, verkrampfte, riss die Augen auf, schaute ihre Tochter und ihn fragend an. Sie war am Leben. Ihr Herz schlug wieder unter seiner Hand, er spürte es genau.

Gabriela schmiss sich auf ihre Mutter, küsste ihr Gesicht, rief immer wieder ihren Namen und strahlte ihn an. Er strahlte zurück. Über das glückliche Lächeln geriet er in ein Glucksen und lachte schließlich laut und ausufernd. Die Erleichterung war mit Händen zu greifen. Erst in diesem Augenblick realisierte er, in welchem Albtraum sie bis gerade eben gesteckt hatten. Er nahm Mayras Hand und drückte sie fest. Dann sah er raus aufs Meer. Die Haie waren nicht mehr zu sehen.

Doktor Tibón hatte sich Mayra einige Tage später noch einmal angesehen, aber da war sie schon wieder ganz die Alte. Steen war überrascht, wie sie den Schock wegsteckte, als sei nichts geschehen. War sie tatsächlich so stabil, ihre Nahtoderfahrung als ein x-beliebiges Ereignis zu betrachten, oder verfügte sie schlicht über einen verdammt starken Verdrängungsmechanismus?

Ganz anders ihre Tochter. Gabriela wirkte seither verstört, saß häufig herum, den Blick in die Ferne gerichtet. Befragte er sie dazu oder gesellte sich auch nur zu ihr, konnte sie nur mühsam ihre Tränen unterdrücken. Bei ihrer Mutter weinte sie ungehemmt, umarmte Mayra, als wolle sie sie nie wieder loslassen. Das Mädchen machte sich Vorwürfe, dass ihr unvernünftiges Handeln sie alle in derart große Gefahr gebracht hatte.

Schon in der Nacht nach den Ereignissen, als er Mayra und die Kleine zu Bett gebracht hatte und draußen noch eine Weile auf der Veranda hockte, hatte er sich gefragt, ob ihn eine Schuld traf. Man konnte zu diesem Ergebnis kommen. Vor allem, wenn man es als falsch ansah, zwei Menschen hinaus aufs Meer zu rudern, die irgendwo in den Weiten der See ihren Mann und Vater verloren hatten. In diesem Sinne war er schuldig. Und doch: Das Mädchen hatte sich ungeschickt verhalten und Mayra ihm verschwiegen, dass sie nicht schwimmen konnte. Hätte er das gewusst, hätte er sie niemals mitgenommen. Jedenfalls nicht ohne Schwimmwesten.

Eines aber hatten die tragischen Minuten auf See bewirkt. Er fühlte sich Mayra näher als je zuvor. Gabrielas Frage während des Picknicks erschien ihm nicht länger ungehörig. Er konnte sich tatsächlich vorstellen, um Mayras Hand anzuhalten. Es war nicht länger illusorisch, dass er, der zeitlebens allein gewesen war, tatsächlich eine Frau fürs Leben finden konnte. Die Vorstellung hatte ihr ehedem bedrohliches Potenzial verloren.

Seit er diesen Gedanken zuließ, kamen ihm allerdings auch die Begleitumstände einer Hochzeit in den Sinn. Wollte er tatsächlich auf Floreana bleiben? Für den Rest seines Lebens? Und wenn ja, wo würden sie leben? In dem Haus, in dem er nicht aufrecht stehen konnte und wo das Bett stand, das Mayra mit ihrem verstorbenen Mann geteilt hatte, wohl kaum. Ebenso wenig oben bei den Höhlen. Würde er die beiden mit nach Hamburg nehmen, würden Mutter und Tochter dort verkümmern. Da war er sich sicher. Außerdem hatte er nicht die Intention, zurückzukehren. Seine Wohnung hatte er schließlich nicht gekündigt, um sich ein Jahr später eine neue zu suchen. Sein Abschied war endgültig gewesen. Auch wenn er damals keine genaue Vorstellung davon gehabt hatte, wie sich der Rest seines Lebens gestalten würde. Tatsächlich war er ohne langfristigen Plan aufgebrochen. Allein das Abenteuer hatte ihn gelockt. Der Gedanke, auf den Spuren seiner Mutter zu wandeln und ihr damit endlich nahezukommen, war so stark gewesen, dass er nicht darüber hinausgedacht hatte. Wo in der Welt er sich verlieren würde, war ihm egal. Und dann war Mayra in sein Leben getreten. Zusammen mit ihr ergab sich gerade ein Weg. Ob er ihn zu gehen bereit war, mussten die nächsten Wochen und Monate zeigen. In jedem Fall wollte er Mayra von nun an als die Frau an seiner Seite akzeptieren.

Am Tag nach dem Vorfall war er Rolf Wittmer begegnet. Der Hotelier saß in Gedanken versunken auf der Bank am Hafen, als Steen auf dem Weg zurück zu seinem Häuschen war. Herr Hund, der sie am Vorabend am Pier aufgeregt wie selten zuvor erwartet hatte, als ob ihm ein Vogel die Kunde der Beinahe-Katastrophe bereits zugetragen hätte, trabte nun wieder gewohnt ruhig hinter seinem Herrchen her.

Ehrlicherweise hatte Steen sich etwas vor der Begegnung mit Wittmer gefürchtet. Er hatte erwartet, dass Rolf ihm ob seines Leichtsinns wieder einmal Vorhaltungen machen würde. Umso erstaunter war er, als dieser, kaum dass er ihn erblickt hatte, auch schon aufsprang, auf ihn zustürmte und ihn in den Arm nahm. Sekundenlang ruhte sein Kopf an Steens Brust, während seine kräftigen Arme ihn umschlangen. Steen stand wie erstarrt ob dieser unerwartet herzlichen Begrüßung.

Gott sei Dank! sagte Wittmer. Du hast sie gerettet. Toll! Ganz toll hast du das gemacht und top reagiert.

Steen hatte sich nicht einmal gefragt, ob, und wenn, woher Wittmer von dem Kanuunfall wusste. In Kenntnis der Informationsströme auf der Insel hatte er es schlicht vorausgesetzt. Deshalb überraschte ihn Wittmers Reaktion auch nicht. Wohl aber dessen Interpretation der Ereignisse. Noch in der Nacht, auf der Veranda hockend, war er sich sicher gewesen, dass die Insulaner ihm die Schuld geben würden. Er war erleichtert, das spürte er jetzt deutlich. Der Druck fiel von ihm ab.

Ja, Gott sei Dank ist nichts Schlimmeres passiert, sagte er. Wir warten auf Doktor Tibón. Ich habe ihn angerufen, er wird morgen mit dem Schnellboot von San Cristóbal rüberkommen. Er war sehr besorgt.

Das waren wir alle, sagte Wittmer. Es ist gut, dass der Doktor nach ihr sieht. Sicher ist sicher. Aber Mayra ist stark, viel stärker, als es den Anschein hat. Sie wird das schon wegstecken. Mehr Sorgen machen wir uns, ehrlich gesagt, um das Mädchen. Obwohl ihre Freundinnen sich sicher um sie kümmern werden. Sie darf jetzt nicht zu viel alleine sein. Gabriela ist sehr sensibel. Nicht auszudenken, wenn das hier auch noch schiefgegangen wäre. Sie hat sich ja damals schon eine gewisse Mitschuld am Tod ihres Vaters gegeben.

Wie das? Steen war ernsthaft überrascht. Mayra hatte nie etwas Derartiges erwähnt.

Sie lag damals mit Fieber im Bett, sagte Wittmer. Keine kleine Erkältung, sondern eine richtig schwere Grippe mit hohem Fieber. Es war der Zeitpunkt, an dem die Thunfischfischer raus aufs Meer fahren. Für längere Zeit und zu weit entfernten Fischgründen. Pablo dachte aber gar nicht daran, auszulaufen, nicht, bis er sicher sein konnte, dass seine Kleine wieder vollständig genesen war. Die Kollegen konnten und wollten aber nicht warten. Manchmal ist Fischfang eine Frage von Stunden. Wenn du nicht zur richtigen Zeit am richtigen Ort bist, ist der Schwarm weg und andere machen das Geschäft. Die Fänge sind überlebenswichtig für die Familien. Kein Fisch im Bauch des Bootes bedeutet: kein Essen auf dem Tisch der Familie. Das weiß bei uns jedes Kind. Deshalb hat Gabriela sich wahnsinnig zusammengenommen und so getan, als wäre sie wieder gesund. Und Mayra hat sie darin unterstützt. Und dann ist Pablo mit den anderen ausgelaufen und … Muss ich dir mehr erzählen?

Steen war erschrocken. Das wusste ich nicht, flüsterte er. Wundert mich nicht, sagte Wittmer. Das ist ein ganz tief vergrabenes Familiengeheimnis. Eine Sache einzig und allein zwischen Mayra und Gabriela. Ich könnte mir vorstellen, dass die beiden noch nie darüber gesprochen haben. Aber weißt du, was wir hier sagen? Was geschehen ist, ist geschehen. Die Erde dreht sich weiter, gefühllos und kalt. Und wir hier auf Galapagos, wir leben im Rhythmus und im Einklang mit der Natur. Anders wäre es gar nicht möglich. So war es schon immer. Was die Natur auch veranstaltet, wir akzeptieren es. Auch wenn es Dinge sind, die uns nicht gefallen oder sogar Leid zufügen. Die Natur ist größer als wir. Aber, sagte er mit funkelnden Augen, worüber man sich trotz allem freuen darf, das ist, wenn sich einer von uns gegen die Naturgewalten stemmt und es ihm dadurch gelingt, den Lauf der Dinge eben doch zu verändern. Das sind seltene Momente des Glücks und die muss man feiern. Ich bin sehr stolz auf dich, Harald. Du hast eine von uns gerettet. Danke!

Sie setzten sich nebeneinander auf die Bank. Der Hund verkroch sich darunter, um Schutz vor der Sonne zu finden.

Steen freute sich, dass Wittmer ihn nicht verurteilte. Dessen Sicht auf die Dinge der Welt mochte er allerdings nicht teilen. Sich einfach in sein Schicksal zu ergeben, das war das Gegenteil von Zivilisation. Im Einklang mit der Natur zu leben, hieß für ihn eben nicht, sich ihr bedingungslos zu unterwerfen, sondern sie durch eigenes Handeln bewohnbar zu machen, ohne ihr zu schaden. Nicht den Boden zu zerstören, der sie alle ernährte. Aber man durfte Land roden, anbauen, siedeln, Geschäften nachgehen. Und man durfte Menschen vor dem Ertrinken retten. Darin war er sich mit Rolf Wittmer einig. Die Rettung eines Menschenlebens durfte gefeiert werden.

Die beiden Männer schwiegen lange. Dann tauchte plötzlich Kok am Pier auf. Er schlurfte mehr, als er ging. Erst jetzt bemerkte Steen, dass er ein Bein nachzog. Er warf ihnen einen Blick zu, grüßte aber nicht.

Besoffen!, stellte Wittmer fest. Woran siehst du das? Er zieht das Bein nach. Macht er nur, wenn er voll ist. Ist noch früh, sagte Steen. Nicht zu früh. Seit sie weg ist, trinkt er durch. Steen sah zu Wittmer rüber.

Wen meinst du?

Seine Exfrau.

Koks Exfrau? Er war mal verheiratet? Und die Ex war hier auf der Insel?

Ganz genau. Sie ist mit dem Schiff gekommen. Apropos, hab ich dich eigentlich jemals gefragt, weshalb du nicht von Europa aus den Flieger genommen hast? Nein, hast du nicht. Steen antwortete widerwillig. Was spielte seine Anreise jetzt für eine Rolle? Koks Frau war also hier auf Floreana?, sagte er. Weißt du, wie sie heißt? Wer, Koks Alte?

Keine Ahnung. Jedenfalls nicht so wie er. Vielleicht waren sie auch nie verheiratet, ich weiß es wirklich nicht.

Heißt sie vielleicht Versteeg?, sagte Steen. Wittmer blinzelte zu ihm rüber. Ist das die Frau, nach der du dich neulich bei meiner Schwester erkundigt hast? Steen schüttelte den Kopf, wurde aber gleichzeitig rot. Wittmers Blick ging gen Himmel. Versteeg, wiederholte er. Nein, ich glaube nicht, dass sie so heißt. Ist doch auch egal. Was war nun mit dem Frachter?

Ganz einfach! Ich wollte schon immer mal auf einem Frachtschiff über den Atlantik fahren.

Einfach so? Auf die unbequemste und längste Art?

Genau, ich bin ein Romantiker. Und mit diesem Wunsch war ich nicht allein. Wir waren fünf Passagiere. Mehr nehmen sie nicht mit. Und diese Versteeg war eine von uns. Deshalb habe ich mich nach ihr erkundigt.

Und woher wusstest du, dass sie hierher nach Floreana wollte? Wusste ich nicht, aber landen nicht alle Besucher Ecuadors irgendwann auf Galapagos? Kann schon sein. Aber nicht zwangsweise auch hier bei uns auf Floreana. Und das weißt du auch. Wieso sollte sie ausgerechnet Koks Frau sein? Keine Ahnung, Rolf. War vermutlich nur so ein Gefühl.

Weil beide aus Holland stammen?

So!

Wittmer knetete seinen Schnurrbart.

Und warum ist Koks Frau wieder abgehauen?, sagte Steen. Kann ja nicht lange hier gewesen sein.

Keine Ahnung. Man munkelt, es habe zwischen den beiden ordentlich geknallt. Steen wurde aufmerksamer.

Was heißt das? Sie sollen Krach gehabt, sich angeschrien haben. Und einer will gesehen haben, dass die Frau ein zugeschwollenes Auge gehabt hat, als sie mit dem Schiff abgereist ist. Sie hatte das Veilchen hinter einer großen Sonnenbrille versteckt, die aber an Bord abgenommen. So was bemerkt man hier.

Willst du damit sagen, dass Kok sie …

Er hat sie wohl geschlagen. Verdroschen. Ist nicht so ungewöhnlich für ihn. Hat dir Mayra nicht erzählt, dass er Gabriela mal geschlagen hat?

Steen wurde bleich. Was sagst du da?

Wegen einer Kleinigkeit. Die Kinder haben ihm einen Streich gespielt, irgendwas mit einer unsichtbaren Schnur, die sie über die Straße gespannt hatten. Als er vorbeiging, haben sie das Seil stramm gezogen und der Idiot hat sich auf die Fresse gelegt. Und dann ist er ausgeflippt und hat von allen beteiligten Kindern ausgerechnet Gabriela erwischt.

Und …, sagte Steen atemlos.

Und ihr eine gescheuert. Er ist halt impulsiv. Keine große Sache. Manchmal rutscht einem eben die Hand aus. Aber Mayra ist sofort zu ihm rüber und hat ihn von der Straße aus so was von zur Sau gemacht, aber so was von zur Sau. Mein lieber Mann. Wundert mich, dass sie es dir nicht erzählt hat. Schließlich habt ihr doch in Kok einen gemeinsamen Feind.

Steens Handfläche traf das Holz der Bank, auf der sie saßen. Der Knall erschreckte ihn wie Wittmer gleichermaßen.

Kannst du mir bitte mal sagen, wie lange ihr diesen

Mann noch tun lassen wollt, was er meint, tun zu dürfen? Muss dieser Kok erst jemanden umbringen, damit ihr ihm Einhalt gebietet?

Sehr viel später am Abend, nachdem er den Nachmittag mit Mayra und Gabriela verbracht hatte, ohne das Thema anzusprechen, setzte er sich an den wackligen Tisch in seinem Häuschen und schrieb auf Hotelpapier einen einseitigen Brief. Er überlas den Text dreimal, bevor er den Bogen sorgfältig faltete und in seine Jacketttasche steckte.

In der Dunkelheit, Mitternacht war eben vorüber, lief er hinüber zu Koks Haus. Er setzte sich gegenüber auf einen umgedrehten Eimer. Ob es derselbe war, auf dem er kurz nach seiner Ankunft gesessen hatte, darüber dachte er nicht nach. Seine Gedanken wanderten zurück zu jenem Tag und auch zu den frühen Morgenstunden am grün schimmernden See an der Punta Cormorant. Und zu den anderen Begegnungen. Kok war für ihn von Anfang an die Inkarnation des Bösen gewesen. Aber seitdem er wusste, dass er Gabriela geschlagen hatte, seitdem kannte sein Hass keine Grenzen mehr.

Lange saß er da, in Gedanken versunken. Kurz vor der Dämmerung erhob er sich. Er spürte die Feuchte der abziehenden Nacht in seinen Gelenken. Er lockerte die Schultern, während er die Piste überquerte, das Haus umrundete, die drei Stufen erklomm und den Brief unter der Türe durchschob.

Dafür wirst du büßen, flüsterte er.

Mitten in der Nacht trieb es Steen aus der Höhle. Mayra schlief sanft neben ihm. Allzu leise brauchte er nicht zu sein. Um sie aus dem Schlaf zu holen, brauchte es schon ein mittelschweres Gewitter.

Er umrundete den Felsen und erleichterte sich gegen den Stamm eines Tamarindenbaums. Inzwischen konnte er sich auch nachts einigermaßen sicher auf dem Gelände bewegen. Er kannte hier oben längst nicht jeden Baum, jede Bodenwurzel oder scharfkantigen Stein, aber mit der entsprechenden Vorsicht wusste er sich inzwischen auch ohne Taschenlampe durch die Nacht zu bewegen. Auf den Freiflächen und dort, wo die Baumkronen sich nicht berührten, spendete der Vollmond ausreichend Licht. Die Nacht war klar und windstill. Selbst die Tiere im Urwald schienen die Luft anzuhalten. Laute waren kaum zu hören. Würde die Hitze noch lange anhalten, könnte das Trinkwasser knapp werden. Schon am Morgen hatte er den Eindruck gehabt, als ob die Quelle weniger stark sprudelte als sonst.

Vielleicht lag es an dieser unnatürlichen Stille, dass er das Geräusch überhaupt wahrnahm. Das Knacken eines Asts. Mehrerer Äste. Als ob ein Tier durch das Unterholz brach. Steen lenkte alle Sinne in die Richtung, aus der die Geräusche an sein Ohr drangen. Vorsichtig schlich er zurück zur Höhle. Der Hund schlug in derselben Sekunde an, als er sich das Gewehr schnappte und in Richtung Garten davoneilte. Wo willst du hin?, rief Mayra ihm hinterher. Das Gekläff des Hundes hatte sie schließlich doch aufgeschreckt.

Zweimal strauchelte er, aber er fiel nicht. Ein stechender Schmerz in der Lunge stoppte ihn am Rand seiner Plantage. Er stützte die Handflächen auf die Knie und pumpte schwer. Der Hund, einige Meter voraus, kläffte, wie Steen es noch nie von ihm gehört hatte, verharrte aber auf der Stelle. Steen brüllte, der Blätterwald verschluckte seine Worte. Er lauschte, hörte aber nur sein eigenes Herz schlagen, das Blut dröhnte ihm in den Ohren. Er brüllte erneut, noch mal lauter, riss das Gewehr auf Schulterhöhe und zielte in die Dunkelheit.

Er ließ seinen Blick durch die Reihen der Pflanzung wandern. Es hatte keinen Sinn, er musste den Sonnenaufgang abwarten, um zu sehen, ob etwas zerstört worden war. Das Mondlicht reichte nicht aus. Dass er sich das alles nicht einbildete, dafür war ihm das ungewöhnliche Verhalten des Hundes Beweis genug. Das Tier tat normalerweise keinen Schritt zu viel. Die Frage war nur: Tier oder Mensch? Steen graute es vor der Antwort.

Im ersten Licht der Dämmerung fanden sie sich erneut auf *Stela* ein. Mit grimmiger Miene betrachtete Steen das Ausmaß der Verwüstung. Mayra verharrte nicht lange in Schockstarre. Während sie sich auf Spurensuche machte, war er unfähig, sich zu bewegen. Seine ohnehin schon langen Arme schienen noch länger geworden. Die

Hände pendelten auf Höhe der Kniescheiben. Er schluckte, brachte kein Wort hervor.

Etwa ein Drittel aller Pflanzen war niedergetreten.

Vielleicht war's einer der wilden Bullen, hörte er Mayra rufen. Sie deutete auf eine Stelle, an der Möhren wuchsen. Hier sieht es eher nach einem Schwein aus, siehst du das?, rief sie kurz darauf. Dabei bückte sie sich über einen Busch Strauchtomaten. Hier müsste man Fußabdrücke sehen, auch wenn die Erde ziemlich trocken ist. Ich lege mich fest, das waren wilde Tiere.

Verdammte Scheiße!, fluchte Steen.

Was willst du dagegen tun?, fragte Mayra.

Einen Zaun bauen, sagte er, nur um etwas zu sagen. Er wollte sich die Schäden gar nicht erst näher ansehen. Hast du denn Draht? Keinen Stacheldraht. Bloß eine Rolle Weidedraht. Genug für die gesamte Fläche? Wahrscheinlich nicht. Für eine Seite des Gartens könnte es reichen. Ich kann mehr davon im Dorf besorgen, sagte er seltsam lethargisch. Auf jeden Fall werde ich ab sofort Wache halten.

Lange saß er grübelnd auf dem Boden. Erst als er eine Entscheidung getroffen hatte, stand er auf. Er lud das Gewehr und schoss fünfmal hintereinander in die Richtung, aus der Kok gekommen sein musste. Mayra, die sich zwischenzeitlich in Richtung Höhle verabschiedet hatte, stand, kaum dass der letzte Knall verhallt war, auch schon wieder an seiner Seite. Was ist denn los? Ich glaube, da war ein Eber im Unterholz. Und? Hab ihn verfehlt.

Am Nachmittag zog er sich die langen Hosen an und setzte den Hut auf. Er packte Säge, Beil und einige alte Hemden in den Rucksack. An der Quelle angelangt, verdonnerte er den Hund, unter einem Miconiabusch Platz zu machen. Unternahm das Tier während der nächsten Stunden auch nur den Versuch, sich zu erheben, bekam er sofort einen Anschiss. Da er daran nicht gewöhnt war, stellte er die Versuche rasch ein.

Steen verhüllte seinen Körper vollständig. Zusätzlich band er sich ein Tuch über Mund und Nase, setzte die Brille auf und drückte den Hut tief ins Gesicht. Die Hände steckten in zwei übereinandergezogenen Socken. Vermummt wie die Autonomen der Roten Flora in seiner Heimatstadt Hamburg am 1. Mai, schnappte er sich die Axt und führte die ersten Schläge gegen den Manzanillobaum. Einmal keilförmig angeschlagen, setzte er die Säge auf der gegenüberliegenden Seite des Stamms an und begann zunächst vorsichtig, dann in einen Rhythmus verfallend, den Baum zu fällen. Seine Augen fixierten dabei zu jeder Zeit die bearbeitete Stelle. Der austretende milchige Saft tropfte zu Boden. Trat zu viel Flüssigkeit aus, sägte er langsamer, damit ihn nichts davon, über das Sägeblatt verspritzt, treffen konnte. Er war sich keineswegs sicher, ob seine provisorische Schutzkleidung dick genug war, um der hochtoxischen Substanz zu widerstehen.

Nach der ersten Beobachtung der ätzenden Wirkung des Pflanzensekrets vor einigen Wochen hatte er den Baum mithilfe seines Bestimmungsbuches schnell identifiziert. Manzanilla de la muerte war sein spanischer Name. Was so viel wie Äpfelchen des Todes hieß und eine niedliche Umschreibung für einen der giftigsten Bäume der Welt war. Er gehörte zu den Wolfsmilchgewächsen, sein

Saft hatte diese extrem ätzende Wirkung, die er selbst beobachtet hatte. Doch nicht allein der Stamm sonderte dieses Sekret ab, bei Regen trat es auch über die Blätter aus. Beim Verbrennen gaben sowohl Holz wie auch Blätter reizende Gase ab. Der Baum verbreitete sich schnell, da sowohl Riesenschildkröten als auch Leguane und Fledermäuse deren Früchte fraßen und somit zu seiner Verbreitung beitrugen.

Mit einem menschenähnlichen Ächzen stürzte der Baum exakt in die berechnete Richtung. Steen schritt den Stamm ab, er maß an die sieben Meter. Zunächst befreite er ihn mithilfe der Axt von den kleineren Ästen, bevor er für die dickeren erneut zur Säge griff. Er arbeitete, wie er es hier oben immer tat, bis zur völligen Erschöpfung und bis kurz vor Sonnenuntergang. *Gelobt sei, was hart macht! Ich lobe das Land nicht, wo Butter und Honig fließt.*

Gegen halb sechs lag der Stamm fertig zum Zerteilen und Spalten vor ihm auf der Erde. Mit den Füßen rollte er ihn ins Unterholz, klaubte die abgeschlagenen Zweige und kleineren Ästchen auf und warf sie ins immerwährende Grün des Regenwalds. Erst als er die Fläche vollständig geräumt hatte, entledigte er sich seiner Kleidung und nahm ein entspannendes Bad. Erneut fiel ihm auf, dass der normalerweise kräftige Schwall des Wassers an Stärke deutlich abgenommen hatte. Im Schicksalsjahr 1934 war es ähnlich gewesen. Die Baronin hatte kein Wasser mehr gehabt und alles Leben auf der *Hacienda Paradiso* war zum Erliegen gekommen. Angeblich lag darin der Grund für ihre »Abreise«.

Vorerst war es nur eine Trockenperiode und keine Dürre,

noch floss das Wasser und er konnte sich darin erfrischen. Dass er exakt so handelte wie die Baronin kurz nach ihrer Ankunft auf Floreana, als sie in Wittmers Trinkwasserquelle ihre Füße wusch, war ihm zwar bewusst, er fand es aber nicht weiter schlimm. Schließlich verzichtete er auf den Gebrauch von Seife. Unten im Tal bemerkten sie sein tägliches Bad nicht, sonst wäre Wittmer längst eingeschritten.

Steen wischte sich den Schweiß von der Stirn. Auf den schweren Vorschlaghammer gestützt, besah er sich sein Werk. Einen passenden Baum aussuchen, fällen, entasten, mithilfe eines Keils und der Spaltaxt in Meterstücke schlagen, an einem Ende mit der Machete anspitzen, um den Holzpflock schließlich mit dem Hammer in die steinige Erde zu treiben. Eine Plackerei, die ihn fast eine Woche lang von allem anderen abgehalten hatte. Den Draht um die Holzstämme zu spannen, würde dagegen vergleichsweise leicht werden.

Er trank etwas Wasser und griff nach der Drahtrolle, die er im Laden bestellt und bei Nacht und Nebel aus dem Dorf heraufgeschafft hatte. Das Gute an dem chinesischen Ladenbesitzer war dessen Verschwiegenheit. Nicht weil Steen ungern mit ihm geschwätzt hätte, sondern weil er im Ort keinerlei Umgang pflegte. Seit er das auf der Party eindeutig festgestellt hatte, führte beinahe jedes Frachtschiff Ladung mit sich, die für ihn bestimmt war.

Er griff nach der Schachtel mit den U-Haken und schlug vier von ihnen in den ersten Pfosten. Immer im Abstand einer Handspanne, von oben beginnend. So verfuhr er bei jedem der vierzehn Pflöcke.

Er wickelte den Draht ab und zog ihn durch die höchstgelegene Reihe der U-Haken. Eine Rolle reichte genau einmal ums Feld. Das stellte ihn zufrieden. Er hatte ausreichend Draht geordert, um auf einer Höhe zwischen dreißig und etwa achtzig Zentimetern vier vollständige Umrundungen zu gewährleisten. Zuversichtlich trieb er die Haken nun vollständig in die Pflöcke, sodass der Draht bombenfest saß.

Nach der ersten Reihe machte er Schluss. Im Laufe des kommenden Tages würde er die Arbeit abschließen. Ein Ende der Nachtwachen würde es nicht bedeuten. Der Zaun war für Mayra zur fixen Idee geworden. Steen sah wenig Sinn darin, ihrer Theorie von den umherstreunenden Viechern zu widersprechen. Der Zaun schadete nicht. Für ihn aber stellte der Angriff letztlich nur den Beginn der Schlacht dar.

Er lief runter zur Quelle und badete ausgiebig. Danach füllte er die Wasserflaschen und gab dem Hund zu trinken. Alles dauerte ein wenig länger, da das Wasser inzwischen nochmals deutlich spärlicher floss. Die Hitze hatte weiter an Intensität zugenommen. Unten im Dorf erhöhten sie schon die Wasserbestellungen vom Festland. Viel fehlte nicht mehr, um die Quelle versiegen zu lassen.

Früh am nächsten Morgen, er lief gerade nackt über den Platz vor seiner Höhle, hörte er plötzlich ein Kichern. Erschrocken wendete er sich dem Laut zu. Mayra trat aus dem Wald. Schamesröte und ein verlegenes Lächeln im Gesicht. So schnell er konnte, suchte er die Deckung des Eingangssteins. Mit einem Satz war er in der Hose. Schon stand Mayra im Eingang. Du schämst dich doch nicht etwa vor mir? Aus dem verlegenen Lächeln war ein eher spitzbübisches geworden.

Wie kommst du denn darauf? Bin bloß überrascht, dich zu sehen. Waren wir verabredet? Sie schüttelte den Kopf. Okay! Ich dachte schon, ich hätte es vergessen. Ist was?

Ja. Ich dachte, ich komme direkt hoch zu dir, weil es dich sicher interessiert.

Kaffee?, fragte er. Sie war noch nie ohne Absprache auf dem Asilo de la Paz erschienen. Er wusste stets, wann sie kam, und war darauf vorbereitet. Da er sich noch immer in Alarmbereitschaft befand, war es auch keine wirklich gute Idee, ihn zu überraschen. Hätte er ihr Kichern nicht gehört, sondern vorher das Knacken von Zweigen, hätte er sie mit einem Gewehr im Anschlag erwartet.

Gerne, sagte sie.

Mit dem Becher in den Händen setzten sie sich draußen auf einen Findling. Na dann mal los. Lass mich nicht länger zappeln.

Ist eher etwas Trauriges, ein echter Einschnitt in der Geschichte unserer Insel.

Ist sie …?

Ja! Sie nickte. Vergangene Nacht. In der Nacht vom 21. März. Am Abend ist sie, wie immer, früh ins Bett gegangen. Scheinbar alles normal. Bloß, dass sie nicht mehr aufgewacht ist. Eigentlich ein schöner Tod, das Alter hatte sie ja eh.

Die letzte Augenzeugin, stotterte er. Dabei war er emotional nicht getroffen, eher überraschte ihn die Nachricht von ihrem Ableben. Es hatte sich so gar nicht angedeutet.

Ich dachte mir schon, dass dich das umhauen würde. Vor allem, weil sie ihr Wissen nun doch mit ins Grab genommen hat. Tut mir so leid für dich, sagte sie und streichelte seinen Unterarm.

Haut mich nicht um, sagte er gedankenverloren. Ich bin jetzt nicht traurig oder so. Gar nicht. Bloß überrascht. Eigentlich lässt mich ihr Tod kalt. Ich hatte schon eine ganze Weile die Befürchtung, dass ich ihr das Geheimnis nicht entlocken würde. Ich bin ihr in den letzten Wochen ein-, zweimal über den Weg gelaufen. Aber die Begegnungen waren eher flüchtig. Seit ich mit ihr diesen Streit auf dem Fest hatte … hab ich dir davon eigentlich erzählt? Sie nickte. Jedenfalls haben wir uns seitdem gemieden. Danke, dass du extra den weiten Weg auf dich genommen hast, um mir die Nachricht zu überbringen. Weißt du schon, wann sie beerdigt wird?

Nein.

Kommt darauf an, ob noch Leute vom Festland an der Beerdigung teilnehmen. Innerhalb der nächsten sieben Tage, denke ich. Das wird ein Einschnitt werden. Für die Familie und auch für die Insel oder was denkst du?

Mehr für die Wittmers, auf uns andere hat das wenig Einfluss. Ich muss sagen, ich bin trotzdem ein wenig traurig. Ist so, als wenn ein Staatsmann gestorben wäre. Sie ist unsere Gründungsmutter. Egal, wie man zu ihr stand, ohne sie wird es schon irgendwie anders sein.

Geht es dir ansonsten gut?, fragte er. Er wollte das Thema nicht weiter ausbreiten. Wenn ich bei dir bin, immer. Du bist lieb. Er nahm ihre Hand. Kannst du noch etwas bleiben? Ich würde den Nachmittagsbus nehmen, wenn ich dich nicht störe. Ach was. Komm, ich zeig dir den Zaun. Ist fertig.

Nach dem Mittagessen, das er nur einnahm, wenn Mayra zu Besuch kam, hockten sie draußen auf dem Stein und sahen dem Hund zu, wie er vergeblich nach einem Insekt sprang, das ihn piesackte. Dummer Hund, sagte er sanft und lächelte verliebt.

Wollen wir Musik hören, bis ich losmuss?, fragte Mayra.

Stücke raten, wie üblich? Sie nickte.

Eine seiner Bestellungen bei dem Chinesen war einer dieser kleinen tragbaren CD-Player gewesen, die für ihn noch immer ein Wunder waren. Seit er den ersten Discman vor etwa zehn Jahren gesehen hatte, hatte er mit dem Kauf eines dieser Geräte geliebäugelt, sich aber letztlich immer dagegen entschieden. Ein Konzertbesuch war doch etwas so Einmaliges. Er hatte Angst, der Wunsch nach Livekonzerten würde bei zu häufigem Hören von Konservenmusik nachlassen. Zudem war die Qualität dieser Scheiben höchst mittelmäßig. Noch mal schlechter als die alter Langspielplatten.

Hier oben auf dem Asilo de la Paz hatte er seine Abneigung aufgegeben. Die Chance, je wieder einen Konzertsaal zu betreten, lag auf einer Skala von fünf bis zehn bei drei.

Neben dem Discman hatte er noch eine Reihe klassischer CDs bestellt. Dafür hatte er dem Ladenbesitzer eine handgeschriebene Liste mit Werken und Interpreten ausgehändigt. Als die Ware eintraf und er das Päckchen öffnete, befanden sich darin zwar CDs, aber keine einzige der von ihm georderten. Anstatt zu reklamieren, was beim Chinesen wahrscheinlich noch nicht einmal zu einem Zucken der Mundwinkel geführt hätte, hatte er sich mit dem gelieferten Material begnügt. Nicht alles Meisterwerke, aber auch kein Schrott.

Eines Abends, unten auf Mayras Veranda, hatten sie begonnen, die CDs einzulegen und anschließend mit geschlossenen Augen gemeinsam zu raten, welches Stück, welche Einspielung, welches Orchester sie hörten. Mayra zog dabei stets den Kürzeren, sie hatte bislang fast ausschließlich einheimische Schlagermusik gehört. Aber sie hatte Spaß daran, dass er immer sofort wusste, um welche Aufnahme es sich handelte. Den Vorsatz, etwas aus ihrem begrenzten musikalischen Vorrat zu spielen, hatte sie noch nicht in die Tat umgesetzt und er hoffte inständig, dass sich daran auch nichts ändern möge.

Sie hielten den Kopfhörer zwischen sich und warteten auf die ersten Töne.

Also?, fragte Mayra nach etwa zehn Minuten. Er atmete schwer. Mayr, sagte er und versuchte, es nicht gelangweilt klingen zu lassen. *Medea in Corinto.* Ich vermute eine Einspielung der Opera Rara. Johann Simon Mayr war kein Großer, dozierte er, auch wenn er das Handwerk bei einem der ganz Großen gelernt hat. Gaetano Donizetti, neben dem er auch beerdigt wurde. Annähernd sechzig Opern hat Mayr geschrieben, das meiste davon bedeutungslos und äußerst religiös inspiriert.

Mayra spendete begeistert Beifall. Sie hielt die Hülle in der Hand und überprüfte seine Aussagen auf Richtigkeit. Hundert Punkte, rief sie. Das klingt sehr schön.

Er erinnerte sich nicht mehr, wann genau er angefangen hatte während der Nachtwachen mit den Schatten zu sprechen. Nur noch, dass er sich, als es das erste Mal hier oben im Wald geschah, daran erinnert hatte, schon als Kind, wenn die Dunkelheit ihn ängstigte, laut mit sich selbst oder mit Prune gesprochen zu haben. Halblaut hatte er damals Geschichten erzählt, während er unruhig seine Umgebung beobachtete. Kam es arg, lief er davon. Was meist geschah, wenn seine Eltern ihn in den Keller schickten, um Kartoffeln zu holen. Keiner, da war er sich sicher, hätte jemals die steile Stiege zurück ins rettende Flurlicht in ähnlicher Geschwindigkeit erklimmen können wie er.

Irgendwann im Laufe seines Lebens hatte sich diese Furcht vor der Dunkelheit gelegt. Trotzig streifte er in seinen mittleren Jahren durch das dunkle Sankt Pauli, die Hafenstraße hoch, über die breiten Treppen runter zur Elbe und am Fluss entlang rüber nach Altona. Sicher fühlte er sich dabei nie, aber stark genug, es zu wagen.

Während einer der ersten Nachtwachen auf *Stela* war sie zurückgekehrt, diese unbegründete Furcht, die sich nicht aus der Realität speiste, eher schon einer falschen Risikobewertung entsprang. Plötzlich hatte der Baum neben ihm ein Gesicht bekommen, war das Wispern des Windes in den Blättern zur Sprache geworden. Ein Riese nach dem anderen gesellte sich dazu. In manchen Nächten kamen sie ihm bedrohlich nahe, dann sprach er sie an, wodurch er sie auf Abstand hielt. Das Gewehr lag zu jederzeit schussbereit auf seinen Knien. Kurz darauf hatte er begonnen, den Baumriesen Namen zu geben. Erst als er sich vollends seiner Fantasie überließ und ohne Bruch von einer in die andere Welt zu treten verstand, schwand die Angst. Seitdem waren Bäume und Sträucher, Gräser und Flechten seine nächtlichen Kumpane. Er erkundigte sich nach ihrem Befinden, gab Tipps und Ratschläge für alle pflanzlichen Lebenslagen. Mit jeder weiteren Nacht gewann er in der neuen Gemeinschaft an sozialer Kompetenz. Er fühlte sich akzeptiert, dazugehörig, gemocht.

Nicht so in dieser Nacht. Alles war anders als in den Nächten zuvor. Der Bucklige antwortete nicht. Die Lütten waren nicht mehr zu sehen und auch seine heimliche Geliebte schien ausgeflogen zu sein. Nicht einfach nur nicht mehr da, es lag etwas Endgültiges in ihrer Abwesenheit. Und das war bedrohlich. Ihn fröstelte.

Ängstlich entschlossen, erhob er sich. Er schritt das Feld ab, Meter für Meter, lauschte in den Wald hinein. Alle Sinne geschärft. Er versuchte Geräusche, die er kannte, von unbekannten zu trennen. Verharrte, wenn er glaubte, etwas gehört zu haben, das nicht hierhergehörte, tat zwei Schritte in den Wald hinein.

Hallo?, rief er. Komm raus! Keine Reaktion. Er setzte seine Patrouille fort. Er hörte in seinem Rücken Reisig brechen. Erneut forderte er den Eindringling auf, sich zu zeigen. Wieder blieb er ohne Antwort.

Nachdem er das Feld einmal umrundet hatte, setzte er sich auf seinen angestammten nächtlichen Platz – einen von Moos überwachsenen, quer liegenden Baumstamm – und legte das Gewehr griffbereit neben sich auf die Erde. Er versuchte noch einmal vergebens, mit seinen Freunden in Kontakt zu kommen. Verdammt, wo seid ihr denn bloß alle?, zischte er.

Als ein Blitz die Dunkelheit durchschnitt, spürte er, dass eine grundlegende Veränderung bevorstand. Die Dinge gerieten ins Rutschen. Er sprang auf. Griff nach der Waffe. Lief durch eine Reihe Maniokpflanzen bis zur Mitte der Lichtung, legte den Kopf in den Nacken und beobachtete den Himmel. Der Mond versteckte sich hinter dichten schwarzen Wolken. Der erwartete Donner kam nicht. Noch tobte das Gewitter draußen auf offener See.

Unten in der Stadt würden sie in diesem Augenblick die Gardinen zur Seite ziehen, Fenster öffnen, vor ihre Häuser treten und sehnsüchtig auf die nächsten Blitze warten. Sie würden die Sekunden zählen zwischen Blitz und Donner und sie würden beten. Um Regen, um das Ende der Trockenheit.

Der nächste Blitz erleuchtete den Himmel. Der Schrei eines Fregattvogels zerriss die darauffolgende Stille. Die Stille. Nachts war der Busch nicht still, das wusste er inzwischen, nicht in normalen Nächten.

Die Entladung, der fein geäderte Lichtbogen zwischen Himmel und Erde, veränderte alles. In den Sekunden vor und nach einem Blitz schien alles Leben in der Natur wie eingefroren. Als würden Tiere und Pflanzen sich der höheren Macht ergeben. Blitze beschworen etwas Jahrmillionenaltes, auf ihrem Rücken konnte man in die Entstehungsgeschichte des Planeten rutschen, man erstarrte ob der Urgewalt des Universums, wurde sich der eigenen Winzigkeit bewusst.

Als der Donner kam, ließ der Regen keine dreißig Sekunden mehr auf sich warten. Wie eine Wand aus flüssiger Materie näherte er sich dem Land, erreichte die Küste, überschwemmte die Trockenzone, deren rissige Erde das Wasser nicht aufnehmen konnte, prasselte auf die intermediäre Zone nieder und erreichte schließlich mit ungebremster Wucht den Scalesiawald.

Steen hatte sich nicht von der Stelle bewegt. Als ihn der Regen traf, ließ er den Kopf sinken und erduldete stumm die Nadelstiche auf der Haut. Er freute sich nicht über den Regen, er verwünschte ihn aber auch nicht. Nach einer Weile ging er auf die Knie, nahm das Blatt einer Staude in die Hand und wischte es mit dem Daumen ab, gerade so, als wolle er es trocken reiben. Anschließend berührte er mit den Fingerkuppen den Boden. Das Wasser reichte ihm bereits bis zum ersten Gelenk. Selbst hier im Wald, wo die Erde immer feucht war, war sie nicht in der Lage, diese Wassermassen aufzunehmen. Der Regen würde Schaden anrichten. Man konnte nichts dagegen tun.

Das Gewitter vermochte seine Aufmerksamkeit für kurze Zeit auf sich zu lenken. Als Blitz und Donner weiterzogen und nur mehr kräftiger Regen niederging, wandten sich seine Gedanken jedoch wieder den Veränderungen in seiner Umgebung zu. Von seiner Position aus war die gegenüberliegende Seite der Lichtung nur verschwommen erkennbar, der Regen fraß die Konturen. Die Geräusche des abziehenden Gewitters und des auf die Blätter der Bäume prasselnden Regens überdeckten die Geräusche, derentwegen er eigentlich Wache schob.

Und doch waren sie da. Er spürte sie mehr, als dass er sie hörte, griff nach seinem Gewehr und begann ein paar Runden zu drehen. Schnellen Schrittes und doch stets auf der Hut. Mittlerweile war ihm klar: Heute Nacht würde ein Angriff erfolgen.

Und doch war er nicht darauf vorbereitet. Zuerst glaubte er, sich getäuscht zu haben, dann wurde es zur Gewissheit. Im Unterholz, keine zehn Meter vor ihm, bewegte sich jemand.

Komm raus!, brüllte er. Sofort, oder ich schieße.

Er legte die Flinte an.

Anstelle einer Antwort wogte das Gebüsch nur umso heftiger. Gleich würde er durchbrechen, hinaustreten auf die Lichtung. Und er war sicher bewaffnet. Dieser verdammte Holländer. Steens Finger krümmte sich um den Abzug. Ein letzter tiefer Atemzug, dann drückte er ab. Einmal, zweimal. Er schoss die Kammer leer.

Das Aufheulen einer sterbenden Kreatur ging im Krachen der Gewehrschüsse nahezu unter.

Steen sank auf die Knie. Hinab in die Lache aus Blut. Überall war Blut. Hatte das Erdreich benetzt, überzog Laub, Äste und Moos. Der Geruch des Todes stieg ihm in die Nase.

Wie außer Betrieb genommene Dreschflegel hingen seine Arme seitlich am Körper hinab. Er hatte Mühe, sich aufrecht zu halten. Mit jedem Atemzug wich die Kraft aus ihm. Am liebsten hätte er sich zusammengerollt wie ein Embryo, wäre auf die Erde gesunken und gestorben. Was er angerichtet hatte, war so unvorstellbar, dass er eine Ewigkeit brauchte, bis er sein Leid mit der Tat in Übereinstimmung zu bringen vermochte. Worte wären nicht annähernd imstande, die Leere zu beschreiben, die ihn erfüllte. In dieser Position verharrte er.

Viel später legte er den Kopf auf die bereits kalte Flanke des Hundes. Die Hand im Fell des Tieres verkrallt, als könne das seinen eigenen freien Fall stoppen. Eine Welle von Zuckungen durchlief seinen Körper.

Es dämmerte, als er sich kraftlos erhob. Wie in Trance schritt er durch den Garten. Mitten im Feld ließ er sich auf den Hintern fallen, umschlang seine Beine, presste das Gesicht gegen die Knie und weinte wie noch nie in seinem Leben. Der weiterhin in dünnen dichten Fäden fallende Regen schien ihm bis ins Herz zu dringen. Herr Hund, sein bester Freund, sein Bruder. Getötet durch seine Hand. Nicht aber von ihm.

Eine ohnmächtige Wut bemächtigte sich seiner. Er sprang auf und rannte in Richtung Höhle. Stoppte abrupt. Kehrte zu der Stelle zurück, an der das Tier lag. Ging erneut auf die Knie. Bedeckte den toten Körper mit Laub. Bevor er auch die Schnauze unter einer Schicht aus Blättern und dünnem Reisig begrub, drückte er dem Freund einen Kuss auf den Kopf. Ich liebe dich, flüsterte er.

Er hatte es ihm nie gesagt.

An Herrn Hunds Lieblingsplatz, unter dem Orangenbaum, hob er ein Loch aus. Er arbeitete schnell und konzentriert. Als er die Blätter von dem leblosen Körper am

Rande des Feldes entfernte, hätte ihn der Schwindel fast niedergerungen. Unter Aufbringung all seiner Kräfte hob er das Tier vorsichtig an und trug es durch den grünen Tunnel hinaus auf die Lichtung vor den Höhlen. Dort legte er es neben das ausgehobene Loch, ging auf die Knie und barg sein Gesicht im Fell des Hundes. Eine Welle tiefer Traurigkeit durchlief seinen Körper. Der Leib des Tieres fühlte sich kalt an. Vor seinem inneren Auge zog ihre kurze gemeinsame Geschichte vorüber. Wie sie sich kennengelernt hatten, die erste Krise, die große Vertrautheit. Die Liebe zu dem Tier war nicht minder intensiv gewesen, wie sie es zu einem Menschen hätte sein können. Noch überwog die Trauer, noch konnte er keinen Trost daraus ziehen, dass sie zwar eine kurze, dafür aber sehr intensive Zeit miteinander verbracht hatten. Trauer und ohnmächtige Wut wechselten einander ab. Weder das eine noch das andere würde ihm bei dem helfen, was er zu tun hatte. Er brauchte die Kälte des klaren Verstandes. Er gab dem Hund einen letzten Kuss.

Auf den leblosen Körper legte er einige große Farnblätter, den Napf stellte er mit ins Grab. Erneut auf den Knien begann er Cherubinis Requiem in C-Moll zu summen. Dabei schob er die ausgehobene Erde mit den Händen auf den toten Freund.

Außer Reichweite des Tatorts schaltete sein Hirn auf Autopilot. Alles, was er von diesem Moment an tat, geschah ohne Vorsatz, aber keinesfalls planlos. Mit einer Dringlichkeit und Klarheit des Handelns, die ihresgleichen nicht kannte, schritt er voran. Er zog sich aus, legte trockene Kleidung an. Packte Messer, Revolver, Munition, zwei Hemden und ein Feuerzeug in den Rucksack. Damit lief er hinüber zur Quelle, sammelte die versteckten Scheite aus dem Manzanillabaum zusammen und packte sie in Plastik, bevor er die Päckchen in den Rucksack stopfte.

Das Ritual, an der Quelle die Wasservorräte aufzufüllen oder gar noch ein Bad zu nehmen, kam ihm nicht einmal in den Sinn. Sobald alles verstaut war, marschierte er los. Nichts und niemand würde ihn stoppen können. Auf dem Weg zur Küste passierte er den rostigen Bus mit den Feldarbeitern auf dem Weg zur Pampa ebenso achtlos wie die Tochter von Eliecer Cruz, die den Zaun vor *Frido* reparierte, oder zwei Männer, die ein Grab auf dem Friedhof aushoben.

Auf seinem Bett in der Pension Wittmer sitzend, erwartete er den Einbruch der Nacht. Ein Satz, den er erst vor wenigen Tagen gelesen hatte, trug ihn durch die Stunden: *Will man einen Freund haben, so muss man auch für ihn Krieg führen wollen. Und um Krieg zu führen, muss man Feind sein können.*

Dunkel zeichnete sich das Haus von Jan Kok gegen den Nachthimmel ab. Die Bretterbude glich eher einer mit wenigen Strichen hingekritzelten Skizze als einem tatsächlichen Wohnhaus. Der Mond schraffierte die Flächen zwischen den Linien grau.

Er stand breitbeinig unter dem Dach der gegenüberliegenden Scheune und sah hinüber zu den Fenstern. Am Stand des Mondes war nicht abzulesen, wie spät es war. Mitternacht war jedenfalls vorüber. Um sechs ging die Sonne auf, dann wurde es schlagartig hell. Eine Phase der Dämmerung, wie in Europa, gab es am Äquator nicht.

Er überquerte die Piste, drückte das marode Eingangstor in der Mitte des Lattenzauns auf und versuchte einen Blick ins Innere des Hauses zu werfen. Dafür tänzelte er auf den Zehenspitzen direkt unterhalb des hoch liegenden Fensters. Nichts zu erkennen, allenfalls, dass es im Haus noch dunkler war als auf der Straße. Gleiches galt für das zweite zur Straße gelegene Fenster.

Vom Hof aus führten drei Stufen zu einer schmalen Veranda hinauf. Von dort eine Tür ins Innere des Hauses. Das in die Tür eingelassene Sprossenfenster zierten Gardinen. Die Stufen knarzten, als er zurück in den Hof ging. Er bemühte sich nicht sonderlich, leise zu sein oder sich im Verborgenen zu halten. Ihm war völlig egal, wer ihn hier sah und ob Kok ihn beim Herumstreunen auf seinem Besitz bemerkte oder nicht. Er lief hinüber zu der Stelle, an der Kok sein Feuerholz aufbewahrte, eine ebenso windschiefe Hütte wie das Haupthaus. Drinnen stellte er den Rucksack ab und legte die giftigen Scheite zuoberst auf die Holzvorräte. Das Haus war kalt und feucht und Kok versuchte, mit Holzfeuer dagegen anzugehen. Steen hatte auf seinen zahlreichen Streifzügen immer wieder Rauch aus dem Kamin aufsteigen sehen. Selbst in warmen Nächten. Wahrscheinlich kochte Kok auf einem holzbefeuerten Herd. Er war sich sicher, dass der Niederländer die Manzanillascheite nicht erst in der kühleren Jahreszeit verfeuern würde, sofern er die Manipulation nicht bemerken würde.

Gerade legte er das letzte Scheit obenauf, als ihn ein Schlag auf den Rücken traf. Schmerz raste die Wirbelsäule hinauf und explodierte eine Nanosekunde später in seinem Kopf. Er sackte zusammen, ging auf die Knie. Als das nervöse Flimmern hinter den Augenlidern abebbte, stand Kok über ihm. Der Lauf einer Flinte zeigte direkt auf den Punkt über seiner Nasenwurzel. Mit dem Rücken an der Wand kam Steen wieder auf die Füße. Koks Gewehr wies ihm den Weg aus dem Schuppen hinaus ins Freie. Du warst das also, sagte Kok, hätte ich mir eigentlich denken können. Was hast du hier verloren? Meine Warnung schon vergessen, Arschloch? Jetzt ist Feierabend! Er trat gegen die Schuppentür. Sie fiel mit lautem Krach ins Schloss. Was stimmt eigentlich mit dir nicht?

Steen schwieg.

Pass mal auf, Freundchen. Du hast Glück, dass ich dich nicht einfach über den Haufen schieße. Würde mir keiner übel nehmen. Du stehst auf meinem Grund und bist bei mir eingebrochen. Ich habe jedes Recht, mich und meinen Besitz zu verteidigen. Der Kolben des Gewehrs traf Steen an der Schulter, es hätte seine Stirn werden sollen. Nur weil er im letzten Augenblick zurückgezuckt war, richtete der Schlag kein größeres Unheil an.

Steens Gesicht verzog sich, er gluckste, das darauffolgende laute Lachen schien direkt der Hölle zu entsteigen. Er warf den Kopf in den Nacken und heulte, dass einem Angst werden konnte. Selbst Kok schien nun unsicher, wie er mit dem Verrückten vor sich weiter verfahren sollte. Steen ging in die Hocke, heulte weiter. Seine Hand fasste nach der feuchten Erde. Er schmierte sich den Schmutz ins Gesicht und heulte erneut auf. Als er endlich verstummte, hatte sich die Situation vor seinen Augen deutlich zu seinen Gunsten verschoben. Ein ihm gänzlich fremder Hund hatte seine Fänge in den Waffenarm des Holländers geschlagen und es sah nicht aus, als ob er von ihm ablassen würde, bevor die Elle durchbissen war. Mit einem Freudenschrei sprang Steen auf die Füße und griff nach der Flinte, die dem Holländer aus den Händen gefallen war. So in den Besitz der Macht gelangt, blieb ihm Zeit, sich an dessen Schmerz zu weiden. Der Hund kannte kein Erbarmen. Die Rache der Kreaturen hatte etwas Tröstliches. Steen versetzte Kok einen Tritt gegen die Brust. Der Hund ließ vom Holländer ab. Der Tritt, in den Steen all seine aufgestaute Wut gelegt hatte, ließ den Mann gegen ein niedriges Steinmäuerchen krachen.

Danke, mein Bruder, sagte er an den Hund gewandt, den Rest erledige ich schon. Wenn du willst, kannst du auf mich warten.

Er schwor seinem toten Freund ewige Treue, bevor er erneut zutrat. Kok schlug mit dem Kopf gegen den Stein und kippte ohnmächtig zur Seite.

Steen hockte sich auf die Holzstiege und dachte für einen Moment nach. Er hatte gewollt, dass Kok sich und seine Hütte selbst abfackeln würde, das war der klare Plan gewesen. Hätte sich Kok aus dem Inferno retten können, so wäre es Bestimmung gewesen. Wenn nicht … Auge um Auge. Aber nach dem direkten Kampf von gerade eben hatte sich die Ausgangslage verändert, verlangte nach einem neuen Plan. Er griff nach seinem Rucksack, nahm die Stofffetzen heraus. Im Holzschuppen stand ein rostiger Kanister. Sten öffnete ihn und roch daran. Er war mit Benzin gefüllt.

Die Entscheidung war keine leichte.

Feuer, Feuer, Feuer! Steen hörte die Rufe. Als jemand gegen die Tür hämmerte, öffnete er im Pyjama. Die langjährige Bedienstete der Wittmers stand vor ihm. Fuego!, sagte sie und deutete mit dem ausgestreckten Zeigefinger über ihre linke Schulter. Ihr Haar lag unter einem dichten Schlafnetz verborgen. Fuego, Señor!

Vor der Tür sah er den Schein des Feuers gegen den Nachthimmel. Minuten später lief er mit den anderen Bewohnern des Ortes in Richtung des Hauses von Jan Kok. Dort wurde er von einer Kakofonie aufgeregter Stimmen erwartet, die das Prasseln des Feuers orchestrierten. Als hätte der Dirigent dieser Feuersbrunst bloß auf sein Eintreffen gewartet, krachte der erste Teil des windschiefen Hauses just in dem Augenblick mit einem ohrenbetäubenden Lärm in sich zusammen.

Die Gespräche verstummten kurz, um unmittelbar danach um ein Vielfaches erregter wieder einzusetzen.

Brände gab es immer mal wieder auf Floreana. Nach einem Blitzeinschlag oder aufgrund eines Kaminbrands. Auch verheerende, die gleich mehrere Häuser zerstört hatten, waren darunter gewesen. Er hatte Mayra davon sprechen hören. Bislang waren alle glimpflich ausgegangen. Nie war jemand ernsthaft verletzt oder gar getötet worden.

Vielleicht war das der Grund, warum sich gerade alle

um ihn herum fragten, wo denn Kok bloß stecke. Auf die naheliegende Vermutung, dass ihn das Feuer schlafend im Bett überrascht haben könnte und er Opfer der Flammen geworden war, schien niemand zu kommen.

Steen entdeckte Rolf Wittmer in der Menge und gesellte sich zu ihm.

Vielleicht hat er den Kamin brennen lassen, sagte Rolf, als er Steen bemerkte. Er ist in jedem Fall nicht im Haus.

Woher willst du das wissen?, sagte Steen. Floreanita hat gesehen, wie er gestern Abend zusammen mit seiner Exfrau an Bord einer Jacht geklettert ist. Völlig besoffen übrigens.

Seine Exfrau?, sagte Steen. Hast du mir nicht erzählt, dass sie wieder abgereist ist?

Sie ist noch mal zurückgekommen, um Kok zu bewegen, mit ihr nach Holland zurückzukehren. Hat wohl im Namen der Familie gehandelt. Der Patriarch der Brauereidynastie, Koks Vater und damit ihr Schwiegervater, ist kürzlich gestorben und hat seinem einzigen Sohn ein erhebliches Vermögen hinterlassen. Vielleicht ist auch was für sie drin. Um das Erbe anzutreten, muss Kok allerdings persönlich in Rotterdam vorstellig werden, so hat es sein Vater im Testament verfügt. Die Familie ist schwerreich. Also haben sie mal eben 'ne Jacht über den Teich geschickt, um den Thronfolger abzuholen. Seine Ex sollte wohl dafür sorgen, dass er tatsächlich an Bord geht.

Woher weißt du das alles?, fragte Steen. Die Antwort hätte er sich selbst geben können. Wittmer sah ihn bloß mitleidig an. Was soll's, sagte er dann, ich habe für Koks Angelegenheiten im Augenblick weiß Gott keinen Kopf.

Lass die Bude runterbrennen, ist nicht die erste und auch nicht besonders schade drum. Kok ist weg und niemand wird ihm eine Träne nachweinen. Und es würde mich auch nicht wundern, wenn er selbst sein Haus hinter sich niedergebrannt hätte. Er ist so ein Typ. Na ja, was rede ich, du kennst ihn ja. Warten wir ab, was die Polizei sagt. Wir haben den Brand durchgefunkt, ist unsere Pflicht. Die Beamten kommen morgen früh mit dem ersten Boot. Aber wenn du mich fragst … Er winkte ab. Hier gibt es nichts mehr zu tun. Ich lege mich noch etwas hin, morgen wird ein harter Tag für uns alle.

Steen sah ihm hinterher. Der kleine Mann trug offensichtlich schwer am Verlust seiner Mutter. Sein Körper, im schwarzen Anzug der Trauer, schleppte sich mehr, als dass er ging, in Richtung Hostal.

Am nächsten Morgen klopfte es zeitig an der Tür. Mayra, im schwarzen Kleid, mit einem kleinen Hütchen auf dem Kopf, das Gesicht hinter einem schwarzen Gittergewebe verborgen, stand vor dem Haus. Sie hob den Schleier und gab ihm einen Kuss zur Begrüßung.

Bist du so weit?, fragte sie. Er nickte. Er trug Weiß, einen schwarzen Anzug besaß er nicht. Dafür eine dunkelblaue Krawatte und ein gleichfarbiges Einstecktuch. Er setzte den Hut auf und zog die Tür hinter sich ins Schloss.

Dann wollen wir mal, sagte er. Er hielt Mayra den Arm hin. Sie hakte sich unter.

Der Gottesdienst für Margret Wittmer fand in der einzigen Kirche Floreanas statt. Sie war bis auf den letzten Platz besetzt. Die Menschen wollten der Patriarchin das letzte Geleit geben. Im Tod war nicht mehr wichtig, was man für die Lebende empfunden hatte. Niemand in diesem Raum kannte ein Floreana ohne Margret Wittmer, ihr Tod stellte eine Zäsur in der Geschichte der Insel dar, die neue Stunde null.

Bis auf den Empfang der Hostie nahm Steen an allen katholischen Ritualen teil. Er erhob sich, als sich alle erhoben, ging auf die Knie, wenn es besonders heilig wurde, und sang mit. Zumindest summte er die Melodien, denn die Liedtexte kannte er schon im Deutschen nicht.

Soweit er informiert worden war, hatte sich die Familie Wittmer vollzählig versammelt. Margrets Kinder waren da. Die Kindeskinder und die Urenkel. Die Familie saß in den ersten beiden Bankreihen. Ein kleines Mädchen weinte herzerweichend. Ihr nur wenig älterer Bruder hielt sie im Arm. Die Tote lag in einem einfachen Holzsarg aufgebahrt. In diesem Augenblick wurde der Deckel geschlossen.

Fünfundneunzig Jahre alt war sie geworden. Achtundsechzig Jahre davon hatte sie auf dieser Insel verbracht und sie nur einige wenige Male verlassen. Eine Rückkehr nach Deutschland hatte sie sich zeitlebens nicht vorstellen können. Nicht beim Tod ihres Stiefsohns und auch nicht nach dem Tod ihres Mannes, den sie um ganze sechsunddreißig Jahre überlebt hatte.

Jahrzehntelang hatte sie das Geheimnis gewahrt, Margret, die einzige Zeugin der Ereignisse in den Dreißigern. Dabei hätte es ihr egal sein können, denn die Verbrechen waren längst verjährt. Aber ihr hatte sehr an ihrem und dem Ansehen der Familie gelegen. Vielleicht hätte sie gezuckt, wenn er sich ihr als Sohn von Dore zu erkennen gegeben hätte, vielleicht auch nicht, und wenn, dann vermutlich nicht allzu heftig. So würde die Galapagos-Affäre bleiben, was sie seit jeher gewesen war: ein ungelöstes Rätsel.

Was den Umstand ihres Todes anging, so hatte Steen, seit Mayra ihm die Nachricht überbracht hatte, alle Gefühlsstadien durchlaufen. Erst geschockt, dann gleichgültig. Jetzt gerade brachte er ihn sogar etwas aus der Fassung. Eine unerwartete Traurigkeit suchte ihn heim. Nicht Margrets wegen, das schloss er aus. Aber mit ihr starb auch der letzte Rest seiner Mutter. Irgendwie hing auf dieser Insel alles mit allem zusammen. Zumindest in seinem Kopf. Er versuchte die Gedanken abzuschütteln, was ihm jedoch nicht gelang.

Inzwischen hatten Rolf und drei der Enkel den Sarg angehoben und trugen ihn unter lautem Orgelspiel vom Band nach draußen ins gleißende Licht des neuen Tages. Auf dem Weg über die Hauptstraße in Richtung Friedhof wanderten Steens Gedanken zurück zum Brand vom Vorabend. Es kam ihm seltsam vor, dass sich niemand mehr dafür zu interessieren schien. Einzig zwei verloren wirkende Polizisten standen mit verschränkten Armen vor den noch schwelenden Überresten von Koks Anwesen und schauten interessiert dem Trauerzug hinterher. Die Glut war noch heiß und doch war es schon ein Ereignis von gestern. Heute war die Wittmer-Beerdigung das alles überragende Thema unter den Einheimischen. War der Sarg in der Erde, würden alle zum Leichenschmaus ins Hotel weiterziehen.

Die Familie hatte das Grab des Vaters auf ein Doppelgrab erweitern lassen, sodass die beiden Kölner im Tod wiedervereint nebeneinanderlagen. Die Zeremonie auf dem Friedhof war kurz. Wahrscheinlich, weil die Sonne inzwischen bereits allzu unbarmherzig auf den Trauerzug niederbrannte.

Steens Trauer wich einer ebenso unerklärlichen Nervosität. Zuerst spürte er ein Kribbeln im ganzen Körper, wie bei Nesselsucht. Die Haut rötete sich, es bildeten sich Quaddeln und es juckte ihn. Dann wurde ihm abwechselnd heiß und kalt. Auf eine beklemmende Art fühlte er sich, während der Sarg ins Erdreich hinuntergelassen wurde, den damaligen Ereignissen sehr nahe. Eigentlich so nah wie nie zuvor. Er konnte es sich nicht wirklich erklären.

Er zitterte am ganzen Körper, als die Reihe schließlich an ihm war. Unsicher trat er ans offene Grab. Einzig Mayra an seiner Seite gab ihm Kraft. Er hatte Mühe, die Schaufel zu halten, den Arm zu strecken und die Erde auf den Sarg rieseln zu lassen. Außer Mayra bemerkte vermutlich niemand seine Unsicherheit, auch wenn er selbst das Gefühl hatte, sein innerer Zustand stünde ihm ins Gesicht geschrieben.

Das verstehe ich genau, sagte Mayra, als sie in Richtung Hotel davoneilten.

Steen hatte sich ihr gegenüber zuvor nicht über seinen Zustand geäußert.

Wie sich herausstellte, waren bei Weitem nicht alle Trauergäste zum Leichenschmaus geladen. Vielleicht wollten aber auch nicht alle daran teilnehmen. Sich anständig von einer Person, die man so lange gekannt hatte, zu verabschieden, war das eine. Während des anschließenden Beisammenseins in rosigen Erinnerungen an gemeinsam Erlebtes zu schwelgen, etwas völlig anderes. Das australische Pärchen, das erst am Vortag angereist war, suchte Steen unter den Anwesenden ebenfalls vergebens. Er war sich sicher, dass die Familie sie eingeladen hatte. Hausregel! Wahrscheinlich aber wollten die Neuankömmlinge sich die kurze Zeit auf Floreana nicht durch eine Trauerfeier verderben lassen, zumal sie die Tote nicht einmal kannten.

Steen stand etwas abseits, während Mayra, mit Doktor Tibón in ein Gespräch vertieft, an einem der Tische Platz genommen hatte.

Es war wie bei nahezu allen Trauerfeiern auf der Welt. Zuerst gedachte man der Toten noch mit Anekdoten aus deren Leben, aß ein Stück Kuchen und trank Kaffee. Mit fortschreitender Zeit ersetzte ein Schlückchen Bier den Kaffee und man streifte tagesaktuelle Themen. Hatte der Alkohol die Krawatten erst einmal gelockert, hörte man, wo zuvor betretenes Schweigen geherrscht hatte, vereinzeltes Lachen. Bis alle Hemmungen fielen und das Beisammensein zum Besäufnis ausartete. Man trank gemeinsam gegen die eigenen Todesängste an.

Steen blieb beim Kaffee. Ganz im Gegensatz zu Rolf Wittmer. Als der sich zu vorgerückter Stunde zu ihm gesellte, hatte er schon ausreichend Alkohol im Blut. Immerhin hatte er sich noch so weit im Griff, dass er einigermaßen unfallfrei artikulieren konnte.

Nun ist sie nicht mehr, waren seine ersten Worte. Dabei nickte er vielsagend und verspritzte etwas Bier aus der zuvor aufgeschüttelten Flasche über die Erde, über die seine Mutter so oft gelaufen war. Vielleicht ein Brauch, Steen wusste es nicht. Tut mir wirklich leid, sagte er. Er sah dabei auf seine Schuhspitzen. Muss es nicht, sie hatte ihre Zeit, sagte Wittmer.

Ja, das stimmt. Und wenn man dann bedenkt, dass sie weite Teile ihres Lebens ganz ohne die Möglichkeit verbracht hat, einen Arzt aufzusuchen, ist es umso beeindruckender, so alt zu werden.

Sie war nie ernsthaft krank, nuschelte Wittmer zwischen zwei Schlucken aus der Flasche. Gute Gene, sagte Steen. Vermutlich. Gut für dich. Vermutlich auch das. Wittmer atmete laut, es war mehr ein Röcheln. Dabei legte er den Kopf in den Nacken. Als Wittmer das Kinn wieder in Richtung Brust senkte, wischte er sich die Augen. Steen hatte keine Ahnung, wie man einen erwachsenen Mann tröstete, den man nicht wirklich kannte. Er konnte sich nicht dazu durchringen, Rolf in den Arm zu nehmen. Sie standen eine Weile stumm nebeneinander. Steen stieg von einem Bein auf das andere und hätte viel dafür gegeben, wenn ihn jemand aus dieser Situation befreit hätte. Das hätte nach Lage der Dinge nur Mayra sein können, aber die diskutierte noch immer aufgeregt mit Tibón.

Was ändert sich nun?, hörte er sich fragen. Wittmer wandte sich ihm zu. Sah ihn lange aus traurigen Augen an. Das ist eine gute Frage, sagte er. Andererseits, sagte Steen, wenn ich das richtig sehe, war sie ja in den Hotelalltag nicht mehr so stark eingebunden.

Das ist richtig. Trotzdem war sie die Chefin – absolut. In der Familie diskutieren wir oft darüber, wie es mit dem Hotel weitergehen soll, ob wir intensiver ins Chartergeschäft einsteigen oder mehr Werbung für Floreana machen sollen. Ob einer von uns aufs Festland ziehen sollte, um vor Ort als Lobbyist zu arbeiten. All so was.

Er setzte die Flasche an, trank sie leer und stopfte sie kopfüber in den Sand zu seinen Füßen. Als er wieder hochkam, hielt er bereits eine neue in der Hand. Steen schaute an dem kleinen Mann hinunter. Wahrscheinlich hatte das Bier in seiner Sakkotasche gesteckt. Er öffnete die Flasche mit der Unterseite seines Feuerzeugs, steckte den Kronkorken in die Hosentasche und nahm einen weiteren, langen Schluck. Eins stand fest: Er würde heute nicht aufhören zu trinken, bis er umfiel. Der Vorsatz, seinen Kummer zu ertränken, stand ihm ins Gesicht geschrieben.

Und?, fragte Steen.

Wittmer brauchte einen Augenblick, um gedanklich den Anschluss an das vorher Gesagte zu finden. Die Wahrheit ist, wenn Mutter zu was auch immer ihren Segen verweigerte, konntest du die Sache vergessen, sagte er schließlich. Sie war die Chefin, von Anfang an. Schon oben auf dem Asilo. Mein Vater war im Vergleich zu ihr ein schwacher Mensch. Ohne sie hätten wir hier nicht überlebt. Keine Diskussion, ist einfach so.

Die Clanchefin, sagte Steen. Absolut, ja. Auch unsere Kinder, und deren Kinder erst recht, haben immer ihren Rat gesucht und befolgt. Schwer vorstellbar, sagte Steen. Wieso? Bei uns wäre so etwas schwer vorstellbar. Diese Art von Gehorsam … Familienzusammenhalt nennt man das, unterbrach Wittmer. Meinetwegen. Das gibt es unter deutschen Familien nicht. Nicht mehr, meinst du. Nicht mehr – ja, vielleicht nicht mehr.

Du hast nie was von deiner Familie erzählt, sagte Rolf Wittmer. Weil ich keine habe, antwortete Steen wie aus der Pistole geschossen.

Wie das?

Ich bin Waise.

Oh! Er hielt sich die Hand vor den Mund. Entschuldige bitte, das habe ich nicht gewusst. Ich wollte nicht …

Kein Problem!

Wirklich nicht, es tut mir …

Wirklich nicht, lass gut sein. Deine Mutter hat es dir offenbar nicht erzählt, wir hatten uns darüber unterhalten. Ich leide nicht darunter. Ich hatte wunderbare Eltern.

Ach so!

Wie bitte?

Ich dachte, du wärest irgendwie …

Du meinst, im Waisenhaus gewesen? Ein Findelkind oder so was? Nein, nein, meine Eltern sind nur einfach sehr früh verstorben. Flugzeugabsturz. Wittmer schlug sich erneut die Hand vor den Mund. Ich war vierzehn und sollte eigentlich mit an Bord sein. Eine Grippe hat mir das Leben gerettet. Mittelohr, fügte er an. Kein Druckausgleich, du verstehst schon. Bin bei meinen Großeltern geblieben. Das ist so schrecklich, nuschelte Wittmer und nahm erneut einen langen Schluck. Hattest du Geschwister? Nein. Einzelkind.

Weißt du, es wäre wirklich schön gewesen, wenn du Mutter noch kennengelernt hättest. Sie war ein ganz toller Mensch, alle haben sie geliebt.

Aber das hab ich doch! Steen fasste Rolf nun väterlich am Arm. Sie war ja so etwas wie die Urmutter der Insel, sagte er.

Ja, Rolf nickte heftig, ja, genau, das war sie. Die Urmutter. Deshalb kamen auch alle mit ihren Problemen zu ihr. Nicht nur die Familie. Eigentlich alle, die hier leben.

Steen sah keine Veranlassung, Rolf zu erzählen, was ihm über die Beliebtheit der Patriarchin zugetragen worden war. Erst recht nicht, ihren Ruf als Hexe zu thematisieren. Es gab eben immer mindestens zwei Wahrheiten.

Tut mir echt leid, wie gesagt, ich teile eure Trauer.

Weißt du, was seltsam ist? Bei der Frage starrte Wittmer hinaus aufs Meer.

Was denn? Steen drückte den Rücken gerade.

Da passiert auf dieser Insel jahrelang überhaupt nichts und dann auf einmal häufen sich die Ereignisse. Wahrscheinlich musstest du erst kommen, damit sich mal wieder was tut. Er lachte. All das hat mit dir zu tun, Harald Steen aus Hamburg!

Steen blickte ihn fragend an.

Gestern? Der Brand?

Ach, das … Aber …

Wie siehst du denn aus?, fragte Rolf Wittmer. Du wirst ja ganz blass. Ich mein das doch nicht ernst. Wieder lachte er herzhaft und schlug Steen auf die Schulter.

Schon klar, sagte Steen.

Na, das sieht aber ganz anders aus. Aber kannst du mir sagen, weshalb der Brand gestern Nacht und der Tod unserer Mutter zusammenfallen mussten? Normal passiert hier gar nichts. Wenn es also schon brennen muss, dann ist das genug Ereignis für ein Jahr. Nun ist auch noch Mutter verstorben. Das hätte auch noch ein Jahr Zeit gehabt. Ich hoffe, dass nächstes Jahr nicht wieder was passiert. Obwohl, wir hatten auch schon eine Geburt und einen Toten im selben Jahr. Das war eine Aufregung, sage ich dir. Wieder lachte er, etwas zu aufgesetzt für Steens Geschmack.

Hat die Polizei eigentlich was herausgefunden?, fragte er. Die Polizei? Was meinst du? Die Polizisten sind doch heute Morgen angekommen.

Wittmer schaute auf seine Armbanduhr. Würde mich

wundern, wenn sie noch da wären. Die Fähre hat vor zwanzig Minuten abgelegt. Wir werden sehen. Aber normalerweise … ich meine, was sollen sie schon finden?

Haben sie keine Zeugen befragt?

Gab es denn welche?

Äh, keine Ahnung, ich dachte …

Du bist ein seltsamer Vogel, Harald. Hat dir das schon mal jemand gesagt? Dann wird's höchste Zeit. Im Ernst, was sollen sie finden, einen Brandbeschleuniger? Einen Molotowcocktail? Ich meine, Feinde hatte dieser verdammte Holländer genug. Ich hoffe bloß, er sucht sich mitsamt seiner Erbschaft eine luxuriösere Insel für den Rest seiner Tage. Davon hast du doch gehört, oder? Dass die Ex nur gekommen ist, um ihn zur Testamentseröffnung zu schleppen? Und dieser Idiot ziert sich, versteht man so was? Allein daran siehst du doch schon, dass der bekloppt ist. Rolf schüttelte heftig den Kopf. Ich bin jedenfalls nicht scharf darauf, ihn wiederzusehen. Der Mann ist weg, das Haus auch. Ist fast, als hätte es ihn nicht gegeben.

Hat er nichts zurückgelassen?, wollte Steen wissen. Was zum Beispiel? Weiß ich nicht, was ist mit dem Land? Gehört dem Staat. Stimmt, das hattest du mir ja mal erklärt.

Genau! Ihr könntet doch euer Haus da bauen, die Stelle ist nicht so schlecht. Steen versuchte, den Satz zu überhören. Wittmer war verrückt, wenn er annahm, dass er sich genau dort niederlassen würde.

Ich denke mal, dass die Behörden versuchen werden, mit Kok in Kontakt zu treten, sagte Steen. Ich meine, wir haben gerade erst das 21. Jahrhundert begrüßt.

Sogar ein neues Jahrtausend, entgegnete Wittmer. Was willst du mir damit sagen?

Dass man heutzutage einfach mal eben drüben in Holland anrufen oder ein Fax dorthin schicken kann. Man wird sich doch versichern wollen, dass er wirklich nicht in dem Haus war. Und nachdem das nun abgebrannt ist und man da sicher nichts mehr finden kann …

Keine Ahnung, unterbrach Wittmer. Vielleicht, vielleicht auch nicht. Was interessiert es mich? Was interessiert es die Behörden?

Ja, was interessiert es uns? Hab mir nur so meine Gedanken gemacht.

Schriftsteller, was? Die tun so was. Sich Gedanken machen. Eure Fantasie! Was macht denn eigentlich dein Roman?

Fast fertig.

Und dann, was geschieht dann damit? Ich versuche, einen Verlag dafür zu finden. Ist nicht leicht. Es ist ein kompliziertes Buch geworden. Vielleicht ein paar Wendungen zu viel.

Ist das so?

Vielleicht. Ich denke schon. Aber denkt man erst einmal über das Ende der Welt nach, stößt man auf das Ende der Dinge und da fängt alles Erzählen an. Das Erzählen endet nie.

Versteh ich nichts von, sagte Wittmer, ich lese nicht. Meine Mutter hielt nichts von Romanen, sie hat auch nicht viel gelesen. Wenn überhaupt, dann Sachbücher, sie hielt sich halt lieber an die Wahrheit.

Na klar. *Wie viel Wahrheit erträgt, wie viel Wahrheit*

wagt ein Geist?, durchfuhr es Steen plötzlich. Die Wahrheit ist doch nur eine weitere Illusion, sagte er laut.

Und wenn der Roman fertig ist, dann packst du deine Kiste wieder, schleppst dein Kajak rüber zum Hafen und schipperst den ganzen weiten Weg zurück nach Europa, sagte er. Bloß mit einer Frau und einem Mädchen im Schlepptau?

Mal sehen. Steen nickte. Das passiert dann auch noch dieses Jahr. Das neue Jahrtausend hat es tatsächlich in sich.

Deine Hochzeit, o Gott, richtig. Der lange Mann aus Hamburg schnappt sich die beste Partie der Insel. Ungerecht, wenn du mich fragst. Nicht mehr als alles andere auch, sagte Steen. Das stimmt nun auch wieder. Warum wollt ihr eigentlich kein großes Fest machen? Wir könnten die Hochzeit bei uns im Hostal ausrichten, wie es sich gehört.

Das ist Mayras Entscheidung.

Du hättest es anders gewollt?

Nein.

Also ist es eure Entscheidung.

Quasi.

Und, warum also nicht?

Mein Gott, sie hat es so vorgeschlagen, ich finde es richtig. Große Feste sind nicht so mein Ding.

Ha, du hast ja bloß Angst vor dem Urwaldbier.

Um Gottes willen, erinnere mich bitte nicht daran, rief Steen.

Das Zeug hat bei dir echt bewusstseinserweiternd gewirkt. Hast dich am nächsten Tag nach einer Frau erkundigt. Einer, von der noch nie einer gehört hat. Du bist 'ne

Marke, Harald. Hat dir das eigentlich schon mal jemand gesagt?

Lass mich nachdenken … ich glaube nicht, nein.

Wollen wir was essen?

Auf jeden Fall, sagte Steen. Er schlug Wittmer auf die Schulter und wandte sich in Richtung Buffet.

Steen hatte rasende Kopfschmerzen und ab einem gewissen Punkt kaum noch eine Erinnerung an die vorangegangene Nacht. Beides lag einzig und allein am Whisky. Sie waren dem Vorsatz, ihre Hochzeit nicht groß zu feiern, treu geblieben, hatten aber nach der Vermählung durch einen ecuadorianischen Standesbeamten, der zudem Mayras Schwager war, doch noch mit einigen ihrer Freunde und dem angereisten Teil von Mayras Familie gefeiert. Selbst Doktor Tibón hatte seine Sprechstunde so gelegt, dass er dabei sein konnte. Die Party fand dort statt, wo Mayra und er nach dem Haareschneiden ihr erstes Date gehabt hatten. Im Hotel-Restaurant von Juliana, Ceci, David und Jo.

Alles hatte harmlos begonnen. Allerdings hatte er sich schon beim sehr ausgedehnten Mittagessen gewundert, dass es ausschließlich Whisky zu trinken gab. Nicht eine Flasche Bier wurde angeboten. Ein Brauch, wie Mayra ihm versichert hatte, und auch dem Umstand geschuldet, dass man so viel Bier, dass am Ende alle betrunken wären, gar nicht ranschleppen könne. Erst bei diesen Worten war ihm aufgegangen, dass es um nichts weniger ging. Eine gelungene Hochzeit in Ecuador war eine, von der niemand nüchtern nach Hause ging. Selbst Gabriela hatte an dem scharfen Getränk genippt, wenn auch bloß ein einziges Mal. Daran konnte er sich immerhin noch erinnern. Später, nach einigen teils lustigen, teils anrührenden Reden, hatte Jo eine Gitarre hervorgeholt und zum Tanz aufgespielt. Zu dem Zeitpunkt hatte Steen längst alle Hemmungen fallen lassen. Erst als man ihn mitten in der Nacht mit lauten Anfeuerungsrufen aufforderte, der Braut das Strumpfband mit den Zähnen vom Oberschenkel zu ziehen und es der Brautjungfer, Mayras Schwester Alicia, überzustreifen, überkamen ihn nochmals leichte Zweifel, worauf er sich da eingelassen hatte. Nicht mit Mayra, wohl aber mit einem derart ausgelassenen Fest. Doch für Reue war es zu spät, der Moment einer möglichen Umkehr längst überschritten und je länger das Fest dauerte, umso mehr genoss er es auch. Also hatte er sich brav vor die breitbeinig auf einem Schemel sitzende Mayra gekniet. Die hatte ihren langen Rock keck so weit hochgezogen, dass er – und auch alle anderen – sehen konnte, dass sie zwei Strumpfbänder trug. Ein blaues und ein weißes. Behutsam hatte sie ihn zu dem blauen hindirigiert und er hatte es tatsächlich mit den Zähnen bis zu ihren Zehen hinabgezogen, wo er, vor seiner Braut im Staub liegend, es schließlich mit den Händen aufgeklaubt hatte. Die vor Glück strahlende Mayra tauschte den Platz mit der nicht minder freudig erregten Alicia und er durfte nun einer wildfremden Frau das Strumpfband anlegen, in diesem Fall allerdings unter Zuhilfenahme der Hände. Dabei heulte die versammelte Gästeschar, als habe man ihn in flagranti beim Fremdgehen erwischt.

Nachdem er die Prüfung so würdevoll wie möglich bestanden und Mayra ihm anschließend ins Ohr geflüstert hatte, dass das weiße Band allein ihm gehöre, nahm er sich eine halb volle Flasche Whisky, setzte sich, während alle anderen wild durcheinandertanzten, in einen Korbsessel am Rande der Tanzfläche und stierte, die Flasche leerend, über die Mangroven hinweg aufs Meer.

An den Rest der Nacht hatte er keine Erinnerung. Wie er ins Bett gekommen und was dort geschehen war, lag im Dunst des Rauschs verborgen.

In der Küche erwartete ihn am Morgen danach seine Frau mit einem bezaubernden Lächeln. Entweder sie hatte am Vorabend eine Methode gefunden, dem Whisky zu entkommen, oder sie vertrug sehr, sehr viel. Viel mehr, als sie vorgab. Auch Gabriela saß schon am Tisch und trank ihren Kakao aus einer großen Tasse. Mayra stellte sich auf die Zehenspitzen und gab ihm einen Kuss. Du warst toll gestern Nacht, flüsterte sie ihm ins Ohr. Ihn durchlief ein wohliger Schauer, auch weil ihre Zunge dabei sein Ohrläppchen berührt hatte. Brauchst du ein Aspirin?, fragte sie laut. Er nickte. Und Kaffee, bitte. Steht auf dem Tisch. Was frühstückst du? Er wandte sich zum Tisch, traute sich jedoch nicht, Mayras Tochter direkt anzusehen. Er hatte ihre Mutter geheiratet und, wie es aussah, wohl auch mit ihr geschlafen. Und es war gut gewesen, wie sie gesagt hatte. Es machte ihn froh, aber auch unsicher, weil er nicht genau wusste, was es bedeutete, gut im Bett zu sein. Tiere bestiegen einander, um Nachwuchs zu zeugen. Menschen, um Spaß zu haben. Wer hatte wohl damit begonnen, Noten für den Geschlechtsakt zu verteilen? Und jetzt war er auch noch in ihrem Haus. Sie waren verheiratet und doch fühlte es sich für ihn falsch an, hier zu sein. Ein Zustand, den er nicht als Dauerlösung akzeptieren mochte. Als was die Kleine ihn wohl empfand? Seit dem Tod ihres Vaters hatte nie mehr ein männliches Wesen die Nacht im selben Haus mit ihr verbracht. Und nun saß er hier. Der lange Deutsche.

Die Sorge erwies sich als unbegründet. Kaum hatte Mayra von ihm abgelassen, als das Mädchen auch schon aufsprang, ihm die Arme um den Körper legte und sich an ihn drückte. Das hier ist also ab jetzt mein Leben, ging ihm durch den Kopf. Noch war ihm das alles sehr fremd. Er fühlte sich gut und unbehaglich zur selben Zeit. Er schüttelte die Gedanken ab. Jetzt freute er sich erst einmal auf die Hochzeitsreise. Mayra war dafür wirklich über ihren Schatten gesprungen und bereit, ihrer Angst zu trotzen. Sie würden, ganz allein, mit einem weiteren von Jos Booten auf Exkursion gehen.

Zwei Tage später fand sich ein Großteil der Inselbewohner am Quai ein.

Wo ist eigentlich der Hund?, rief Rolf Wittmer ihm zu. Es war der erste Satz, den er an Steen richtete, nachdem er ihm eher schmallippig zur Hochzeit gratuliert hatte. Es hatte wider Erwarten ein Fest stattgefunden, zu dem er nicht eingeladen gewesen war. Niemand aus seiner Familie. Auch darüber zerriss man sich in der kleinen Gemeinde seitdem das Maul.

Mayra hätte niemals jemanden aus dem Wittmer-Clan auf ihrer Hochzeit akzeptiert. Steen war so feinfühlig gewesen, sie erst gar nicht danach zu fragen, obwohl er sich der Tragweite dieser Entscheidung bewusst gewesen war.

Die Wittmers luden ein und wurden eingeladen. Sie auf Floreana zu schneiden, grenzte schon fast an eine Beleidigung. Besonders so kurz nach dem Tod der Patriarchin.

Wir haben Streit, sagte Steen, der Hund und ich.

Wittmer lachte auf. Du bist mir ein Typ, sagte er. Hat dir das schon mal jemand gesagt? Wirklich ein sehr seltsamer Typ.

Tatsächlich gab es bereits einen neuen Hund in Steens Leben. Aber er hatte noch keinen Namen für Nummer zwei gefunden und gedachte auch nicht, ihn auf die Hochzeitsreise mitzunehmen. Sein Herz war noch nicht frei für eine erneute feste Bindung an ein Tier.

Gleich nach dem Frühstück hatte er das kleine Holzboot mit der für den Kurztrip nötigen Ausrüstung beladen. Mayra und Gabriela standen derweil etwas abseits ins Gespräch vertieft. Vermutlich gab die Tochter der Mutter noch ein paar Ermahnungen mit auf den Weg. Nach dem Unfall auf der letzten Tour fand die Kleine es unverantwortlich, ihre Mutter wieder in ein Boot zu setzen, auch wenn sie dieses Mal eine Schwimmweste trug und versprochen hatte, diese niemals abzulegen, solange sie nicht wieder festen Boden unter den Füßen hätte. Ihren Segen zu dieser untypischen Hochzeitsreise hatte das Mädchen der Mutter und ihrem neuen Stiefvater trotzdem vorenthalten.

Mayra tat es aus Liebe. Steen, um allem zu entkommen. Bevor er ins Boot stieg, packte ihn das Mädchen am Jackett – er trug tatsächlich den weißen Anzug, schließlich war der Anlass ein formeller –, suchte den direkten Blickkontakt und sagte: Du passt auf Mama auf, sonst bringe ich dich um. Ein wenig zu erwachsen vielleicht, aber in ihrer Stimme lag nicht der Hauch von Ironie. Er schluckte, hatte keine Antwort parat. Keine Sorge, sagte er bloß und drehte sich weg.

Er kletterte ins Boot, hielt es am Quai, bis Mayra zugestiegen war, sah noch einmal zurück und startete den Motor.

Die erste Nacht verbrachten sie an der Punta Cormorant, ziemlich genau dort, wo Kok betrunken im Sand gelegen hatte. Steen baute das Zelt direkt an der Salzwasserlagune auf, nachdem er den Außenborder auf den Strand gezogen hatte. Er suchte Holz und entzündete ein Feuer. Über den züngelnden Flammen brieten sie Würstchen und aßen dazu die mitgebrachten Sandwiches. Auf Alkohol verzichteten sie. Das erlaubte ihm, den Liebesakt dieses Mal bei vollem Bewusstsein zu erleben. Mayra war selbstbewusst und nahm sich, was sie wollte. Unter freiem Himmel stieß sie seinen Oberkörper in den Sand, entkleidete und führte ihn. Nach ängstlichem Beginn wurde er zunehmend mutiger. Er übernahm sogar für kurze Zeit die Initiative und fühlte sich, vielleicht auch dadurch, deutlich weniger ängstlich als bei den wenigen Frauen, mit denen er zuvor geschlafen hatte.

Am nächsten Morgen versorgte sie seinen Rücken, der von Sandflohbissen übersät war. Anfängerfehler, sagte er und die medizinische Assistentin Mayra wusste genau, was er damit sagen wollte. Hat sich aber doch wohl gelohnt, antwortete sie keck.

Sie packten zusammen und verstauten alles wieder im

Boot, fielen dann aber doch noch einmal übereinander her, bevor sie endlich zur zweiten Etappe ihrer auf drei bis vier Tage angelegten Reise aufbrachen.

Steen trug seinen Anzug nun nicht länger. Fein säuberlich zusammengefaltet, lagerte er in einer der beiden Metallkisten, die zwischen ihnen festgezurrt standen. Dafür hatte er seine Cargohose angezogen, navigierte mit freiem Oberkörper und genoss dabei den Wind und das aufspritzende Salzwasser auf der Haut. Endlich wieder draußen in der Natur, rief er und jauchzte laut.

Während sich das Boot Meile um Meile durch die ruhige See schob, versuchte er Mayra von Nietzsches *Zarathustra* zu erzählen. Er wollte, dass sie das Buch kennenlernte, fürs Erste fasste er ihr die Handlung zusammen. Einige Passagen konnte er auswendig aufsagen, wenn auch nur auf Deutsch. Die Sprachbarriere zwischen ihnen störte ihn mehr, als er zugeben mochte. In Momenten, in denen er Mayra etwas Wichtiges mitteilen wollte, machte ihn sein Unvermögen regelrecht wütend. Deshalb schlug er in diesem Augenblick mit dem Paddel aufs Wasser, was seiner Frau Angst einjagte. Er entschuldigte sich umgehend mit dem Hinweis auf seine mangelhaften Spanischkenntnisse. Das war die Sprache, auf die sie sich verständigt hatten. Ihm war klar, dass er sie deutlich besser beherrschen musste, gedachte er künftig in Ecuador zu leben. Mayra hatte ihn gebeten, ihr Deutsch beizubringen. Sie hatten allerdings noch nicht damit begonnen.

Willst du es nicht auf Deutsch vortragen?, sagte sie und blickte auffordernd über die Schulter. Steen sah wenig Sinn darin, doch dann begann er doch noch zu deklamieren.

Im Rhythmus der Wellen und des leichten Windes, der übers Meer strich.

O Mensch! Gib acht!
Was spricht die tiefe Mitternacht?
»Ich schlief, ich schlief –,
Aus tiefem Traum bin ich erwacht: –
Die Welt ist tief,
Und tiefer als der Tag gedacht.
Tief ist ihr Weh –,
Lust – tiefer noch als Herzeleid:
Weh spricht: Vergeh!
Doch alle Lust will Ewigkeit –,
– will tiefe, tiefe Ewigkeit!«

Er war tief ergriffen, jedes Mal aufs Neue. Nicht vom eigenen Vortrag, sondern von der Schönheit und Tiefe der Verse. Mayra ging es nicht anders, allein der Klang der Worte und die Ergriffenheit in seiner Stimme berührten sie. Wie gerne hätte sie sich ihrem Mann zugewandt und ihn in den Arm genommen. Sie war traurig und glücklich zugleich.

Schön, sagte sie auf Deutsch. Es war das erste Wort, nach dem sie ihn gefragt hatte: Wie sagt man auf Deutsch hermoso? Schön, wiederholte sie jetzt.

Kein Anfang, kein Ende, kein Gott, keine Evolution – Ewige Wiederkehr. Ja, sagte er, das ist schön.

Sie schipperten schon eine ganze Weile an der unwirtlichen Ostküste der Insel entlang. Aufgrund des ungewöhnlich ruhigen Wetters kamen sie deutlich schneller voran als gedacht. Auch schön, sagte Steen erneut in seiner Muttersprache. Dabei deutete er auf die geschwungene Uferlinie der Ostküste Floreanas. Der Regenwald reichte tatsächlich runter bis zur Wasserlinie. Und doch sahen sie zwischen all dem Grün immer mal wieder weißen Sand aufblitzen.

Er hielt das Boot streng parallel zur Küste.

Stille. Beide hingen sie ihren Gedanken nach, als Steen plötzlich auf eine Bewegung am Ufer aufmerksam wurde. Er änderte den Kurs, nur ganz leicht. Mayra bemerkte es nicht einmal. Das Boot näherte sich einer Stelle, an der sich ein etwas größerer Strandabschnitt erstreckte. Zwei riesige schwarze Lavabrocken rahmten den feinen Sand.

Precioso paisaje, rief Mayra ihm nach hinten zu. Sí, bestätigte Steen.

Aber es war nicht der Strand, der ihn elektrisierte. Es war ein wilder lockig roter Haarschopf, der im dichten Grün des dahinter aufsteigenden Regenwaldes auf und ab hüpfte. Ein großer weißer Mann, dürr und vollständig nackt, erschien zwischen den Bäumen und … winkte ihn zu sich heran. Ein etwas altersschwacher Hund stand direkt hinter ihm.

Er blickte über die Schulter in die Richtung, aus der sie kamen. Niemand war hinter ihnen. Sie waren noch immer mutterseelenallein. Der Mann meinte ihn, kein Zweifel.

Die dritte Quelle, flüsterte er. Tränen füllten seine Augen.

Mayra hatte den Rotschopf offensichtlich noch nicht bemerkt, wohl aber hörte sie die Bemerkung ihres Mannes.

Que?, sagte sie.

La tercera fuente, wiederholte er.

In dem Blick, den sie ihm daraufhin zuwarf, lag Verwunderung und auch ein wenig Furcht. Was ist mit dir, mi amor?, sagte sie.

Alles ist gut, Mayra. Sogar ganz wunderbar. Lass uns dort drüben die Nacht verbringen.

Danksagung und Quellenverzeichnis

Ich möchte mich bei den Autoren der Bücher und Artikel bedanken, die mir beim Schreiben eine wichtige Quelle waren. Sie alle sind nachfolgend aufgeführt. Zum ersten Mal stieß ich durch einen FAZ-Artikel auf die Galapagos-Affäre. Anschließend verschlang ich alles, was dazu im Netz zu finden war. Und ich las einige der dazu erschienenen Bücher. Danach erst habe ich meinen Roman konzipiert.

Es versteht sich von selbst, dass keines der Gespräche mit den im Roman aufgeführten Familienmitgliedern der Wittmers tatsächlich stattgefunden hat. Auch wenn ich mir deren Namen entlehnt habe, sind ihre im Buch dargestellten Charaktere absolut frei erfunden.

Ich bedanke mich sehr bei Miguel Calero für die Hilfe mit der spanischen Sprache. Und ebenso herzlich bei dem großartigen Musiker Gerd Köster für die kölschen Passagen.

Folgende Zeitungsartikel und Bücher waren mir bei der Recherche nützlich:

Jackson, Michael H., Galapagos. A Natural History, University of Calgary Press, 1993

Montemolinos, Nicolas, Drama auf Floreana, Eigenverlag, 2013

Ritter, Friedrich, Als Robinson auf Galapagos, B. LaPhi Verlag, 2008
Schmitt, Peter-Philipp, Hölle Paradies, FAZ, 5. Juli 2014
Strauch, Dore, Satan came to Eden, Troise Publishing, 2014
Treherne, John, Verloren im Paradies, Rowohlt Verlag, 1989
Wittmer, Margret, Postlagernd Floreana, Bastei Lübbe Verlag, 1995

Aus Verantwortung für die Umwelt hat sich der *Verlag Kiepenheuer & Witsch* zu einer nachhaltigen Buchproduktion verpflichtet. Der bewusste Umgang mit unseren Ressourcen, der Schutz unseres Klimas und der Natur gehören zu unseren obersten Unternehmenszielen.

Gemeinsam mit unseren Partnern und Lieferanten setzen wir uns für eine klimaneutrale Buchproduktion ein, die den Erwerb von Klimazertifikaten zur Kompensation des CO_2-Ausstoßes einschließt.

Weitere Informationen finden Sie unter:
www.klimaneutralerverlag.de

MIX
Papier aus verantwortungsvollen Quellen
FSC® C014496

1. Auflage 2022

Covergestaltung Barbara Thoben, Köln
Covermotiv © Corkscrew/Shutterstock
Gesetzt aus der Minion Pro
Satz Buch-Werkstatt GmbH, Bad Aibling
Druck und Bindung GGP Media GmbH, Pößneck
ISBN 978-3-462-00114-3